花开富贵 Hua Kai Fugui
时代出版传媒股份有限公司
安徽文艺出版社

【作者介绍】

　　葛水平，山西省作协副主席，山西文学院专业作家。创作有长篇小说《裸地》《活水》；中短篇小说集《喊山》《地气》《甩鞭》《守望》《过光景》等等；散文集《河水带走两岸》《繁华的街巷》《走过时间》《绣履追尘》等等。长篇小说《裸地》获得首届《中国作家》"剑门关文学大奖""鄂尔多斯文学大奖"；中篇小说《喊山》获得第四届鲁迅文学奖、《人民文学》奖、《小说选刊》奖等。创作有电视剧剧本《盘龙卧虎高山顶》《平凡的世界》。

当代名家精品珍藏

Dangdai Mingjia Jingpin Zhencang

花开富贵

Hua Kai Fugui

葛水平 著

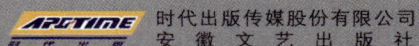

时代出版传媒股份有限公司
安徽文艺出版社

图书在版编目（CIP）数据

花开富贵/葛水平著. —合肥：安徽文艺出版社，2019.9
（当代名家精品珍藏）
ISBN 978-7-5396-6568-9

Ⅰ.①花… Ⅱ.①葛… Ⅲ.①中篇小说－小说集－中国－当代②短篇小说－小说集－中国－当代 Ⅳ.①I247.7

中国版本图书馆 CIP 数据核字（2019）第 020016 号

出 版 人：段晓静		丛书策划：朱寒冬　岑　杰	
责任编辑：张妍妍　刘　畅		装帧设计：丁　明　徐　睿	

出版发行：时代出版传媒股份有限公司　www.press-mart.com
　　　　　安徽文艺出版社　　　　www.awpub.com
地　　址：合肥市翡翠路 1118 号　邮政编码：230071
营 销 部：(0551)63533889
印　　制：安徽新华印刷股份有限公司　(0551)65859551

开本：880×1230　1/32　印张：12.375　字数：300 千字
版次：2019 年 9 月第 1 版　2019 年 9 月第 1 次印刷
定价：49.00 元（精装）

（如发现印装质量问题，影响阅读，请与出版社联系调换）

版权所有，侵权必究

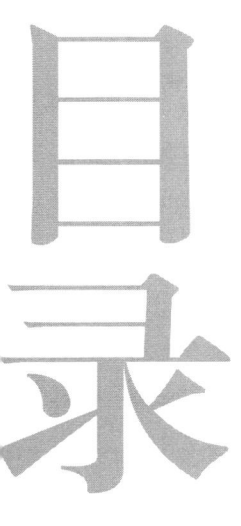

自序:在陆地上行走 / 1

比风来得早 / 1
成长 / 54
春风杨柳 / 108
我望灯 / 141
道格拉斯 / 155
嗥月 / 205
望穿秋水 / 262
花开富贵 / 276
德吉梅朵 / 324

自序:在陆路上行走

活着,足够好。

我不想去抱怨什么,生活苍劲、绵长,还带着霸气,我的抱怨弱不禁风。

这是2019年的春天,当太阳升起来时,我搁下正在写作的书,城市是不存在的,大山阻隔了铺过来的柏油路。我的周围是各种植物混合起来的气味,这种气味通常被我们称为清新而又芬芳。

在乡下的院子里,梨树正酝酿着花事,对面的山固执而守旧,风是峡谷的魂魄。春天可以是一个手势,可以虚张,只要活络了春风,万物又一次开始生动了。

真好,坐在春风荡漾的院子里,我陷入飘忽不定的往事当中。

逃离城市,找到回家的路。

已经很多年了,城市让我浮躁,我总想选择乡下,离开人群,有些时候也凭借一张公元1975年的地图寻找想去的地方,可是,什么也没有发现,那张地图只不过是一张铁灰色的没有任何文字的蜘蛛网。

城市已经很难激活人的想象了,我对故乡最后的怀想,也许仅仅剩下了一缕炊烟,连带燃烧着的还有去冬的荒草。在乡下置屋,是许久以来的想法,居然让欲望闲置了许多年。还能想起那时的梨花盛开,村庄里的人都移民了,一间好好的乡下四合院里,荒草疯长,山腰上的新土被植入方砖水泥,没顶的家园响起马达声。

满山遍野的野花,阳光下,我闭上眼睛,心满意足地享受着太阳沐浴。我仿佛觉得已经在这座院子里伫立了很久,突然觉得像是进入了梦想中的状态,那种姿势和心旷神怡是我所熟悉的。我的脑子里闪现出那样的情景:鸡啊,狗啊,人欢马叫啊,还有绣花针和会消失的五彩丝线。跟着往事走远的针脚都是一幕幕悲喜,那时的时间是松弛的,那是一份执而不舍得放手的回忆。

往事要隔多久才能成为往事呢?

梨花盛开时,我买下这座乡下的院子,它的从前没有住过我的祖先。

这个村庄叫谷堆坪。我成为这个村子里的村民。

我在这个村庄里没有青梅竹马的朋友,周围的老乡和我说着不一样的口音,见面说着客气话,他们看我像看从远处贩卖回来的牲口,我融不进他们的生活。在这个村庄里,女孩成年了就嫁往了县城,男孩娶妻也必须去县城买房,村庄里的热闹一点一点在冷却,孤独老人默坐在村口道旁,被剩余的日子一点一点撕扯得心灰意冷。我的到来让他们眼睛里有一丝亮光,然后他们说:城里人是扎不下根的。

我要最大限度地把自己的快乐挥霍在乡下,让植物淹没我的脚和腿肚子,然后是膝盖。我尽量和乡下人多唠嗑,不让他们把故事轻易带往天堂。多么默契的时光,对于自觉卑微的乡下人来说,城里人的和善很重要,他们前仰后合讲他们的从前,把从前的快乐传递给你。雨来时伸出手就着那雨点,一点两点,是谁在雨中讲了苦涩的故事?他们记得每一块地的年岁,耕种的人走远了,土地不断反复的事情只有他们知道,土地出产的庄稼已经不再是他们炫耀的丰收。

为情所感。

一年一年,我企图沿着这样的回忆的途径走进过去的时光,我,独自一个人走过我所熟悉的陆路,我是那样迷乱惘然,但是,没有怨恨,活着已经很好。

更多的时候,我长久地站立在一座城市繁华商业街的桥梁上,抬头望着矗立在我面前的摩天大楼,那座对我来说充满着想象和巨大的大楼在那里变得模糊起来,它在我的眼睛里坍塌、分解、消失。我继续行走在商业大街上(阳光是那样的灿烂),我看到城市大酒店和蓝色港湾,我坐在我想象中虚构的阳光灿烂的城市里,或者我只是一个坐着行走的没有下肢没有姓氏的乞丐儿呢?或者……但我永远没有乡下的快乐。

2019 年 6 月

比风来得早

一

吴玉亭最近几天肯定有啥事端着,因为,十几年来他的脸上从来都藏着一脸静气。

吴玉亭在县政府当着政府办公室副主任,办公室一正三副,论资排辈他早该扶正,可这世道常常是花对人无意,人却对花有所乞求。端着啥事的时候,他不说别人已经看出来了,从端着的人的那种架势就能看出来。平常的吴玉亭走路胸脯微压,小快步,一身细碎,见人主动打招呼,一脸谦虚,进了办公室一杯茶,一沓沓报纸,便是一个上午。原来办公室没有饮水机时,办公室暖瓶里的水总是他来打。后来有了饮水机了,办公室人喝的茶都是他来拿,总是见他从抽屉里取出一小罐茶来,看着倒水的人说,来来来,捏巴点,好茶,清明前的。人耐得了泼烦,走来走去给人家的杯子里捏茶,要说的话好像就在舌尖上挑着。吴玉亭在办公室没有别的事可做,就做一件事:用剪刀裁下报纸上他认为有用的文章,然后归类,财经类的、政法类的、人生格言警句类的,一沓子一沓子地放到文件袋里,一上午无话。做这件事时吴玉亭很认真,每看到一篇总会有想法,并幻化出一段录像来,他会看一眼窗外,闷的话,呷一口水,心里激动半天。吴玉亭有吴玉亭的想法,风水轮流转,总有一天这些资料会用到县长的讲话稿子里,到那时候,由县长在"三干会"或人大、政协会上念出来,下面人议论说,这讲话是谁润色的?

是政府办吴主任润色的。

人家吴主任是写小说的,弄这还不是小孩子家拿着鸡鸡耍尿呀!

但是,这句话对吴玉亭来说很难。

几十年了,当着政府办的副主任,他经历了三任县长,总是到该提拔的时候,有希望了,到最后一刻却没有了下文。

三任县长,吴玉亭私下里给三任县长叠了几十年被子,那真叫个有定力。每天早上他总是赶在县长起床前站在门口等,门开了,县长要出去到隔壁洗漱,自己趁着这个空当进去叠被子。通信员不干的事情,他来干,他实在是想不出来还有什么样可干的事比叠被子更能暖了县长的心。他想,干这样一件事日久天长了,也许能感动县长,能铁树开花。

他是从娘身上得来的经验。

第三任县长今年换届,下一任据说是要来一任女县长,那么叠被子的事看起来若要继续做下去就不雅了。这一任的习县长说,老吴啊,走之前,也该给你扶正了。

听了这话,吴玉亭私下里想落泪。最早人们叫他小吴,到现在开始叫老吴,光阴如水,不仅仅是小大的转换。他五十二岁了,秋风起处,落木萧萧,人说一年中没有不开花的季节,他常常会想起鲁迅写过的,好像是写大山茶树,鲁迅写道:赫赫的在雪中明得如火。他记不起来是从哪一张报纸上剪下来的,他此时的心情就是这样,喜悦得有点儿不得劲儿。只觉得四周空气浮泛得油活,飘飘悠悠,脚落不了地,手也没个抓挠儿,没个挂靠,几十年来没个什么人注意自己,怎么就觉得眼下特别想让别人注意自己呢!他见了谁都说一句话:好天气啊!以前,自己想引诱别人来注意、来肯定自己却没有资本,要别人注意那是有很大的存在意义的呢,在别人的眼睛里,存在就是幸福嘛!这样,吴玉亭走起路来脚尖尖就开始吃劲了,心里的那个激动像五线谱一样滑动,脸上就有了内容,走起来的步伐被一股什么气流拽着,胸也挺了,尤其是看人的眼神,游离得很呢,走进办公室也不见拿清明前的茶出来,虽然清明茶就在眼前。他的两膀子往起抬着,眉眼微露正气,甚至往杯子里加水也要喊旁边的干事王章过来添水,一改往日的谦逊。

从吴玉亭端着的架势上大家都知道吴玉亭要提了,也该提了。离六十岁还有八年的干头,还有八年时间可以给县长的讲话稿子润色。

吴玉亭觉得最近的报纸上没有什么新的内容,简单翻阅几下就顺手把那一沓沓报纸放到身后文件柜上了,他突然觉得那报纸上的铅字像他过去日子里劳动浸出的汗水、眼泪一样悲戚,他很是不屑。他扭转头望着窗外,杨树的絮子落尽了,有黄绿的叶子探出头来,过不了几天,满树的叶子就会仪态万千,十分恣肆。春华秋实将窗外弄成了赏心悦目的风景,取而代之的是人间花事。吴玉亭有点激动,多好的词汇,用到政府工作报告中,是可以出彩的啊!

二

　　清明前一天,吴玉亭决定给乡下已经故去的母亲上坟。母亲故去十年了,在乡下种地的弟弟早说要给母亲烧五年纸,他不同意,说那样太张扬,容易被人抓了小辫子,有可能成为阻碍他将来提升的一个由头,成为他扶正的绊脚石。弟弟说,给娘老子烧五年纸,你一个副科,又没有腐败,你怕啥？他说官场上有潜规则,你回去烧纸,张扬不是,不张扬也不是,这个你就是外行了,我不烧五年纸自然有我的道理。今年这十年纸就得排场一点烧,我要告诉地下的母亲,我熬到头了。

　　早几天吴玉亭就已经和县文化馆的演出队联系了,要他们清明前一天到瓦窑沟吴玉贵家报到。演出队的团长叫陈小苗,和吴玉亭是师范同学。师范没毕业时,吴玉亭继续上学,陈小苗却被剧团招走了,家境贫寒,但也出俊闺女,要说长相那是方圆挑不出几个的上等品相。当然,年轻时候他们之间没有什么故事,故事是从吴玉亭病妻故去开始的。吴玉亭的妻子张国花在县东方红小学教书,早年是肺结核,到后来钙化了,想着多年来吃药打针总算有了一个了结。哪知道,药物弄得她整个人的人体菌群紊乱,最后激发肝癌去世了。妻子去世时吴玉亭才四十三四岁,男人四十当属虎狼年龄,有人介绍他和离异了的陈小苗结合。要说当年的吴玉亭也有那个意思,只是他刚提了副科,又刚死了妻子,觉得事情在时间上距离拉得还不是太远,又有丈母娘在自己面前哭天抹泪,也怕县里有人说三道四:"看看,病妻刚走,结发夫妻的缘分再好,也是人走茶凉。"吴玉亭想,人不能活着不落一个好名声,尤其是在政治上,便要介绍人传话,要陈小苗等等,等个三两年。要说吴玉亭这个人呢,陈小苗也比较喜欢,觉得吴玉亭有才,也正是好时候。说吴玉亭有才,是因为他会写小说,还写过诗歌、三句半什么的,出手快,读起来有味道,一个人的才情能运化成小说,那真要叫人高看了。说吴玉亭正是好时候,那是说他由副科而正科而副处而正处,人生台阶高上之处是光明万丈,不能因为这么一点感情上的事影响了他的登高,陈小苗便决定等他几年。

你说,这都是成年男女了,说等也只能是形式上的等,还能真等?

可吴玉亭就真等。这事起因于一次开"三干会"准备材料。"三干会"的材料由政府办准备,谁来执笔?都知道吴玉亭有才,但这事一拿到桌面上,当时的县长就说了,写小说和写材料那是两码事,写小说的人要写材料,容易把现实的词语弄得花里胡哨,我看还是弄个踏实点的人来写吧。这样吴玉亭就和材料不沾边了,有为人不踏实的意思在里面。内里的事吴玉亭不清楚,恰巧陈小苗来办公室找他,也没有什么事,找了个理由想叫他出去。当时办公室里的人正看各个乡送上来的材料,要大家看完把具体数字勾画出来,责成一个人来写。这材料发到吴玉亭手里没有了。主任关心地说,小吴啊,你和陈小苗不是要出去吗?这事你就别参与了,整材料和整小说不一样,对于你来说,头等大事应该有个家。

这话听起来感觉俩耳朵眼就像一个穿山洞一样,凉风飕飕,吴玉亭看着陈小苗说,她找谁、和谁出去我不知道,反正不是我。说完话走到自己的办公桌前把头别过窗下。政府楼前改造,黄尘荡了山样高,他觉得他就像波浪起伏的黄尘下的一道深谷。其实,那黄尘是隔着玻璃的,他无来由地像是被呛着了,冲着窗户打了两个喷嚏,当时居然有人迎合了一句,哎呀,小吴同志,你小说的感觉真好!

陈小苗也像是被呛着了似的,眼睛辣疼,恨不得那黄尘淹没了自己。那时候人的脸还知道红,她的脸就像钢铁生出的红锈,找谁也不是,不找谁也不是,巴不得自己马上锈掉,咧开嘴,挂着泪,说了一句,我谁也不找,避尘!

黄尘把政府楼荡得和土蛋子一样,陈小苗像无头的苍蝇,架着双臂穿过黄尘,脸蛋上的泪滴被黄尘胶住了。回家后自己对着镜子看了半天,一口唾沫吐到了镜子上,觉得自己真是傻到极致了,刚才的事情可以让吴玉亭当小说范本来写。之后两人再见面,彼此就都很客套,吴玉亭小心守护着自己的底线,他知道那底线之下有很好玩的事情存在,但是,其瘾似乎也只在心里想一下,动一下,脑子却像针一样清醒地认为,不能让人看到了,把他和小苗同志的事当个事情来闹腾,政治上最忌讳这男女之事了。而自己首先的表现是让县长肯定自己,自己不是一个写小说的人,更不是写小说的人才喜欢拈花惹草的那种。

事实上两个人之间的事情已经了无意趣了,花溅泪,鸟惊心,是为伤春,而他们之间的那点低鸣,或可为悲秋吧。吴玉亭想要陈小苗认识到他现在的地位和将来的地位,他必须把政治上的那种压抑感找一个物体来代替发泄,而这个物体就是陈小苗,他想,陈小苗应该理解,他一定会给她一个光明的未来。恰恰这陈小苗就不理解,不仅不为他守身、守操,后来居然还领着人组织了一个演出班子,抛头露面唱曲儿。吴玉亭想,自己的高度是地位的高度,地位没有高度,爱情这东西在普通人身上太脆弱了。

既然吴玉亭要提拔了,叫陈小苗来演出,从心里来说他也有说不清楚的目的在里面。

吴玉亭的父亲七十八岁了,一个人单住,说是单住也是和吴玉亭的弟弟吴玉贵住在一个大院子里,一扯七间砖房,另辟出一间来住。七十八岁的吴丙国老汉,自个种地,自个做饭。吴玉亭要回来,就和父亲睡对炕,一床新被褥叠在有些年代的木板箱子里,吴丙国老汉不几天就会把它们掂翻出来,要它们见见阳光,要阳光消化掉存放久了的霉味。被子芯的棉花是吴丙国老汉亲自种的,他每年都要在清明过后下种棉花,收获的棉花,就几个儿女分一分,也算是活着给子女们一个暖身的想法。自己的被子芯换不换无所谓,这床被子,每年秋天新棉花下来他都要女儿来把旧棉花取出把新棉花续上。吴丙国老汉一辈子的爱好就是凑堆和人唠嗑,就算是吃饭也不例外。公社的时候,每顿饭都往村中央的大槐树下蹭,不管树下有没有人,一碗饭一待就是半天,自己一句囵囵话也说不利索,却偏爱听人说。槐树下就是当时的新闻焦点,上到中央,下至山沟小庄,说什么的他都稀罕听,话成溜儿落成行就行,听的时候很认真,认真到嘴张着,不吃饭等话,精彩处手里的筷子不是用来吃饭,是用来敲碗,一副傻傻的兴高采烈的样子。更有意思的是,碗里的饭不是自己吃完了,是一高兴给地上凑热闹的鸡们食了。

　　为此事吴玉亭说过吴丙国老汉好几次了,说,人活着不能不像个样子。吴丙国老汉说,轮得了你来教训我?我怎么活得就不像个样子了?吴玉亭说,都知道你有一个儿出息大,在县政府工作,天下事政府办知道得最多,上面印着"保密"的红头文件就有几柜柜,有什么想听的事,我告诉你就是了,你这样,是叫人笑话。吴丙国老汉说,笑话什么?我不偷不抢,就爱扎个堆堆。你说的那保密事都是官样文章,我就喜欢听大伙说出来的,也没有见有人笑话那些扎堆堆的人啊。吴玉亭咽下一口唾沫说,爹哎,你又不是普通人的爹,你就不能学得木讷谦让一些?你这样坐到人堆里听笑话,人堆里坐的都是粗俗的老农民,互相取笑,人家取笑你时,你张着大嘴哈哈,你知道不知道是在取笑你儿子,我?!

　　一听说是取笑儿子,吴丙国老汉内心就开始忐忑了,就不敢再端了碗前去槐树下凑热闹,每天端了碗就在自己的院墙外找个石墩子坐下,周围连个鸡都没有,辨认来辨认去,发现脚下的旮旯地方有个蚂蚁窝,每天用筷子挑一星星面放到地上,看蚂蚁们聚堆儿,围着那一根面聚得有拳头大,几天不散。吴丙国老汉就想,我这个儿,到底在县政府当着多大一个官,等吴玉亭回来忍不住就问了。吴玉亭说,是副科。这个词对吴丙国老汉来说太专业了,想不出比较的对象来,就问,县长是个啥?吴玉亭说,正处。吴丙国老汉还是不清楚地问,那你相当于个啥?吴玉亭思考了半天说,这个还真不好相当于,正处也是副科上去的,只能说相当于通往楼上的第一个台阶。

虽然没有问出啥结果来,但是,吴丙国老汉的心里也还是有了几分神圣,见了村里的支书就问人家,你这个职务相当于干部啥级别?支书被问得说不出话来,举起指头掰着数了半天说,相当于干部十一号。支书的意思是,自己跑腿办事耍的是这两条腿,说十一号有点嘲笑自己的意思。但这样的结果对吴丙国老汉来说是糊涂上加难得,整个脑仁子被一锅糨糊给填满了,不敢多问,怕人家取笑自己没见识,那样等于是给儿子脸上挂黑。有几次外甥来找他,想让表兄吴玉亭在县里谋个临时工作,他一口答应了说,这不算个事。结果和吴玉亭说,不仅事情没有解决了,还捎带了一箩筐话:你也不想想你的儿平常都是和什么人打交道,是和县长、书记打交道啊,我能张嘴和人家讲,想安排一个农民来县里上班?就他,大字识得的不如他脸上的雀斑多,天生就是和土地打交道的,想要进城里,到头来怕是让他活得上不着天,下不着地,像个绝望的塑料袋袋,做人都做得不环保。吴丙国老汉听了这话有些心慌气短,不好和外甥回话。老姐姐比他早走几年,当舅舅的办不了这点事,自己这张七竖八皱的脸真是不值一钱!可儿子总归是儿子,从感情上讲还是和儿子近,量不上米布袋在,要外甥缓缓,这日子,缓得是外甥打灯笼——照旧(舅),没有了下文。

知道儿子清明节要回来,吴丙国老汉把被子晒得蓬松绵软。往年村上给长辈烧五年纸或十年纸的,大部分是放一场电影或说一场书,吴丙国老汉知道这回来的是一个演出团,那个排场是村子里几十年没有过的,也算是给自己的老脸撑足了面子,一高兴就想到处去炫耀炫耀,想告诉那些平常老槐树下聚堆儿的爱热闹的说古今的人们:这回啊,你们可得早一点来我的院子里看演出,我那在县政府上班的大儿子吴玉亭给他死鬼娘唱热闹呢,请的是县文化馆的戏班子,人家都上过中央二台。

三

吴玉亭从政府办要了一辆车,车是普桑,后面还带着一个车斗,他从县城买了一车斗吃食,准备清明这一天使用。当时和主任要车的时候,还有些犹豫,该不该要一辆车回家办自己的私事,但是,想着这么多年来自己小心谨慎做人,如今就要被提拔了,差的就是一纸文件,哪有政府办的主任回家上坟坐班车?要一辆车有什么不可以?也算是副职期间张一回嘴吧。

这车有几年车龄了,几近报废,有条件坐车的早就按级别换车了,没条件换车的旧成一堆废铁也只能让它旧。吴玉亭想,怎么也该给自己一辆好一些的车,没想到给了这么一辆,心里不忿,姓王的,人生几步一重天,有你好看的时候。职务不在手,你拿谁也没办法,只能就这样凑合上路了。清明节,有些地位的人都要回家上坟,一路上大车小车的,风卷尘土扬。其实清明上坟不上坟都是个样样,吴玉亭自认为是一个最能看到本质的人,他在看坟堆子的时候,看到的是一堆土,远远地看,走近了看,好多年之后看,确实是一堆土。人们在怀念土堆下的人的时候其实是怀念曾经的自己的影子,拿曾经的影子和现在的影子比较,有能耐了就把土堆当回事,原来的时候那是什么光景啊,看看我的现在吧!项王说,不衣锦还乡就像没有穿衣服的猴子。吴玉亭想:现眼下中国人最能体现衣锦还乡的是清明上坟。

小车开到自家院子前,车上的东西提下来,他不进去喊人,要司机探进车窗摁喇叭,司机摁了三下,又三下。

院子里吴玉贵的媳妇急慌慌地走出来,以为大门外出了啥事情,做饭的围裙还系在腰间,两只手沾满了面粉,一看是大兄哥,手在脸上抹了一下扭身朝着院子里喊了一嗓子,快叫你爷爷去,就说你大大开着两头平的小卧车回来了!

院子里跑出一个小丫头来,叫了一声,大大。上前摸了一下车子,倒着走看着地上的东西和车,龇着豁牙的嘴有几分不舍得离开。吴玉贵的媳妇跺了一下脚说,还不快去!

小丫头扭转头旋风一样喊着,我大大开着两头平的小卧车回来了!人转眼没了踪影。

吴玉亭左手抖着腰,右手拿出一根烟来,司机上前想给他点火,他摇了摇头,像是等什么,眼睛望着村庄上空的云彩,有几只灰麻雀"叽叽叽"叫着从头顶飞过去。司机问他要不要把地上的东西提进去。他说,不用,等一下喝口水你就可以回县里了。

吴玉贵的媳妇从屋子里端着两碗水出来,给了司机师傅一碗,另一碗端给了吴玉亭。吴玉亭不接,手里的烟掉了一下头,过滤嘴朝着水碗点了一下,用嘴吹了一口,烟屁股上吹出了一串水沫子,这时他才说了一句,拿火来。

吴玉贵媳妇不知道他还喝不喝这碗水,想着城里的干部都讲卫生,这碗水沾了烟屁股怕是喝不得了,扭身回屋又换了一碗出来。吴玉亭说,我有自己的杯子,泡着上等的观音王,就怕这水不是好水,观音王都要糟蹋了,还想着带一桶矿泉水回来的,这事,忙得头一昏就忘了。

吴玉贵媳妇说,他叔,好水,是从龙王沟引过来的泉水,不放糖精都是甜的。

吴玉亭没有接她的话茬,他从心里可怜这个弟妹,除了农村生活再没有过过第二种生活,对外面的世界很无知,活得不明不白,大脚,厚身板,一副对什么事情都很好奇的样子,啥也不懂还傻呵呵地乐,人活得越来越没有形了,臃肿得像一摊软米枣糕。

村子里的大人和孩子都稀罕地往他家这边走。要说一个两头平的小卧车也没有什么稀罕的,但吴玉亭坐了就让他们稀罕。往常吴玉亭清明回来上坟坐班车,村干部都往人家坐小卧车的家里跑,显得吴玉亭就有些落寞,心里埋怨这农村人啥时候也学会看人下菜了!这吴玉亭坐小卧车说明地位升了。有老者走过来,他是看着吴玉亭长大的,走近拽着吴玉亭的手说,老吴家的大娃啊,你这干部是当大了!能给叔说说有多大个官儿吗?

吴玉亭压着嗓子咳嗽了一声说,大也大不到哪里,叔,县长的日常生活都是我来安排。

老汉家松开手,两只手拄着拐棍,仰了脑袋望着吴玉亭看,不时地点着头,长叹了一声说,从同治年开始,咱瓦窑沟没有出过大干部了,这车是县政府给你配的吧?

吴玉亭说,不是,临时用,下一次回来的车比这要高级。

老汉家越发惊讶了,像孩子似的嘴里流着哈喇水说,就是,该了,人家三两年就上去了,你等了这么多年,该了!回头给咱村要几吨水泥铺铺路,建设新农村,咱村都没有搞村村通,这官,我看目前就数你大了,不要看他们早就开上小卧车了,我给你说吧,都不是正经官,搞副业的出身!你总算熬到头了!是回来给你娘烧十年纸?

吴玉亭说,是。

老汉家说,还请了演出队?

吴玉亭说,是。

老汉家说,太排场了!是该给你死鬼娘热闹热闹了,地下有知,鲤鱼翻身她真敢出来看看你啊,给你娘脸上长光了!

老汉家说完话往人群里返,一边走一边还嘟囔着,看看人家也叫儿,这回老吴家长脸了。走了几步回过身来又说,我也给你娘送一些纸火过来。

在农村,一个有些威信的人家,办丧事也好喜事也罢,村里人都要送一份礼,这清明呢,烧十年纸是死去的人大寿,看活人的面子都要送一些纸钱过来,表明活着的人一直惦记着死者,死者的后人那才是顶顶值得尊重的人。

吴玉亭觉得他回乡第一件事情已经该结束了,看着司机说,你回吧,有事情,我会给你电话。

司机说,吴主任,那我走了,有事尽管叫我。

车发动着倒着掉头,有人自告奋勇上前指挥,打着手势喊,倒,倒,倒,住!司机打了两把方向盘车就掉转了头,司机打了两声喇叭,屁股后掀起一股黄土出了村。

吴玉亭抪腰的那只手始终抪着,闲着的那只夹着烟屁股举起来向着车走过去的地方挥手。

那个姿态在瓦窑沟人的眼中一下就提起来了,就生动了,就正经八百像个当官的样了。

四

吴玉贵去丘庄接应演出队。丘庄离这里有四十里地,吴玉贵骑着摩托去,到了才知道演出队来不了了。因为当地举办一个什么踏青会,请了市里和省里一帮诗人和小说家来搞"春天送你一首诗"。县里要演出队给这帮文艺人助兴,前一天的晚上就请了演出队来演出,没有选择性地听、看,演出队有流行歌曲、戏剧、杂耍和八音会,文艺人听了不过瘾,想看地道的地方艺术,今天晚上的节目就演纯地方的东西,所以走不了了。团长陈小苗特意和吴玉贵强调了这一特殊时期的情况,说,我就计划派人去一趟瓦窑沟和你哥协商一下,你来了就好,知道这一次你哥是动了真性情,我也是想积极配合,但是,有时候事不凑巧,计划赶不上变化,也算是政治任务,硬走怕不好,只能委屈你这边了。两夜的演出只好错后一天,这事是县政府办的王主任特意安排的,我是脖子上系着领导指示,不照办不好说。况且这一活动是全国性的,要是你哥一直写下去,这一拨人里,你哥怕也成为全国性的人物了。

吴玉贵听了这话不知道该怎么办,自己也没有手机,不方便和哥哥联系。瓦窑沟村人都知道今天晚上看节目,院子里的大锅都支起来了,媳妇的白馍也蒸好了,就等着演出队一到把娘的牌位接回来,放到方桌上要娘打头看演出。要是自己订下的怎么都好说,中间搁着哥哥,他也是政府人,脖子上也系着一根绳绳,自己不敢瞎闹,多余话没有说,掉头走人。出了丘庄村,越想这事是越不对劲,到夜晚人都往老吴家的院子里走,听不到声音,见不着热闹,一下灰秃秃了,你能把脑袋装到裤裆里?真那样那真要叫人笑话死了。既然演出队明天才能来,今天夜里的事情他就擅自做主一回,绕道到乡政府订了一场电影,人家说电影的胶片不多了,赶着清明都要演,还剩一个旧片但也是名片子,《秋菊打官司》,要不要?吴玉贵想,这片子是有些老了,既然没有挑头了,《秋菊打官司》就《秋菊打官司》吧,首先,娘活着没有看过,就算是自己给娘行孝了;其次,要娘也知道秋菊这媳妇多么不简单!

　　吴玉贵回到瓦窑沟的时候,已是半下午,感觉自己院子里的气氛有些不对劲,是自家的热闹有些过了。先是听到院子里说话声吵,女人们多,有好几个妇女张嘴哈哈笑。熄了火,放好车,才看到地上有小卧车的车轱辘印子,想着,这回哥是讲排场了。进了院子看到瓦窑沟村村支书兼村主任的媳妇吴国花来帮厨,还有会计的媳妇李婉婉也在,平常这两个人见了他眉骨都不动一下,现在看着他眼睛都弯没了,笑着说,看你黑着脸,是不是不稀罕来给你帮厨呀?他觉得这天上下饼子的事要发生了。更有甚者,听到了爹的屋子里,支书兼村长的李喜平和会计王政林也在,正和哥哥一唱一和地说事呢。吴玉贵觉得这两个看人下菜的人物能来,说明哥的地位变了。我说嘛,哥因何要回来给娘烧十年纸,而且又是如此张扬!

吴玉贵不敢往细处琢磨,急忙往爹的屋子里走,想和哥哥说明白今天发生的事。吴玉贵进了屋子,顾不上打招呼,直截了当地说,哥,今天给娘的演出怕不成了。

吴玉亭正和支书、会计说着未来瓦窑沟村修路的事情,这么一说,有些坏他的心情。但即将提拔的吴玉亭已不是当年那个吴玉亭了,当年的吴玉亭还有几分农民的倔强脾气,丢了面子耍小聪明想力挽狂澜,现在,那脾气隐了,隐成了一种面子上的拿派,尤其是面对地方干部的时候,兵来将挡水来土掩的稳当心态还是学了一点,但他拿烟的那个手指尖还是抖了一下,一截烟灰落在了裤子上。按以前他会抬高手臂狠狠地拧下去,把那截过滤嘴屁股拧成烂丝,现在的吴玉亭不会了,时间已经把他锻炼出来了,他已经把以往的少年皮蜕了,青年皮蜕了,壮年皮也将蜕尽,他就像蚕一样老熟了。只见他把那截烟头叼在了嘴角上,揪住裤子用二拇指弹了一下,轻轻地把烟头放到了一个用八宝粥罐子当的烟灰缸里,他还很轻松地用自己杯子里的茶水倒了一下,那烟头的青烟一下就断了。

吴玉亭抬起头来说,有什么大惊小怪的事值得用这样的嗓门说话?

吴玉贵说,人家演出队在丘庄,说是给文艺人演出,今天走不开,还说你有悟性要是一直写小说就好了,就成全国样的人物了。

吴玉贵有些对哥没有写小说、没有成为全国性的人物而遗憾,停顿了一下没有接着往下说。

吴玉亭就是不想听这"小说"二字,这二字让他的生活发生了质的变化,让他的人事秩序多少年来一直遭到严重破坏,让他不能够在人事道路上应对自如、游刃有余,总是让他在期待重新洗牌时被扣在了底牌。他抬了一下屁股,很是不屑地说,知道,是"春天送你一首诗",对你们来说,春天送几袋子磷肥和碳铵是再好不过了,也就是一些个不务正业的人拿春天说事找泼烦。

一句不务正业,把一帮文艺人搞得没有了广阔的背景。

吴玉贵说,是县政府的王主任安排的,人家团长说了,县政府的指令就是拴在她脖子上的一根上吊绳。吴玉贵一时没有想起来当时的原话,意思是领会了,就篡改了一下用词。

吴玉亭一听这王主任,心里就蹿火,算什么东西嘛!自己有媳妇在乡下种地,吃着锅里的看着碗里的,整天拿着职务调派演出队,还不都是看上了陈小苗那娘们?陈小苗也是,就算不等我,也不想和我好,都好说,见怪不怪,找了一个有妇之夫,素质和品位之低下,那真叫个嚼着不烂,咽着吃力,听起来堵耳朵,哪有半点爱情的高尚趣味!如果这时候发火那就显得自己气量小了,想了想换了一种口气说,那哪是王的意思,那是习县长的意思,还有我清楚?

吴玉贵想,既然你清楚,为何还要我去接?但不敢这样反问,是自己的哥,便小声说,错后一天,今天晚上呢,我订了一场电影,是《秋菊打官司》,人家说是名导的戏。瓦窑沟武黑他爹死的时候放过,一个照着村长的裆踢了一脚的女人,那女人,呵呵,一根筋!

会计王政林说,错错错,是村长踢了秋菊男人的裆,把她男人踢寂寞了,她不依,一级一级上告。

吴玉亭觉得弟弟说话太没有水平了,说着啥事情呢就拐了弯了,这弯拐得有点半吊子,要不是自己这个即将成为正科的面子撑着李喜平,村支书李喜平岂是一个吃素的人物!

吴玉亭说,春天送什么的事,我是知道的,只是换届前的事情太多,又因为清明要回来上坟,三天里习县长要准备的材料,我在回乡之前都准备好了,我都忙得乱昏了头脑,看看,我都忘了,也算是有个补救。秋菊这位农妇也是一个进步人物嘛,值得一看,懂得用法律来做武器,现在自上而下不是讲和谐吗?啥叫和谐?我和习县长经常探讨这个问题,说给你们听吧,自然朴素的品质就是和谐,这影片到最后,说明了一个问题,都是他妈的善良厚道人。

一听叫王主任是姓王的,李喜平赶忙站起来取了暖瓶给吴玉亭满上水,倒水的中间给会计王政林使了一个眼色。王政林说,我出去小解一下。

王政林出去后进了茅房掏出手机来赶紧给李喜平发了一个短信。李喜平的手机响了,看到上面写了:你的眼色我没有明白。

李喜平看着手机和吴玉亭说,小舅孩发来的,操蛋呢,知道我和吴主任在一起,想让我求你,看能不能说说让他去镇政府当个通讯员。

李喜平抬了一下头说,我发给他,这点毛毛事也找吴主任说!

王政林接到李喜平的短信,上面很清楚地写着:打听一下吴有没有提的可能,有,回来就说今晚的电影咱管了。

吴玉亭没有接李喜平的话,看着别人发短信自己也想发,这东西在当下社会,说白了就像看见有人尿,自己也紧,便掏出手机来说,这叫拇指文化,全球通,都普及乡下了。

相互让烟的工夫里李喜平的手机又响了,因亮光折射得屏幕有些黑,他用手捂了看,上面写了:马路消息说,有可能是真!

李喜平回过去说,肯定下来!马路消息,马路上没有人?日你娘,谁说的?

李喜平合上手机笑着说,小舅孩回的,说我和你的关系铁得就像钢板一样,这点毛毛事对吴主任不算事。小舅孩和姐夫,中间隔着他姐,他敢拿我当软柿子捏。

王政林在茅厕急忙翻阅他记录的电话号码,终于看到一个很重要的人物,这个人物是县政府看门房的武秃子,他把电话打过去问武秃子,吴玉贵提拔的事风声紧不紧?武秃子在电话里说,看人家的走步,有变化,一般来说,有动静的人,这时候大都沉不住气,不是说话口气变了,就是走步变了,还有呢,以前叫我武师傅的只要开始叫我老武就有动静,等确定叫我武老头,那这人准提了。王政林说,你鸡巴说明白点,到底提了没有?我啥都不叫你,我提了啥了?快点,我提着裤子呢!武秃子冲着电话说,我又不是领导肚子里的蛔虫,我酸得难受了,知道人家是甜东西吃多了!告诉你,有提的可能!

看到屋外的王政林很像回事地系着裤带走进来,坐下后看着吴玉亭说,说句不中听的话,吴主任,今晚的电影就算瓦窑沟村给你放了,一是给婶尽个孝道,二来呢也算是我和喜平村支书祝贺吴主任高升!

　　李喜平拍了一下王政林说,这话我早想说,不是说我这人势利,吴主任,就咱,中国最低的一级政府,办啥事不得拍上边人的屁股？你要是普通农民,我丑话说到前头,我不认识你这个人物,如今都是一把手说了算,你当了一把手,我就拍你,不怕你笑话,就这么定下了。玉贵啊,放电影的啥时候到?

　　吴玉贵说,我还得去一趟,去接他过来。

　　吴玉亭觉得不好,李喜平说,有什么不好？你明天的演出不也同样娱乐了瓦窑沟村村民的生活!

　　吴玉亭不说话了,拿着手机发短信,这条短信他是发给陈小苗的,他虽然相信她的演出是一项政治任务,但从思想上觉得陈小苗对自己有意见,拿政治任务做幌子的意思深处隐藏着内容。这条短信在用词方面应该有一些讲究,不能太直白,不能让对方看出来自己是在吃王主任的醋。他搜寻了脑海里所有的记忆,他觉得写到文章中的句子都是好句子,但用到这里难说能出彩。手不随心想,一行字出现在手机屏幕上:曾经沧海难为水。他猜测陈小苗看到每一个汉字在她眼皮下晃时,那意味深长的一笑,自己便也笑了一下,一下想起了他剪下的那一沓沓文章里的一句话:祸兮福之所依!

　　这句话要比刚才那句话有力度!

　　但是,已经晚了,手机上显示了发送成功。

五

　　山里头天黑得早,日头先是歇在了山背上,接着日头就翻过山跌空了,山没有影了,杨树上的喜鹊窝也没有影了,喜鹊飞上飞下不叫了,一副老成持重的样子。这时候它看到瓦窑沟村上空袅袅炊烟浮动着,暮色把瓦窑沟罩住了,最后把瓦窑沟村人的脸也罩没了,喜鹊飞进了窝里,瓦窑沟彻底黑实了。

　　吴玉贵这时候才回来,都想着看不上演出能看上电影也成,哪想吴玉贵订下的电影也荒了,因为,有胶片没有放映机。当时订的时候还有,半中间被镇长拿去给县民政局回乡烧纸的李局长献殷勤了。吴玉贵骑着摩托跑了好几个地方,他想订一家说唱的过来,跑了几个地方都没有订下,临时抱不到佛脚。回来看到自家的院子里灯明火旺的,觉得这事弄得有些狼狈,有些脸上挂不住。进了院子,看到爹往院当央放椅子,两把椅子,一把正中,一把偏一些,他知道,那是用来放牌位的,一个是娘的,一个是嫂子的,人虽然走了,不回头了,活着的人也要把她们当在世看。他走过去说,啥也不成,瞎了,拾掇回房吧。

　　听得自己的屋子里,李喜平高着嗓子喊:吴主任哪,一心敬你,七个巧啊!

　　吴玉亭就四个字:五个魁首,五个魁首,五个魁首,五个魁首!

　　爹一把揪了吴玉贵的衣裳问,到底是咋回事?我都通知了村里的家户,都通知了两遍了,第一遍告诉人家看演出,第二遍通知人家看电影,结果啥也没有,好不容易能要大伙来聚一聚,咋啥都弄不成了?

吴玉贵没有和爹多搭话,走进屋子,看到炕上放着炕桌,桌上放着四个菜一壶酒,哥盘腿坐着,村主任和会计不习惯盘腿,蹲在炕上,闺女小红嘴里吃着菜,一口没咽下,一口已经紧着夹到嘴边,腮帮像憋着两个核桃。

吴玉贵说,哥,不成,没有放映机。

吴玉亭没有出声,一粒花生米落在口中,胸口处空空的好像连着一口井,那井嗡的一声被什么砸出了响儿,空震得他的脑仁子发麻,那粒花生米在后牙根上嚼了一下,他心里默念了一句:姓王的!

李喜平和王政林两个人有些喝大了,听吴玉贵这么一说,李喜平仗着酒劲跳下炕说,浑球镇长,没有上眼皮子的货色,这事真没有人管了?是政府办的吴主任用,用他的机器那是高看他了,怎么这样不识抬举呢!哪家拿了放映机,找几个人去抢了它!

吴玉贵说,没有用,是民政局的李局长。

王政林说,那咱不敢抢,民政上往下拨的款多,这条腿咱不敢断了!

吴玉亭摆了摆手要李喜平冷静一下,他摸了一下小红的头说,胡来不得,放不成就不放了,就算是抢来了,可以放,你叫全县人民怎么看我这个政府办的主任?我现在面对的不是一个简单的放映机问题,而是围绕这一事件出现的各种眼睛,要做的是让人们看到我的肚量,而不是成为这些个眼睛的反面教材,我不能因为这么个事给习县长丢脸,让人家说,小习用的人就是这样一个人!

王政林也想说什么来着,听这么一说,就不敢搭话了,敢把"小习用的人"挂在嘴上的,瓦窑沟也就他一个。况且,这习县长要论年龄也不过四十出头,比在座的他仨都要小,可论头衔哪个敢叫人家习县长"小习"？距离近远,明眼人一下子就感觉出来了。气氛有些紧张,一时无话。

听得外面有几个老头老太太夹着马扎进来了,看到院子里站着的吴家掌柜大呼小叫,吴老汉哎,你这大儿真出息啊,你可不能草筛子饮驴走过场,今儿看不上,明儿得看上！这放电影的还没有到？怎么幕布都不往起挂！

吴玉亭听得爹说,咳,说啥呢,这电影八成看不成了,听玉贵说,有官大的抢啦！

一老头说,那是咱玉亭的官不大,官大一级,他敢抢？吓不死他才怪！

吴玉亭觉得乡下人嘴上没拉链,指不定下一句还要说啥呢,随手扔给吴玉贵一包软"中华"要他出去散烟。李喜平急忙和王政林说,傻啥呢？还不出去发根烟熏住他们的嘴！

王政林说,咱的烟不好,红旗渠。

李喜平说,"红旗渠"咋的了？就"红旗渠"发去。

王政林和吴玉贵往外走。出得门,王政林先说了,今儿是县政府办吴主任回乡给咱婶烧十年纸,婶活着时德高望重,唯一的遗憾事就是没有看上这《秋菊打官司》,偏巧这机器被咱们的老朋友民政局长先行一步,先行了好啊,这电影就看不成了。我和李喜平支书巴不得看不成这电影呢,正好和吴主任说说内心话,说说咱村的实际情况,不过呢,就是委屈了咱地下的婶和地下的嫂,也委屈了瓦窑沟人。这不,吴玉贵代表吴主任给大家发道歉烟来了,烟是软"中华",好烟呢,我给你们说吧,这烟一条八百,一包两袋碳铵,一根四块,你们也抽抽这折合七斤玉茭的烟是啥滋味。

李喜平在门口叫道,两口猫尿灌晕你了,也叫说的是人话!

这时候陆续走进来的人就多了,孩子们像马蜂一样见人缝就钻,看到吴玉贵发烟,也跳了高抢着要。

一个八十多岁的老太太伸出笤帚一样干瘦的手臂也要,王政林给她点了一根说,会财他姥姥,你长了这么大财迷了这么大,你尝尝,好烟就是好烟,抽多少口烟灰灰也不落。

会财他姥姥豁了牙口,有些口齿不清地说,宁要一捧玉茭,也不要这一根棍棍,哄人呢。看看现今的人哄人怕不怕,我抽抽它,是顶饱呢还是顶渴,呸呸,呛鼻呢。

院子里的人哄笑了起来。

李喜平走进屋子里附在吴玉亭的耳朵上悄声说,不怕主任,我能让他们比看上电影还热闹,要下边的小官做啥呢,就做这呢,欺瞒他们傻乐呢。说毕,走出门,大手一挥说,瓦窑沟的村民们,咱们县政府办的吴主任能在百忙之中回乡给咱婶上坟,说明他是一个孝道人,有孝道好啊,我给他这样的人举两个老拇指头!

李喜平借着酒劲举了两个老拇指头在自己的脸前晃。

《秋菊打官司》看不看吧,也没啥看头,村主任把人家男人的裆踢了,踢寂寞了!

院子里的人就又开始哄抬着笑,有人叫着:你不是村主任?就是说你这号人呢!

李喜平嘿嘿嘿嘿地笑了,笑出了口水,一股白酒味,还哈着霉干菜味,打了个嗝,把最后的那个捂在喉咙眼里的"嘿"嗝了出来。

李喜平接着说,那个说我这号人的人,你当我不知道你是谁?你当我真的酒醉了?你把手往哪里摸呢?那是谁家媳妇的屁股蛋子收紧了一下子,那屁股蛋子可不是铜锣啊,你的爪子也不是锣槌吧,还一下子一下子击打呢!说你呢,笑甚呢?牙都往下掉了,还笑!嘿嘿嘿嘿,这电影我看,不看也罢,明天咱弄个好看的拷贝,弄个《满城尽带黄金甲》来,不怕他今天没有放映机,明天咱去找,这放映机就像"黄金甲"里妇女的乳房,挤一挤总还是找得到的嘛!

一院子人越发笑得刹不住了,笑到最后的尾音笑不出来了。有几个女人弯着腰抽着气说,要死啊李喜平,你是糟蹋妇女呢,你忘了你是吃妇女的啥子长大的!

李喜平说,不笑了不笑了,咱说正经事,这电影是放不成了,大家就和吴叔唠话吧,吴叔的四肢九窍都等着你们和他唠话呢。吴主任能回乡那是咱瓦窑沟过节都逢不上的好事情,吴主任已经答应咱了,要县里给咱拨款拨水泥修路呢。吴主任当了主任,最大的好处就是咱瓦窑沟能讨了便宜,讨什么便宜呢?大家想啊,咱的学校也该投资了是不是?以前那个普九,是墙上刷了一层白灰日哄两下子了事,风卷一股尘学校还是一张老脸,不要看王怀平在外赚了几个钱给学校捐了几张桌椅,咱稀罕的是政府支持!咱的队部也该投资了,是不是?投资建个活动室,咱农闲时打麻将还用给黄软平家的自动麻将桌抽钱,除了搭不上黄软平那张粉脸蛋,咱啥都不用出。咱的敬老院也该投资了,是不是?和谐社会不敬老不爱幼,那能叫和谐?咱的戏台子是不是也该投资了呢?等等等等,抱了吴主任这疙瘩热沥青,咱瓦窑沟就水泥化了,就建筑化了,就麻将化了,这么着吧,你们说,看那电影有啥意思?还有比陪吴主任喝酒更有意思更管事的事情吗?瓦窑沟的人们啊,都回家吧,回去早点睡,明儿上坟不要忘了也给吴家的坟送点纸火。回去睡不着,看韩国的电视剧去吧,还睡不着就上床做那事情去吧,做那事灵醒点,小动静喘不过来就咳嗽两声,大动静里外得不轻闲,该咋的就咋的吧,别把自家孩子教坏了!

又一阵子哄笑中,谁也没有想到吴玉亭会出来。

这吴家的大儿子从来回乡都很少和瓦窑沟人搭话,总是低着头来去匆匆,都说这吴家的大儿子有才呢,会做文章,几年下来没见把官做大。

可惜就是早走了媳妇,媳妇活着时有结核病,连娃也没有生下,娘走了十年媳妇走了少说也有五六年了,愣是不找,这社会哪有这般苦守着不娶的?

吴家的大儿不如小儿话多,人白净,一看人家就是办公室坐出来的,看人家那样子,走路都在思考事情呢,一看就是有本事在心里藏着的人哪!

院子里的嘀咕声像春天成长的虫子,那声音不如秋天的旺,听上去有两寸厚。

吴玉亭站在门口,门脑上吊着电灯,灯光照着他的脸,那是一脸的白净。他咳嗽了一下,有点像在麦克风上试音似的,接着又咳嗽了一下,右手圈成拳头捂在嘴上。

李喜平大叫,静一静,下面的瓦窑沟村人,站起来的坐下,走了的向后转,听县政府办的吴玉亭主任讲话!大家鼓掌!

鼓掌过后院子里一下就静了。

吴玉亭放下拳头,他被眼前的景象所感动,长这么大没有什么场合因为他要讲话有人能这么样地尊重他,就算是县长讲话,下边也是乱哄哄的。他看了人群中的爹一眼,爹大张着嘴,一脸兴致,他突然理解了爹为什么爱凑这热闹,爹在这热闹中能感觉到温暖的气息借助了声音在往他身上积聚,一个人面对孤独时,他一定心有戚戚。他看到爹抹了一下嘴上哈出来的口水,嘴依旧张了很大,那露出来的一截黑瘦如铁的手腕儿,在灯光下激动得抖抖的。

吴玉亭说话了,他挑高了嗓音,他现在有足够的底气。

我看到了瓦窑沟人的眼睛都盯着我了,你们对我充满了期待是不是?这,我心里明白!以前,我没有能耐,一个人的能耐是他的地位,地位不在那里想办啥事情都难!这以后,一句话:好了!李喜平和王政林能来造访,我也明白他们的语气里含混夹杂着某些不便说出的意思,我是明白的,我不怪他们,一个字,咱瓦窑沟村穷!吴玉亭家穷!穷字下面一口刀,把该有的都斩断了!

王政林看到吴玉亭眼睛里有泪打转,不像一个领导干部讲话,哪有实打实说的?不吹嘘呼点,不拿出点势来,就没有人怕你,畏惧你,老百姓也一样。怕他因为酒精的刺激和放不成电影的刺激弄得失了态,用肘扛了一下李喜平,李喜平拍了一下手说:

鼓掌!

吴玉亭还想着说什么来着,人已经被搀回了屋子里,只听到屋外的李喜平喊了一句,好了,咱瓦窑沟村人在政府部门,现在,总算有人立起来了,"富"字下面一张嘴,朝中有人好做官嘛,好了,各自回家热闹去吧!

这一夜的酒喝到很晚,喝得李喜平和王政林舌头大了,头大了,接着脚跟落地不稳,个个儿呕着心,想吐。

李喜平说,还不给吴主任拿盆盆来!

王政林拿了地上一根点火棒在石板地上画了个圈说,给你,盆盆来了。

李喜平就扶着吴玉亭照着地上画着的那个圆哗哗地往外吐。

互相喝破了心事,三个人一起笑,说起了一些儿童时代的事情,亲密得开始称兄道弟,这酒把人的地位喝淡了。

六

吴玉亭被吴玉贵搀到爹的屋子里,脑仁子被酒精刺激得兴奋,看着爹笑,接着又开始哭。爹咽了一口唾沫,很努力地期待着问,你把官做大了?吴玉亭踉跄着伏倒在床了说,爹,屁大个官儿,给爹丢脸了。

爹一脸糊涂,这官要没有做大,瓦窑沟村主任那也算个人物,人家能打发媳妇来给咱帮厨?圈着腰把儿子耷拉在床边的两条腿抱起来搁到床上。

爹说,你好久没有和爹说话了,和我唠唠话吧,你自打长成人,就和我话少了。爹把崭新的棉花被子盖到吴玉亭身上,屋外的风呜呜地吹,吹得院角上几捆秫秸杖子簌簌地响。

这春天的风是一种很不消停的风呢!

吴玉亭说,爹,记得小时候我最喜欢做甚吗?

爹咧开嘴顾自听,一脸等待,手脚没有搁处,想不起儿子最爱做甚。

吴玉亭被酒精刺激得兴奋,心里堵得实,喝多了也没有把想说的说给李喜平、王政林那两个王八蛋听,他有话说,他就想说给爹听。他仰起脸举起手机看有没有陈小苗的短信,没有。他大声说,捅!马!蜂!窝!

吴玉亭把手机扔到了一边,有些不舒服地又把它朝上的荧屏扣到了下面。咱瓦窑沟村外有一棵树,树是柿子树,结果子的树里面,儿我最喜欢柿子树了,苍劲的枝干,宽大油墨的叶片,尤其是间隔其间的柿子,似乎袒露了儿的心事,一个一个羞红了脸蛋儿。树上有个马蜂窝,我想捅了它,因为它影响了我对柿子的渴望。我是想算了很长时间的,最终想出了一个法子。爹,别不吭声,你猜猜,猜猜儿的心里想出了一个什么法子?

爹猜不出来,依旧手脚没有个搁处,笑容堆得满脸都是。吴玉亭的眼睛蒙眬地翻了一下,接下来把盖在身体上的棉花被子很粗鲁地踢开了,又觉得这样不妥,热了脸,羞赧地说了句,我失态了是不是,爹?把拽开的被子轻轻拉了回来,很亲爱地搂在了两腿中间。

爹假装看不见,说,喝了酒的人热气上身,不想盖就别盖了,这是在家里,机关里那一套就丢了吧,你在爹面前就不讲究了。

吴玉亭说,爹,我回家了是不是?那我就把人前这张皮撕了。

告诉你吧,我用了爹给我做的弹弓,用了一上午的时间对准它发射,哈哈,它掉下来的一刹那里我就往村子里跑,马蜂像我放出的臭屁一样追了我跑。我跑啊跑,跑到了大队的粮仓里,我看到粮仓里新收下的小麦,那麦子上还盖着几方大印,我照着那印钻了进去,等我醒来的时候,我已经被带到了大队部,我的头肿得脸盆大,娘找到我后说,你操皮捣蛋要到啥时候才能改!

爹笑了笑说,那时候有意思呢,那时候的老树下净是端了碗吃饭的人。

吴玉亭说,那时候的柿子树是大队的,秋天结了柿子,我偷着穿了爹的裤子,用爹黄球鞋上的带子绑了裤脚,趁着黑天,爬上树摘了两裤腿柿子,下来的时候,一下脱手了,我掉了下来。我回来,爹用绳子把我吊到梁上,裤腿里的柿子也不让往出掏,让梁上的绳子坠我。爹说,吊到你懂得集体的东西不能拿,吊到你懂得集体叫啥,告诉你小屁孩,集体就是国家!

爹端过来一茶缸水,怕水烫,又拿了一只碗来回倒着,等了一会儿用脸皮试了试冷烫,端过来要吴玉亭喝。

吴玉亭说,爹的手皮厚了,结了老茧,试不出冷烫来了。

爹加了糖要他喝下去,说,缓解酒劲。

吴玉亭说,我上学了,初中读完没有上高中,考了师范,我是想当一名老师啊,爹也告诉我说,当老师好,受人尊重。那个春天,也是这样一个春天,我和同学们出野外踏青,我看到新土,看到刚刚钻出土的茅根子。细细的绿,春天透土了。杨树叶子还不能被风吹响,是鹅黄的,有像虫子一样的杨花絮。远处是麦田,像大地的花地毯,平坦的麦田在春风吹拂下泛着银子的波浪。这是我那一次踏青过后的一篇作文,被学校的春芽文学社油印了,在学校传阅,还被当时的市报选发了,我一下子成了文学新人。

爹,记得你说,我儿真有志气,都上报了。

娘把那张报纸贴在墙上,早上看一遍晚上看一遍。天一亮,看清楚看不清楚字,爹都要探过头来扒在娘的肩膀上看。后来那张报纸上的字淡了,是被爹和娘的眼睛看淡了啊。

爹起身走到木箱子前,开了锁取出来一个木匣子,是娘当闺女时候陪嫁的梳妆盒,核桃木,枣红漆面,上面画了几朵牡丹,经了时间,那颜色看上去有些淡,有些衰老。爹打开它,取出一疙瘩泥皮,那上面的报纸有了霉点子,哪里还有原来的颜色?当年翻新房子,弟弟和爹还生了一场气,说爹偏心,人家攒金攒银呢,你攒了一疙瘩泥皮。爹掴了弟弟一个巴掌说,你是看见肚子里有墨水的人吃醋呢!

吴玉亭说,扔掉吧爹,没有用了,时间把石头都能化掉,巴掌大的一篇文章,没啥用处了!

爹合了木匣子,没话。

吴玉亭说,爹,知道不,就因为我会写,当初当老师的梦想没有了,到了县政府当了通讯员,人家说,这娃好成分,有灵性,会写文章,将来有机会上!我当了十年通讯员,二十九岁上到了政府办收发报纸信件,我想不出来,我都这么大了,再没有比我小的通讯员了,我看新来的人们看我的眼神不对,似乎已经急着要先我当家做主了,我得有动静了,也该上了!可是什么动静也没有啊,夙夜忧叹,我别无长技,写写豆腐块大的小文章是我日常爱好,我由理想繁多变为希望单一,人家说我不务正业,说有才用不到正点上。我后来想,写那玩意儿顶啥用呢?图了虚名,舍了!我埋头啥也不做干了五年,这五年里比我小的都上了,我看见春天窈窕的身影如闺女似的来了,又走了,又来了,然后风吹来吹去,绿的绿了,红的红了,熟的熟了。爹,我看到你依旧是重复着以往的日子,驾犁耕地,戴着草帽栽种,爹脸上的皱纹多了,是笑太多折叠出来的。儿我是明白人啊,只有亲近自然的人才活得本色,只有活得本色的人才会幸福,你的儿,我是一点也活得不幸福!我从你和娘的身上知道了要想温暖一个人的心,最基本的东西是给这个人温暖。不怕爹笑话我,我没有,从来没有给你和娘叠过被子,我给三任县长叠了几十年被子,人家把我当老通讯员使唤。四十岁上提了副科,这是第一任给我的,那是一个好县长,他曾经不让我来做这件事情,他说不平等。平等是什么?爹,平等不是你坐在我对面就是平等,那是屁股下的交椅啊!两只手的作用由脑来指挥,我豁出去了,不把事情想那么深了,不就是活动一下手的灵巧性吗?爹,一种筹码和证明,在权力面前,我算个啥?啥也不算!我是权力的异类,而在人面前,权力是人的异类。爹听不懂我的话是吧?我告诉你,爹,权力就像爹种棉花,劳动了不一定能获得好收成!

  爹合上了眼睑,有一会儿,吴玉亭想,是疼痛让爹合上眼睑的,爹没有想到他的儿比种地人活得还难,种地人简单到看到庄稼长起来了,就有无法抑制的开怀,明晃晃的阳光,眯住眼睛咧开嘴巴笑吧,可他的儿不知道看到什么该笑,看到了笑不起来,有一身的不自在!

爹从床上拿过来一盒"红旗渠"抽出一根,摸索出汽油打火机,吴玉亭抽出一支软"中华"扔给爹。

爹说,贵了,我抽了是糟蹋。

吴玉亭说,谁抽了不是糟蹋?

爹说,一亩地棉花卖不够一条烟,一股青灰冒了,这么贵的烟抽了,是要我脚底发软。

吴玉亭点了一根抽了一口说,有些事情是比较不得的,这是爹愚了。

爹说,爹不抽它,省了心去想它的贵!

吴玉亭说,爹说得对。可人是最操蛋的东西,偏偏就是要想,想和别人比较,想要,要得到的和不该得到的东西。这烟在我身形孤寂,百无聊赖时,做了我最忠诚最坚决的伙伴。爹,抽这贵烟的好处是,县长抽它,我也抽它,贵贱我和他嘴里冒同样的东西,我平衡!

爹一下觉得这个儿怎么不像是他的儿,他的儿不该是这个样子!

吴玉亭接着把肚子里的苦倒给爹听。第二任县长,怎么说呢,爹,告诉你一个字:贪。我给他叠被子年头长了,七年,我看不到人家的那个贪字写在哪,人前讲话,那是真叫个绝!他答应离任之前把我提成正科,我想该了,为了提拔,我都把文学梦扔了,身心不二,我是一门心思谋政,爹,你知道,咱祖辈是农民,祖辈没有见过当官的人是啥样,祖辈排了队找不到一个能说上话的人,祖辈不知道啥叫阔气!我为了这句话,等,等到都提拔了,没有空位子了,我还想着一定有一个我没有发现的窟窿等着我钻呢。那天,在他离任前的晚上,县政府楼里要做一件事,灭鼠。灭鼠的最佳药是"三步倒",爹你是知道的,老鼠吃了走三步就倒了,再也起不来了。灭鼠是那几天的重要任务,为了配合卫生部门的检查,也为了"创建卫生城市",我作为将要提拔的人选,必须身体力行。我提着塑料袋,拿着长柄勺,舀着塑料袋子里的黄色小粒粒,往墙角旮旯放,这时候我看见县长下楼了,他看了我一眼说,新来的县长快来就任了,你去把那些我用过的东西收拾一下,纸袋信封什么的都处理掉。我说,县长你不住了?他说,不住了,你的事我和新来的习县长说好了。

  我把"三步倒"老鼠药发放完,我收拾他的床铺,我在掀起他睡过的褥子下面看到了有三寸厚的一沓沓信封密实地铺满了床下,信封上有俩字:面呈。后面点了冒号,总共五百三十二个信封,我当时就想把那些信封捆起来当了废纸处理,捆扎的时候我发现有的里面还有信,也不是什么信,是个人情况,我还笑这些人呢,一个一个的把自己涂纸抹粉得那么优秀那么有作为,我就这么一个一个看,看他们的笑话呢,哪知道结果发现有的信封里面还有人民币,那是现在快看不到的第三套人民币,面值都是一百。这让我心跳加速。爹啊,这就是我想用心温暖的世界,苍天晓得,那种可怜的温暖有着怎样的天穹和深渊啊!我的自行其是,到此,要我怎么心甘?!

　　吴玉亭看到爹手上的烟不是抽没的,是自己燃没的,烟灰掉在爹的裤腿上,灯光下白得耀眼,爹带着轻微的颤音说,你说那些信封都装了那东西?

　　吴玉亭说,我所想到的辩解都等于谎言,你看看电视上那些个官吧,更怕!生活和梦不属于同一个世界,爹,你的儿就因为一个看上去很简单的信封作怪,一切又迟到了五年。

　　爹把伸出去的腿缩回到床上,有骨头咔嚓的声音响了两下,吴玉亭知道,那是爹的骨关节在响,爹手里又点了一根烟,烟柱像蛇一样,因爹抽回去的腿带乱了烟气,它缭绕得呛了爹的鼻子,呛人的气息令爹咳嗽起来,最后那口痰像田地边水渠里的浊水在涌动,携带了尘世太多的浮尘和干渴,咕咕地嘶哑了一阵子,爹走下地圈着腰开了门顺着风把那口痰吐了出去,风携带着它飞进了黑暗。

　　爹关上门,走到火台前,火上坐着水壶,水开着是为了取暖。爹掀开火看了看壶里的水,拿瓢从缸里又舀了一瓢倒进去,爹往火里加了炭,火苗欢起来。吴玉亭想起来,瓦窑沟村在贫瘠的山岭上,祖辈吃水难,过去有一口井,有二百多米深,因为吃水天不明就去排队,时不时为排队你争我吵,大多时候是他和弟弟去排队。下井的绳索是铁绳扣,足有二百斤,绞水时,辘轳把上两人,一人驾辕,两人搭挑,另有一人用手挡着铁绳扣不让它因绞的铁绳扣厚重而脱落。劲还得往一起使,否则绞上来就是半桶水,多年后吃水有所改观,从山后提过水来,但总因水源不足,用水旺季,还得绞水吃。吴玉亭想起来,好像李喜平晚上喝酒时也提了水,说,你要把咱村的吃水问题解决了,就算百姓托你的福了,就算你不白当这政府办主任了!吴玉亭依稀记得当年往县里参加工作时,因为去的是县政府,走时,爹说,你为咱这穷人争了口气,为咱这穷村争了口气!

这么多年来他那口气争在哪里?

爹开始准备一早的饭菜,还有清明上坟的祭品,爹突然在地当央站了下来,看着床上的吴玉亭,爹张了张嘴想说什么,还是没有说出来。床上的吴玉亭有几分睡意,吴玉亭看爹停了下来,便又有了几分清醒,看着爹笑了笑,那笑看上去比哭还难看,爹走近他把他脚上的鞋脱了,要他躺好,他想哭,他知道爹有话,爹的嘴笨,嘴笨的人大都爱听人说话,吴玉亭噙着泪说,爹你有话说!

爹说,也没有啥话。

吴玉亭很坚决地说,爹你肯定有话说?

爹说,我一下忘了。

吴玉亭说,你是不是觉得我活得下贱,笑话我?

爹说,啥话,干啥就得像啥,人家一县的父母官泼烦事情多啦,给人家叠被子算啥,用不了二两力气。

吴玉亭说,可我心里苦。

爹说,说说话,心就松动了,就不苦了。

吴玉亭说,爹,你哪里懂得!

爹憋红了脸说,再不懂得,也可惜你把写文章的正事丢了!

吴玉亭一下觉得酒劲上来了,腮帮热了一下说,爹,这你就是外行了。

爹咳嗽了一声说，我到底想起那句话来了，是一句古话，你也记下了，说的是，人为财死，鸟为食亡。

七

天上布满了云，将雨不雨地苦着脸，也许这日子是清明，似乎把人心也濡染得不畅快。瓦窑沟村通往村外细肠子般的土路上，蚂蚁似的布满了人影，有的端着木盘，有的挎着竹篮，里面放着白馍、黄表、香火、鞭炮，好一些的人家还放了罐头、香肠。喜欢土地的瓦窑沟村民自然也喜欢把先人葬在自己的土地里，一座两座像邻居一样，鞭炮炸开了寂静，香火点亮了天色，坟头的一声哭，是告诉地底昏睡的死去的人，又换年头了。

吴玉贵家地当央的坟堆上长满了刚透土的青草芽儿，坟旁一棵柳树下是用石头垒起来的供案，吴玉亭从地上的篮子里往出掏祭祀的物品，还不时地掏出手机来看，这个动作让吴玉贵很是看不惯，趁着这个空当吴玉贵接过了篮子，两个妹妹和吴玉贵的媳妇已经跪下了，正准备把头上的围巾捂了脸，就等把香点了她们好开始哭，哭什么呢？先是要哭地底下昏睡的人苦，撂下一堆事，当了甩手掌柜，花花世界，光阴易逝，那时的自己还小，还想着爹娘说着话呢咋的就已在地下埋了好久，活着的好多稀罕事，活着时没有想到要你们看，去了也误了，不知道的事情多了呀！该过好日子没有过上，走了的苦了呀！接着哭自己的不好，活着的人苦呀，不如地下的人，丢下了亲生的儿女到地下享清静的福去了，这世道是哪个留下了这生死轮回!

还没有等吴玉贵把香火冥纸鞭炮取出来,已经听到身后脚步声走过来,那脚步声不像一两人,是一队,像学校出早操后让学生稍息后的脚步声。

先是吴玉贵扭回了头看,叫了一声:我操!

等吴玉亭彻底扭回头时,瓦窑沟村的大小老少在李喜平的带领下,在他的身后像马蜂一样围了过来,他看到所有人的手里都拿了黄表,李喜平第一个把手里的黄表点燃了,他下跪磕了仨头,接着又磕了仨头,李喜平站起来很认真地说,吴玉亭主任,这仨头我是代表瓦窑沟村民给咱婶和咱嫂子磕的。接下来李喜平的媳妇和王政林的媳妇坐下来,脖子上的头巾往头上一蒙开始哭上了,先是吴国花开始数落着哭道:

地底下昏睡的婶和咱嫂啊,你看这冥钱烧得和火龙一样欢呢,火龙伸着红红的巨舌在舔那天空呢,风助了火龙都能把人的头发烧掉一撮呢,你俩在地下享福了呀,上亿的票票商店都兑换不开呢,你俩坐吃利都够几辈子花呢!地底下昏睡的婶和咱嫂啊,活着的人可就难了呀,咱瓦窑沟山大地块儿小,种地费工石头多,清明开粝子一直到芒种,老阴坡沟剥楸皮,遇了天旱不长苗,人都吃水难哪里见收成呀!苦了咱瓦窑沟活着的人了,住在这石头多得像荞麦棱子,公家看不见摸不着够不着地方,苦啊,呀喂,呵呵苦啊!

李婉婉接着开始数落着哭道:

地底下昏睡的婶和咱嫂啊,吴家出了大人物了,别看这山坡坡沟深石头大,没墙没堰可咱的风水好啊,出了大人物咱瓦窑沟挺美的,接了山外沁河的水,咱瓦窑沟就是米粮川……

这哭诉到了最后就成了诉说瓦窑沟的难了,瓦窑沟的难有了吴玉亭以后这日子就过得舒畅了。两个妹妹和吴玉贵的媳妇,本来这十年纸由她们来唱主角的,这么着一闹,她们仨反倒不知如何哭诉,哀巴巴看着,哭的人不能让她一直哭,旁边的人要拖她们起来,吴玉贵抬了两臂搂了吴国花要她起,吴国花像一块年糕粘在地上说自己还没有哭够呢,吴玉贵恼火地说,这地下睡的是我娘,你又不是我媳妇哭给谁看哩!吴国花怎么说也是村主任媳妇,自觉就比瓦窑沟的人高一等,吴玉贵这么说,她心里有了几分不乐意,你吴玉贵算什么东西也敢占我的便宜!一下止住了哭,扯了头巾站了起来想说什么,看到李喜平白了她一眼,她的话头马上就系住了,换了一个话头说,我是哭我婶呢,怎么说我也是吴家的闺女,我要我婶知道,吴家的男人也不都像你一样土里刨食,也有做官的,都是姓吴家里的,可这落差大着呢!

吴玉贵觉得这十年纸烧得有点瓦罐子气,本来是自己家的事掺和了村委,以前也没有见村委的人来磕头,伸出双臂用了猛力把李婉婉抱了起来,也不管她站稳当了没有,自顾从篮子里拿过鞭炮来点了捻子,绕着坟堆放了一圈,没有燃完的鞭炮在吴玉贵手里晃着,扔出去,落下去的炮仗在吴国花和李婉婉的脚前爆响,吓得她俩往远处跳,吴玉贵斜了一下眼睛嘟囔了一句,把那毛料裤子烧了窟窿才好呢!

这句话吴玉亭听见了,他从心里瞧不起弟弟,尤其是这句话从他口里说出来,整个一个小农思想嘛!妹妹从篮子里拿出自己买的鞭炮要兄弟放,说这是闺女的,给地下的娘和嫂子放了听个热闹。吴玉贵拿了放到自己手里等磕了头准备放。吴玉亭看到两个妹妹和弟弟在坟头前给地下的人磕起了头来,他便也站在了坟前,想着地下的母亲和妻子。母亲虽目不识丁,但贤淑明理,勤劳善良,母亲对儿女的关爱无微不至,可说是把全部心血都倾注到了他们兄妹几个身上。记得小时候家穷,孩子又多,早上一顿玉茭面掺了谷糠的蒸疙瘩,母亲总是让孩子们先吃,说自己看着就饱了一半,荒年饿不死造厨的,稀汤灌大肚呢!年幼无知的他们,你一碗我一碗抢着吃,尤其是他和弟弟,饭量又大,好像永远吃不饱。等最后轮到母亲时,已所剩无几,母亲只好将锅底残余的些许饭菜掺了开水充饥,还告诉他们说,口淡,菜咸呢。有时竟空着肚子。年幼时,兄弟姐妹几个的衣服像蚕茧一样往下褪,先是姐姐的褪给他,接下来妹妹们,然后是弟弟。那年月,不像现在有料子布,只有棉布,不经穿,衣服和鞋袜往往穿不了几天就破烂不堪,这就更加重了母亲的负担,一方红黄摇曳的炕墙上,母亲飞针走线,挑灯夜战为他们缝补衣服或纳鞋底,怕灯光影响他们睡觉,母亲用结实的身板挡了光线,夜静的时候,拽麻绳的声音细柔有力地布满了整个屋子。爹说,看你娘苦的。娘说,对着孩子说甚呢,满屋子你给我找找苦在哪里?娘停顿了一下看着他们又说,就盼着我娃学了知识吃了"公家饭",娘等着坐我娃的小卧车呢。

  吴玉亭仰起头,那一仰不是为了看天,是想把对地下人的思念安置到一个宁静的去处,是想告诉地下的人他终于有小卧车坐了。

对于地下的妻子,他有比娘更多的话要说,那种感情也是莫名其妙的,爱恨掺半。他甚至不知道和妻子之间叫不叫作有"爱"存在。他能进县政府办其实与妻子有很大的关系,因为妻子的父亲是县政府办的司机。他和妻子是同学,上学时她的身体就弱,第一次领她回瓦窑沟,娘背过她和吴玉亭说,人单薄,没腰没胯的,小脸蛋和蒜瓣子似的,要是在农村她那身子骨务不活庄稼,更别说走针引线了,娘不同意。

后来他想,他之所以看中她,是因为看中了县城,县城是他离开农村最羡慕的地方,让他有一种神气在里面。农村人进了县城,他感觉就像驴进了县城一样,嘴上吊个草料袋子,屁股上也挂个驴屎袋子,怕县城人见不得,驴就没头没尾了。他就想做一个彻头彻尾的县城人。县城里的人有一种东西在脸上挂着,他一直不知道是什么,不是优越,后来他知道了,是"势"。他想起来和同学在她家帮助做煤球,弄得一身臭汗,她并不厌他们,而是为他们凉上白开水。在乡下,他们农村的孩子哪里喝过凉了的白开水,口渴了拿马瓢从缸里舀了凉水,饮驴一样往脖子里灌。一听是凉了的白开水,乐得他们眉头高扬。他看到她的母亲不高兴了,周正白净的脸上看他们的时候蹙着眉,他们从她母亲面前走过去时,他看见她母亲的手不自觉地在鼻子前扇了一下,他的神经蹦了蹦,仿佛和院子里落下的泡桐树上紫红色的花赌气似的,孩子们全都停止了热闹,其实他未来的丈母娘并没有做什么,连细碎的话都没有说,脸上随着就挂出了笑,那笑在黄昏的亮影下有几分清丽和明净,但是,不知道为什么孩子们都不喝那凉了的白开水了。也是后来,他知道

"势"其实是一种距离。那个夏天的黄昏,他不知道他在县城少了什么,但是,很明确地知道他不喜欢农村,不喜欢父亲常年不刷牙哧着黄锈的牙和裸露的牙床,不喜欢农村人的裹裆裤黄球鞋,甚至不喜欢母亲累得顾不上梳理的头发。县城,是他梦里生活的背景,他像破了茧的蛾子要飞向县城了。当他向妻子表示要娶她时,她没有激动,她母亲像历史老师上课一样讲了从前、现在,最最主要的是,她不能生孩子,也许一辈子,他得小心呵护她。他还记得当时的一个场景,停电了,县城里的油灯不像农村的,农村里的油灯用的是孩子们用过的墨水瓶,搓个捻子插进一截洋铁皮卷筒里,添进去煤油就成了。县城里的灯是有灯罩的,她母亲张开她红润的嘴唇往灯罩里哈气,然后撕碎一张书纸,用纤细的手把书纸揉软,伸进两根指头抹着那纸片,很缓慢地一层一层地转,她母亲不停地往灯罩里哈气,之后一遍一遍地擦。直到她伸进去的指头,仿佛透亮起来,她母亲才说,呵护她就应该像呵护这个易碎的玻璃罩子。然后,她母亲用少见的兰花指轻轻捏住灯罩,扣上油灯。屋子里突然一下亮堂了,他看到她的脸在灯光下有两朵红晕染了两腮,她母亲说,我的闺女和乡下的那些个没有教养的女人不一样,你要学会尊重她!

新婚之夜,她那没有丝毫肉感的身体对他来说,说不上喜欢,也说不上不喜欢。丈母娘给他一盒避孕套,毫无廉耻地告诉他,记住,每一次,你都必须戴着它,必须坚持检查它的乳头处有没有破孔,说毕,居然伸出两根手指示范操作方法。这让他最早体验了县城给予他的文明。每一次,他都会想起在瓦窑沟翻过山梁的那个水库钓鱼,他总是用蚯蚓当钓饵,他把粗壮的肉红色的蚯蚓放在他的掌心拍晕,小心地穿到缝衣针烧弯做成的鱼钩上,轻轻放到水中打好的窝子里,便有鱼来咬钩,鱼咬钩实在是美妙,他知道鱼总也不会被钓上来。他也知道身下人是用了吃奶的劲想迎合他,那一种迎合在一长串的咳嗽中像凉了的白开水一样寡淡,他也只限于体味鱼咬钩的美妙。

吴玉亭举眼眯缝着看天空,天空没有云,云和太阳光搅和在一起了,这清明,印象中从来没有晴朗过,但他确实听到了过往的日子那瞪瞪的足音。他该给地下睡的人磕头了,泥土是他膝盖的蒲团,但他却跪不下去,他觉得目前他要做的动作不是跪下去磕头,而是很儒雅地三鞠躬,这样才能有别于他和周围人的物事,有别于一个领导干部在清明这一天的风景。

三鞠躬之后,他长叹了一声:

往事并不如烟啊!

身后被李喜平集中来的村民们,家家都有个难事儿,于是,就有人趁着这机会把想要求办的事说出来。

先是罗锅马必土的儿子马小沁,瓮着肩走到吴玉亭面前,小嗓发声说,叔,我爹炕上下不来,要我求你个事情,求你给我在县城找个临工,我爹说你当大官了,有人巴结你,要你可怜可怜我。

李喜平叫了一声,做啥劲呢,把腰杆放展些!你跟着凑什么热闹,说话都没有半毫热气,能给你找个啥工作!退后边,清明上坟是私事,不谈工作。

马小沁急忙朝坟前走,谁也不知道他要做甚,却见他双膝跪下去磕了仨头,嘴里叫着,奶、婶,你们给叔说个好话,我给你们磕头了!

接着是跑运输的王海急忙走到吴玉亭面前说,大主任,说个帮忙的事,我的车在县城被交警扣了,官大面子大,求你了,也算咱是一个沟的人,这是我的情况,对于你来说,这是小事,我的车证件全有,就是少了一个尾灯,扣了我冤,烧香找到你这庙门了。

还没有等李喜平抬手指着走近的人喊话,瓦窑沟平良德老汉用烟袋锅子敲了他的手臂一下,他正想发作呢,只见老汉插过人缝挤上前说,侄子,我和你告个状,不怕难为你了我就说。

吴玉亭说,你说。

平良德就用烟袋锅子指着李喜平说,就告龟孙子他!

吴玉亭说,他咋的惹你了?你这气这般冲。

平良德老汉额高面长,悬胆鼻子,说话如和人吵架,处事挺横的,想骂哪个龟孙子就骂哪个龟孙子,他用疑惑的眼睛看着吴玉亭说,剑里头哪一种剑最毒?是舌剑。都觉得非打架不可的事情,我认为舌头能摆平的才叫本事。你跟着县长,我找你就是要叫你来评理,我种的二亩地苗圃,都长到胳臂粗了,村上说修路要占地,把我的苗圃占了,砍了,说我的地是三类地,我明明是一类地,龟孙子李喜平选举时候说得好,说他当了村主任,这事不算事情,小事一桩。我选了龟孙子,龟孙子一当选了,老二不尿老大,说这是政策,我问你,当初光我家就给了他六票对钩,那是有交易的。现在我不同意,能不能按政策说我那六票不算数了?免了他的职务。

吴玉亭没有想到平良德老汉是来翻老账,这事不知道该怎么说好,就拿眼睛瞟了一眼李喜平,李喜平也没有想到平良德会说这事,一早他打发人挨家挨户去煽动,去送纸火,说县政府办的吴玉亭主任回乡烧纸来了,大家也都去坟上给人家送个纸火,乡里乡亲的,说不定以后会有用得着人家的时候,不要见官就看不起。李喜平知道现在的农民和以前不一样了,也不好管了,和你村干部没有啥牵扯,不给人家实惠,谁要按你的意思去办事?他没有想到平良德老汉在这坟头上说这事。

李喜平急忙走近和平良德说,老叔,你是想出难题不是?这事与吴主任有什么关系?当初选我你也是自愿的,说给你条件也是真心的,可结果你的地只能评估三类地,我给你争取了二类地,你的地要是一类地,你不种麦子了,要种树!

平良德说,龟孙子你这不是说屁话吗?大侄子,我要你说,我就看你这个官有多大分量!

吴玉亭方才还觉得瓦窑沟人给足自己面子了,现在就觉得这清明有点吵,只听见自己的弟弟吴玉贵扒开人群喊道:这是我吴家的坟地,我哥是回来上坟的,你们是存心不想让我地下的娘和嫂子安静是不是?谁要再拦我哥,我这个没文化人就一路打出去了!

吴玉贵说完话,点燃了手里的鞭炮,鞭炮在他的前方炸响,他拖着吴玉亭,吴玉亭跟跄地往前走,眼睛却看到了逐渐开阔的田野。

吴玉亭说,这样走了不好,你要叫瓦窑沟人笑话我,笑话我的能耐!

吴玉贵说,平良德那三亩苗圃地本来就不算地,屁类地也不是,尽是一些石头蛋蛋,能弄成二类地也算是李喜平的功劳,老鼠逮猫,他们是哪一出还不清楚?你不要因为提了个正科就以为自己是个官了,李喜平那才叫官,官不大,特懂行道。

吴玉亭觉得手机有短信响,急忙甩了弟弟拉着的手,翻过手机来看,是陈小苗的,上面显示了:下午到,晚场八点开。

这几个字像政府文件,没有一个字是跳动的,更没有"除却巫山不是云"的心动。吴玉亭想:陈小苗这个荡妇,看我见了怎么拿捏你!

八

傍晚的时候天上下了一场小雨,斜斜的雨丝打乱了人的头发,瓦窑沟村湿漉漉的,干河沟里的鹅卵石被雨水濡染得加重了颜色,一些鹅黄的茅草在雨丝中生姿,有几只鸟压低了翅膀飞行。吴玉亭的父亲已经来这里向公路望了有几次了,看着鸟飞行心里有几分不快,鸟低飞那是想拣拾雨头儿嘛,天公不作美,这个清明一点也不叫人省心。

吴玉亭上午上坟回来,眼皮子困得眼毛毛都支不住,倒头躺在炕上顾不上想事,一觉睡到天黑了也没有起床。院子里的大锅冒着热气,压好的面条一箅子一箅子放在屋子里等演出的人来了下锅。有雨,天黑得早。吴玉贵几次想叫醒哥哥问演出队为啥还不来,李喜平都不让叫,说要他多睡一会儿。吴玉贵满脸不高兴,觉得自己家的事被这一掺和了,弄得人心和这雨一样,黏糊糊的。

院子里的灯亮了,拉灯绳的人不是别人,是吴玉亭。这时候听到院门外吴丙国老汉一路小跑进来,喊着:快,下面了,演出队的大队人马来了。

院子里的气氛一下热闹了,先是小孩子往院子里跑,接着是演出队的刹车声响,有人抬着箱子进来,说地上潮湿,叫人拿几捆干草来垫地,进进出出闹欢了。吴玉亭在爹的门口站着,什么表情也没有,嘴上叼着根烟,等他要见的、想见的人出现。

陈小苗大步跨进院子看到吴丙国老汉上前就握手,说,来迟了,没办法,吃公家饭就得听人家抓差。叔,你这身体看上去硬朗呢,有几年不见了,还是那样看见了叫人亲切。

看见吴玉贵她叫了一声:大兄弟,劳驾你帮忙要他们把场地铺开,看这雨怕是不停了,一些电源见不得潮地。

然后,她指挥下边人架线,往摊了干草的地上铺帆布,泥地上是不能翻跟头的。先演出的人开始吃饭,等大部分演员都吃完了,一切也都弄利落了,陈小苗才问吴玉贵,你哥呢?

吴玉贵告诉她,哥在爹的屋子里。

陈小苗拍着手上的泥往吴丙国老汉的屋子里走,抬脚进门的时候喊了一声:吴主任,你这接待我的态度可不好啊,准备酒了没有?我得喝两口才能唱响,你不陪我?

吴玉亭赶紧从床上起来假装刚睡醒似的说,看看,我昨晚喝多了,一天不清醒,县里的大红人,我敢不接待吗?!

陈小苗说,那就走啊,高升了,就着灌面的菜喝两口,我也好祝贺你一下,晚上还有好节目呢。

吴玉亭其实就等着陈小苗主动呢,下酒的菜他早安排人弄好了。

　　外面雨下着,依旧是细细的,打到人的脸上像雾一样轻,吴玉亭突然觉得自己很清爽,是酒醒后的清爽,还是雨天的清爽?好像什么也不是,是见了眼前的这个女人的清爽。心不自觉地跳了几下,惶惑了一阵子,他跟着陈小苗走进弟弟的屋子里。菜饭都已经齐全地摆在了桌子上。弟媳妇看到陈小苗进来,一下不知道该叫什么,当初他们谈对象的时候来过瓦窑沟,她叫人家嫂子,现在叫什么?嘴张了半天合下来时叫了一句:陈团长,你胖了,富贵了,越发好看了。

　　吴玉亭前倾的胸往起抬了抬,抬胸的当口眼睛扫了一下陈小苗,他觉得和眼前这个女人之间也应该有一种"势"在里面,他不是以前的吴玉亭了,他磨正了。但是,他确实看到这个女人发福了,圆润了,有了一点贵妃的味道。他的脑袋歪了一下游离开视线,给人的感觉是他并没有看她,她的圆润和贵妃的味道与他没有多大关系。一个领导干部在女人面前,看到的不应该是异性,她就是你的下级,用口气指挥她行动,和圆润和贵妃都不沾边。

　　陈小苗说,叫我陈团长我听了别扭呢,当初,差一点就做了你的嫂子,人这一生差一点的事情多了,要不是这年龄差一点啊,你哥哥就当正主任了。

　　这句话说得吴玉亭有些丈二和尚。什么意思?难道主任的位置又落空了?不可能,他回乡之前才被习县长叫去谈话,说这一回,你放心,正科是肯定了,也该上个台阶了。怎么说,走了一天就出事情了？

陈小苗发现吴玉亭一下定神了，想不出来是因为什么事，也不管愣在那里的他，顾自拿起倒好的酒喝了一口说，你哥要是觉得我这个嫂子合格，你就还叫我嫂子好了。

吴玉亭上前一把抓了陈小苗的手往暗处拉，这个动作让陈小苗一阵喜欢。

吴玉亭嘴角却有点颤抖地说，不可能，政府办主任谁来当？你的意思是不是我？你从哪里听到的？

陈小苗觉得吴玉亭永远是吴玉亭。

她嘴里嚼着一口菜说，给了你正科待遇，上面有政策，县里副科五十二岁就切，考虑到你的工作时间，县里决定给你正科待遇退下去，我也是下午才清楚，采风团有领导酒桌上说了，我替你高兴呢。你跟了我演出，工资待遇我给你正科的，你就帮着写作品，小品、相声、双簧、三句半，诗歌也行，今晚就有你一个节目，你看了一定会高兴。

吴玉亭一点也高兴不起来，如果说时光倒流三十年，这是他的家庭梦想，时光像什么呢？他脑袋里一片空白，只觉得胸口如一口古井，空得他想哭。

陈小苗说，和你喝三杯，三杯之后吃面，吃了面演出开始。你在我这里干，永远不退休。陈小苗说完这句话还冲着他挤了一下眼睛，是一只眼睛挤，有挑逗的成分在里面。四十几岁的女人做这个，从想象的角度看有点过了，但是，实际上是很可爱的。

吴玉亭依旧装了看不见，这一回看不见是心里乱了，这乱和以往的乱不一样,这等于是政府炒了他的鱿鱼,他有点失了方寸,为了掩饰,只能喝酒。一杯酒下肚,他像被捅火棍捅了一下,火辣,这样反倒好一些,让他有几分清醒:他是男人,不能喜怒形于色,就算是巨大的悲痛,三十年了,他都压着,压到现在,压不住也得压!

吴丙国老汉忙着把两把太师椅搬出去,做这件事情他不要人帮忙。两把椅子一正一偏放到演出对面,怕雨淋,他在太师椅上顶了两把伞。两个牌位:老伴和儿媳妇。他把她们婆媳放到椅子上,这样的位置是任何人都不能坐过来的位置,他也不能。两张椅子,两把雨伞,两个牌位。她们的身后才是俗世的热闹,俗世的热闹好啊,吴丙国老汉想:俗世的热闹最好的好处是脸上的七窍都能动,有嘴能说话,有眼睛能看人,有鼻子能闻香臭,有耳朵能听人声,什么声音都没有人声好听。吴丙国老汉饭都不想吃,就想听身后瓦窑沟人的说话声,就想听演出队叽叽喳喳的吵闹声。灯光一下打亮了,院子里和白天一样亮,灯光把人脑袋推到院墙上,挤挤撞撞的,人世间的热闹就这般突出来了。

屋子里,被外面的热闹挑逗得心不在焉的弟媳妇,也不管屋子里的人,顾自站在门前一脸喜气,那喜气不是挂在脸上,是挂在嘴上,嘴张了老大,一口牙快要挂不住了,想往下掉。

屋子里的人喝酒没话,这中间团里有人进来请示开演,陈小苗嘴噘了一下,对着吴玉亭说,问老吴!

从吴主任到老吴,难道自己从此没有"主任",就剩下"吴"姓了?还因年龄的拉长加了"老"字?吴玉亭咬着后牙根说,老吴要你们开始!

演出开始,一段八音会段子响起,之后该落座的人都落座了,人把院子挤满了,有人骑在墙头上,李喜平和王政林领着各自的孩子、媳妇也都坐下了,吴玉亭却没有出来,他觉得他的面子上挂不住,他和瓦窑沟人许诺了要当政府办主任,既然这主任当不成了,当不成主任好说,许诺下瓦窑沟建学校的事咋办?修路的事情、吃水的问题,扩建办公楼的事情,多了,他不能出来见他们,他的脸上挂不住,一个人的地位决定自己的价值,现在,他等于是一个没有价值的人了。

　　陈小苗陪着他说,你不想出去看看?你不想出去就听吧,有雨的日子听这个节目怀旧,"春天送你一首诗"的人还说,这个人的才华不得了。你吴玉亭要是认准自己写下去,就不是现在的吴玉亭了,你要听了这个节目能走出去就是大毛蛋了。

　　这是吴玉亭的小名,谁还记得它?吴玉亭苦着脸笑了笑,他觉得男人其实是很脆弱的,不要看平时想的那些事,遇了事情就觉得自己要马上垮掉,想靠着什么东西支一下,现在,能支他的,就是眼前这个"贵妃"一样的人了。虽然,他一直在心里骂她,嘲笑她,甚至从心里看不起她,鄙视她是荡妇,其实,他是在乎她,她的一举一动一颦一笑,他恨那一举一动一颦一笑不是冲着自己来的,是冲着社会上那些权势去的,他突然想到,他在奋斗的三十年里,他所做的一切又是冲着什么去的?

　　一口酒闷下肚子,听得外面主持节目的人报:

　　今天,我们团能够有幸来到瓦窑沟,这也是政府办吴玉亭主任带给我们的福气,让我们有幸和瓦窑沟村的父老乡亲共度这清明,共度这思念的日子。天上的小雨用激动的热泪迎接我们,在座的瓦窑沟村民用热烈的掌声欢迎我们!

这时候,李喜平站起来喊,大家鼓掌!

瓦窑沟村民的掌声爆响了,年轻人的口哨也尖利地切割断雨丝越过院墙,把村里守院的狗叫愤怒了。

接着主持人又说,谢谢父老乡亲的掌声!接下来第一个节目是口技并配乐诗朗诵:《蛤蟆叫》,这个节目是我们政府办吴主任二十年前创作的,借此我们献给他地下有知的母亲和妻子,在此,我们也祝愿吴主任的父亲健康、幸福!同时祝愿瓦窑沟村民健康、幸福!

先是听见一个瞪着眼,鼓着皮囊的蛤蟆"咯咕咯咕"叫了两声,跟着有蛤蟆"叽咕叽咕"迎合了几声,一群蛤蟆便群起哄叫,一如人类的热闹,充盈了一条河沟。等蛤蟆叫声弱下来时,有男声开始朗诵:

蛤蟆叫

蛙声如潮带雨来

哪个敢说吵

蛤蟆叫

比风来得早

万里江山我做主

春来背着鸣囊叫

蛤蟆叫

清溪田野随意跳
爱欲满其身,擎着丰收叫
目盼东山月,耳闻溪水声
一如人类抛歌喉
满谷满沟倾心叫
蛤蟆叫
……

  吴玉亭觉得,这是他写的吗?是他曾经有过的经历吗?这首小诗能够引领他的,不是天边地平线上的无限奇幻,是他所看到的对面那个女人的眼睛里漫漶出的热爱。一条干河沟里,蛤蟆叫不在了,这个清明,假如他能走出去面对这些热闹,他以后的日子怕得回过头去望了。

成　长

一

曹丕是一个活在街头的人。

他经营的生意一面是卑琐的行径，一面是崇高的人性。生活在曹丕的世界里就这样充满矛盾和多样性。

二

曹丕还在少年时代时，曹丕的爸爸曹力大喜欢抬举老师，乡下的学生读书难免参差不齐，学得好坏多少要看个人造化。曹丕爸爸抬举老师就是为了老师多给儿子开小灶。可惜老师都是半业余的，没考上大学，念了高中，读过书不能和农民一起站队，在乡里谋个活路当小学老师，心思又不在教学上，时刻想着往城里去。曹丕的爸爸对曹丕也没有过高要求，就希望将来曹丕能做一个乡下老师，凡是做了老师的人都是肚子里有墨水、练就一副好喉咙的人。这样的人乡下人喊他们是"知书识礼"之人。

曹家几代都是农民，到了曹丕这一辈，曹力大说什么也要解脱长期低人一等的感觉,再难也要供曹丕上学。曹力大抬举老师的唯一途径就是要曹丕妈给老师送麦子面馒头。乡下最好的面是麦子面。

可曹丕是那种没有特色的学生,不喜欢读书,喜欢野天野地地玩。曹力大从野地里找回曹丕时,常骂一句话:"王八羔子,吃了喝了,粪都攒不下叫你野到人家地里了!"不读书不长本事,更不能给自己的家族带来若干好处,就算当一个层次不高的教书先生,简单地实现一个梦想似乎比登天还难。

曹丕混到初中,要到离家二十公里的庄坡上学。人离开家,也就离开了曹力大的视野,曹力大想酿造一个强迫念书的氛围,这种氛围因距离原因被堵塞了。庄坡因为有初中,村庄里就有人开了网吧。曹丕基本不念书了,初中的课程比小学难,小学没打好基础,进了初中看啥啥不明白。本来是年少活泼无忧无虑的时代,因为读书曹丕显得郁郁寡欢,他整天泡在网吧,不想读书也不想回家。他感到自己的灵魂在漂泊,没有可供其落脚的地方。再是,初中还没开始念,眼睛就高度近视了。

有一天,曹力大在网吧逮着曹丕了。

曹力大站在曹丕身后看曹丕在做啥。

曹丕在玩游戏。曹力大看不懂。

曹力大说:"这舞扰(山西方言,形容莫名其妙的忙乱的样子)的人都在做啥?"

曹丕说:"过关呗。"

曹力大说:"过了关做啥子?"

曹丕说:"过关呗。"

曹力大说:"过了关做啥子?"

曹丕说:"你来网吧不知道啥叫过关?去,妨碍我过关!"

曹力大一个巴掌上去了。曹丕的关没有过去。曹丕瞪着眼说:"你让我过不了关!"

曹力大说:"王八羔子,你接受不够九年义务教育,你连基本的说话能力都没有,不要说写封信了,念书念到现在就只会说过关,你爸就是你的关,你来过过!"

曹丕才发现身后站着的是曹力大。曹丕站起来就跑。曹力大在后面追。

出了网吧,一群乡下的老农民喊住了曹力大。现在的娃娃有几个好好读书的?读书能做啥?考上大学都不分配工作了,都说上网是一个怪瘾,小孩子都喜欢进网吧,由着他去吧。

曹力大在人家的劝说下脚步迟缓了,看着曹丕麻雀一样起起伏伏跳跃着不见了踪影。

曹力大为啥叫曹力大,因为他是一个受才。一身好力气,高个粗腰,头发板刷一样硬。农村人一年四季和土地打交道,耍的就是力气,父母给他起这样的一个名字是起对了。一年到头要下地的那些日子里,对他来说简直就是抡了两下胳膊锻炼了锻炼。等生下自己的儿子时,起名字不能依靠一辈子和泥打交道来决定,得有文化。找乡下的老师来决定,人家抬眼就说:"叫曹丕。"说曹丕是历史中魏朝开国皇帝,又是三国时期著名的文学家、诗人。这个曹丕厉害,结束了汉朝四百多年统治。曹力大对这些历史是一头雾水,只有读书才能不辜负这样的一个名字。如今曹力大对曹丕念书的态度显得很是力不从心。儿大不由爹,看见曹丕的样子他就心慌气短。

一个平常最不喜欢和人谈正经话的人,被逼迫得决定和儿子谈一次话。

夜晚降临时,曹力大在学校门口堵住了曹丕。曹力大揪住曹丕的手往学校外的干河沟里走。曹丕看到曹力大嘴上叼着半根烟,熏黄的手指在嘴边略微颤抖,出气粗得厉害,一脸的黯淡。曹丕很快就萎了,低垂着头,反正就是这一身皮肉顶着,大不了疼几天。

河沟里有晚雾,石头上有些潮湿,明亮的月光照软了曹力大的心,嘴上叼着的烟头早就灭了,只剩下过滤嘴干在嘴唇上。父子俩坐下来后,不知道该怎么打开这个话头,曹丕是不打算说话。曹力大揪扯了一下过滤嘴,用劲猛了,一块皮扯了下来,血渗出来,慢慢地聚成一粒豆大的珠,很快就干凝住了。

曹力大说:"你计划咋办?"

曹力大说:"你不读书咋办?"

曹力大说:"起下这么好一个名字,不读书叫糟蹋了!"

曹力大说:"你有啥理想?"

一条狗跟过来,在不远处的地方撒尿,尿在草叶上像下雨一样,唰唰唰一阵子。消停了的狗卧在对面喘着粗气看他们。

曹力大说:"你不敢不读书,当下的社会不读书没有出路。"

曹力大说:"网吧里玩游戏,要是能一辈子玩游戏算你有出息!"

曹力大说:"你的理想最败兴也该是当个小学老师。"

草丛中有什么东西动了一下,狗支棱起耳朵,一缕鼻息呼出来,草丛里的东西哧溜跑远了。狗立起身盯着跑远的东西又呼了两下。

去年的这时候,对面有一块小地,地里种了玉米,上网到凌晨时肚子饿了,曹丕在玉米地里掰过两穗嫩玉米,那是一份丰美的食物,现在还能反刍得出那香甜来。

曹力大说:"你忍心叫你爸一直说话?"

曹丕没有控制好。曹丕说:"反正我是不念书了。"

曹力大一个翻身,曹丕以为要打他,紧着抱住了头把身子埋进两腿中间,驮起背。哪知曹力大跪在了草地上。

曹力大说:"我给你下跪,你是我祖宗,算是求你把书念下去!"

曹力大又说:"不敢忘了你的名字可是历史上一个帝王的名字,你不能辱没了这名字啊!"

曹丕站起身说:"你可知那曹丕只活了四十岁!"

曹力大猛地一把抓住曹丕把他摁在石头上抡起巴掌就打,狗冲着这一幕一边叫一边退,这边打得动静大,可没听见曹力大骂,也没听见曹丕讨饶。

三

曹丕彻底不念书了。

两个人不说话,像两个僵硬的物体,虽然无话,可那声音却凄切而尖锐,无边的对抗弥漫在这个家庭的白天和黑夜里,一个一个念想在两个坚硬的人心头盘旋。默声是一种巨大的对抗,它可以让对抗的人感到时空的错乱,压得活人喘不过气来。两个人都想大声说话,似乎一句话都不会说了,想大声喊叫,可声音却像从小肚子下发出,软弱而冰冷。曹丕妈喊两个人吃饭,吃饭成了一件没有意识、没有方向,只是一个机械的动作的事。曹力大脑海里一片混沌,这世界上没有过不去的坎,曹丕就是他过不去的坎,横竖都看着难过,这样下去咋办?

忽有一日曹丕从他妈那里哄了一百元,人一走不见了踪影。

曹力大被曹丕的行为吓住了,歪歪斜斜地坐在屋外的廊檐下。曹丕妈收拾曹丕床铺时发现了曹丕写给曹力大的三言两语,大意是外出闯荡会像一个人一样回来。多大个人,外出闯荡容易嘛。曹力大嘴上喊着:"让他走,走得远远的,省得在我面前晃荡!"话归话,身子骨却是软得没有一点力气。人咋能不读书?正是读书的年龄,不读书曹家是没有翻身的机会,就算在外能活下去,可活下去的质量没有啊!

曹丕怀揣一百元大钞,可一百元在市面上不该几下花,或者说刚够路费。小麦还未收割,玉米还未灌浆,一开始离家出走的自由还来不及享受,肚子开始饿得没着没落,泪水来了,泪水浸醒了他的冲动,无边的陌生立即包围了他。城市的灯光明亮,可夜静的天空下,稀疏的灯光高高地眨着冷漠的嘲笑,曹丕想到那是曹力大的眼睛。夜静得街道上不见行人,偶尔有车闪过,掀起一股冷风,浑身不自觉的鸡皮鼓胀得冷冰冰的。他开始恨曹力大,只有恨曹力大他的心才有温度,才有一种活到明天的勇气,才可能获得一种前所未有的爆发力。他寻着一个墙角的背风处,坐在地上,用自己所知道的最恶毒而肮脏的土话骂曹力大。骂声深入夜空后,又跌落下来,他的声音怪怪的,荡着阴森森的气味。静下来后开始想曹力大模糊的轮廓,曹力大走近他时那高大的影子,一度屏蔽了他的呼吸。他厌恶曹力大。正好旁边有一面玻璃墙,曹丕起身走近照自己的样子时,发现玻璃里有一双熟悉的眼睛,他先是感到奇怪,再仔细看时发现那双眼睛下面显现的脸庞也很熟悉,整张脸的轮廓,而不是具体的一双眼睛、一个鼻子或一张嘴,他从来没有仔细到这个地步看这张脸,这张脸正在扩大,无限扩大,他发现这就是一张曹力大的脸。曹丕尖叫了一声,感到心里火辣辣地难过,为什么自己会长一张曹力大的脸?

一个流浪汉走过来,他身上披挂着一些细碎的布头,灯光从灯杆上浑浊地照下来,罩住了他。他的身上有一些烂而黄的白菜叶子,一条腿裸露着,生了很大一片脓疮,在惨淡的灯光下他站得孤独而潦倒。曹丕掏了掏口袋,一百元花得还剩余七十多块,这个数字对曹丕来说是一个焦虑不安的数字,如果他明天回家给曹力大承认错误,一切都会化解;如果明天不回家?他突然觉得身子一阵冷似一阵,握钱的手心里捏出了冰冷的汗。

一群醉汉走过来,彼此斜斜吊吊走着,一个人的头始终亲密地和另一个人的肩连为一体,周边的人像扭秧歌一样前前后后忽闪着肚子,腿和胳膊像断了似的左戳一下,右戳一下,那一对连体人,突然地有一个蹲了下去哗哗地开始呕,那些食物经由他的肚子颠出来,是那么腐臭。几个人仰天大笑着晃过来,拖着呕吐的人跌跌撞撞往前走。凌乱的脚步声走远时,他看到那个流浪汉在傻笑。流浪汉在笑什么呢?他这一辈子根本就不知道什么是哭什么是笑,如果知道他不会傻成这个样子啊。曹丕也开始笑,反正骂和笑在这个静夜里没有人看得见,总之今夜先自由放纵吧。

曹丕笑着往前走,他想去找一家网吧,玩一夜,明天再说明天。那个流浪汉跟着他,这是一个意外的乐儿。身后的那个人笑着流着涎水,曹丕反身倒退着走,用手指着他又开始骂,这一会儿他忘记了曹力大,显得很开心。

就这样忘情地走着,走到了城市郊区一座桥下,桥下居然住了人。曹丕看到桥下生着旺旺的火,没有风,一股青烟在火焰之上。走近了才知道不是住着一个人,桥下有好几个地铺,有睡觉的,有唠嗑的,咳嗽声持续不断。一个戴着破帽子的汉子手里抓着一条蛇,他像抓着自己的裤带一样在手里来回舞弄着。一个女人递过来一把小刀,他在蛇的颈子上转圈割破,坐在地上的汉子伸出手想要什么,只见戴着帽子的汉子把握着的蛇头递给地上坐着的,戴帽子的汉子翻开蛇颈项上的皮往下拽,没用太大的劲,"一二",蛇被剥得精光,小刀子一挑,蛇被煮进了锅里。

戴帽子的汉子扫了一眼曹丕:"妈的,这么晚了不回家,游荡啥呢?"

曹丕说:"我没有家,我妈嫁了后爸,他把我赶出了家门。"

说这句话时曹丕都没打草稿。

戴帽子的说:"不让你念书了?"

曹丕说:"念那书有啥用!"

戴帽子的说:"跟我们一起住,这世上只要脑子活泛不愁长不大,念书把人都念傻了。"

戴帽子的从桥墩下扔过来一块砖头,扔给曹丕一床破被子:"找旮旯睡去。"

曹丕躺下去时,感觉到了四下一片朦胧的温馨,让他有种在床上睡的感觉,然而桥上的车嗡嗡地在走,这些又似乎是催眠曲。

曹丕歪起身说:"蛇会报仇。"

戴帽子的人说:"来了一条吃它一条,我这身肉全凭吃五毒吃成这等成色的。"

曹丕沉默了一阵子,看着地上突然害怕什么地方跑来一条蛇,一时脊梁骨有些发冷。他实在是太困了,倒在砖头上,眼皮子沉甸甸的,合上了。

四

曹丕和那些活在街头的人住在了一起。

戴帽子的人叫李明孩,白天看,脸膛黑里透红,额头更是油光发亮。大白天不穿上衣,也是黑里透红的油光可鉴,雨落在他身上挂不住,不留痕迹就没有了。桥下住着的人都是生意人,有钉鞋的,耍魔术的,卖假药的。曹丕很喜欢这个群体,尤其喜欢李明孩。

这个群体天亮后出去,夜黑后回来,人人都很勤劳,一副早出晚归的忙碌样子。李明孩是卖假药的,他只上过两年学,早把字忘了,不过卖假药的串词他熟络得很。夜晚回到桥下时大家都很兴奋,他们几个人合伙雇了一个来城里打工的女人做饭。女人长得不好看,身材不匀称,甚至有些粗短,每天来做饭时脸上挂着疲惫的笑容。李明孩一看见她就喜欢撩逗她,她的指甲缝里藏着面粉,却不好意思地捧着一个碗,遮住半张脸。李明孩说:"瞅你羞花闭月的样子。"念书没有记下几个字的人会说羞花闭月,这让曹丕更是另眼相看。

李明孩说:"曹丕,桥下的生意人里,你看中哪个行当了,哪个人就是你师父,这里不讲文凭。"

曹丕胆怯地四下里看看每个人,他们都在叙述一天的生意经呢。

李明孩说:"街头生意都讲究个口才。不过你不念书了挺可惜的,小小年纪不念书,要想挣脱祖祖辈辈泥里爬泥里滚的命运,从现在开始奋斗,你首先得把苦当了乐,哭当了喜,悲当了笑,就像我一样,一个穷字挡了媒婆的脚,光棍儿一个,一个光棍儿,一人吃饱全家不饿。我和你讲,啥子生意都难做,就看你悟性高低。悟性低的人,站在街头,毒日头晒得皮起壳,腰子痛得弯不直,半毛钱少,半毛钱不见有人掏;悟性高的人,我不说你该明白,从现在开始一步一个脚窝做,你就是未来的大老板。"

曹丕哑得不知道说啥好,选择啥生意来生存?念书是他长这么大唯一的选择,放弃了念书,选择啥?他很茫然。

李明孩唱了一句:"解放区的天是明朗的天。"

旁的人也跟着唱。曹丕很幸福地看着他们。

李明孩说:"你不能活人成了个吃才。"

曹丕开始想曹力大,曹力大是他的大后方,在那里可以得到最无私、最有力的支持,可那是要叫他念书。现在是念书之外的事,曹力大那张凶狠的脸一下就来到了眼前。

曹丕低下头说:"你们都是民间高人,你们看我像什么就学什么呗。"

"咦——"

这句话说出来很叫李明孩高看。三岁看大,七岁看老,念过书的人不一样,最大的不一样就是会看人说话。

李明孩说:"铁匠炉里加炭,老鼠跌进了风箱,打个箭步到跟前,活是白日见了鬼。你人小心眼多,不念书可惜了。不过话能来回说,书本里的知识到了生活中都是反的。你跟了我学,保管你吃香的喝辣的。"

曹丕点点头,看着李明孩。

李明孩说:"拨云见日,和他们的生意来说,你干不了他们的那些个娘娘活。一拳一酒,捉对厮杀,拳打胜家,你听猜拳令,这都是生意经。跟我做生意,第一,脑子要活泛,第二,嗓门要洪亮。伸手为定,吆喝如同唱戏,水火相遇,水化了火,火化了水,真作假来假作真,买卖具有刺激性,要吆喝得那些口袋里揣着钱的人兴致高涨,按捺不住,心痒迫切,买卖就成为生意了。"

李明孩从一卷铺盖里摸出半瓶高粱酒,又从什么地方摸出一小袋子五香花生米,端过一只过时的瓷碗,倒酒时发现碗太大,把碗翻了个,酒倒进了碗托里。吸溜一口,再倒又吸溜一口,连着三下,倒一托递给曹丕。曹丕说长这么大没有喝过酒。

李明孩说:"从现在开始,你慢慢儿把这一辈子没干的事都尝试一下,就怕到老尝试不完。哎,你多大了?"

曹丕说:"我十六岁。"

李明孩说:"看见你要比实际年龄大,长得急。过去像你这么大的人都当爹了。来,和我一样,三下三清。"

曹丕不含糊端起酒三下三清。桥下的人凑过来,一人灌了三下,其中那个掌鞋的拐子,三杯下肚脸上涂了一层漆光。酒一喝开就控制不住了,李明孩掏出十元钱给地上窝着的罗圈腿,叫他去买酒。罗圈腿嘴里含着纸烟,瞪着眼像审贼似的盯着曹丕。曹丕从口袋里掏出十元钱递过去,曹丕说:"捎带买两个下酒菜。"

罗圈腿脸上不冷不热,那双大眼怀疑了一下,一把抓走了曹丕手里的钱。

李明孩说:"你为啥叫草皮?任人踩。这名字难听。"

曹丕说:"是曹操的曹,不字下面一横的丕。"

李明孩说:"是戏台上那个拿腔拿调的大花脸儿? 那个人我倒是不讨厌他,他喜欢喝酒。我也喜欢喝酒,很对缘分,啥时候他从戏里出来,我请他喝两口。"

曹丕说:"曹丕是他的儿子,当过皇帝。"

李明孩说:"你的意思是,以后我得喊你皇帝?"

曹丕吓了一跳:"不是不是,我只是说我的名字的来历,是有说头的。"

李明孩说:"你那亲爹八成是个小学老师,我们村里的那些当过老师的人就喜欢弄个历史人物出来说事,文绉绉的,生怕别人不知道他认得两个字。叫草皮也不叫曹丕,不字下面一横,那也叫个字?不像个字。你爸叫啥?"

曹丕说:"曹力大。"

李明孩说:"亲爸后爸?"

曹丕说:"后爸。"

李明孩笑了。

"你妈投奔爱情给你改了祖宗。以后甭叫曹丕了,就叫曹力大。反正被假冒了才是名牌,又不是你亲爸,你也恨他,我以后骂你也好骂起来顺嘴。龟孙子,曹力大!"

曹丕的泪水总不能忍住,眶在眼里,脸蛋子通红通红的,低了一下头把泪挤出去。买酒的罗圈腿回来了,带来一股风,那股风从袖口、颈脖子处钻进身体,曹丕不禁打了一个冷战,一个不切实际的叫法吓了他一大跳,这是根本不可能的事情啊,曹丕是曹丕,曹力大是曹力大,曹力大是曹丕的爸,曹丕不能改名叫曹力大。他想进一步做一个很诚实的解释。

李明孩冲着大伙说:"这是龟孙子曹力大买的菜,鸡用鸡爪往前刨,猪用猪嘴朝后拱,天生的,生就的骨头长就的肉,他知道拿十块钱买菜拜师,这就是找吃食的本事。"

酒菜摆在砖头上,大家伙围拢坐过来。

李明孩认为曹丕是自己送上门来的徒弟,是自己的运气,是天给的,第一杯酒要敬天。披上人皮做一回人不易,得靠地聚气给一块开场,第二杯敬地。接下来是曹丕敬师父,曹丕长跪在地上磕了仨头,第三杯孝敬师父李明孩。李明孩喝了一大口,剩下的给了曹丕。曹丕端着酒两难在那里,李明孩说:"站起来,你妈养你就是一个该站着尿的人。曹力大,把师父剩下的酒喝下去,我欠你一个媳妇,你欠我一副棺材!"

让曹丕激动的是"曹力大"这仨字,媳妇和棺材哪和哪是个未知。这仨字让他心里流血,头发里冒火。曹丕站起来一仰头喝下酒,空碗一摔,眼里的泪哗哗地下来了。

李明孩吼道:"哭啥哩?做我的徒弟,第一不能怕丑,第二不能怕羞,第三不能脸红。要想生意做好,大街上脱胎换骨炼红心!"

五

曹力大自从曹丕离家出走整个人就不多说话了。对曹力大来说他为了这个家日夜操劳,不得喘息,曹丕就是他出人头地的希望、是曹家未来的终生寄托,曹丕是比家里供奉的神像牌位更实在的东西。曹丕一走他开始钻进了牛角尖里,他认为曹丕的出走与曹丕妈有直接关系,他无法从这个女人身上找到优点,在他想象力所及的范围内竟然找不到原谅她的理由。她首先不该给曹丕一百元钱,其次,父子对抗的日子里她没有协调这种僵持的关系,最后,曹丕完全遗传了她的糨糊脑袋。

阳光明媚的早晨,曹丕妈做好早饭,小饭桌摆放在屋子外的廊檐下,饭菜端上去,身材小巧的曹丕妈走路轻快,像一片风吹落的叶子。她冲着里屋床上的人喊:"吃饭了。"以往喊"曹丕爸吃饭了",现在是生生把"曹丕"去了。时光真叫人一寸一寸心疼。曹丕妈准备就绪这些活计,一个人坐在大门外望着进村的路,路真叫个长。村庄看不见人,车也少见,从前村庄里热闹,没有一个人想出远门,人都在热闹的视线里,很大的声音围裹着村庄,一户挨一户的消息不敢多走动就叫人都知道了,现在,活一天张大眼睛寻摸一天,眼睛里连个正经人都看不见,几个留守老人把曹丕的事说烂了,翻来覆去没有新意,倒叫人心里焦得难过。

早晨过去是中午,上午的时间总是很短,中午饭她把曹丕的饭也做下。曹力大端碗在锅里盛饭时,看着一锅饭,看曹丕妈的眼神有些陌生了,提着勺子走近曹丕妈说:"日子叫你过败了!"曹丕妈开始流泪。曹力大睨了她一眼:"还没有死人呢,好日子都能叫你哭败!"曹丕妈把脸扭往一边,忍着泪出了门。走到村口,她看到村里的五保户兰娣坐在废弃了的碾盘上,眼睛眯着,不多的几缕白发被风吹着遮挡着脸。兰娣已经没有亲人了,眼睛已经什么也看不见,耳朵还好着,天暖和的时候她就盘腿坐在碾盘上,她迷恋村庄里的热闹,那热闹里有她在世的亲人。如今春来冬去,风来雨去,听听声音想想从前,世上的牵挂都不在了。以往曹丕妈觉得兰娣怪异,现在她突然明白了,兰娣的现在就是自己的未来。自己不喜欢煎熬在屋子里,想不得曹丕的从前。

曹丕妈越过兰娣走了没几步停下了,村庄朝东的路上,一动心事,曹丕的模样就来了,调皮的曹丕背着书包踢踢踏踏走过来,曹丕说:"妈,拿回书包。"曹丕妈急着问:"不回家你去哪?"曹丕说:"耍。"

"不念书就知道耍。"

兰娣伸长脖子说:"是力大家里的?你和谁说话?"

曹丕妈回过神来:"自说自话。"

兰娣的皱纹已经从眼角扯到了脸颊,有些困乏,不想说话,还是嘟囔了一句:"不该到自说自话的年龄。"

伸向远方的路模糊起来,曹丕妈的眼睛酸酸的,曹丕什么时候能回来?走时没拿一条线一块布,走时连顿饱饭都没有吃,这样想着泪又来了。

曹丕走后,曹丕妈就这样忍气吞声,心甘情愿在心里接受曹力大的埋怨,也不敢堂堂正正交锋。日常生活出现了强迫症,当曹力大用发号施令的口吻和态度让曹丕妈做他希望她做的事时,曹丕妈觉得日子过不下去了,她觉得自己受了天大的委屈,她感到自己这么多年来一直受控于并被戏弄于一个牲口的手里。更严重的是,她心里放不下曹丕,非得有个准信和结果,要不她自己就吃不好睡不安,曹丕的离家系在她心尖上,稍一牵动,便痛彻心扉。担忧和愁苦中,她把曹丕换季的衣服收拾出一大堆来,毛衣、单衣、棉衣、秋衣,换季的鞋袜、内衣内裤,两大蛇皮袋子。曹力大看见了觉得别扭,顺手提起扔进了西房。曹丕妈坐卧不安,手不是手脚不是脚,短短一些日子人就瘦了半个。不管曹力大怎么骂她都不还嘴,没人的时候只是流泪。可丕妈曾经是一个要强的人,也是一个有主见的人,不然她不会选择曹力大。

当年的曹丕妈是乡里的一朵花,盯着采花的人多了,曹力大能像沙砾一样借了太阳的光芒放射出来,走进曹丕妈眼里,那是有赖于大集体时代,当然曹力大讨好曹丕妈那也是一套套的。

当年秋收时分各队的青壮劳力集合在一起互帮收秋,曹力大到了曹丕妈的那个村杀高粱。整个一块大地里红漾漾的一片高粱,天有些嫩寒,曹力大故意脱了上衣,露出很结实的肌肉,故意让那些人先开始杀。那年月不讲性感,光天化日下,裸露膀子,让那陈旧的大地上显得格外明亮。闺女媳妇乌泱泱的眼睛,像种子似的往曹力大的光膀子上下种,胆大就是幸福,曹力大的身体就是爱情的力量。等他们走了三分之一了,他甩开镰刀,棒槌似的手臂一搂,一怀高粱横下,放地上时高粱穗先轻触地面,再撂秸秆,轻重缓急,潇洒得很。歇头歇时,别人都坐在地头上拉话,他走近还不是曹丕妈的女子,要过她手里的镰刀,说:"给你磨磨镰,看你杀得吃力,镰不快杀起来不轻便,明儿手臂抬不动。"只见他走到地中间从女人落下的那垄高粱开始杀,那女子看四下里的人都看着想说什么,却也说不出口,只见曹力大一起一伏地说:"杀高粱就是磨镰刀,庄稼地里高秆粮食是镰刀的磨刀石,几下子就能越杀越锋利。"曹力大身强脑健,讨好女人有一套,旁的人笑在嘴上却也说不出反对意见来。一身结实的肌肉,一副助人为乐的好心肠,这些都很符合那个年代女人的择偶标准。曹力大一个卖身的小花招很轻易就得手了,那女子没有弯转过筋来,两年后成了曹丕妈。

一季连着一季,而衔接这季与季之间的裂痕是下一代人否定了上一代人,下一代人又莫名其妙长成了上一代人的脾气。当年曹力大就是因为不好好念书,他的爹拿着鞭子抽得他的脊背跟斑马纹似的,他的奶奶颠着金莲护着曹力大,嘴里嚷嚷着说:"世上最难的事就是识字,就那几个笔画来来回回把社会就扭打乱了,不学它了,黑有黑道,白有白路,造化弄人,下什么种子开什么花。"曹力大也发誓有了娃一定要把他放养在山里,他认为世界上最难的事也是识字。娶了曹丕妈生下了曹丕,他转变了,认为不识字世界就不是你的,不识字兔从狗窦入,鸡在梁上飞。

曹丕离家一个月下来,曹丕妈像变了一个人似的,除了照常去地里侍弄庄稼外,再就是站在村口上望路尽头。见人不抬头像有了短似的,更是不见有句客套话。在屋子里也不看电视,目的是想避开声音,怕忽略了屋外的动静,屋外的任何动静都和她靠得很近。夜黑的时候她顺着出村的路走很远,像是一阵风从门口经过,让她闻到了什么,她急急慌慌放下要洗的碗筷就走,沙沙沙沙的声音,是几片叶子在路上行走。整个山野一片寂静,铅灰色的山挡住了天边那半个月亮,夜低垂着,无论耐力、韧性或定力,那些仰头可望的山峦都叫她感到了压抑,让她有一种剧烈的疼痛感,她觉得她有憋了一辈子的话要说。她看着山打着寒战,她要说的话被夜胶住了,小声到只有自己的心能听见:"曹丕曹丕,妈在村口的路上等你回家。"

话说回来,就曹丕这一个儿子,出了这样种事,曹丕妈可以说是看着儿子不动声色地走失,这样的打击太大,刺激太深了。街坊邻居们开始为她担忧,一致认为曹丕是个男孩不会出啥事,只是一时孩子气离家出走,活不下去还会回来,曹丕妈气出病来那曹家就天塌了。

村里外出打工的人听说了曹丕出走的事就互相转告,谁见着曹丕了都要把他妈的情况告诉他。

后来,村里有个叫林生的人外出果然在火车站看到过曹丕。曹丕小大人似的,腋下夹个假皮包包,跟着一个黑油光亮的人急匆匆地赶路。瞅见他的林生喊他,曹丕扭转头循着喊声过来,果然是曹丕。林生告诉曹丕,他妈天天在路口上望他,人瘦了半个。曹丕不言语。林生说,跟我回家吧。你们家的希望因为你出走没了。曹丕在创业,起步是艰难的,一个人如果有太多的儿女情长,所有的起步都可能半途而废。一想到家,家就变得沉重了,没有任何东西能够阻止他去做真正想做的事情,家能坏事。只有脱离开家,时间才是光,才是空气,才是自由,他的命运才会有运气来改变。曹丕说,你回去告诉我妈,叫她不要瞎操心,那个人是我师父,我跟我师父学艺,学成了自然要回去。你也回去告诉我爸,学艺如念书,不下功夫学,艺不精到。叫我妈吃好些,我是个男人,我得闯天下,总有一天会衣锦还乡。曹丕的话说得叫林生没有话再说,社会真是锻炼人,这几句话念书人是说不来的。曹丕妈一边抹眼泪一边听林生讲曹丕的事,怕一个抽泣失了一个细节,拿着手帕细声细气听,听完了觉得还没有听明白,还要问,问曹丕穿啥衣服,穿啥鞋,脸色是啥样子,个子高了没有,问完了又问跟着的那个师父是啥样子,曹丕跟人家学啥艺。林生说,我忽略了问他学啥艺。曹丕妈说,知道知道,到底不是你的亲人。这叫啥话,遇见曹丕带信回来不感激反倒成为不是了。不过这个消息让曹丕妈气色有了回转,人显得话多了,见人就开始后悔曹丕走时给他的钱少了,一百元是个屁,风放个屁都能吹跑。不知曹丕是怎么活下来的?曹丕妈每天只要闲下都要找借口去问见到过曹丕的林生,林生被问泼烦了一见曹丕妈就说:"你饶了我吧,我下回见了曹丕我就装作没看见。"

这哪里是相邻说的话?

知道曹丕在外好好的,个子也长了,长得和曹力大一样粗壮,曹丕妈心里就有底了。饭饱生余事就不怕曹力大了。

正是收秋时节,田野上到处都是丰收的景象,外出打工的人都回来收秋了,都显得急慌慌的样子,把回家当了一个债,回来还债来了。曹力大杀倒玉米,曹丕妈卧在一畦一畦的玉米旁,掰下来的玉米发出轻微却干脆的折断声,她把掰好的玉米棒子扔进筐子里,曹力大把筐子挑到路边的三轮车上,一车一车玉米被送回了院子里。满院都铺满了玉米,一年怎么吃得完? 曹丕妈把玉米皮脱至尾巴处,和别的玉米拴在一起,一串一串挂在窗下的横杆上,院子里有两棵柿子树,树杈上也挂着玉米,墙头上、山墙下也都是玉米。玉米皮划得曹丕妈露出来的皮肤上到处都是红道道,太阳一蒸,热辣辣地疼。有一个念顶着,曹丕妈不觉得疼。一年的玉米晾晒完了,余下的玉米曹丕妈不等来年春天,一定要卖个贱价。曹力大和曹丕妈吵上了。

曹丕妈一改往日小心小胆的样子,吵架的声音出奇大。

曹丕妈骂:"春天的玉米价格高,你等得我等不得,儿不是你身上掉下来的肉。娘身上掉下来的肉娘疼。"

曹力大骂:"反了天了你,好好的春天的价,叫你秋后糟蹋了,里翻外颠倒,折了一半价,玉米不卖!"

曹丕妈喊:"就卖!"

曹力大喊:"不卖,这是老曹家!"

曹丕妈脸上挂着草皮指着曹力大:"老曹家?呸,老曹家是低贱的树,只有我李艳红才叫你老曹家树上结下的果有个样子。"

曹力大想笑,这么多年他忘记这女人叫李艳红。

曹丕妈说:"你把曹丕打得那样重,小看他是个孩子,他也长了心,孩子怎么走的?就是你打走的。亏得我给了他一百元,不然以后孩子想通了回家来,连个暖心的疼也念不起。"

曹丕妈说:"这是有人看见了孩子活得好好的,要是孩子没了人了,曹力大,你别想好好活个死,我提前走也要拽上你,死了还做你老婆叫你不得闲!"

曹丕妈说:"你看看你曹家祖坟上有没有念书人这棵草!你还不趁天好卖了玉米去把儿子找回来?你看钱比儿的命重,来来来,我这一条贱命不值钱,你守着曹家的祖宗,你活,你活千年王八万年龟!"

曹丕妈一翻身,曹力大先还有点干火,后来人就习惯被骂了。在骂声中开始反思自己,人生不吃苦头就尝不到甜头,自己不也是懂事晚,曾经不也是不想念书吗?算了,不念就不念了,能谋个生意也算是个交代。玉米卖完,曹力大怀揣卖玉米的钱,开始循着见过曹丕的人指点的路线进城去找儿。

六

城市里真要藏一个人还藏得真严实。走街串巷找,到底曹丕在城市里学啥艺?曹力大想:不给人家修脚揉肚子还怪了呢。走着乱想着,瞎猫碰死耗子,总归要在一个地方看见曹丕,心里默默地高喊着:"曹丕,曹丕,我是你爸!"

城市里高低不齐的楼房,街道上往来不停的车辆,曹丕在什么地方?不停地走下去,曹力大的腿像灌了铅似的,尘土吸进了他的心里,他由快而慢,胳膊下夹着一个黑布兜用来装干粮和水,水喝完了想讨口水喝难得很。他不停地打听一个叫曹丕的人,因为说话有方言味,怕城里人听不懂,就尽量想用普通话问话,总归是说得不老练,一方水土养一方语言,说话是为了交流,关键是对方听不懂。他打手势和人家沟通,人家翻他一眼,显出了城市人的优越,他不敢吭声。拿笔在纸上写了一句:"见过曹丕?"城里人看他伸过来的四字纸片:"去去去!"像防瘟疫一样嫌弃他。他走过的街道又走了回来,进过的店又走了进来,十字路口上选择道路,有的他已经走了,有的他还在疑惑走过没有。他像汽车轮胎带进城市里的一疙瘩泥,风卷着他在城市里转起圈来,这样找下去不是办法。他在绿树成荫花木繁盛的城市花坛里坐下来休息,看到那些休闲的人、牵着手的伴侣在其间徜徉、逛街,好生羡慕这些人的富裕时光,他有一些兴奋。城市好哇!城市是个大宝物。

夜深了,曹力大走得口干舌燥筋疲力尽,他走进一胡同深处寻着一家小店吃了晚饭,就着旁边的旅馆住下了。一晚一百二十元,这让曹力大的心疼了一下,与那些大宾馆相比这家是最便宜的。入住房间后,他看着白色的床,白色的墙,白色的床帘子,白色的厕所用具,白色让他没有丁点儿力气。白色在乡下是死人的颜色,白色让曹力大无限痛苦,唯有地上的地板砖带一点儿肉色。曹力大坐在地上靠着床,脑海里泛起无比复杂的内容,假如睡到明天不醒咋办?讨嫌的宾馆。站起身走进卫生间拧开水龙头解了渴,撒了尿,趴在窗户上看不十分热闹的胡同,一只蛾子在窗户外扑打着玻璃,几次扑打后跌落在了暗夜里。他看到热情行走的年轻人,亮着灯光的小卖铺,平地耸起的高楼,黑灰色的影子下几个建筑工人就着路灯在打扑克。他开始难过,这个城市藏着逃避他的儿子,站在这样的窗户前,乡村突然离开他变得遥远了,那个遥远让他十分惧怕,这个城市里一个人消失太容易了,就像那些黑乎乎的窗户,人走进去再也看不到黑之外的色彩。曹力大努力让自己清醒一些,走进简易的卫生间,看到墙上挂着的洗澡喷头,他开始脱光衣服站在喷头下,拧开水龙头,水是凉水,像雨水一样洒在他的身上。不念书的人永远都不能高人一技,不念书的人在念书的人跟前人不人,鬼不鬼还不知觉,按照富贵设下的山头,不念书的人都是给念书人垒台阶呢。

敲门声响了,曹力大忘记了自己没有穿衣服,湿淋淋开了门,走进来一个中年女人,女人个不高,看见曹力大的样子脸也不红,似乎曹力大的裸体在她来说太熟悉不过,一进门她就把门反锁上了。曹力大觉得她是找错家了,便冲着女人笑了一下。女人说:

"看你登记时的老实样,没想到你也是老江湖了。"曹力大吓了一跳,意识到自己裸着身子,急忙反身关上卫生间的门,他脱光的衣裳在外面的地上扔着,他打开门想取衣裳,哪知女人在门口站着,单刀直入地说:"我是来陪你过夜的。"这句话让曹力大浑身不自在,如芒刺在背。曹力大在乡下听说过一些城里的事,电视剧也教会了他很多,他是过来人,也和村里的女人偷过情,他清楚地知道这个女人是找钱来了。曹力大感觉自己被这个城市游离出来,他想哭,努力让酸楚的鼻子吸气,再一次开门取地上自己的衣裳,他发现女人赤精着身子,他被这陌生浓烈的气味呛了一下,完蛋了,跌落进陷阱里了。就这么个热身子想咋咋吧。曹力大被女人拥倒在床上,女人叫了一声"哥"。这一声哥如一道电光从头顶直直地照下来,一个完全陌生的人这样大胆地叫自己。曹力大不敢直视对方,怕自己无端地哭出来。女人桃花带雨,春波如潮:"哥,我不害你,我来是教你好。"

曹力大血压突然就升高了,一颗心扑通扑通直往嗓子眼里撞,局促在床上,手脚不敢动,生怕一动便要要命。满脸苦大仇深的曹力大不能够正视这个女人,他的呼吸跌落在她的胸脯上,曹力大不敢把她当作曹丕妈使唤,他知道即将发生的后果。偏偏有些后果是无法控制的。

本来曹力大带了钱想在城市里多住几天,直到找见曹丕为止,一夜之间钱的性质转换了,女人离开的刹那间里,脸上荡起一阵看不见的小风,女人说:"哥,两千。"曹力大脸红了,抬头注视着注视他的人,他脸上的红一点一点褪尽,这个女人无论哪里都不及曹丕妈。这桩交易甚至连讨价还价这一基本步骤都省略了,曹力大说:"没有。你说你不害我。"女人走到门口开门的瞬间闪进来一个男人,男人进门揪了曹力大的领口,曹力大乖乖地掏出口袋里唯一的两千元递给了女人。女人说:"哥,明晚不走我还来。"门吱的一声敞开了,离去的两个人消失时,应声而入的光线分外刺眼。曹力大的脑袋里嗡的一声糊了,一时间不明白自己是在哪里,听见隔壁房间里有声音,又想那声音是路边传来的,却又很奇怪那声音,此起彼伏,他开始害怕,那害怕越来越近,靠近他的鼻子和眼睛,他抡起巴掌打了自己的脸一下,那声音无疑是从他脸上传出来的。害怕靠近了他的眼睛,他不知这一切该如何结束。城市里的诱惑有恃无恐,他害怕再来一次诱惑,他开始把床拖到门口顶住门,这样依然不放心,自己靠着床坐下,他想,来吧,我曹力大有的是力气,就这样他坚持到了天明。

  曹力大顺利地离开了小旅店,结账时那个老女人朝着他露出了牙齿,不是笑也不是骂,硬邦邦的,把多余的钱退到桌子上。曹力大出门时撞在了玻璃上,他像一片从大树上掉下来的干枯叶子,不知要飘到哪里去,在农村人模狗样的一个人,到了城市他空了。一条熙熙攘攘热闹的街,人流如潮。走过的人没有一个人主动看他一眼,可曹力大觉得都在看他,明明满眼都是陌生人的气息,可自己的心里总是充满了怯意,唯恐世人指着鼻子骂他,甚至害怕此时找见曹丕。走了一段路,陌生的一切完全消失了,曹力大是谁?没有一个人关心。他紧抿了一下没有水分的嘴唇,下咽了一口唾沫,那唾沫居然把喉咙都拉伤了。他开始佩服城市里的人,人一辈子没有在城市里活两天那叫白活了。那火柴盒垒起来的楼房,见缝插针的小酒楼,以前是住店,现在是宾馆,城里和乡下像两个世界。"走过路过不要错过",从声音开始,这些街道,让他忽略了停留在城市里的时光。狗日的曹丕就在这样一个城市里生活,他逃避念书,如果在这样的城市里活下去,念什么书嘛!不念书在这个城市里怎么活?像那些摆地摊的,活在塑料泡沫、冰棒纸屑、菜叶和丢弃的杂物中间,城管过来撵着跑,在大街上没有落脚地,小街小巷里贼一样,不能再想下去了。狗日的曹丕,不念书你在城市里只能活得人不人鬼不鬼。看见看不见的难过让曹力大开始讨厌城市了,在乡下,你当个教书匠,家长敬着,给脸不要脸的东西哇。曹丕,曹丕,曹丕!口袋里的钱叫曹力大一夜挥霍了,留在城市里吃风屙屁是活不下去的。夜里的那个女人,展开来想,她在夜色下抚摸曹力大的脸庞,他的心开始由惶惑而惊厥,一团白肉,渐渐模糊了,他想起了曹丕妈,很久都没有叫他焦躁了,可这不是理由啊,曹力大为昨夜的事情感到羞愧,他为这个秘密感到难过,他所做的一切使不幸降落到了不幸家庭身上。疲倦、饥饿、对曹丕的仇恨让他无法呼吸,面对着这个转来转去的城市,他的脑袋始终无法清醒。

黄昏,曹力大在风里坐着最后一趟车赶往乡村。

漆黑的夜幕下,曹丕妈打着手电筒站在路口照走过来的行人。听见脚步声时先照路,照走过来的脚,脚上穿着的鞋不是曹力大的,便说:"路上可见着班车了?"来人说:"我和班车走的不是一条路。"

人走过,路静得听不到任何动静。乡下的人是越来越少了,半天听不到脚步声。曹丕妈担忧着外出的人,摸黑走了二里路,一路上想曹丕的从前。曹丕从前多可爱,话多嘴不闲,放了学往家走时一口一个妈叫得欢。曹力大和曹丕对抗后,曹丕就不叫妈了,总是有求自己的时候才困难地叫一声妈。眼下曹丕走了快三个月了,她在村口上望了三个月。乡下人真不知道怎么才能调教好孩子,从前的人养一窝,现在养一个都难。曹丕妈的心悬着,担惊的心如蚕吃桑叶一样搅得她心慌。

有脚步声走过来,曹丕妈仿佛听到了熟悉的声音,照过手电筒,那双鞋很眼熟,心悬了一下,心里有一棵草,嘣嘣嘣往上蹿,稳住神顺着手电筒照着裤脚、西装、脸,果然一个有深刻廉耻感的人回来了。电筒晃得曹力大不好睁眼,抬手挡了一下。回来得如此急,曹丕一定是有了音信。

曹丕妈说:"见着曹丕了?"

曹力大自顾往前走。"没。"

曹丕妈说:"走一天就回来了,是听到消息了?"

曹力大说:"听了个大概。"

曹丕妈往前小跑几步挡着曹力大:"你说下个准信,大概是个啥?"

曹力大说:"回屋说,黑更半夜,村里人还以为我死了。"

心里都有意回避着一些急火,往回走时曹丕妈腿酥得几次要软下去。

一路上曹力大想,回家怎么交代?儿没找见钱没了,钱没了事小,儿没找见事大,虽然有夜色掩护,瞎话编不圆,再加上疲惫、干渴,路途奔波,越发让他缺乏想象力。假如曹丕妈咬住这个话题穷追,他实在找不出一个高明的答案。

时钟指向夜间十一点钟,曹力大把皮包扔到床上,四脚八叉躺下去,他说肚子还饿着。对善良的曹丕妈来说这是一个捻子,她似乎也听见了一个奔波的人肚子里辘辘乱响,赶忙添水生火。秋后的穰草在灶膛里发出呼呼的火声,她不时瞟一眼床上的人,好生心疼。夜静时分,擀面声奇响,不一会儿,一碗面端到了曹力大眼前。曹丕妈说:"见着曹丕了?"

曹力大翻了一下眼皮。

曹丕妈再问:"曹丕可好?"

曹力大不得而知曹丕可好,挑了一筷面往嘴里送,占着嘴没法回答。

等着半碗面下了肚,他又佯装瞌睡得急,等不得放碗。曹丕妈心焦得一下夺走了曹力大的碗。

"曹力大,你不是娘生的!"

曹力大夺回碗:"你弄啥哩了嘛?我不是娘生的,你也不是娘生的。"

"我还以为你进城一趟连句囫囵话都不会说了。曹丕可好?"

"好。不好我能轻易回来。"

"那他在城市里做啥?"

"肚里有二两墨水,给机关单位当个文书。"

"吃喝都没见遭罪?"

"妇人心。进了机关就是干部,哪个干部愁吃喝。"

说这句话时曹力大有点心悸,有点伤脾伤肝的疼。

这句话对曹丕妈却是一杆秤上的定盘心,曹丕妈转头取出一个碗舀了两勺汤端过来。

"你没给曹丕放个钱?出门在外可是人穷志短。"

驴走下坡路。曹力大想大声说话,想一跳多高,想发情时土话骂娘,想做梦,睁开眼时梦实现了。

曹力大说:"城市里要的就是钱。那地方,没钱你就是乞丐,有钱能让人活得上瘾。"

这是一句耐琢磨的话,曹丕妈偏就忽略了。

夜深时,外面下起了雨,门缝里钻进来一股牲畜气息、败草气息,还有雨打进黄烂泥里的味道,这些流动的背景成了曹丕妈无法入睡的温暖。她坐起身看着身边曹力大的脸,月光如水泻在上面,曹丕长得和你一个模子,迷人的老汉啊,好久都没有闻见你身上呛人的辣味了,你呀你呀,可不敢叫我曹丕也长成一个你。曹丕妈笑了,笑得不明亮,但笑得踏实。这日子过闷了,该笑了,明天下雨不上地,给曹力大烧慢炖烩菜。

七

入冬后的一天上午,一张一百元的汇款单写着山西长子县曹家营曹力大收,像长了翅膀似的来了。

一家闹腾,全乡知道。邮递员怕耽搁了这事,专门骑摩托来村里送了一趟。冷风刮在村庄少有人烟的杨树上,风在树梢盘旋,一阵叶子雨点似的落下来。长驱直入的摩托车一时惊得村口前几只调情的鸡乱了方寸,狗听见了跑来冲着村路恶恶地叫,日头把天空染了一片红。乡邮员喊着:"曹力大,曹力大,有你的汇款单,曹丕寄来的。"这无疑是秋天的雷音。接到汇款单的曹力大手有点哆嗦站在那里不会走了。站了半天后他转向邮递员走远的地方,猛跑了去追人家,他想问问曹丕的事,一阵子后意识到这是徒劳的事。反反复复看汇款单,有些字还不是太熟悉,急忙往回走,他知道曹丕妈上过初中。

曹丕妈接住汇款单紧张得先是笑了一下,接下来就嘤嘤嘤地哭开了。曹力大很烦,这不是好事吗,哭啥哩了吗?

曹丕妈:"我儿曹丕是恨我了,不多不少寄了一百块,是走时拿的数啊!"

曹力大说:"这时候你还文学,我是问你看清楚地址写哪里没?"

曹丕妈疑惑地看着说:"你都去过儿子的机关了,你问这是什么意思?"

曹力大一时心情糟糕透了。

狗路过冲着曹丕妈乱叫了几声,像是对曹丕妈的感情援助。曹力大朝着狗踢了一脚,狗脾气上来了,鼻子抽动几下,猛地跃起狂吠着就要撕咬,曹力大的脾气也上来了,或者说他的脾气在曹丕走了的这些个时间里就一直点着柴。曹丕妈拿着汇款单扭转身回屋子里去了,曹力大抄起家伙照着狗就打。狗躲开家伙,不死心,守着退路一扑一扑冲着曹力大叫,这下彻底惹恼了曹力大,他拾起地上的砖头打过去,狗撒开脚爪往远处的地垄上跑,柔软而舒适的田埂,即使无助的恐惧在狗心里弥漫开来,狗也不怕。狗抬头看看扩大的田野,回头看看火冒数丈奔跑而来的曹力大,爱炫耀大嗓门的狗不叫了。太阳高高挂着,入冬后的田野,毛茸茸的一层霜淡淡地化开,为啥要和曹力大计较呢?都是一个村里的留守人员,罢罢罢,狗撒了欢似的蹦跳起来。

狗看到曹力大一步不稳,扑通跌倒在地上。曹力大感觉有什么东西抚摸了他一下,他想是狗扑上来了,可他就是不想动,想让狗下狠口咬他一下,他是大男人,他不能和女人一样一般见识,此时此地他想到那张汇款单就想哭,躺在软软的泥地上,像小时候躺在母亲的怀窝里一样温暖,曹力大眼眶里的泪出来了,一种久违了的心颤,他感觉到心里火辣辣的,脸上火辣辣的,曹丕的消息让他立刻有了勇气,跪坐在田里,看着收获后杀倒的庄稼,他获得了前所未有的勇气,恶狠狠地吼了一嗓子:"曹丕,你还知道曹家营有你爸呀!"

狗安静了一下,冲天呜呜呜长应一声,脸贴着前爪闪着眼看着曹力大卧下不动了。

曹力大招呼狗过来,狗一嗅一嗅爬过来。曹力大伸手摸它,摸它的头脸、脖子,还有光滑的皮,狗显得格外舒服,把脸搁在地上,眼睛也不曾睁,任曹力大摆弄。

曹力大和狗说:"你知道不知道人是分层次的,我就是低层次的人。看我的长相,长腿短身子,俗话说,腰子长来腿子短,不是坐轿就打伞,我没那命。从小没有念上书,我这一辈子是熬不出头了,我对我这一辈子熟透了。我的儿曹丕,你知道的,我寄希望在他身上,如今是肥皂泡落地。我是个没用的人,我多么想培养一个有用的人啊。祖辈种地靠打粮食发财,在地里扑腾着,也要活人,可人要和人比,人和人一比较,落差就来了。尤其是夜深了,看天上的青白月牙,听地里的唧唧虫声,我这一辈子就守着乡下不东想西想了,人比人气死人,不想人家的好。可是不行啊,不由得要想,要攀比,我不能实现的就想我儿去实现,念书,考个好学校,识字多了,就能摆脱农民的身份,哪怕当个小学老师,那也是一辈子受人敬,不愁吃喝啊。曹家营的儿孙们考上学外出的多了,没有考上学的,凭了各种关系纷纷逃出去,我看着这些个人我心里就特别不是滋味,心里就有了阴影,我正宗的曹家子孙不能没有出息。你看曹家营李武安的儿子,在县城里当小工,提泥包,以前在曹家营见了我还叫个叔,现在见了和我站成了一辈子,叫我老曹。再看王行元的闺女,以前穿裤子,现在穿秋裤都不套裤子了,两腿和圆规一样,鞋有半尺高,我从人家跟前走,人家腰身扭着躲一下,把我当了种地的乞丐。扳着指头一数两数,哪家都有外出的人,都有考上学校的子女,农民的出路只能靠知识改变,曹丕不念书,丢人不说了,日子怪别扭,等于是把我的主心骨给抽走了。我这一辈子养儿,我本来指望我儿曹丕打击他们,可曹丕偏不给我争这口气,不发愤,曹丕这一闹腾,让我找不到头绪了,看不清曹家的走向。你说他在城市里做啥,能做啥?我梦里就见他叫人家打了,我说他在城市里当文书,那是我浮想联翩哩。"

狗似乎睡着了,保持着一个姿态,风推攘着它身上的毛,牛屎的臊味被太阳照得蒸腾起来,曹力大觉得自己真没出息,连狗都不听人话。他捡起根柴扒拉狗的眼睛,狗喉咙里发出呼噜噜的声响,这是发怒前兆,曹力大赶紧收手,狗却怒而不威地站起来抖了抖身上的毛走往远处的地头。曹力大瞅着狗走远,脸色难看起来,他感到了无望,连狗都不能成为他忠实的听众,曹力大起身恶气地咬着牙槽说:"再到我门上讨吃食我非弄死你!"

曹力大晃着长腿走近自己的小院时,日头已将他的身影拉长出十步开外,脑袋印在了门槛上,曹丕的汇款单有点儿虚假不实,心里空落落七上八下的。"小小年纪不念书,将来除了认得钱还认得了什么!"

院子里围了一群人。这是一位老者在说话,无疑是笑话老曹家的日子。

曹丕妈说:"我曹丕在市里机关当文书。可不是你想的那样,他认得的可是天文地理。"

"文书就是写材料的,领导的话都是借写材料的手说出来的,还说曹丕不念书,要念多少书哩,一辈子图啥,你曹家的吃喝都有了。"

"赚钱的本事难学。以前的人谁敢往城里跑?只敢往野地里跑,镚子儿没有,也只管跑,饿不死。往城里跑,只不定哪天就要花钱,能往回寄钱,那是出息。"

"从小看大,小时候野山野岭的孩,长大了都有出息。"

"念书有啥用,把人都念傻了,你看西岭上王怀玉那娃,说是在北京上大学呢,回家里见了村上的人不说话,见面也不打招呼。念书花了一笔债,听说工作了不往家拿钱还叫怀玉贷款给买房。"

"是哩,不是贷一俩钱,是五十万,要怀玉命哩。养儿念书有啥用?一辈子使唤不上,只能说是名声在外。"

曹力大开始怀疑曹丕在城市里的工作,莫不是学了个贼?只有贼来钱快。他一点也不喜悦,思路理不清,曹丕似乎真在市里当文书,真与假在心中交缠着、闹腾着,之前在城市里见过曹丕没有都糊涂了,一些情景让他禁不住浮想联翩,他感到自己在田野里,刚锄完一块地,累了,便走到地边的一块小坡上,横放了锄头,坐在上面,他摸出纸烟要周围的人抽,他和大家说曹丕的机关,上一次去市里住的是机关宾馆,宾馆一色儿白,乡下把白当了孝,城市里叫洁白。这些想象让曹力大变得异常敏感而活跃。曹丕在机关当文书的各种场景纷至沓来,同时心里也产生了暖融融的感觉。在机关里当文书的曹丕,这个创意让曹力大感到绝望而又快意,突然有种如释重负的快乐,先前思来想去不得要领的事情全解决了,风声滑过耳际,他看着所有张着嘴说话的人们,心里突然涌起了一个大胆的想法,我不比他们的日子差,我有一个初中没毕业就进机关当文书的儿子,没有一点关系就能进了机关,哈呀,就因为我儿曹丕起了个好名儿,是皇室后裔,我儿曹丕才有今天的舞文弄墨。

曹力大决定过罢年去城市里的机关大院看看,今生也该知道想象中的曹丕生存的环境是个什么样子。因果错置,曹力大想着这些的时候总是冲着树上的鸟打口哨,鸟们也不急,世外桃源般看着曹力大这条贱命在地上来回恍惚。

八

　　过罢年,出了正二月,定下了出行的日子,就等清明一过下种后动身。风吹过土地,金属般铿锵的声音,自远而近,曹力大把锄头立在地当央,春风已经温热了,他点了根纸烟,看着身后跟种的曹丕妈,自从知道了曹丕的消息,人变得勤快了,见人托小腰,一步三摇,说话底气足,她多么自信,认为只有她才能养出不好好念书就能进机关当了文书的儿。女人,到底是省略了不可能的过程。

　　种罢地,曹力大换上了出门的西装,找出只有出门时才背的皮革包包,包包里装了曹丕妈一早烙下的葱花饼。曹丕妈本来还想叫带上曹丕留在家里换洗的衣裳,曹力大执意不带。曹丕妈看看天色还早拿了碗冲了两个鸡蛋,破例加了几段葱花,曹力大端起喝了两口,觉得好喝,不由得说:"曹丕龟孙子放着家的福不享。"曹丕妈暗自神伤,一时控制不好嘤嘤地开始哭了。曹力大说:"我还没有和水和盐的缘分尽了,还活着,你这是送我上路哩!"曹丕妈不哭了,掉头在中堂前点了三炷香,曹力大看不惯她这迷信做派,蛋汤一口倒进嘴里,拔脚就出了门。因为太早,山野黑乎乎的,东方的天空有一些青白的光,光把山影的轮廓照得和几头卧狮似的,几只体格很大的蚂蚱跳过他的脚面,曹力大想,乡下真不好,完全没有城市里车辆的聒噪,就算曹丕在城里活不下去也不能叫他回乡了,回乡让自己没有面子,这回找见他得把丑话说到头。他隐隐约约能听到进城等班车的人说话声过来。

"那是曹家营的吗？"一股隔夜的口臭飘过来。

曹力大看着来人咧开嘴笑。"哪的？进城？"

灰蒙蒙的脑瓜盖被照了一下，看见车灯从远处射过来。一个人吐了一口浓痰。"听说你儿在城里给干部当文书？"

"伺候人，摆不上桌面。"

"说淡话，那是出息。走了谁的后门？"

"前门都找不见还后门。自己找下的。"

"你娃真有出息。捣蛋的娃不能小看，凡是捣蛋的娃，长大了都有出息。"

大家开始讨好地笑，这时候的班车就来了。车上塞满了人，车门打不开，将就开了，等车的人一起往上挤。曹力大拔长脖子往四下里望，"往后挪往后挪！"曹力大发现有几个人他熟悉。正要打招呼，一起上车的人里有人说话了："曹力大的儿在市里给干部当文书，再过几年人家怕是要小车来小车往了。"熟悉的人里有人朝着曹力大说："你有几个儿，不就是曹丕一个？"

曹力大说："一个儿还发愁得头疼，还几个儿？计划生育不给政策。就算给政策，养得起教育不起。"

"你儿啥时候给干部当文书了？我上月还见过你家曹丕，要不就是你曹力大有两个儿。"

话里有话。曹力大不吱声了，脸有些通红地扭往一边，尽量叫别人的身体挡住自己。曹丕在城里做啥？想打听又不敢打听，有些无趣，刚才还嘻着一张嘴，现在脸上再都不显示内容了。梦想回到了现实。

班车午后到了市里,车密封不好,灰蒙蒙的脑袋瓜们对进入城市的渴望一时间有了一些骚动,三轮车像一群猴子一样蜂拥而来。曹力大第一个下了车,三轮车集体喊道:"大哥,来上我的车,你要哪去?"曹力大摆脱他们,躲在班车上人瞅不见的地方等早上说见过曹丕的人下车。他看见那个人下车后也没坐三轮车,想是奔公交车去了,他一路尾随过去。走出车站才发现城市里比乡下暖和,女人都光了腿。紧着走过去拍了那人的后背一下,那人回头看,是一脸殷勤样子的曹力大。

"做啥哩了嘛,你儿不是在机关做文书!"

曹力大脸像谁抽了巴掌似的难受。

"那不是给自己的脸贴金嘛。你在啥地方见过曹丕?"

"上个月在市政府门前,我撞见他了,问他做啥,他顾不得回答,收拾一块条幅,被城管撵跑了。"

"那是做啥?"

"反正不像在机关里做文书的样子,倒像是告状上访的人。"

公交车过来了,那人跳上车,嘴里还交代啥事,曹力大脑子实得一句都没听进来。

他招手叫了一辆三轮跳上车:"去市政府。"

蹬三轮的是一个愣头儿青:"十块。"

曹力大跳下车说:"我拉你,你指路,五块。"

蹬三轮的笑了,没见过这样的主。曹力大夺过三轮叫对方上去,用劲踩了一下力,风一样往前走了。

市政府楼像一双外八字脚,楼前一条大道英雄街,英雄街上没英雄,路两边塑了几个当代劳模的铜像。两边的楼靠着天空伸展,街道上人声叽喳,车水马龙。大院里停着许多两头平轿车,像个大停车场似的。门前种了四棵假椰子树,曹力大对这种树陌生得很。市政府就在椰子树后,有几分威严。曹力大的身子僵硬在那里,他不能够进去,保卫过来了,示意他走开。曹力大还算是见过世面,急忙掏出一包来时准备好的烟,急急地撕封条,却又紧张得找不到封口,不经意开了封,又抠不出来,显然又是一个没有见过大世面的人。保卫挡回他的烟示意他走远,曹力大迎上去,人家粗鲁地再一次推开他,向他低吼一声:"你一个乡下人,来这地方做啥,走开!"

曹力大不知如何是好,脸上的笑还尴尬在脸上,心里就想着:曹丕啊曹丕,你要是好好念书将来就进这里头,不蒸馍馍蒸(争)口气,把这个保安逮捕了。一辆黑色轿车开过来,保卫走到一边敬礼。曹力大还看到一些往门里走的人,脸上都讪讪的,骨头像松过一样,稀软着,不由得叫曹力大忧怜。这地方引得他怪好奇,四棵椰子树上的果子说青不紫地挂着,太阳底下照着新鲜事,如今不念书的曹丕这辈子是进不了这地方了。一阵伤感袭来,能进了这地方都是额头高过常人的人,乡下人天生是低头走野路的货,没有几代人蚂蚁啃骨头的努力,在这地方连脚印都不会叫你留下。半截燃尽的香烟烧了他的手一下,腿脚在这地方变得不利索了,一时有些无趣,只好掉转身沿着英雄街漫无目的地走,他觉得自己像去冬一片干瘪的树叶,被风吹进了城市,由着风推攘着,找不到落脚的地方。走到天黑,曹力大累了,想找个地方坐下来歇会儿,繁华的大街上却找不到一处可供他休息的地方,四处都显得很时髦,都在流动,急慌慌的,都是不想停顿下来的人。他一边走一边想,今夜再不敢住宾馆了,有些好见着就是了,那是要烧钱哩。城市里住是个问题,乡下哪里都能宿。他抬头时看到一个站牌,那站牌上的字简单,他熟悉,是去火车站。火车站不就是乡下的牲口棚嘛,对,就住火车站了。

曹力大在火车站的小摊前买了五个烧饼、一瓶矿泉水。进了候车室,人声嘈杂,他看到大部分人站着说话,有座位的人半眯着眼睛,窝在座位上。既然找不下座位只好找缝隙站着。突然又拥进来许多人,进来想再出去都难,身子被人固定了,左拥一下,右拥一下,浓烈的混杂着狐臭味的汗酸气铺天盖地就埋葬了曹力大。他打听周边的人,知道夜里十点有一趟开往北京的过路车,火车过后会松下来,于是便耐心等着。近十点时,铃声开始响,人哗地一下全挤往进站口,曹力大嘻着脸看马蜂一样挤在一起的人,瞅着空出来的位子挤过去。去往北京的人进站后,候车室还有好多人,这些人是这座城市里过客,和曹力大一样夜里宿在这里。

夜的气流悄无声息地蹿过来,曹力大把皮革包包往怀里抄了抄,想起来还有葱花饼,拉开拉链拿出饼大口吃起来。一边吃一边想上一次进城,脸上像被谁抽了一巴掌似的很难受。抬了一下屁股调了一下身,脸朝着靠背,不过也还是享了一次福,知道了城市里"鸡"的味道。如果说曹丕的出走让他平静的日子里落进了一颗炮弹,那么他进城的结果就是炮弹炸了。他随口应答曹丕在城市机关当文书的话,叫他一辈子的梦想有了阴影。对曹丕的期盼如今是个谜,过去的、现在的在他的心中绞缠着、闹腾着,找不到头绪,看不清走向,这次来是否也像上次一样无功而返不得而知,想着想着,瞌睡就来了。

天快亮时有人捅醒了曹力大,醒来时看到候车室又挤满了人,顿时明白火车又要来了。行李混合着人体汗味的臭气,年幼的孩子哭闹着,这时候他想起了人一旦有了钱这日子和那日子是不能比较的,他又续接上了昨夜想的事情,很是为自己开脱,如果不是经历过,怎么能懂得这世道的行情。

天亮后他走出广场,没有建筑物遮挡的时候才发现天气出奇地好。

站在广场中央发呆的时候,曹力大突然发现有一个人在远处引长脖子望他,而且他还发现那个望他的人有点眼熟,似乎某点愣头的样子和自己很相似,一刹那脑子没有转过弯来,决定找一个摊位吃口饭。他马上反应过来了,为什么那个人和自己很相似?于是他向那个人奔去。噢,是曹丕。更远处一个汉子冲这边叫着:"曹力大,这里就不错。"

在这陌生地方居然还有人知道他曹力大,他没有胆量应答对方,明显感觉到对方是在叫另一个人。

曹力大喊:"曹丕,难道曹丕叫曹力大?你站下,我是你爸曹力大!"

曹丕躲了一下曹力大的眼睛,看着李明孩,李明孩觉得有意思,居然有人长得和自己的徒弟很相似,只是显得老熟一些。李明孩刚吃过油条,擦着嘴上的油正要叫曹力大,曹丕喊道:"师父,我见了我爸,你容我和他说几句话。"

李明孩问:"你爸?湿的,还是干的?"

湿是亲爸,干是继父,可明明长得一个模子嘛!曹丕想解释什么,根本就没办法解释,再撒谎是给自己寻事呢,头上一层虚汗突突往外冒。他走近李明孩:"师父,你不要为难我,放我一天假,这个世上我跟他是父子关系,我得认这一层关系。"李明孩说:"我瞅你是通过他传宗接代更新出来的曹家后人,不过有些矛盾,他不该叫曹力大。"曹丕瞟了一眼曹力大,回头肯定地和李明孩说:"他就是曹力大,我妈从来没有离过婚。"曹丕说罢眼睛翻到高处,李明孩看到曹丕的眼睛似乎泛出了一些潮湿,有一疙瘩云飘过来在天空压得很低,好像是直压李明孩心头一样,他一把抱住曹丕说:"他叫你念书是对的,书上的文字是叫你做人哩,你跟了师父流浪,说到底只能是流浪江湖,江湖太大了,险山恶水,你跟了我一辈子没啥出息,他要领你走,你晚上就不要回家见我。恨你多一些,念叨起来会好受些。"

曹丕低下头用劲吸了一下鼻涕,脚跟前一个矿泉水瓶子,他用脚踢了一下,裤子因了个子往高长短了,露出一截子黑瘦如铁的脚腕儿。曹力大看得真切,他掏出烟想给抱住曹丕的人发烟,然而那一截脚腕儿刺激了他。他同时看到了曹丕龟裂的嘴唇上方,一缕鼻涕挂了很长,那个鼓起饱满的二头肌的人抹了一下曹丕的嘴,很轻巧地把那鼻涕抹在自己的裤腰上,这个动作弄得曹力大的思维杂乱不堪。他看到曹丕冲着自己走过来。

曹力大说:"谁借了你胆,拍屁股一走了事。看你过的叫啥日子,跟我回家,念书还来得及。"一大群汗味的人挤往车站,他们脚步凌乱地叩击着城市的早晨,从他们父子身边走过时推搡着他们,回头去看李明孩已不知去了哪里。广场四下一些卖早点的摊位飘过来一股恶心的油腻味,油条、豆浆、小米粥饭、胡辣汤、鸡蛋方便面、麻酱灌饼,一片片腐烂的菜叶子被丢弃在彩色瓷砖的地上。

曹丕说:"我不回去念书,念不进去。"

曹力大想吼,发现城市里的噪音压住了他的暴躁,他怕曹丕从这地方再一次消失。他唯一的儿,在这个世上不能因他的暴躁断了牵挂,手心里淌出了冰凉的汗,他尽量压制住自己的急促,笑了一下:"你妈想你,心脏病犯了。"

曹丕一怔后也笑了一下,走出的这两年里有些东西曾扯断了他对家的怀想。一个年轻的裸背的女人从他们父子身边走过,她皮肤白嫩,身材婀娜,她的颈肩部文了一只蝴蝶,像一阵风再一次湿滑了曹丕的眼睛。曹丕看着那个女人的背影在人群中不见了,才想起妈的心脏病犯了。"我妈严重不?"曹力大又笑了一下,两排黑黄的牙上挂着昨晚葱花饼里的韭菜:"严重得还没有要命。"曹丕别转脸:"找个饭店吃饭去。"

曹力大跟了曹丕走,曹丕突然焦躁了,他的口袋里没有一分钱,刚才的早点是李明孩掏钱,一早出门是要赚足一天的钱才要回去。口袋里不装一分钱,这也是李明孩定下的规矩,这样可加大度日糊口的力度。曹丕知道自己不能说没有装钱,曹力大会小瞧他,小瞧他在城市里不安逸;同样也不能花曹力大的钱,那样曹力大会更瞧不起他。曹丕庆幸简易的家当还在身上背着。

曹丕看见什么笑了,原来是一个矮个黑瘦的乡下人,他坐在地当央,脸前的地上铺着一块烂布放着一堆小玩意儿,有几枚石印,几个似乎想买的人蹲在那里挑拣着看。只见黑瘦的摆摊人从怀窝里掏出一个布包,蓝色的布上污着点点斑斑的墨迹,揭开最里一层油纸,里面是两个通体浑黑的把玩件,阳光在这墨黑样的宝贝上亮亮地流动。曹丕放开声音说:"啊,这不是玉,这是煤精石,在煤的深处,有上亿年才能形成,我听我大学里的老师讲过,这么大的个儿少见,得上万块。爸你有钱就买了它,能卖大价钱呢。"周围的人就看曹丕,曹丕蹲下拿起有点爱不释手,与他的穿着打扮,与他的年龄什么都不符,这惊乍的喊叫让咫尺之外的曹力大恍惚了,曹丕啥时候上过大学? 有几个人开始问价钱,曹丕手里握着玩件不舍得丢开,围着的人开始多了,四下里悬着的心就开始活动了,黑瘦的人开始讲故事,那故事讲得颇叫人掉泪,一个人开始掏钱买走一块,另一个人也开始掏钱买走另一块,曹丕眼巴巴地盯着买走的主,没有四下张望,很惋惜地抬起头看曹力大:"走吧,叫人买走了,怪可惜。"曹力大不明就里地跟了曹丕走,走出人群,思忖着曹丕上大学的事,满头雾水。父子关系变得好像陌生了,相生相连的经脉哪里要断了,这是咋的了? 日头照着身上,心里漫过一阵阵燥热,身上头上汗津津的,感觉自己失去了重量。

曹丕领着曹力大经过高楼林立、色彩纷呈的街市时,有几次他看到曹力大想说话,曹丕先说了:"这是最繁华的南街。爸你看看,在城里,只有你想不到的,没有你见不到的。"曹力大还是想说话。"曹丕,你到底在城市里做啥?""反正在城市饿不死。"曹力大这下有点憋不住了:"你以为是乡下,你娘能生你,城市里可不会生钱。饿不死?人一辈子就为了饿不死就算是理想了!"

这哪里是当爹说下的话,对人一点都不信任。曹丕想,反正我口袋里没钱,说这句话得为他自己的肚子负责任。曹丕心安理得地领着曹力大转城市,转到他脑子空了无力说风凉话,我好再表演一下赚钱的手段,让他知道生活不仅仅是读书和种地。转啊转啊的,曹丕就这样领着曹力大不停走不停介绍,走过电影院,走过超市,走过学校,走上天桥又走下来,遇见一个裸着两条长腿的女人,曹丕盯着人家看,一丝微妙的闪念,一种复杂的感觉。这被曹力大睨着的眼捕捉到了,曹力大想,王八羔子快和我一样了。

曹力大被城市的街景搞得晕头转向,一个上午展现在他眼前的都是人,形形色色的人,路上填满了车辆,大车小车,都争相拥挤,肠胃咕咕咕咕叫着,热面条般挂满街道的车流人流让曹力大觉得太乱了,乱得和糨糊一样稠。曹丕连水都不买一瓶,曹力大的火气跟着冲上了脑袋,眼睛红,嘴唇干,步伐快,像拧着什么似的,终于忍不住了:"曹丕,你爸我是饿得前心贴后脊梁了!"

曹丕的前方就是这座城市里最繁华的广场。原来地面上遮挡着围栏,现在拆除了,对天气的热有感应的人们坐在围栏拆除后剩下的水泥墩子上,这正是曹丕想要的效果。曹丕说:"爸,我是想叫你看看城市。为啥人都想进城,因为城市叽叽喳喳热闹。你现在坐下歇着,一会儿工夫我请你吃过油肉。"

曹力大紧走两步上前抓住曹丕的胳膊:"你跟我回家念书去,不吃你饭了,瞅你现在的样子,你本来是社会主义的苗,现在你和草一样长荒了知道不知道?"

曹丕说:"你不是想知道我怎么赚钱吗?我这就赚给你看!社会主义的草和苗都是为了将来能赚钱!"

只见曹丕拣了一处开阔的地方,从提包里拿出一块白布铺在地上。白布上写着:"家传秘方,专治溃疡,三服见效,五服除根。"还画着人体阴阳八卦之类的图画。曹丕从包包里掏出一把小铜锣咣咣一敲,不一会儿就招来一堆闲人围观。曹丕把上衣脱掉,露出正在发育的强健的肌肉,一边敲锣一边开始表演:"老少爷儿们,大哥大姐们,俺家十代行医,专治疑难杂症,俺祖爷爷是清朝乾隆宫里的御医,乾隆当年下江南时的专职陪同。今天带来的是专治胃溃疡的神药,有钱的留点钱捧场,没钱的免费赠送,五块钱十包,十块钱二十包,二十块钱五十包。人到世上谁不愿肠胃像这街道一样宽展,肠胃不好,五脏容易出毛病,身体出了毛病,一辈子该享福的事全都像米汤一样的稀饭了……"

一帮闲人,插着裤口袋,叼着纸烟,三三两两或蹲或站,一袋袋纸包包忽悠着那些清醒着的,混乱着的,也难受着的人不由得掏出纸币来买。也有帮腔的:"这药管事哩,烧心吃了不烧心。在别的地儿我见卖过。"看似钱不多,不用考虑消费支出,也就是十块二十块,现在的人吃得好,容易肠胃不好,见了肠胃药虽然有些犹豫药效,毕竟也想抱着试试的态度大都还是掏钱买了。

前后一个多小时,收摊检点。曹丕走过来举着一沓钱嘿嘿一笑说:"咋样?爸,一百块到手,顶你秋天二百斤玉荾。"

曹力大一时没有翻转过来,刚才只顾张嘴看,看得也投入,也没想那是自己的儿,看着收摊后的曹丕,他醒过来了:"真是药?"曹丕拉着曹力大走,边走边说:"是碱面,少吃一点健胃。"

曹力大彻底清醒了,曹丕赚钱的快乐抵消不了他的难过,儿的嘴里完全不会说真话了,他老曹家的祖宗就算是个农民也不能是个卖假药的!

九

天气晴朗,城市里的嘈杂声继续泛滥。曹力大不知自己是怎么就着酒吃下过油肉的,和曹丕分手后曹丕怎么消失的。他看见两个城管撵着摆摊的小贩跑,精疲力竭,自己也跟着跑,跑了一阵子还是在喧嚣的城市里。这城市跟他隔着一层东西,有透心彻骨的不解,有摘心去肝的痛。城市里究竟有一种什么东西叫人上瘾?为啥,他养大的儿,来世上要来熬他的性子?总归要熬走他的命啊!回去怎么和乡里人说自己的儿在城市里卖假药?说不出口哇!曹家营哪家的儿子咱敢和人家比,不怕不知道就怕一比较,说不出口,与自己的设想太有差距了。坐在城市的花坛边回想,午饭后,他是努力压住火把自己的话说出来的,他说:"你要还在这个城市卖假药,就当我这一辈子没生儿,你是抱的人家的种,我曹力大天生没生儿的功能!"曹丕红着脸说:"放心,曹力大,车到山前必有路,有路就有我走的路!"曹丕就这样甩手走了,他的儿,居然敢喊他的名字,他已经不是曹丕的对手了。城市里教一个人学坏教得够彻底,比他妈的网络还厉害。曹力大又站起来走,走得踉跄,难过,恶心。

依旧想不通,念书的年华怎么就不念书呢?你不念书让我一辈子脱离不开苦海啊,怎么就不能做个人上头的人呢?都是不念书的结果啊!曹力大想哭,想到世界上最负责任的父亲是什么样子,咱也好去找找人家讨些说法。城市把人搞得净说假话,是城里的结果呢,还是养育的结果?想得心口难受时曹力大干呕一声,急忙找着一块草坪蹲下去吐,中午的过油肉吐尽了,长出一口气,又长出一口气,他是一点奈何都没有了。回家,只能回家。

曹丕回到租住屋子里,他看到李明孩一个人独坐着,屋子里一股呛人的烟味。李明孩看了一眼曹丕,一种椎心的疼,他想站起来,是什么让他麻木而迟钝了,他试了几次站不起来。这是一件密不透风的地下室,汗味、臭袜子味、烟味、食物的味道,混杂在一起。简易的两张床上堆着脏黑的被子,地上扔着几双变形的皮鞋,一些易拉罐饮料立在墙角,几只坏粮食生出的蛾子飞上飞下,窗外的车从头顶上隆隆开过。这就是城市里下等人的生活场所。那混杂的味道无节制地散发出奇怪的情绪。曹丕扑通一下跪在了李明孩跟前,脸憋得通红,双手交叉放在胸前"哇"的一声哭了。李明孩也哭了。两个人不动就这么哭,哭得呼天抢地,哭得左上方的一扇小窗的玻璃呼掀呼掀响。他们的哭惊动不了任何人。

李明孩突然说:"不哭了。哭不来钱!"

曹丕一下激动无比。曹丕说:"钱钱钱,就知道赚钱!从此我不卖假药了,我想学个手艺。我管不住自己,在车站见着黑皮了,我做了他的托,我说我上大学,我看到曹力大看不起我的眼神。我在广场卖药,我吆喝,他起初傻张着嘴看,我以为他欣赏我,他还是瞧不起我和我的这张嘴,可是我为什么要做那样的事让他讨厌我呢?他有一天要死,在这个世上我得活着,我一想到我得活着,我没有理由不叫我的嘴说话,是你教我的,师父,为什么那么多的人说假话都当真话呢?"

曹丕站起来合手拍死了一只飞翔的蛾子,蛾子倏地落在了地上。

李明孩看着曹丕说:"人这一辈子有多少真话说?你回家念书吧。"

曹丕不能再回去念书了,他不喜欢被太阳烤得板结的地,不喜欢老师在课堂上那种拿腔拿调讲课的样子,不喜欢下雨天村庄散发出来的猪粪味,不喜欢狗伸出舌头的丑样,不喜欢妈把头浸在河里用猪油做下的香胰子洗头的腻,不喜欢曹力大见了老师那低三下四的样子,不喜欢日头醉唧唧照着劳动人的影子,他不喜欢农村的物事太多了。念书大势已去,我怎么才能给老曹家扬名呢?曹丕背对着李明孩想这些事情,脸对着墙,墙让他不快乐,他伸出拳头捣上去,一下两下三下,人活着咋这么累?他瘫倒在了墙角下。

李明孩第一次看到曹丕这样发火:"明天去找手艺,你想学啥都行,我卖假药供你。我横竖就这样了,你学,学做一个人上人不说假话。"停顿了一下又说,"可啥叫人上人呢?咱没有背景,和人家有背景的人是天上地下的差别啊!"

曹丕紧紧盯着左上方那一小方窗户,两只深陷的眼窝搁着两粒儿晶莹的泪珠,用劲挤一下,泪像虫子一样在脸上拱,选择道路。从现在开始曹丕也要选择道路了,哭有什么用呢?对这个世界撒谎的开始,就已经误入歧途。

李明孩用酒精炉煮挂面,像往常一样,外出的人都回来了,看着大家嘻嘻哈哈地议论一天发生的事情,曹丕始终不说话。

黑皮说:"你的话为啥突然少了?今天你帮了我大忙,我得给你提成。"

曹丕突然地一阵恐慌,盯着所有的人喊:"都滚出去,我讨厌你们假模假样装腔作势的样子!"

大家莫名其妙地看着曹丕,李明孩要他们各自回到自己的地下室住处。大家退出去后,曹丕倒头蒙上了被子。

这一夜曹丕和李明孩都没睡,一会儿兴奋,一会儿难过。曹丕突然觉得自己长大了,身上有股天不怕地不怕的狠劲儿。"一辈子要苦出个名堂来,要紧的是得有狠劲,我和曹力大一样有一身力气,我不能过叫花子日子,耍官家脾气,我拿力气在城市里找手艺,我不相信我活不出个人样来。"

李明孩翻了个身说:"曹力大,啊不,曹丕,我独柴难烧,独人难活,老天可怜我呢,把你给了我,我这辈子,凡是叫花子的事都由我来做。"

这一夜不是父子的父子俩聊得很晚,设想了很多,也畅想了很多,独没有想到后来曹丕从事的生意。

三年后的一个春天,铺天盖地的黄风起了,把天地刮得浑浑噩噩,蒙蒙浊浊,天日不见,乡干部冒着黄风来到曹家营。乡长王刚进了曹力大的屋子嘘寒问暖了一阵子,这无来由的问候让曹力大吃不消也吃不准。曹力大佝偻着脊背忙着递烟紧着叫曹丕妈倒水。王刚乡长用手拍打着头发上的黄沙土,看着黑乎乎的屋子,叫通讯员从车上拿下两袋子丝棉被送进来。这件事的直接后果是让曹力大的腿软了,惊讶得汗珠子都要从头发里往外滚。

曹力大说:"王乡长,这是咋的了,咋好好地送这?这曹家营的都送呢还是就我一家?"

王刚乡长说:"你们曹丕给乡里做大贡献了,县里的'三干会'他主动给会上演出,那是风光啊,把县委书记县长看得哈哈大笑,不时地竖起大拇指,说咱乡里外出的人不忘家乡父老,这就是干群关系搞得好嘛。我来,一是慰问曹丕的父母,二是要二位转告回乡的曹丕,我来看过你们,来替曹丕关心你们二位的生活。"

曹力大蒙了一下,曹丕?三年没见过的儿,在曹家营他因了这个儿头都仰不直。曹丕妈上前拉住王刚乡长的手:"乡长啊,你快快地说,我家曹丕他,他到底做啥职业,我们老曹家连村支书都不照面,你来是因为啥?"

王刚乡长疑惑了:"你们连你们的儿曹丕做啥职业都不知道?不可能吧?你们的儿曹丕那是有出息啊,带团,杂技团的团长。"

从王刚乡主任嘴里抠出来的话叫曹力大吃惊不小,杂技他们还是知道的,那不是杂耍,是功夫,三年里一个人就算是有神助怕也不能练出杂技功夫,何况还当团长?

这时候村长也来了,村百姓也都围进院子里。王刚乡长就和曹家营的留守村民说:"三月十五的乡里庙会,曹丕的团来,大家都去看啊,你们曹家营出人才了,不远的将来曹力大就要进城了,怎么会住这样的房子呢?"

曹家营的人好奇了,大多不以为然,笑笑,笑成怜悯,曹力大看得出来。

曹力大心中忐忑不安,和尚打坐似的用手捶自己的头。曹家营的人就笑话曹力大欺瞒得这么好。乡长站起来看房子,曹力大也紧着站起来,这其实是乡长要走的信号。村主任和村干部就送乡长出门,乡长一边走一边打着官腔说:"今年是个好年景,一场黄风怕是要引来一场雨了。雨来了好哇,咱老百姓的口粮地要丰收了!"村干部哈哈地打着哈哈,这同夏天的百花在冬天凋零一个道理,觉得并不全是真心话,有水分在里面。

曹力大紧着横晃到乡长的车跟前,眼睛亮亮的,龇着一口黄牙,说:"都是托了乡长的福,你是好领导、好公仆。"

有一个半大孩子"喊"地叫了一声:"神经。"

曹力大冲着那孩子小声说:"你这号人,将来有你哭的时候!"一副过来人的有经验样子,不忘看着乡长颠呵颠呵地笑,乡长和大伙握了手,上车车窗没见摇下来,这让曹家营的人有些失落。曹力大抬着手跟了村主任晃着手和轿车的尾气再见,车走得不见影,他还难为情地望着那一股尘土笑。曹家营的人开始另眼看曹力大,他自己也觉得,群众的眼神有多么重要,人在世上活着,恐怕就是来看旁人的眼神来了,由远及近的眼神晃着亮,和以往真是两样光景。曹力大想宣布点什么,可他真是什么也不知道,不能犯三年前的错误了。人的节气就这样准时,曹丕当团长了?他曹家的儿,他不敢把时光抛向记忆深处。不过现在,他认为不是梦,乡长是多么势利的一个人,能放下架子来曹家营,那不是说说算了的事,是有来由的。曹力大突然就觉得自己高人一等了,那个高让他听到了风在半空伸腰展腿的吵闹声。他大步地越过村主任,敢超过村主任,就是明确地告诉曹家营的人们,曹力大从现在开始也要打喷嚏了,他儿不再是曹家营的一个冷笑话!

曹力大回到屋子里,屋子一下空了,比平常显得更空。晚上坐在屋檐下,霄汉吊挂着那月亮不大也不圆,但贼亮,像挂在头顶的矿灯。春风就是春风,已经不像冬日里那样寒冷,夜色下可以把手从袖筒里伸出来,贴地的蔓草也苏醒了,有一两只小虫子落在曹力大的鼻尖上,他不动,眼睛睨着鼻尖,虫子散发出一股腥灰气息,不停地端详,鼻尖痒痒的。伸长一条腿又伸长另一条腿,那小家伙痒得他皮肉疏松。曹丕妈看着他的样子,说:"你神经啥呢?"他吭哧着手指着鼻尖,曹丕妈过来扇了一下,那虫子被风掀走了。

真是舒坦啊,清明就要来了,庄稼该下种了。曹力大说:"你说咱的日子因了我的儿要改观了吗?"

曹丕妈就恶恶地说:"叫你三年不去见娃,娃长骨气了。插一根柳当年还发芽,三年我儿曹丕是咋度过来的?不要瞧曹丕长得随你,可性子随我,有钢骨气!"曹力大听罢,一个挺子站起身,倒剪着双手,仰起头在院子里的月影下徘徊,想城市的路灯亮起后街道上走过的人群,大车小车连成一片的流动,那就叫城市。应该也叫曹丕妈进城市里开开眼,不要光想城市是纸扎的布景,也该领略一下城市的热闹。天空的云团一下聚住了,慢慢地,月光扒着云缝射出来,曹力大仰着脸喊:"曹丕他妈,曹家要翻身了!"

三月十五,乡里开庙会,街道上做生意的人都在搭棚子,曹丕的杂技团来了。一辆敞篷车,车身子喷绘得花花绿绿,曹丕的这次回乡与春天有直接关系,时节是大规律,清明还没有过,土地闲着,朴素的生活让厚道的乡下人迟缓在对曹丕的期待中。因了不是唱戏,杂技让年轻人也充满了好奇。亲戚朋友,街坊邻居相互转告着要去看看曹丕耍的杂技。曹力大一再给他们强调,是曹丕的团,不是曹丕耍的杂技。乡里的舞台,原先演戏要挂大幕二幕,演杂技简单要的是个敞亮,就一道大幕。戏台两边飘着两个大红气球,像井口那么大,用比大拇指还粗的绳系着,气球下挂着大幅标语,一条写着:游子归来为家乡父母无偿演出,另一条写着:爹娘养育情是儿女的都懂孝敬。

曹力大一直亢奋着,曹丕的成才,由此而形成的变化让他受之不尽,心在春天里回忆春天,曹丕真是叫他脸上有光了。舞台上的曹丕在人群中发现了他的爸妈,曹丕想哭,李明孩在一旁拽了他一下,自己跑下台去招呼曹力大。曹丕看到李明孩安顿父母坐下后正眉飞色舞讲啥哩。

讲啥哩?李明孩讲曹丕创业的故事哩。李明孩说,这几年,曹丕拜了一位师父,学了一身硬气功,招了几个徒弟,拉起一个杂技团。曹力大一脸狐疑。李明孩就从腋下夹着的包包里取出一枚公章要曹力大看。曹力大要曹丕妈看。这绝对是中国历史上独一无二的公章,因为通常情况下公章的中央都是一颗五角星,而曹丕杂技团公章的中间却刻着曹丕二字,是公私章兼用。曹丕妈说,这公章不规范。李明孩说,不这样,演出完毕没法取钱。这是拿曹丕的名字备案哩。演出开始了,大家静静地看杂技表演,轮到曹丕时,曹丕的节目更是让人惊心动魄:一块石碑压在肚子上,上面站十个人,又摞十个人,起身后一把大砍刀使劲朝肚子上砍,明晃晃的钢刀,曹丕妈吓得猫腰低下头双手捏着曹力大的大腿不动。那一晚,曹丕铆足了劲,要在家乡父老面前露一手。本事,这就是曹丕的本事。

  曹力大看演出看得是热血沸腾,他的儿面对那个压在身上的石头,一发力,来了个牯牛犁地把石头翻了个身举起。后生可畏,台子下的人喊着,那是曹力大的儿,那不愧是曹力大的儿!盘古开天第一遭,就听那"曹力大的儿"曹力大都产生了一种自豪感。曹丕妈一晚上手脚拘谨得捏着一把汗,直到曹丕把自己的节目表演完,曹丕站在台上讲了谢幕词,乡长送了花篮,走散的人走得没有影踪了,曹丕妈手心里的汗还留着。

十

  多少年后,只有李明孩知道这是他策划的一场戏。曹丕和杂技团签下了合约,曹丕的两场演出和曹丕的团长职务是要曹丕三年不挣一分钱工资来还,一切都是为了人在人世间的一双眼睛,改变曹丕,塑造曹丕,李明孩得帮助曹丕提着头发往高拔,但仍然说不上曹丕将来的成败。

春 风 杨 柳

一

杨家老屋子前的拴马桩还在,马没了。

每一次杨家兄弟路过,尤其是晚上,在一片漂洗得纤尘不染的月光下,看老屋,怎么看都像纸扎的灵屋一样虚幻,那可是住过祖先曾经的繁华?

杨家走到20世纪70年代,人口四散而去,衰败了。杨家正宗后人杨德孩长子杨长青的后代杨丙尧和杨丙西也都各自娶妻成了家,杨家的大院还在,屋易其主,住的不是杨家的后人了,有金姓常姓李姓,混乱地住在一个大院子里。弟兄俩住在河边上五间土坯房子里,一人两间半,日子过得细脚伶仃。上土沃这些年外出人口不多,政策还没有放开,日子过得也都四平八稳。终日忙碌,都是为了公家。上地的时候为了公家,下地的时候也是为了公家,为公家奔波于田间,欲望集中,步调一致,日子过得倒也欢实。20世纪70年代杨家弟兄的房子被烧过一次,是墙上的灯捻爆响花,火星儿点着了炕墙上糊厚的报纸,连带着把被褥一起烧了,幸好没有烧了房梁。这一下让杨家几年都没翻过劲来。到了20世纪70年代末期,三中全会开过后,日子过得有欲望了,才知道该给自己享受了。三十年河东,三十年河西,说的是黄河里的淤沙,土地上谋收成的人永远都有大方向指着,三十年,经历已经把兄弟俩的胆子磨疲沓了,日子过得寒酸,虽知道祖上是大户,可那是皇历啊,是遥远的庙堂国事,一切连想一想都觉得遥不可及。

  世道是真变了,往前走,杨家血脉里的那份不安分的东西就开始往外冒了。杨丙西想开一家豆腐坊。开豆腐坊不能在上土沃开,要到公社去开,决定和哥哥商量一下。杨丙西猫着腰肘下夹了一瓶潞酒走进哥哥的屋子。嫂子柴棉棉看到小叔子来了,没多话,捅开火坐了铁菜锅,提起案板切了半个回子白,不大会儿一个菜端到了炕桌上。杨丙西和杨丙尧对饮,饮到酣处,恓惶自己家的家底。大集体的时候,夏季大致一口人能分到五六十斤麦子,一年的口粮,大年小节、红白喜事、亲戚往来,哪一样都少不了麦子,全年的节气都在后半年过呢,前半年哪见过白面星星?眼下有了自留地,日子才抬了个头儿,尾巴就想翘,心痒着不能和旁人说,不能不和自家的哥哥讲。杨丙西说:"哥,我想去公社开豆腐坊,眼下生活好了,谁家哪天不吃顿豆腐?到了乡里,过往的人多,饭店不愁买卖,该比在土里刨食强。"杨丙尧知道兄弟是和自己商量事来了,弟弟种地没钱花,又养着一个得了小儿麻痹症的儿子,现在还在上学,长大了怎么办?他老了做不动活儿,哪个来养他?这都要兄弟来操心。既然来商量事了,就是明白地告诉自己,卖豆腐得夫妻俩合伙,这个儿子还得要哥招呼着。话不用说得太明白,啥事也敌不过亲情。杨丙尧从心里不喜欢弟弟做买卖,祖上受的罪,那高楼大瓦房到最后的结果明摆着呢。爹临死前说过:"长壮实了,健全了,就是庄稼人的本事十全了,别想其他。粮食够吃,早娶媳妇快抱孙,七十二行庄稼人为王。一代一代安稳着有个点想头的,就好。"爹有一事按下不说,祖上人和暴店柳家有过节,杨家只要往暴店去做生意,柳家便使黑来害杨家。如今弟弟要去公社卖豆腐,能看多远?孰重孰轻,孰轻孰重,他凭着对人世间的判断,抱定"七十二行庄稼人为王"的祖训,决定要弟弟不远行。酒喝到酣时,不明原因的两个人开始掉泪了,一瓶酒,恓惶都喝出来了。杨丙西说:"哥说的是只要勤快,泥地里啥都有。可咱在地里歇过吗?偷过懒吗?人有好坏,地有薄厚,种下的不见好收成,咱能和谁去叫板?地也要种,豆腐也要卖,买卖得手的是钱啊,不能求现在的稳当,以后呢?老来呢?""我知道你是想有个积蓄。到了暴店千万记住了别和柳姓打交道,杨、柳有纠结不清的麻缠呢。"杨丙西点点头。"你去卖豆腐,娃我来照顾。"杨丙西在炕上拉开架势磕了仨头,磕得额头发红,泪流满面。

杨丙西打拼收拾好,借钱买了一头驴,在暴店公社租赁了房子,用牛车把大石磨、大铁锅、大砂缸、木头豆腐榾子、压板、沙子等,一应俱全拉到了公社。他和老婆马彩霞每天做三十斤黄豆,一斤黄豆出二斤六两豆腐,硬邦邦的豆腐,麻绳儿能吊得起来。小本买卖做得起劲。几年豆腐做下来,人脉和地盘都扩张了,把患病的儿子也带了过来在乡里上学。儿子上学不见功夫,杨丙西决定不让儿子上学了,要他跟了公社修手表的柳成土学修表。杨家和柳家的一段渊源,能记得的好像也少了。老一些的人还能模糊地想到很早前两个家族之间的争斗,争一个铜鼎。县太爷想拿了杨家的铜鼎卖给杨家一个官儿,柳家看不惯,使了方法偷走了杨家的铜鼎,乱哄哄的世道,两家都伤得很重。远去了,曾经的祖先都成了陌生的人,崭新得扎人眼的现在,要紧的是怎么往前走,哪还想去在乎从前?况且腿脚有毛病的人哪个不是去学修手表?暴店公社会修表的也只有柳成土。柳成土收了杨家两瓶潞酒两条大前门香烟算是认下了徒弟。柳成土教杨家儿子修表,一带就是两年。好在杨家儿子生得灵窍,虽然腿脚不便,但所教皆学得进去,又有一副人残志坚不服输的决心,格外叫柳成土喜欢。三年后,杨家的拐儿子在暴店公社人民供销社进门处用玻璃打了一个三面小隔断,算是开了自己的摊子。那时候能有表戴的不多,他兼修钟表、挂表、拉链等小零碎儿。儿子有了饭碗,杨丙西的心也就放下了。日子像线一样,中间结了一个疙瘩,现在疙瘩已解,杨丙西的心舒畅了许多,心情舒畅就想着将来回上土沃没有多大意思了,想着在暴店买房子,琢磨着上土沃的房子该让哥哥买,因为五间房子梁架不分,不好卖给旁的人。杨丙西犯了一个错误,五间房子两间半,那半间是前后隔段的,他那半间没有窗户。杨丙尧知道弟弟想卖房子,杨丙尧私心里是想自己占了,便跟弟弟说钱不够,不知道兄弟能不能缓个三两年的。杨丙西不想缓,买房子等给钱是一个谎,他急等着花钱呢。房子说买不是一下就买了,弟兄俩各自怀着心事心里就结了芥蒂。

说说话话,杨家的儿子在暴店修表出了名,也有闺女愿意嫁过来,是好事,闺女嫁过来的条件是必须在暴店公社买房。这下房子是一定要在暴店买了。

柳成土在人民供销社成立时,因自己家的地盘进入了供销社,他便当了售货员,这是一个赚国家钱的营生。成了国家正式人员,某种程度上感觉就好多了,一副扬眉吐气的样子,不用再拿着眼睛夹着放大镜看那些个小零碎了,便动用正式工的职权把门口的一小块地盘长年租赁给了杨家的拐子。杨家的儿子长得细瘦伶仃的,喜欢敞着穿一件中山装。有生活做了,人孤零零地埋着头,两手窝在眼前没人交流的寂寞,挺是叫人心疼的。供销社来的人不多,大都是女人,一来就是三两个结伴,叫了要扯的花布推攘着喧哗着也比画着,有时候她们来好几次都不见下决心。供销社有一天进来一个女售货员叫小彩,很伶俐的一个闺女,长得不算好,进来了就算是吃供应了,羡慕她的当下里也知道了她是有背景的,因为她爹是一个村的会计。小彩来了供销社,来的人里就多了男娃,多是混混,一个个都长一副蓬头垢面的模子,他们来了专叫小彩拿货,小彩拿过来了,他们的眼睛却不看货,在小彩脸上瞟。柳成土知道他们都不是来买东西的正经料。小彩也无所谓,反正吃了供应粮了,拿着公家的显摆心情也没有什么不妥。对于小彩来说,一种是新鲜,另一种是给一个人看。想让看的人不是别人,正是杨家的儿子杨兵。杨家儿子在门口的三面玻璃后很认真地修表,除了偶尔向师傅柳成土笑笑,露出一口白雪雪的牙之外,从来不多看小彩一眼。那时候的爱情观很简单,男人女人除了谋生之外没有任何爱好别的闲暇,在狭小的生活圈之里,正派的有理想的青年很受闺女们喜欢。小彩认为杨家的儿子是自己理想中的爱人。残疾不是问题,况且也不是后天形成的,她爱的是他这个人,而不是身体。柳成土看清楚了这一点就想撮合他们俩,一时理由不充分,每天琢磨着,果然琢磨来机会了。

二

小彩戴着一块日本产的双狮表,有一天她上厕所发现表停了。知道是自己夜里忘了上劲,蹲在厕所里脱下表上劲。不知哪个坏小子吃不到葡萄了在厕所外的口子里扔了一块石头,小彩喊了一声:"谁?"人往起一站的当下里表也掉进厕所里去了。表的声音和石子的声音都不是太大,但是,对当时的小彩来说是跌心的感觉。小彩的爹雇了人下到厕所里捞上表来的时候,那只表停在了它出事的那个精确时间:10点35分。杨家的拐儿子拿到那只表时是草纸包着的,臭味还在。杨家儿子清洗了表,第二天大早上,他在上班的门口等着递给了她。小彩说:"多少钱?"杨家儿说:"啥都要钱世界不乱了套了?"一股暖流袭上她心头。未经世事的爱情就这样进一步种在了小彩的心里。

柳成土做了这个媒,做得有点儿费劲。

小彩的爸爸怎么会叫小彩嫁这样一个人呢!过程比结局更有滋味,杨家儿子认为自己天生是失败者,失败是注定的,不失败也是不可能的。一开始杨家儿子就没有冲动过,但是他唯独没有明白有时候人的未来常常是别一番模样。在杨家儿子不能肯定自己的日子中,柳成土说话了:"你有没有那意思?"杨家小儿杨兵不能说没有,也不能说有。空气里充满了躁动,又流动着更大的安静。"师父,我不敢想。""怕啥呢?你说这世道让咱见不到谁,咱就不能想见了?""师父,那不一样,人家是眼前人。""所以咱不能遏制了旺盛的虚火,我看那闺女对你心里不安分,你要敢把勇气提起来,我就敢给你来个纲举目张。"杨兵点了点头,然后很尴尬地红了脸。

柳成土拍了拍徒弟的肩膀说:"好样的,我需要浇水了,你就装了淋了一身雨的样子;我需要给你施肥了,你只管在你力气能使到的地方长一长。趁着爱情还没有附加太多的东西,我用师父的两张嘴给你捏合一个好家庭。"

杨丙西明白了儿子的能耐,窃喜着,也心慌意乱地等待着。一年的时间进入了秋天,杨丙西端了一屉豆腐送给了柳成土。柳成土知道豆腐的分量,半两没有丢在自己的案板上,骑了自行车送到了小彩家。

柳成土放下豆腐说:"小彩爸,你要觉得这豆腐不是豆子做的,你扔到大门口叫狗吃了。送你豆腐的人家没有提半个字的话,我一厢情愿送豆腐上门就是想把你闺女小彩嫁个好人家。我知道,你是嫌弃人家儿是个拐子,拐子是仙人转世呢。自打我认了这个儿做徒弟,从来就没有见过他走路勾着头,走路看做人呢,腰都挺不起来,畏缩着不朝前头走,注定是干不了大事的人。说白了,人家没有看上你闺女,看上的是自己的事业,尊贵的人,腿虽然有疾,脖子是仰着的。俗话说了,红心萝卜紫皮蒜,仰头老婆低头汉,别小看人家,万物万事都有来路,也都有去路,来路纷杂,去路归一,心憋着一股劲,人家是想走到人前头呢。"

小彩爹坐在小凳子上,一根接着一根抽纸烟。小彩妈一碗糖水端到柳成土面前。柳成土喝了一口。坐人家的凳子,看人家的脸色,喝人家碗里的成色,知道人家是放了白糖不是糖精。

"你看你村里的人,从自家院子到自家田里,前前后后的那些勤快人和懒人,一直都不曾停下或者拿起手中的活计,他们都在期待着什么,是什么呢?我来告诉你,几亩大的田想种出好日子来,想发财呢。屁!提着粪桶给田里喝汤呢!发财梦都化在阴晴雨雪的日子里了。往小里说,人家是买卖人;往大里说,人家有积蓄,暴店买房子不算事。你闺女嫁过去,那还不是端着活?你当大队会计,知道会计的作用有多大,闺女过去了也是当会计呢,给杨家当会计,进出一把锁,天生该是阎王命呢。"

钱是人的命,阎王是管命的主。

小彩爹插不上话,也不知道要说什么,只好把头长时间地扭在门口看。小彩妈端过来一碗糖水放在脚边上,他端起来,两口喝完了,一时又忘了喝完了又端起来喝,啥也没有喝到,吸溜了一口空气,怕柳成土看到自己失态,舌头舔了一下碗边,伸长手放把碗到了门墩上,秋蝇子哗地飞了过来贴到了碗沿上。小彩爹抬手来回扇了两下,有些局促不安地叫小彩妈端了碗走开。

"你看那些个种田的人,有几个是正经后生?书不好好念,整天里往暴店跑,想学城里人,城里人娘肚子里就是城里人,娘肚子决定了命。学穿什么喇叭裤,不说别的,攒了粪都野没了,真要找这一个货色,终其一辈子,给小彩带不来片刻安宁,倒是花肠子长得长,撩猫逗狗的。你家小彩是嫁好人家,好人品呢,不是嫁混子的。你琢磨我的话对不?"

小彩爹的情绪似乎平缓了一些,默默地攒着劲想给对方一个回绝,半天后站起来说:"这事不成。"

"你把那豆腐扔了,给狗吃了,我柳成土要是登你第二回门,我不是人,是狗。"柳成土站起来端起一碗糖水走到门口要往院子里泼。

"你这是做啥呢?"

"做啥呢,我不给供销社主任添好话,你小彩能吃了供应?做啥呢,半天给了我一句顶心口的话,我的脸不是脸?我的脑子是个糊脑子?一口回绝了,比劈头给我一巴掌还难堪。不坐你大队会计的椅子了,我屁股上长着针呢;坐你大队会计的椅子,我怕生脓呢。万事不讲,就你小彩的长相,要是嫁了好人家我倒栽跟头来见你。"柳成土两手一揪前襟,立马人站了就要走。

小彩妈急忙从里屋出来拽住柳成土的衣袖:"他叔,你也是好心人,你看中的人能有错?万事总有商量吧,怎么说着就针尖对麦芒了呢?坐下坐下。"

柳成土执意要走。

小彩爸说:"条条大路通罗马,世上没有死路,也没有死话,他杨家要真能在暴店盖了屋子,我把小彩嫁给他做媳妇。咱把脚下的路走稳走顺,两年里要是盖不下屋子,大路朝天各走一边。"

柳成土揉了揉鼻子,知道话里有话了,一下又从囫囵状态中清醒过来。不能不顺应当下,来做啥了?说亲。脾气点着了,也得浇灭它。回过身来坐在了椅子上说:"我说嘛,做得了大队会计就该有一个宽阔的胸膛。两年里我要他盖五间大瓦房,我不怕你不信任,真要把这媒人做彻底了,不怕你不答谢我。"

杨丙西很慎重地回上土沃找哥哥谈话。老弟兄俩坐在河边上,杨丙尧箍水桶,藤条在水里压着,早已湿透。杨丙尧话里有话地说:"现在磨豆腐都不用石磨了,我还箍水桶,人家都用塑料水桶挑水了,我连铁环都买不起,还用藤条箍。"

杨丙西说:"我下一回来家给你买两只塑料桶就是了。我回来是想商量屋子的事,你侄子大了,有人嫁,人家闺女没额外要求,只求在暴店有房住。"

杨丙尧用地上的锯末填捣水桶缝隙,木桶被捣得嗵嗵响。那声音是叫杨丙西听的。杨丙西也知道,哥哥是胆虚,是想用当下的事掩盖内心的想法呢。事情摆着,火烧眉毛了事急人也急。

"上土沃没好闺女了,要拿屋子去倒贴?"

"人家是吃供应粮的。"

"噢,有本事人都能吃了供应粮,你儿比吃供应粮的还有本事呢。"

"哥,你这不是说风凉话吗?你要是要,屋子就留着,钱打凑一下,借也好咋的也好,我也是万般无奈了。哥,说到明白处,亲兄弟也得明算账。"

杨丙尧箍桶,一直不喜欢用铁圈箍,一直用半边藤条箍。藤条韧而硬,干后收得紧,又不易变脆,一劳永逸,三年五年都不用换箍子。杨丙尧还有一个绝活,破了缝的桶他也敢箍浑全,偶有洞现他用锯末渣填实,绝不漏水。他有手艺,从来没有人敢小看他,就算是箍桶的手艺不行了,以往的技艺却依旧延续在上土沃人的口碑中。一个"穷"字让杨丙尧在弟弟面前短了半截子。气从心底生出来,更多的是怨气。你在暴店卖豆腐,地里的活计,挑肥挖沟,割麦打豆,犁地撒种,你一时半会回不来,哪一件不是我和你两个侄儿不误节气先给你下种?当年在暴店创业的你的小儿是你嫂子照顾着上学下学,从没有敢冷一顿热一顿亏待了他,到如今卖房,一句明白话"亲兄弟也得明算账"就把事情抵消了。杨家新中国成立后是穷了,再穷,一个万事不求人的信条我杨丙尧还记得,自己能动手将就的,决不求人,求人要落人情,欠情如欠债,于心不安。欠你的钱可是有亲情顶着呢,敢说出叫我去借?我不吭气,就等你下一步做呢。

杨丙尧有两个儿子,两个儿子都当着光棍儿,大儿叫杨强孩,二儿叫杨兵孩,单看取的这名字,就知道人长得敦实坚固。还是因为穷,闺女不愿嫁过来,日子挡不住两个劳力电杆子一样竖在家里,杨丙尧遵循家训:饿死不出外。两个儿子熬着日子被当爹的阻挡了外出奔富的机会。杨丙尧是真想要弟弟的两间半屋子,口袋里没有票子底气不壮,人家一个不全乎的儿子都有人嫁,还是一个吃着供应的公家人,话不能明说,心里的滋味却泛着酸气。话说到绝处了,再说自己真要明着计较就不像大哥了,就没肚量了。杨丙尧说:"你看着决定吧。"

听到这没有边缘没有远近的话,杨丙西像得了厌食病一样嘴张着吐不出话来也进不去。

问题摆着,需要让自己心情平缓一阵子,怎么也平缓不下来,头顶的日头明晃晃的,擦过他的脸,显得他脸皮皱巴毫无光泽。气也虚上了,想出汗,尽量心平气和地盯着哥哥看。老了。真老了。哥哥的脖子眉头下黑乎乎的,头上绾了手巾,显然也是多日没洗了,手掌粗大毛糙,藤条在手里来回动着,目不斜视埋头专注于两腿中间的木桶,能感觉他喉结急迫地上下鼓突着,聚着一口气,不费想象就知道哥哥是想要这房子,还不想给钱。河边上的秋蚊子一群一群飞,天要黑了,杨丙西开始哭了。

"哭啥呢?儿子要娶吃供应粮的媳妇了,哭啥呢?你要是哭,我该咋办?回。"

弟兄两个收拾了地上的家什往回走,老大在前边,老二在后边。老大前边走着迎风流着泪,老二后边走着唏嘘一片。事情都想绝望了。吃罢晚饭坐到院子里的苇席上,河里的蛙泼妇似的鸣叫着。苇席旁边堆着收割回来的黄豆荚子,不小心脚踩过去,倏地落了一地黄豆,弟兄俩快要撑不住了,顾不及这亲情了。杨丙西说:"哥,你想买,你就得给钱。不是卖了屋子就能在暴店盖得起,我还得借款。"

"谁说我要买了?我是想死去的爹娘,活着时这不放心,那不放心,都过去的人了,埋在了田里,年年十月一送寒衣前都有梦来,死了都不放心,有啥用吗?"

爹娘活着时因为成分不好谨慎做事,希望兄弟平安,这世上,除了爹娘就该是兄弟了。一人伶仃行世间,身边难道无他人?杨丙西回放了自己一天里的事情,都是些自寻无趣的事情,回放自己一生的事情,哥哥一直在呵护自己,假如事情真要往绝处去做,那是真要冒被暴店人取笑的代价,哥哥曾经彻骨入血的疼,那是真疼啊。哥哥不说肯定话,是叫自己琢磨,自己想呢,觉得一下子在哥哥面前低矮了许多,这日子过得寒碜粗陋,假如人要不长大,一直是从前,一直是臆想中的幻影多好。碎布头是拼不出绸缎来的呀,日子过得人欲望有了,大了,难了,温暾混沌中爹娘没了,哥哥的心怕也是在考虑他的血脉呢!回转了一下心事,底气又壮了,话团了蛋子在喉咙处要吐了。杨丙尧说:"这屋子你卖旁的人好了。我想圆了爹活着时的一个心意,爹活着时想等你生一个健全儿,没等下,临了交代要是你真生不出来一个健全的,就把我的过继你一个,你也老大不小了,弟妹的生育期也过去了,就算圆了爹的一个心愿,活着时疼你,死了还疼你。你看哪个喜欢,我叫你的两个侄子中的一个现在就磕头过户。我什么都不要你的,就是琢磨不透,人家真要是看中你家杨兵了,何苦要在暴店盖屋子?上土沃的屋子就不是屋子了?做事亮家底,要真如你说的那样,人家闺女看中了,我租赁屋子,咱把五间一起卖了,不信暴店盖不起屋。我怕你的媒人柳成土哄了你,杨家和柳家的从前,外人忘了,自家人忘不了,我是怕你寻不见的苦字还得找字典查呢。"

"人家闺女愿意是真的。"

"嘻,真的假不了。"

杨丙尧要媳妇拿出家里的积蓄来。那是一个满是补丁的粗布衣裳,展开了,在贴里的口袋里掏了半天,掏出一个卷着的布包包,一块两块的,最大的票面是五块,一共七十块,递给了杨丙西。鼻涕一把眼泪一把,杨丙西抬起手来在自己的脸上打了一个巴掌:"我还是人不!"

杨丙西坐在苇席上,脑子像糨糊一样糊着,哥哥等于是给了他一个空当,让他把自己活过的日子、说过的话滤了一遍,他感觉头顶上倏忽飞过一只什么鸟,院子里的桃树黑着,他的屋子,欢声笑语中长大的屋子,长大,一步步出门闯荡,见了点世面学了点皮毛,就想回来和亲人显摆、叫板,见识短浅的人啊,自己忘记的那些亲情,真要卖给旁人住了,那是良心一生都难活片刻安宁啊。不卖了!院子里有什么东西唰唰跑了过去,月亮在空中吊着,杨丙西说:"哥,这屋子留着,不卖了。五间屋,弟兄俩,给入土的爹娘一个应答,屋子比弟兄的情义还重要吗?"

嫂子端了两碗豆腐汤放在席子上,老浆的香味跳出来,杨丙西内心便有了想哭的冲动,享受这一碗老浆的豆腐汤,不算殷实的日子,也许才是最大的福分呢。

三

只有杨丙西知道日子是熬过来的。光阴不能恰到好处给他光彩耀眼的一面,他苦心经营的豆腐坊由一斤黄豆做成三斤六两豆腐了,豆腐稀软了许多,暴店的人说:"你的豆腐不如以前硬实了。"知道啊,省着琢磨着的日子,能省出暴店的青砖大瓦房来吗?一年眼看要过去了,社会不知道要变成啥样了,小彩那闺女的样样在杨丙西的眼前灯笼一样晃着。柳成土说:"咋还不见你动工?吃供应粮的闺女在乡下可是金豆豆啊,你不想法子盖屋叫人抢了去,你在暴店的日子就算完蛋了。我老脸不中用不怕,怕的是你杨家的儿子,该收获金豆子的日子,收获了一堆豆腐渣子。"

灯影下的杨丙西望着肮脏的地面,长条桌,矮凳,上面是浸透的老浆。媳妇飞快地在灶前忙碌着,汗流满面,湿漉漉的头发贴在额头上,火苗伸长舌头舔着铁锅,照着她的脸,她不时地用勺子舀着锅里的豆花沫子,两眼深而迷离着。每天的日子就这么过着,忙碌着,到头来盖不起一个屋子。有钱没钱扎了根基就算是开始了,万事开头难,开了头,头上就套了死死的箍子,让你明白一旦受制于这个箍子,任何挣扎都是徒劳的,只能往前走。开始吧,开始吧。杨丙西自打凑了钱买了一块地,春天里扎了根基,单等秋口上起墙,檩条和大梁也买了,应该说是赊了,砖和瓦要瓦窑上烧,日子拧着劲走,杨丙西的两鬓角麻晕麻晕地疼上了。

日子如果能慢一点就好了。可就是慢不下来。前面好像有什么好运之类的东西等着呢,为了走完一程望不到头的路,隐约知道背后有人在嘲笑着,到处是人嘴,来往的人都等着看笑话呢,杨丙西望着扎好的根基心事重重的。杨兵看着爸爸说:"她要是真看中我了,心不该大到一个屋子才装得下。她要是看中屋子了,一个屋子也装不下心啊。"杨丙西说:"你懂啥?我过的桥比你走的路多,心有时候能装下的就是一个屋子。"

供销社不知道为啥,有一天进货进了两个口琴。小彩买了一个送给了杨兵。傍晚的时候,杨兵拿了口琴走到离暴店很远的对面河岸上,水声把一切都掩盖了,他夸张地一甩头用嘴噘了一下,清脆的音乐就弥漫开来了。月亮出来的时候,月光隐约着他的动作,各种虫儿和鸣着,他学着,却不知道身后有一个人欣赏着陶醉着。杨兵回过头时盯着她看:"我家盖不起瓦屋,你是非农业户口,我是农业户口,户口划分了我们,你我最后肯定不行。"身后的小彩说:"工农结合是最好的。""我拿不了犁锄耪耙,你找了我,我是你的一头沉。"小彩不说话,仰着头,大大方方地伸出手,用期盼的眼睛看着杨兵的脸说:"我认定你了,我就是你那条坏腿,你要我,我就嫁你;你不要我,我就死。"杨兵拉住了小彩的手,那只小手在他的手心里肉肉的,温暖着,一股电流穿过了他的心胸,一股莫名其妙的冲动,有些东西就像闪电一样扑入了杨兵的眼睑,惶惑了一下扭转头,口琴放进嘴里哗啦了一横子,小彩紧紧抱住了他的腰。他开始用力收缩着,胸脯中央的热渐渐上下蹿开了,脚上发热,渐感发烫,那双紧搂着他的腰的双臂热辣辣的,他受不了了,想把脚收缩一下,但是,不能够。他说:"小彩,你有一天要后悔的。""世上没有后悔药。"杨兵浑身麻木了,仿佛连骨头都酥软了,一股细小的热流经过小腿内侧缓缓上行,流过膝部,上行到大腿内侧,直抵裆部,他的裆部开始膨胀。这是一件难堪的事,好在小彩搂着的是他的后腰。是在毫无防备的情形下小彩横到他面前的,小彩说:"你要了我吧,我给了你,你就知道我再不能后悔了。""你是个傻瓜。""你才是个傻瓜。"小彩推着他倒退着走到了一块河滩石上。天黑了,月亮被云彩吞了去,一切都是匆忙的,也是沿着身体的经脉向四肢喷发的。五彩缤纷的光晕,像雨后初出的阳光一样,让他们俩看到了大地上繁花似锦的春天。痛快得昏天黑地的夜幕下,杨兵闷着声音叫了一声:"小彩。"小彩应了一声:"哥哎——"

春天真的来了,树叶出来了,慢慢地大到了手掌大,树叶间漏下了斑驳的日光碎块。做了一天的豆腐,杨丙西感到很累了。他挑着水桶到潞水河边去挑水,腰有点痛,坐在了两桶之间横着的扁担上。夜风吹响时,他抽了半包纸烟,没有任何动作,抽完了续接上,暮色沉沉的河岸边,他听到水流的出气声,河边的石头和月光懒懒散散地铺排着,与他不亲近也不拒绝。草不说话,树不说话,水不说话,挤挤挨挨站在他的四周,只有风晃着。他长叹了一声,起身担了水往回走。

他不知道,他的命运就要改变了。

几日前,柳成土的屋子里来了一个穿华达呢上衣的男人,那个男人在他的院子里看了半天。柳成土问他:"你找谁呢?"那人说:"看你家的狗吃得肥。"柳成土给了他一个马扎,那人累了,坐下来递给柳成土一根烟。狗叫了几声被柳成土止住了。"你是哪里的人?来暴店做啥来了?访亲还是探友?"那人说:"南方来的,县城做生意的,来乡下买狗,有领导干部胃寒想吃狗肉。你的狗肥啊,卖不?"柳成土看着狗说:"给多俩钱?""你想要多俩钱?""我的狗是去年的狗娃,正当青年呢!"那人大笑了两声说:"你要不舍得卖就拉倒,暴店有多少狗,你该知道。我是撞见了,不然狗值钱不值钱你也该知道。""十块钱。""贵了。""不贵。它跟我有感情呢。""那好吧,把狗盆也搭上吧,不然就少两块。"柳成土看了看地上的狗盆儿眯了眼睛说:"明天你来领走。"那人又掏给柳成土一根纸烟站起来说:"明儿一早我来,要它再和你感情一晚上。"

柳成土想着一条狗卖十块钱,值! 想着给狗吃一顿面吧,特意要老婆多放了白面,加了豆面、红面(高粱)。面做好了,往狗盆里倒时看到狗盆脏得狗毛乱飞,想用水冲洗冲洗,不小心提起来时掉在了地上,碎成了三瓣,用脚踢过一边去,拿了洋瓷盆倒进了面,狗吃得是浑身颤抖。

那人是一早来牵狗的,看到地上跌碎成三瓣的狗盆,泄了气似的跌坐在了院子里的石板地上。狗攻击他的声音从容了许多,表情冷静地狂野着,它不知道它即将要去赴死了,眼睛在柳成土的吆喝声中游荡着。日头出来了,把院子里的景物照得更显清晰,青色天幕之下,暗色的碴口处发出青铜的光泽,视觉之下来人感觉到了一股浓黑不安的难受。凌晨的风吹透了他的衣裳,白花花的木格子窗前,他把手抬起来放下,抬起来放下,十指头哀戚幽怨般颤抖着。"你……你怎么胆子这么大呢?""什么胆子大了?""那只狗盆。"不明其中的原因,柳成土看到无声长坠的晨光照亮了那只破烂的狗盆。柳成土睁大了眼睛,从此人奇妙的紧张的深思中,知道那只狗盆有什么内容在里面。"你不是看上狗了,你是看上狗盆了?"在铜器的清响中,那个人发出了一声绵长的叹息。柳成土后来才知道,那只铜盆何止值十块钱! 激动中,他的牙齿打架般窸窸窣窣地摩擦起来,闭上眼睛,偷尝了一刻轻松快乐:差一点叫狗娘养的哄了我。活该摔烂了,好! 柳成土突然想到了什么,说:"我领你去见一个人,他祖上有一个大个儿的东西,那东西就在他家的祖坟里埋着。""谁?""磨豆腐的杨丙西。"

柳成土没有一丝的犹豫,领着那人往杨家的豆腐坊走。

在时间细小的片段上,幸福来得一点都不夸张。

杨丙西先是面对柳成土的提问吓了一跳。柳成土怎么知道坟里有那么个东西?那是在祖坟里埋着的呀,一辈一辈传下来时,只知道祖坟里埋着东西不知道是啥。柳成土很准确说出了埋的是啥,柳成土到底想做啥?那人说:"你具体想一想,祖上留下来的话是什么?"杨丙西虚浮着眼睛说:"我得回去问我哥。"那人说:"要是真有那么一个东西,我给你和你哥一人盖五间大瓦房,就在暴店。"杨丙西看了看天,天是湛蓝的。阳光直射到脸上时是发烫的感觉。他愣了一下。从一个角度说,是什么东西如此值钱?从另一个角度说,要是柳家打出一个幌子呢?坟里啥也没有,那是要落刨祖坟的骂名呢。

四

杨丙尧陷入了沉思。诱惑对他的内心形成了极大的干扰。那是祖坟啊!谁敢刨了自家的祖坟?他无力改变现状,也无力放弃诱惑。反反复复地掂量下,他看到了自己的残缺渺小。情绪弥漫的地方也有阳光照不到的地方啊,只因那个地方太贫穷了。那个人掏出一沓子钱放到炕上说:"不难为,你们兄弟俩就说是想迁祖坟,想把祖坟迁到一个更好的地方去,一个洞下去啥都明白了。"

夜很长。兄弟俩睡不着,按捺着心情说话。

"爹活着时交代了有那么个东西?"

"爹说是一个战国鼎,我奇怪有没有这么个东西。爹说,传下话来的不是杨家,是外家传来的。"

"祖上谁是咱的外家?"

"谁是?有柳家,还有皮家。"

柳家原来是娶了杨家的闺女,杨家闺女生了儿子,做买卖的商家有了一定的积蓄就想捐官。县太爷喜欢收藏,看中了杨家的铜鼎,杨家也想送了鼎给自己的儿捐官,柳家也想拿了杨家的铜鼎给县太爷送了捐官。当年柳家买通响马盗了杨家的铜鼎,杨家知道了硬逼自己的闺女送回铜鼎,结果闺女在半路上上吊死了,事情不了了之。杨家老爷子死后要铜鼎随了自己下葬,再不面世。为了捐官的事两家结怨并出了人命,还没来得及寻仇,一场又一场的运动就把两家的仇恨简化为泪飞如雨后的一脸茫然。

面前有了利益,弟兄俩心事紧得不行,隔壁屋子里收音机传出什么歌曲来,婉转得心里发空似的难受。祖上把宝贝埋在坟里了,泪水一时涌上了弟兄俩的眼睛,不容易啊,人在世道上想混出个人样子来,要想不脱层皮门儿也没有。真要走漏了出去,刨祖坟的事不是光荣的事,换一种说法,刨了祖坟,吹风漏气,后人就不好了。杨丙西若有所思地说:"没刨祖坟,后人好了多少?"这句话让杨丙尧的心肠变硬了些,不消说多余的话,弟弟是说自己的拐子儿子呢。窗外天黑得摄人心魄,许多惊天的想法都是黑夜出来的,在贫苦面前,人的意志便矮了许多;夜不动,却搅得人心发紧。后半夜,潮气上来了,不知道也好,知道了,背负了沉重,一个坐起来靠了墙,另一个也坐起来靠了墙,不肖子孙的帽子压着,一个不说话,两个不吭气。声音被闷死了。事情就怕在心上。一个下地对着尿桶撒了一泡尿,另一个也下地对着尿桶撒了一泡尿,那声音好像是尿地上了,随后又尿到了桶里,炕上的人心里便有了想哭的冲动,厘不清为何而哭。是为了重新覆盖上新土并长出庄稼的坟地吗？心事在地里盘桓着,这点小心事放着一个大主张呢。"你说,他真说了要盖十间大瓦房？""说了。""盖不下呢？""折了钱一手货一手钱。""这事说不得。""叫人指着脊梁骨,骂后人不尚！""我看打个幌子迁坟吧。"

一阵夏风吹过,山崖上几处桃花开红了,红晕朵朵地灿烂着。杨丙尧两口子在地里吆喝着两个儿子下种。杨丙尧举锄头一个坑一个坑刨,媳妇拿着布袋,三三两两下种,翻起的泥土,有一种清香陶醉着杨丙尧。一晌,不见他有一句话。闷着心只想着琢磨着怎么和支书说迁坟的事呢。

支书王文化一早起了,开开门伸了个懒腰,点了一根纸烟走到屋前的茅厕里耸着肩尿尿,看到远处走来的杨丙尧,收拾起家当,边系裤带边说:"大早来有事了？"杨丙尧说:"请示个事儿。"太阳刚从山顶上冒出半个壳儿,王文化说:"进屋子讲。"

听杨丙尧说了要迁祖坟,王文化心里可怜上了,曾经的上土沃是人家杨家的天下,现如今的上土沃是我的天下,我管着这一村百姓呢,人家连迁祖坟的事都来和自己请示,明着是咱的权大,有权要权,有啥要啥。"你往哪迁？地都包产到户了,要迁也只能迁你的地里。你这一辈另立坟地不行吗？净是麻烦的事来找我。"杨丙尧说:"我净做梦,梦见祖宗了,说自己的屋子上静是闹声,想找一个清净的地方。这梦做了好久了,回回做回回是一个梦形。"

王文化笑了:"一个梦回回做?稀罕呢。不说了,你想迁就迁吧,我是考虑你手头没有钱,新坟新地,墓圪道也要耍钱呀。"

杨丙尧说:"丙西卖豆腐存了俩,给祖宗花了,心也就踏实了。"

王文化把头点得和鸡啄米似的,不由得自己又可怜上了眼前人,是一个舍得给祖宗花钱的人,大善人啊。他抬头看着天空,天空有白云,棉絮似的,色彩深浅明暗远近变化不定,有像人影子的,有像动物的,在天空虚松着,被什么推着往前走。一只公鸡跳上了院子的墙头,它在墙头上伸长了脖子,探探头又缩了回来。人死了装进棺材,死了的没事了,活着的悲伤着。他把心事最后落脚到了这一层意思上。再看坐在廊檐下的杨丙尧,八字脚叉开,一脸期待,很有做大事气势,风景得有模有样的。心里便知道:杨家后人是攒了俩钱烧着,再圈坟地还能比过从前?才有几个钱嘛!眼睛狠挤了一下,想要权的意思也就放下了,赞赏着,面子上也绷不住,就答应下了。

杨丙西要哥哥在自家的地里选址。请了阴阳,动土时还放了鞭炮。一镢头下去徒子徒孙们开始挖土,挖好后券了砖窑。该挖自己的祖坟了。父亲在祖父原德孩的脚头,再往里是祖祖父原添仓。迁坟的当天云低光暗的,弟兄俩跪在祖坟前叩首,点香,开始刨墓了。

谁也不清楚墓里的东西值钱,早些年是日本人和八路军造子弹,连门搭上的铜扣都拆走了,后来是废铜烂铁当废品收购,大部分铜当了厚料,烧熔敲打成铜勺、铜盆、铜壶,都只知道电线里的铜丝和铝丝值钱,对锈迹斑斑的铜很是不屑。况且那铜也不是熟铜。

墓挖开了,等放了瘴气,杨丙尧第一个跳了下去,看到墓里什么也没有,周边只是几个瓦罐,瓦罐里放着一轴一轴的字画,他把字画取出来,感觉墓道里有点儿闷燥,取了打火机点了那一堆泛黄的字画,烟气冒上去,他被烟气呛得很重地打了几个喷嚏。地上有一个人等不得了,顺着一层浮土滑下来。杨丙尧看到是想买铜鼎的人。那个人透过烟气看到地上燃着的火苗问:"地上烧的是什么?""破字烂画。"

那个人揪着火苗上去拽出一卷轴来,卷轴很快就碎裂了,火苗很快就蔓延上来。那人一把揪了杨丙尧的领口喊:"你是死人吗?"杨丙尧吓坏了:"你要做什么?"那人咆哮着说:"你在烧钱啊!"

在确定什么都没有时,那人用脚踹了一下两口棺材的其中一口,是一口上了红漆的棺材,砖缝里的尘土已经把棺材的颜色荡旧了,那口棺材很轻巧地滑动了一下,开了一个口子,手电筒的光柱下现出了一个铜鼎,泛着绿毛。"你胆子大了啊,敢把我祖宗的棺材一脚踢开!我日你先人!"杨丙尧一把揪住了对方的领口。

"好好好,我叫你日我先人。"那人说着跪在了地上,很小心地从错开的口子里取出那只鼎,鼎中间装着煤灰,那人把煤灰倒出来,手电筒的光柱照着铜锈下埋藏的花纹。"就是它了,就是它了!"杨丙尧也弯下腰稀罕地看,他不觉得有什么好看,想着要是放进石灰水里浸一段时间是不是会好些呢?!

懂行的人是能够看出铜鼎的寂寞,一个强盛的王朝时代,欣赏它的眼睛和心早已成灰,梦想它的人却一代一代年轻。珍品、孤品,品相完好,但是,那个人却突然放下了说:"我没有想到它锈成这样了,十间瓦房贵了。"

杨丙尧一时吃不准对方的意思,祖坟都刨了,难道就赚了一个新坟新地钱?杨丙尧起身把祖宗的棺材盖子错动好,棺材上的尘土落了他一身,他心里突然有点儿慌,这东西要是真不值钱,搭了工夫,搭了心情,搭了良心,以后死了怎么来见祖宗?眼神一下忧郁了,背驼起来,手指也开始僵硬了,舌根子不打转,话吐不出来,怕对方反悔,又有点儿恨自己的祖宗,你们把日子过足了,留下贫穷,要你的后人继承;留下苦难,要你的后人承担。你们曾经的幸福和快乐呢?哪去了?咋不留下一点来呢!日子的尽头是什么?恨来了,他弯腰提起地上铜鼎说:"我背了刨自家祖坟的骂名,这东西不是正经东西,啥都不说了,十间屋子不要了,各走各的路。"先人骨子里的傲气一时二时地散不去,当下又冒了出来。

那个人一下抱住了他说:"十间大瓦房我盖,这东西尽管不是正经东西我也要,我不能叫你一辈子心不好。"

杨丙尧悬起来的心嗵一声落进了肚子里。他不知道该哭还是该笑,话到嘴边吐出来的是:"我的心闷实了,这东西我看果真不值你说的十间大瓦房,迁祖坟把我逼上梁山了,要不要你说了不算,十间瓦房不是一两个钱,等日子不如等当下,我把屋子折了价钱,你给钱,它算你的,你走人,省了惹人眼。"

那人说:"你说多少钱够?"

杨丙尧伸出脖子喊了丙西下来,弟兄俩合计着窃声算了算,根基、房梁、椽、砖,按时下的价码,五间房得四千五,十间九千,粮食和力气不说,加上烟酒,得一万。

杨丙西说:"得一万。"

那人从怀里掏出五六沓子十元钱递给杨丙尧,弟兄俩舔了手指数,两只粗糙的手码了码开始舔着唾沫星子数,最后各自把属于自己的塞进了怀里。杨丙西说:"哥,叫他拿走吗?""拿走吧。"

所有的都是演戏,只有最后数钱才是激动人心的真实。

那人用布口袋装了,多余的话没有说,嘴当了口绳咬着袋子上了地面迅速离开了。

弟兄俩在墓坑里对视着,不知道是梦还是现实。接下来两兄弟把原添仓的坟覆上,田野里静悄悄的,一只兔子失魂落魄地向田野的尽头跑去,青苗还没有长出来。弟兄俩开了父亲的坟,杨丙尧回村招呼着抬棺材的人把父亲和母亲起出来抬进了新坟。那一沓沓钱在身体的隐秘处藏着,是一种耻辱和难以启齿,也是一种激动和对祖先的感念。所有的一切结束之后,杨丙西看到夕阳挂在坟头新移的一棵松树上,收敛着害羞的脸。四月的杨树还没有太浓密的叶子,微风没有任何障碍便轻掠了过去,一刹那,泪水开始如雨纷飞。

五

杨家终于在暴店镇盖屋了,也许他们的先祖冥冥中助了他的后人,那瓦屋在夕阳余晖下泛着青色的光芒。树丛横呈的潞水河边,暴店人走过去看到了有些嫉妒:杨家发了,发得来路不明。瓦房来年秋天盖起来,比预计的超了一年。杨丙尧没盖,有新房了,上土沃的旧房算在了他的名下,人不能不守着土地,离开土地就算有屋住,吃啥呢?喝啥呢?关键的当下是要给两个儿娶媳妇,娶了媳妇便盖不起屋了。入冬,潞水结了冰凌子,草叶上、老树上、村口土路上的驴粪蛋上,冬日的水汽凝出来细霜挂在上面,日头一出煞是好看。

又一个来年,杨丙西终于让儿子把儿媳妇小彩娶回家了。人说小彩长了一张旺夫脸。那一年是暖冬,不说冬小麦了,天暖而水润,潞水河边的水草自然青碧得不真实,倒像是年画中的一般。挨近阳坡地上,草不死,柳成土走着,想着,今年的冬日怪了。只有他知道杨家是怎么发了。外界的传说不靠谱,柳成土又不好解释,看小彩成了徒弟的媳妇,心也气势着,认为自己做了大事,与暴店镇人一起走过杨家的门前,傲气得很,常常打比方:"人哪,你们看看我徒弟,腿拐了不怕,就怕脑子好,人勤快,好田好地里什么长不出来?就怕又懒又不长进,再好的模样怕也枉然哩!"这样的话往往很打人,叫人面子难挂,可到底不服不行,人家卖豆腐都能盖起大瓦房,倒也触动了暴店人做买卖的心事。

冬天是来了。早在小阳春时,乡长和一班人走在发软的村路上,风还逼得人敞开了怀,乡长突然地就叹了一口气说:"今年的冬比往年冷呢!"那时节,在潞水边上,柳树和杨树叶子还未落光,风的确是见暖的,走过老街,脑门上还会出一层油汗,走过北街,杨家的青砖大瓦房大咧咧耸立着,乡长说:"看人家上土沃人,祖上吃得了苦,遗传到后辈上还是吃得了苦,不要小看了地主,那些年的地主都是有智慧的人,贫苦人只想着穷则思变,那个变字不是去思,是去闹,闹翻身了,看把人家老柳家的老屋子四流五散分成啥样子了?"跟着的人就回过身看,看到一山的景象破败得很。乡长说:"政策好了,政策面前人人得实惠,你们不要妒忌人家,有本事的拿本事吃饭,咱把暴店都盖成人家那样的青砖大瓦房,暴店就成典型了,就成社会主义新农村了,可惜人和人不能比。"

日子在新屋子里继续着,小彩的肚子里种下了杨家的根,小彩懒懒的不思进食,常感到冷。屋子里怕冷坐在火台上,屋子外面怕冷站在太阳下。马彩霞端吃端喝地伺候着,小彩贤惠地叫一声:"妈。"

进入腊月,年的景象又显出来了。先是班车一天比一天热闹,背着扛着大包小包的外出人员回来了,不是往年里最后几天拥挤着回来,是搬家一般地回来。大包的是铺盖卷,小包的是换洗衣裳,然后是满身的灰土,神色阴郁,原以为出了一年门回乡带着经济回来了,结果什么也没有。暴店热闹了,满街道走着归来的人,男男女女,或在暴店的饭店里喝碗豆腐汤,或在街沿上显出等人的样子。突然有人看到了北街上有五间大瓦房竖起来了,有人打问,那是谁家起的房?最后知道是上土沃的杨家。回乡的女人中间就有心事了。天冷得发蓝,山冷得叫林子变成了穷人,官道上的土路冷实了,发硬,高跟皮鞋走上去叮唡叮唡响。有闺女看到杨家面前站着俩后生,眼睛在杨家门前停下了。杨家两个儿子是来暴店帮忙的,年关豆腐坊里来人多,豆腐需求多了,人手不够,闲着的弟兄俩当了下手。闺女们看着,弟兄俩仿佛被什么叫醒了似的,明白了闺女看他们的眼神中含了什么意味的东西,猛地就想到了自己:弟兄俩还打光棍儿呢。可身后的大瓦房明显比城里回来的人更吸引心,弟兄俩便笑,笑得勾魂,闺女们的心破例动了起来。那是一个不同于往年的年,闺女们打扮各异,都脱了土气,模仿城里打扮,认识小彩的跟了她往杨家去,明里是跟了小彩玩,暗里是相家底,看杨家上土沃是不是真如传说那样成了万元户。五间大瓦房洗去了杨家兄弟往昔种田人的痕迹,他们神色欢快,看那些闺女夸张的话语和手势,看她们相互显摆着曾经在城里学到的精明,但很快她们彼此的心里就别扭了,明里暗地,想和杨家两兄弟搭话。

杨家腊月里媒人跑断了腿。

人活脸,树活皮,杨丙尧打心里明白了什么叫脸,那些被烟熏过了的,被时间装裱过了的,被黄泥糊弄过了的脸叫脸吗?叫!杨丙尧现在脖子上长着的就叫脸,那上面没贴金没贴银,糊了钱,钱能把世上所有的人心收拾干净了!

农历年一过就是春天了。年意味着新的开始。种子可以在春天种下去,春天里,两个儿子相继订了婚,都是暴店的闺女。"五一"一个,"十一"一个,两个儿娶媳妇了。月圆花好,幸福美满。婚礼是杨家困顿的日子里最美好的全部,后半生的帷幕终于有了一个亮堂的开篇。热闹散尽的时候,那样的明月对杨丙尧来说,是前半辈没有见过的啊。杨家把日子过全乎了。杨家牛气的眼神里,全是繁华岁月的自豪,突然顺风顺水了,不懂得守财,也不懂得掩藏喜悦,没有克制的能力,见人手背了屁股上走,往日谦恭的神态一下子眉眼都立起来了,连早起咳嗽后吐痰的声音都想叫村上的人听到。

谁也没有想到,杨家翻身的喜悦中迎来了一件大到不能再大的事。事出得蹊跷,也轰动了暴店,轰动了县城,怕也轰动了市里一部分想发财的人。

出事那天,连续下了几天雨,上土沃杨家正叫了木匠打家具。屋子一时盖不起来,新家具还得打,不然稳不住新人的心。雨下了几天,木匠从院子里转到了堂屋干活,杨丙尧不时走进来递给木匠一根烟,木匠顺势压在了耳根上。木匠不舍得抽,等杨丙尧出门了收起来,攒够一包烟后好出去卖钱。木匠弓下背拿起墨斗吊线,吊好线,把左脚架在木凳的木料上,一下一下拉了锯,木屑谷壳一样漏下来。木匠说:"两个儿,就做一套家具?"杨丙尧手上举着纸烟说:"两个儿,当然是两套,有你钱赚呢。"话不打折出来了,木匠一时无端地不快乐起来,抬起头却是张了嘴笑:"你是吃了啥夜草了,肥得流油?"

这时候,乡长领着县里公安局的便衣走了进来,杨丙尧没有来得及回答木匠的话,乡长是什么人物?人家能来,起码要做出尊敬的举止。况且,咱这也不是政府调查研究停脚歇气的地方啊。紧着吃喝着两个媳妇递烟倒茶,一屋子人都万分荣幸地动了起来。自己反倒不知道该说啥话。乡长说:"听说你得了好处?不该做的做了,不该得的得了?"

这叫啥话?

乡长没有表情,来人一脸严肃。

乡长说:"人不能由着性子干,黄土都埋脖子的人了,没有学会安分守己,年过半百,倒做下不自量力的事了。你呀,你呀,叫怎么说你呢?等着双手抱在胸前,挂牌照相吧。"

杨丙尧说:"乡长大人,这话……?"

乡长说:"你一辈子没洗过澡吧?"

杨丙尧点点头满脸茫然。

乡长说:"这回叫你用消毒水洗澡。"

杨丙尧说:"我咋了,乡长?"

乡长说:"你咋了你知道,跟了走吧,给你剃个精头,称个体重,量个身高。"

杨丙尧说:"乡长是来寒碜我了?"

乡长说:"你只有照做的权利。"

声音压得很低,像一块石头一样压得杨丙尧喘不上气来。

杨丙尧被带到了乡派出所,进了这地方,心一下失落了,觉得自己不像一个人,很不正常,所有人的眼睛鼓出来盯着他,不知道自己犯了啥错,胆一下破了,满脑子空白,却看真切了墙上的大字:坦白从宽,抗拒从严。

所有的传说都归总到了一个结局上。说是有一位中央首长到香港视察,看到了一个鼎,追本溯源一下查到了上土沃的杨家。杨家人不是生铁疙瘩,经不起审问,全倒出来了。天价的文物,就算你刨了自己的祖坟你也是盗墓。一世没有称道的传奇,进了暴店乡,杨家落马了。没有参与这件事情的只有杨家的女人们和杨兵。人们终于明白过来了,一件事情的来龙去脉会如此有意思,说不尽的兴奋,一段时间里杨家成了暴店甚至全县的话语主角。

小彩把新生的儿子放到院子里的席子上,院子外老树上的蝉鸣叫着,自从发生了事,杨家的豆腐锅冷灶了,见人的话少了,自家人坐在一起也不多话,不想见人,见了人装了看不见,快快地走开。倒是杨家的院子里辣子一片,蒜苗一片,小葱一片,西红柿一片,艳阳高照,葫芦和南瓜枝蔓儿胡乱伸爬到了院墙外面,还有几分过日子的喜色。

六

山静河呆的黄昏,柳成土走进了杨家,他先是闻到了炒土豆丝的味道,葱香还有姜香,他站定在院子里说:"我闻到香味了,有啥没啥事,我黑里都来吃饭了。"小彩说:"柳师父,让我妈给你炒一盘豆腐。"柳成土就了地上的石头坐下,接过一支烟点燃了,心慢下来,有话要说的样子,小彩仰了头等着。柳成土从怀里掏出一个挂在空中的小孩玩具,手里摇了摇,叮叮当当悦耳,他看着席上的小儿,拾掇着自己的表情,末了,灭了烟,脱了鞋抬起屁股坐到了席片上,在孩子的眼睛上空摇晃着,嘴里发出啾啾声。逗闹了半天,手停在半空中,话出来了:"我老了,小彩,老了做了下作事,害人精当下了。你是不是也听人谣传说柳家想害杨家?三代人把杨家的祖坟刨了。"小彩不说话,屋子里炒菜响儿停下来,那窗户就像一只耳朵,想探听什么似的。小彩依旧不说话,柳成土无所适从,脸上的神经被什么拽了一下,他感觉周围的环境铁一般陌生。

柳成土看着席片上的孩子说:"小彩,人都是枕头这么大,一天天长起来的,一股劲要长到人前头。我也是三尺高的人了,我要真想害你们杨家,就算是世上没有死路,活路我也不想走了,天地良心,我这师父要是真应了谣言,生来是害杨家的,我前脚出,后脚跌落进潞水河淹死算了。小彩,你给师父一句话,你是杨家吃供应粮的,也是杨家当下的主心骨,你不要用那黑豆样的眼仁仁看师父,我不怕你看,心口上巴掌大的良心护着我呢。"

小彩笑了一下说:"你是杨兵的师父,一日为师,终身为父。"

这下把柳成土吓了一跳,身体里钟表的发条拧紧了似的奔走,眼泪唰唰地流了下来,一句话把什么经历都看透了。小彩,人心哪里是尺子能量得出来的?

"小彩生娃了,哪一天有个三长两短,小彩啊,柳师父可是求你了,席片上的尿炕娃可是我徒弟的根芽儿。你走,你高飞,师父都不挽留,师父知道,这个家委屈你了,你看在咱职工一场,把娃给杨兵留下,你留下儿,就等于给他留下腿了。"小彩知道,柳成土是担心自己有一天因为发生的事会离开杨家呢。

小彩寸心不惊地抱起儿子,掏出妈穗儿(山西方言,意为乳房),冷漠地看着柳成土。柳成土从来没有见小彩如此冷冷地看人,想:马彩霞说对了,小彩心事重,是想高飞了。

却听见小彩说:"柳师父,这院里院外的菜苗苗,家里看过的每一件什物,咋能丢下?何况,一块石头焐热了,都还舍不得扔呢。柳师父想多了,杨兵的腿漫说是一条细着,就算是两条都坏了,中间的好着,我还要给杨家生娃呢。"

这一出戏是柳成土和马彩霞合演的,柳成土来杨家试探小彩走留,没想到,一脸冰霜的小彩,竟有如此张扬的内心。

柳成土想起了爹活着时说过的话:人,心事极远,走不近。人近了容易生分,远了到有几分敬意,天下吵吵闹闹的都是自家亲的人在唱一台戏。

从前到底发生了啥事情?对于祖宗,柳成土有些恍惚了。

再见小彩,小彩说:"叔,你能说舞台上唱的都是戏?"

他思谋着说:"不见得,人不只以为舞台上唱的都是戏。"

我 望 灯

一

　　一立春,尤其是快要下种了,山神坳有一个人就急上了:怎么还没有人来呼我出山呀,再不呼,就忙起来了。

　　以往比干部还忙的李来法,终于寂寞了;不甘寂寞的李来法,就算是在忙乱得插不进多余脚步的春天,他的心也还是想着那个过去。那个过去,那个忙啊,大白馍慢慢撑开锅盖的味道,晚炊下浪起来的女人的味道,黄烂泥土里桃花的味道,那些个涨满心的饥渴,冷不防地让李来法在记忆中再一次开出了乾坤之花。

　　从前的风,从前的月,从前的山神坳,让接下来的日子过闷了。

　　李来法不甘,是男人呀,哪个男人一生不是忙着两条腿,一早一晚,不惜力气做着一个"忙"的样子来?忙啥呢?一早一晚一生一天的事情呗。

　　山神坳春天出山的道上,有人就看到李来法泥尘脚跟脚地又舞起来了。

　　李来法裤裆前吊着一团红布穗子,甩着俏皮,打远处,一点红过来,就知道他忙着要往山外走了。裆前的红很扎眼,是赶邪气的红布穗子,也是李来法的身份写照。只要是李来法忙着要出山了,他总是冲着人喊:"捎啥不?要出山了。"山神坳窑洞里的脑袋都要探出来看吊着脖子走着的他。你给了他钱,东西没捎回来,钱没了。没钱了,咋办?头疼脑热,过来给你舞弄舞弄,除除疑,好没好,顶了欠账,时间长了,哪个敢把钱放他手心?李来法就这样在拒绝捎货的恼恨声中很没有趣味地走远了。

李来法遭人恼恨,不是他的小样儿,是因为李来法当年的一段热闹故事,至今,有一些事情让山神坳人不能够清楚。当年的李来法思想中有一种山神坳人思想里缺少的东西存在,那是一种什么东西呢?好像是一种庄稼人的狡黠,但是,比庄稼人的狡黠又高出一个地垄,确实很有意思。

故事大约发生在李来法的青年时代,那时的他生活在贫困线上,不仅没有粮吃,穿衣和住房都很是困难。李来法弟兄姊妹五个,他是长子,家庭的责任在他成年后该放到他的肩上了,他知道。从爸爸的叹息声中,他也知道他承担不了。夜里五个孩子盖一床被子,白天上茅房李来法的俩妹妹轮换着穿一条裤去。李来法到了十八岁的时候,应该成家了,没有窑住,谁家的闺女也不想嫁过来,媒人腿跑细了,嘴片说薄了,依旧是梦里坐飞机想高不见高。恰巧,他父亲在给他打窑时,崖皮掉下来被闷死了,家中无主,李来法成家单过的日子随之泡汤。

家庭责任不往他肩上放也没有地方放了。

后来,怎么来叙述呢?一个"穷"字,把最初的基础打下了。李来法不能重担在肩,与他的长相也有关系。

李来法什么长相呢？李来法长得精头细脑,和他爹李斗明一样,脸上没有存下二两肉,脖子细得像麻绳,两只招风耳像俩铜钱似的横在腮帮后的干骨上,走起路来一边的肩胛骨翘起来,一边的倒下去,有点灯下影子似的惶惑。走过去的时候你再看他的后影,身子骨像麻绳拴着骨头朝上吊着似的,随时要散下来,声音也非常细小,是那种类似于安静的"小嗓"发声。个码儿干细,脖子和头看过去像拴着一根筋,有时候你喊他,他转身转得急,人像麻花一样眼看着就要打摽儿。这样,一般情况下他娘也没有把他当成一个挑重担的,但李来法在思想上一直认为自己应该重担在肩。

有些事情和春天有着密切关系,不仅仅是因为春天是发芽的季节,还因为暖和,像被子一样,蓄满爱意。

那是一个春天的上午,迎春花、杏花、桃花、梨花……次第开放,金黄色的蜜蜂仿佛自由逃跑的蕊,牵引着李来法走啊,走啊走,就走到了一个塌下去的先人住的坟地。黄澄澄的阳光把洞口镀上了薄金,有散碎的野花摇曳着,有蜂飞来飞去不断搓着两只小手采蜜。望得久了,觉得很蹊跷,蜜蜂它为什么要采花？李来发走近了,想凑着闲时光看个仔细。哪里想到,不小心弄了一下周围的什么,李来法的鼻头上就被蜂蜇了一下,麻疼麻疼的。那个难受劲儿,让李来法有些气儿泛上来,想把那些野花敲碎。拾起去冬的一根干柴棍儿想跳高捅了蜂窝,在抬脚的刹那,人却不小心掉进了地上的坟窟窿里。

山神坳这地方,祖辈穷得靠天吃饭,没几个胆子大的人,所以,活着时过得清淡,死了连一个好坟墓都没有。李来法这样想时就看到了一堆烂棺材板,不普通的地方是它在暗光下发出荧荧的光亮。他弯腰拾起一块,他还不知道这是磷在起作用。李来法稀罕,想着这么稀罕的东西总得该有个用途。他的思想上就有了一个不易察觉的缺口。思想的运动让李来法闭上眼睛,他看到了眼睛底幕上有一团亮光,看到了有一圈柔润的轮廓,接着,什么也没有了。李来发用劲挤了一下眼睛,再闭上,感觉有飘动的金星迎面扑来。首先,可以肯定那不是浩荡的春天的气息,应该是:生机勃勃与绝望之间,黑暗和光明之间,窟窿的危险与泥地的庇护之间——缺氧的征兆。

就这样的感觉,让聪明的李来法知道:自己承载家庭责任的使命来了。责任的底气来自哪?他一时半会儿还不知道。他坐在那个坟墓上,早出晚归坐了五天,第五天的黄昏时分,他突然开窍了。

二

这是奇怪的事情呢,那个春天的夜晚,在外聚堆儿的山神坳庄稼人就看到了对面的山垴上有一团亮光,隐约闪烁。有几个孩子指着对面的山垴说:快看,它在移动!

传来一声鸟鸣,或几声鸟鸣。一切,并没有打断庄稼人的视线。老一些的人开始叙述一些鬼怪故事。说,从前哪,从前的人死了变成鬼了,鬼能在半空中吊着走路。一张被岁月捏皱的脸做出一个鬼脸来。鬼在暗下来的黑中让人毛发倒竖。山神坳人因集中了口口相传的力量,对神鬼的爱变得宽大而柔情。毕竟讲述的是无声的世界,毕竟活在现实中。小朋友害怕得往人堆里缩,大人们还不时弄出一两声响动来,吓得小朋友和女人身上的汗毛竖得比铁钉还硬。女人说:"你咋的就不说一些正经事呢?"男人说:"天一闭眼,有多少是正经事呢?"女人说:"个个儿是不正经的货色!"男人们就不说了。小朋友又开始乱得要他们往下讲。一种融入耐力的叙述所抵达的无限可能把小朋友的心揪住了,他们纠缠着要求大人们讲清这些简单而又完美的故事。令人们惊奇的是,李来法不知从什么地方走过来。

李来法说:"我夜黑里做了一个梦,梦见了天上的玉皇,他告诉我,要是看到对面山上有发亮的东西,就是他老人家降我的天书,喏,看对面山头上的那一团光,说不定正是玉皇降书给我呢。"

李来法像板凳一样折着腰,要求有人跟他往对面山头上走。

他的娘在窑门前冲着这厢喊:"来法啊,来法啊,快回来喝饭。"

李来法说:"喝啥饭,不喝,我要吃馍。"

不当不正,不年不节的,来法吃馍?想吃玉米窝头还是人话。吃馍?地上的人哈哈笑上了。

李来法的神态有点飘忽,像是私属的神真的降临到了他的头上。人们疑惑地面带笑容望着他,有人起哄说:"来法,没人跟你上,不怕鬼跟了你,你去对面的山头上看看,看是不是玉皇的天书。"

李来发说:"嘘,小心,神仙是有千手千眼的。"

黑幽幽的山,李来法远去的背影,那个背影像一根竖起来的棍,跳,跳,跳,跳进了夜幕下的山中。山神坳人突然觉得满身满心的激荡,心里从没有给李来法腾出过一个空位,从没有想到李来法是一个人物。那种人?一点都不用费神去琢磨他。都等着看李来法的稀罕呢。李来法下山后,肘窝下夹了一个红布包裹,李来法神秘地说:是一本书,无字。

无字!也能叫书?

三

春天走了,夏天来了,关于李来法的笑话盈盈从雨帘里钻出来,顺着山道儿的一路风景出山了。山外大河流淌,阳光灿烂,笑话讲着传着就当真了。是真实!有外村的人就想来试试。全因了乡村没有一个正经八百的看病医生,出了个李来法就等于是出了个救命主。

最初给人看病的时候,李来法还拿捏不准,仅仅是试试人们相信他多少。

他立在窑门前,忘情地看着来人。

来人说:"听说你弄下事了,急病乱投,来问个病。"

李来法脸上一下子浮起了温煦和沉醉的神色。开始了。他什么也没有说,人像沙子似的,什么也不惊动地退回窑内。窑掌的条几上有香炉,他点了三炷香,起身后坐到炕上,坐上去的时候,胯骨头发出要散架儿的声响。

李来法说:"谁出毛病了?"

来人说:"闺女。烧,头上着了火一样。干烧,没汗。"

李来法说:"哪日显了毛病?"

来人说:"七月十八。"

李来法说:"老葱根、干姜,熬出味后,要她喝。你来时拿了啥?"

来人说:"走得急,啥也没有拿。"

李来法说:"不拿东西,我拿啥给你回药?下次来蒸几个馍,又不是我吃,哝,是给神吃。"

说归说,跳下炕,从火台上顺手拿起一个玉米窝头,掰下一小块在手中捏了捏,吹了口气,念了一段什么,走到窑掌,从香炉里捏了一星香灰,不防备地跺了一下脚,跺得四面掉土,最后要来人拿走,说:"回去分三天吃,嚼烂吃下肚,喝老葱根、干姜水,不抬头地一直喝。三日后见轻。"

李来法不说好,只说见轻。

送走来人,李来法想说话,掏心窝的话,不知道该说给谁听。窑内深重的背影和窑外明丽的阳光,是他内心的反差。

李来法在窑对面的厕所里解手,挽裤带的时候看自己的老窑,窑的风景还没有厕所好看,厕所的石头墙上次第开出南瓜花、葫芦花、丝瓜花,黄一片花,白一片花,红一片花,逗引得蜜蜂苍蝇嗡嗡嗡乱飞。李来法想哭,咸泪霎时涌出了眼眶,心房在急速地搏动,他等待来人。空空的山神圪羊肠小道上,鬼影子都没有。

他的娘端着一碗稀饭放到窑窗上,碗里冒着热气,他的娘说:

"喝饭啊,来法。"

李来法很动情地白了他的娘一眼,嘴里像塞了棉花一样,喝不进那稀饭,他要吃馍。那一碗不是馍的稀饭,令李来法涨红了脸。他的脖子拧着,舌头翻卷着,他决定做出一件让山神圪人惊异的事情来。对已经存在的事情,一切,他认为都还不够。来法大笑了一声,整个人昏黑不知。他的娘跳着脚喊了一声:"来人啊,我的来法怕是抽风了!"来法不是抽,是疯了。来法说:"娘,我在磨神。"

他的话由他的娘口里传给山神圪人听。神跟了他,神得有一个考验他的时间,他做了神的替身,现实世界的来法便糊涂了。

这句话之后,来法不说话了,不说话的他要山神圪人悟。

在人世间的舞台上,来法需要表演了,他是舞台上的道具。接下来来法开始昏睡,昏睡是对知觉的背叛,来法有知觉。他的知觉来自神的指引,他在知觉里体验实现目标的快感。

一个月后,他醒了,和好人或曾经的来法一样。没有人能够知道来法昏睡的秘密,这样,他向前迈出的那两只荒唐的脚,再一次赢取了山神圪人对他的肯定。

山神圪出人物了。这样呢,他的窑洞里的米面白馍就多了起来。穷人得了病和天王老子硬扛,扛不过也不舍得到药铺买药,蒸一笼白馍找顶了神的人看,李来法的生意从小处见大,一下旺了起来。他盘腿坐在炕上,精瘦如柴,睁大了眼睛看来人,同时展开的还有耳朵和鼻子的神经末梢。他把来人带来的白馍用手揪下一小块,吹下几口仙气,嘟囔了几句他自己都听不清楚的话,要来人带回去。来人悻悻的,在什么也没有听到和看到的情况下,拿了自己送去的八个大白馍中的拇指大一小块走了。就这一简单的反复过程,让来法窑洞里的白馍就如小山包一样地堆了起来。李来法决定要用这白馍挖三眼窑洞,窑脸用砖挂脸,这是富裕人家的气派。

他娘乐得说,这样好,不然白馍馍因天热就要长绿毛了。

四

给李来法打窑,贫穷岁月,不图什么就图了个填饱肚。一眼窑洞,不用多少天就成了形。头疼脑热找他看看,捏算捏算的人多,给他帮工的人因了他会捏算也多起来。李来法看看当下形势,决定再打两眼。三眼新窑落成,那真是有别于山神坳人的另一个世界。来法的窑洞把山神坳每个人的细胞都激活到了兴奋的状态。五十里山路是一把长长的尺子,大白馍馍是标尺上的刻度,也是诱人的眼波呢。满目荒凉,病痛让贫瘠雪上加霜。看到一大群冒着汗味的人从山神坳的山头上拥进来,看到他们脚步凌乱地叩击着山神坳的街道,山神坳人内心的那个焦苦,恨不得平等的神把大白馍匀一些出来给他们吃。

李来法的身心彻底进入了另一个土地悠远的想象里了,再不是那个吊着膀子折得像板凳一样谦卑有礼的李来法了。他程式化了。与山神坳人的疏离和陌生让人们对他的感情萎缩了。李来法才不管呢。新窑落成,山神坳人不来给他暖窑,有一窑洞的秋蝇子来给他暖窑。秋蝇子热闹得嗡嗡乱飞,秋蝇子引领着李来法这窑出去,那窑进。幸福像挤进木格子窗户的阳光一样,亮晃晃的。秋蝇子就在亮晃晃的光影里眯醉着眼睛舞蹈。李来法的舌尖从嘴角不时地伸出来,像是抿舔含着的一块看不见的糖果,润得满喉咙叽咕叽咕冒酸。他还挑衅地唿一下抓一只苍蝇下来,包到拇指大的白馍中,要人家拿回去治病。

人生舞台一场戏,看日头升起来,偏西了,落下去了,晚照从高高的窑头上跌下来,跌得叫人绝望。白天咋都好说,夜呢?夜把窑洞给了他一个人,月投云影,鸟宿枝丫,夜同时把山神坳的李来法弄得很痒很热。睡不着觉的时候出窑洞看平铺开的山神坳,风吹得骨关节冰凉,山神坳像糊黑的锅底,一年一年的岁月,走得匆忙而神速,他的好日子不能就这么冷着啊。那一窑洞一窑洞的炕上,晃晃悠悠的人影儿,一切微妙的粗重的呼吸,呼得他的脑内、耳道间、脊梁骨,咝咝地萧索。山神坳人把夜搅动得壮阔臃肿起来,小风尖锐,毕竟李来法是壮年男人嘛,每个角角落落里的黑都袭击着他精瘦的躯壳。

李来法想女人了。

李来法看中了不沟王来新家的老婆,恰好王来新的老婆在这样的时候病了。春月的云头一个由西,一个由东,静静地落在山神坳的上空。王来新躬身卖力地走上山头,来找李来法看病。李来法要他老婆来山神坳看,只有这样,他老婆身上的邪气才能尽快去除。王来新把他老婆送了过来,他老婆腿下夹了毛驴从山塬上走下来,一场风花雪月的事就在山神坳开始了。

王来新的老婆实际上是因生活极度贫困出现了癔症。有白馍养着,有热炕睡着,停留在山神坳不出半个月就好了。王来新的老婆想走,李来法不让,王来新的老婆就在窑洞临窗的炕上望着远远的坳口。坳口上有两个小小子在玩泥巴,不知道怎么的一个哭鼻子了,一个搀着一个回窑里去,惊飞了一群麻雀,这样,山神坳的一棵桃树就被摇落了一地花瓣。她轻巧地叹了一口气,那叹息像是春风吹落花瓣上的浮尘一样,轻得要跳起来。李来法走近了把她耳畔的一缕头发用兰花指挑过来,发丝轻拂着她的脸颊,李来法冲着那头发吹了一口气,王来新的老婆痒得用上牙齿咬住下嘴唇不让自己笑出声来。这时,李来法拿着木斗里的白馍看着王来新的老婆就也想笑,笑王来新的老婆的头发,有风在她的头发上胡搅蛮缠,把她的头发扭转成结,又随着她的笑蓬散地打开。一个人既无法摆脱风的作用,索性就顺着风势飘摇,她的脸就在风中潦草起来,除了风,只有风是最解风情的。李来法突然心里就生出了一丝惶然,这女人笑吧,还笑得不浪。

李来发手里拿着白馍说:"香不香啊?"

王来新的老婆压着笑点了点头。

李来法说:"看把你吃得像蚕一样白、肉。"

王来新的老婆就想夺过白馍来,伸了一下手,又缩了回来。

李来法说:"我想和你晚上睡觉肚脐对肚脐。"

不等王来新老婆回答,李来法踮起脚尖伸过嘴在来新老婆的脸上亲了一下,弯下腰搂住了来新老婆的腿,打了个鲤鱼挺子直直地压在了来新老婆的身体上。

这下子,女人的笑声大得浪满了窑洞。

一个月后,王来新到底把他老婆叫走了。

春风温软地吹拂,经由洞开的门窗,可以看到细若蚯蚓的山道上,驴和它脊上的女人摇摆着,走远了,并且逐渐地,埋进了阳光深浓、半明半暗的山那头,像梦境一样隐了。

梦散人醒,觉得寡味而孤清,李来发嘴里嘟囔着:"远了,远了,远了。"后来就哭了。

尝惯了甜的李来法感到了日子青黄不接,他怀想,飘过山岭的云,洒过泥地的雨,穿过长夜的梦,不能就这样没了。

在以后来找他看病的人中间他就想法让那些女人来。风姿绰约的女人们把山神坳的土道打扮得像盛开的花朵一样。走进山里的女人们被李来法一个一个安顿在炕上,喝红糖水,吃大白馍。女人们一脸很满足的样子,吃了,喝了,目光贪婪地盯着木斗里的馍,说:"来法啊,你缺啥?"

李来法说:"缺你。"

女人说:"不缺馍馍吧?"

伸手往小包袱里揣上两个,给儿女拿回去。

山神坳人端着海碗,热了到树荫下,冷了到向阳处,东蹲一片,西蹲一片,形成了一个露天饭场,不单是图了个吃饭豁亮,更是为了看热闹。热闹是李来法的热闹。喝饭的嘴离开了碗沿,直勾勾看来法的窑洞。手把门框等着刷锅的女人们喊过来,要男人们回窑。喊急了不见回窑,一把刷锅刷子照着男人们扔了过去。

李来法的娘,这时候,从儿子身上就看到了一股邪气,来看病的女人们省略了拿白馍这一重礼。他的娘发现这一问题严重性时,已经是一个白馍也见不到了。他的娘思谋着多种复仇方案,先是横在窑门前不要女人进门。

李来法说:"你能堵了门连我也不让进才算叫有本事。"

接下来红糖水里放了碱,李来法的娘笑着端着要女人喝。那苦水儿不光顺着肠子进去了肚里,也顺着脖子到了脑门上。女人不问病了,便也不让李来法动她,哪怕是手指尖儿。

很长时间,山神坳的上空反复不断地重复着一个女人的叫骂声,那些隔段时间就会来的女人,再也不见了踪影。

五

季节很是平和,春去秋来,李来法常说的一句话是从说书人口里听来的,叫:"雕是雕翎箭,弯弓上丝弦。"李来法的弯弓上了丝弦。李来法耐着性子热泪涟涟地等待,山神坳的热闹就这样在等待中孤独了下来。而李来法的天书,因为李来法的惠泽,女人难免成了人们对天书最后的怀想,无论有字无字都已经无法气定神闲了。李来法不再等了,自己出山。

李来法四十岁上得了一种流行病,发热高烧不退,在窑里闷了三天,望着油灯晃动的火苗,死盯着窑墙上的泥皮看,泥皮清晰地透现出形色各异的斑痕。油灯前有米粒大小旋舞的飞虫出入,移动或停驻。就在这一派心境的虚寂与心念的不甘的鼓涌中,以往的日子一点点地映照在泥皮上,水涌霞升,雨雪风云,人事哀乐的混沌世界,埋藏了无尽的气候节令和草嘶虫鸣。李来法觉得日子和以前不一样了,仿佛多得长出来许多,长出来的日子开始瓦解他的思想,让他慢慢地对自己生出了失望,有些事情远了,远得闪闪烁烁,欲显又隐。他莫名地恨他的娘,想着那些隐埋在无法被忘怀的时空里的女人们,他用了最后的力气挤出了一团笑。

三天后,人剩一张皮,长出一口气,借了油灯的火苗点了天书。烟气散处,山神坳的岭头雾气云霭融成了一团墨,看着那团墨云,他眼皮一松,安然了。

死了的李来法因没有女人,棺材里放了一块砖,砖上刻一个女人的名字,李来法砖上刻的女人名字叫"转红"。转红和来法一个日子闭眼,转红被红布包了放在李来法的枕边。

山神坳传下来的风俗,没有女人的光棍,到死,包砖入棺,叫"招砖"。砖头"转红"幸福地蒙混过关,一头儿睡下再不醒转。

道格拉斯

一

河沟那边是一片庄稼地,日头浮在庄稼上,风一动,有荡碎阳光的声音传过来。打远处看,一只草兔伐着草皮往山上跑,王广茂揪起屁股往山上撵,一转眼,草兔不见了,人,站到了山脊上。王广茂在山脊上歇下来,喘着气向远处望,能看到远处有三个山弯子,每一个山弯子里搂着一个村庄,依次是暴店、张庄、草坊。三个山弯子里都有日本人驻守,王广茂的心里霎时觉得那碉堡很像一个马桶一样竖在村中央。

王广茂来山上抓草兔,他婆娘生了娃,不是一个,是一双,龙凤胎。按说是大喜,可婆娘奶水不足,村庄里的鸡都被日本人抓没了,老一些的人要他上山抓草兔,给婆娘下奶。

秋天雨水足,灌木长得阴气旺,王广茂蹲下时闭着气,瞅着河沟对面的庄稼地,想着哪个地方有动静,他好蹿下去,一个蹦子蹦过去。

阴气被阳光搅得稠稠的,王广茂看到一个地方有动静闪了一下,不是山下,是他的左前方,他知道是他刚刚撵着的那个,他跳了个蹦子探进去,抓得一巴掌大的,什么也不是,一只地老鼠,没啥做的,闲窜灌木丛,玩。

坐在山脊上观察是否有兔出没的当下里,天空有一架飞机拖着烟"嚓嚓嚓"越过王广茂的头顶,王广茂用手遮了额头深吸一口气歪着脖子看,听得落到了山背后的飞机"轰"的一声,那飞机想是撞成了一堆碎末子。

王广茂的心里激动了一下,激动的当间,人站了起来扭转身子看,心中像是有一只草兔在跳,他的腿有些发酥,想往山脊高处爬。他的一双儿女一来,就要往大里长了,应该有个好耍子,飞机上有好耍子没有,他不知道,但是,他就想着应该有好耍子,怎么说飞机也是西洋人的东西。打了几年仗,还没有见过有飞机落下来,倒是捡过炮壳烂弹头什么的。阴暗的林中,众多树木蔽掩,他揉揉酥软的腿,瞅着豁亮地方揪出力气要抬脚走人,看到天空有一个很大的猪尿脬降下来,降到山下河沟边的玉茭地里。太阳光把猪尿脬下拴着的一个人反射到了半山腰子上,着实吓了王广茂一跳。他看到那个人不是人,脸长得和猴子脸一样,那鼻子尖得能钩到下巴颏上。

王广茂不抓草兔了,往山下跑,跑的动作比受了惊吓的草兔还快,是往自己的窑洞里跑。

炕上坐月子的倪月月正抱着娃哄吃妈妈穗,奶水不足,一个娃含着妈妈穗儿扯长了又缩回来,另一个没扯上的娃开始哭,一个接一个哭,妈妈穗被吸得像两个咸腌了的白萝卜,倪月月忍着疼,脸上神情悲戚。

王广茂跑进屋子里时,脸上挂黄,是吓出的黄脸,看着炕上的婆娘比画着说:"看到怪了,不得了,真怪,真真那怪,真真长毛怪,从没有见过!从天上落下来,拽着一个大大的、大大的猪尿脬,我是实打实看见了!"

王广茂干瘦,松柴一样轻贱的身骨,因为怕,额上渗出一层滚圆的汗珠,身后门扇拍进来三四只绿头苍蝇,嘤嘤盘旋在头顶,他抬手扰乱了一下,绿头苍蝇飞起来,他探前抓了一把,用劲摔在了地上,嘴启开一条缝隙:"日你娘!你也来凑热闹,我要你跟着乱!"

倪月月不想听他嚼舌根,自己的汉们,话多得失了真性情,她揉着被娃吸得空空的妈穗子,抬了头瞅了他一眼,恶气地说:"怪?咋没见吃了你!"

王广茂心神不定地看着窗外,捏着嗓子说:"落在了咱的玉茭地,一大片玉茭伏倒啦,可不敢一个人去看,先跑回来了。"

一双儿女的哭声,此起彼伏,王广茂突然真正地害怕起来,他觉得有大祸要降临到马村了,他渴望有人能信他,他走近一双儿女拍了两下,看到婆娘脸上流下来的泪蛋蛋,想帮她抹一下,倪月月抬起胳臂挡了过去。

穷人家添人进口,战争把仅有的一丝幸福都抹掉了。

王广茂紧张地盘算着该向谁说。他不由得想到维持会长马宝贵。马宝贵是两面三刀的人物,村里人都知道他一面和日本人打得火热,一面和八路军也打得火热,不管他和哪边打得火热,他是维持治安的头儿,也算是一个有些威信的人。

王广茂掉转屁股要往外走,倪月月在炕上喊:

"娃和闺女可是你下的种,就算抓不来草兔,也出去借几瓢白面来,好打了糊喂,借不来白面借来米也成,妖了怪了的,肩膀扛着嘴,胡说个甚!"

王广茂停下迈出的腿,回话说:"那怪,把河沟边玉茭都祸害了,眼前咱的地要紧,得找人捉了那怪!"

倪月月生出恶气,不再看王广茂。窗外满地阳光,蓝得令人心痛的天。村庄里静悄悄的,静,堆了一街道,仿佛窑前堆得高起的土方,把一对儿女的哭按在了窑掌。

小村不大,十几户人,马姓多,叫了马村。好在村小,没日本人驻守,好在她生下孩子到现在,还没有打过仗,只是不时听得山那头有骚扰,日子虽然过得洗水叮当,倒也平静。生了娃,不是添福倒添了祸,倪月月还想着说几句重话给自己的男人听,院子里的脚步声,早空旷得没有影儿了。

二

王广茂走近马村南口子马宝贵的家,屋子前脸儿挂砖,能挂砖的屋子叫"砖抱房",是马宝贵祖上留下来的,在马村算是中不溜儿靠前的房。马宝贵祖上是走驮道的,给外村老财开的油坊驮油饼下山东,小有富余,赚下的钱先是挂了屋子前的墙砖,屋后的墙是泥坯打起来,钱不够等不得修,当家的就死在了山东。马村人不叫马宝贵名字,叫他马维持,因为他被日本人任命为"维持会长"。叫

"马维持会长"有些绕口,也有叫"马会长"的。王广茂就叫俩字,"维持"。

王广茂知道自家不如人家的屋,前后土坯,不是屋是窑,黄土崖下掘的土窑窟窿。祖上没能耐,没赚下一砖一瓦,王广茂原来觉得在一个村里,吃一样的饭,做一样的事,人家住屋,自己只能住窑,人家当"维持",自己平头百姓一个,真有点不平等。直到自己婆娘月月养了龙凤胎,他一下子觉得,啥富啥贵也没有自己婆娘的肚子富贵,吃一样的饭,做一样的事,自己的能耐,就比别人大,人前人后,也常有了高看自己的心况儿,敢和马维持眉头高低望上两眼,叫板几句。

见了马宝贵,王广茂急切地说:

"说个怕事儿,维持,我看到怪了,落在我玉茭地里,那怪和当地人不一样,和日本人不一样,满脸黄毛,日头照得金黄,拽着个猪尿脬下来,是从天上落下的。"

马宝贵下意识地停顿一下,拉住他的手:"真的?"

王广茂说:"哪有假话,我上山抓草兔,没成,怕是给那怪抓了,要不然,不找你维持。"

马宝贵下意识地缩了缩头,用袖管抹一抹嘴角上的饭渣子,他也听到飞机越过头顶的声响,以为是日本人的,没有想到不是,慌忙把院子里木篱笆拴上,拉起王广茂走到院角的茅厕,张望一下屋子和四周,瞅见婆娘正忙事儿,就急忙让王广茂进去,两个人脸对脸蹲下。茅厕里的秋蝇子舞绕绕地乱飞,两个大男人在茅梁上,一边蹲一边拉话。

婆娘在屋子里,看见两个人晃进了茅厕,半天却不见有身子立起来,心里奇怪,不解小手,解大手?哪见过两个汉们一起骑茅梁!她冲茅厕这边厢喊过话来:

"咋的?协商好了茅厕里一起下蛆?"

茅厕里,马宝贵站起来看了外面说:"忙着呢,肠干!"

马宝贵让王广茂继续说,说具体点。王广茂蹲得腿麻了,有些不好意思:"咱不能出去说?这地方臭烘烘的,弄甚呢?"

马宝贵说:"不得劲,就脱裤子蹲下,这是大事,日本人知道了要掉脑袋。"

王广茂稀罕地说:"你还怕日本人?维持,咱不去抓那个怪?毁了我三亩玉茭,要是你不帮我,我想着通知日本人来抓,我不怕掉脑袋。"

马宝贵翻了他一眼说:"日你娘!睁眼说瞎话,日本人是你干大!"

王广茂要往起站,语音提高了说:"啥,没听清楚,维持,再说一遍日本人是你干大?!"

马宝贵拽了他一把说:"知道你嘴上不吃亏,好了,现在就拿了锄头去弄人,见了村上的人,咱啥话也别说,知道不?说漏嘴要惹事!不想养活你的双生娃了?你就说,地是你的地,要么你别找我!"

王广茂哪有胆告诉日本人?他是诈马宝贵,都说马宝贵这人有能耐,八面玲珑,关键时刻他就想诈马宝贵,维持会长也不是白当,看你怎么维持这个怪!反正自家有一双龙凤胎仗着,他说话底气就冲,啥都不怕,马宝贵到现在,他婆娘都没有养出个带锤锤的,就一个丫头片子。

说话当间,两个人站起了身子,马宝贵要王广茂先走,自己安顿一下婆娘就相跟着。两人说定在王广茂的窑垴上碰面,一起去河沟边上的玉茭地。

王广茂起身,看到马宝贵的婆娘疑惑地往这边望,笑了下说:"呵呵,就是肠干,干得厉害。"转眼走得没影了。

婆娘说:"只见过两个婆娘骑茅梁,没见过两个汉们骑,一块拉铁蛋呢!"

马宝贵说:"你没见过的多了,皇帝骑茅梁还有太监记录,见过没有?我出去办个事,晚夕回来。"

婆娘没话,看着马宝贵出了篱笆大门。

出了大门绕了个圈子,没看到四周有人,拐上窑顶见了王广茂,两个人只走小路。马宝贵说,落下来的是美国飞行员,肯定是炸了五十里外苗庄日本人的碉堡,被日本小钢炮击中,滑行到这里,怕是舍了飞机跳伞了。王广茂才知道,这猪尿脬叫降落伞。王广茂几分紧张,几分激动,又几分胆怯,走路的脚步加快几分,心里琢磨,怎能把这个美国人拿下,还惦记那个降落伞,那是好布做的,两个尿炕娃把炕上的泥皮濡得泛潮,好布用来铺炕,隔潮呢。马宝贵还知道那降落伞,自己和山汉一样,叫猪尿脬。他有几分失落,走路越发快了起来。

他们站到高处,往河沟地当央看,倒伏的玉茭旁,玉茭秆子在动,人还藏在里面。两个人商量着怎么弄,马宝贵决定从玉茭地东西两个角往里走,包围里面,好捉住他。于是两个人散开,拿了种地家伙往里搜,马宝贵喊:"里面的美国朋友听了,咱来救你,别怕!你从玉茭往出走,咱都是老百姓,不管天上来地下来,你来咱马村,就是客,胆大大地出来!"

王广茂有些紧张,想早早看到美国飞行员,毕竟是帮助中国人打日本的,又是长了个从来没有见过的样样。他不顾附近的马宝贵,急忙往里插,人走得急,玉茭叶子弄得哗啦啦响,突然脚前一棵玉茭"当"的一声跳了起来,迎面打到了他的脸上,玉茭叶子粗粝粝的,把脸打得麻酥,他莫名其妙地停下来,还要往前走,被绕着赶来的马宝贵拽了一把。

马宝贵说:"你找死啊,还走!"

王广茂说:"不走,怎么逮得住人家?"

马宝贵说:"人家有枪,放枪弹了,你聋了?"

王广茂说:"我说呢,玉茭咋就长腿脚了。"

马宝贵说:"快退回来,救不成他,咱都没命了。"

王广茂的心这下子才知道害怕了,想到炕上躺着娃,月月蜡黄的脸,"哎哟"了一声,屁股重重坐在了地上。

马宝贵说:"你起来啊,咋说瘫就瘫下了?"

王广茂仰着细脖子说:"维持,我差一点没命了!"

马宝贵:"差半点你也还活着,快起来,商量个对策。"

王广茂说:"要真要了我的命,我娃娃咋往大长啊!"

马宝贵说:"坐着吧,我往回返了。你坐着,娃娃们就往大里长了!"

王广茂立马站起来,几步走到了马宝贵前头,他害怕枪弹射出来,就算是射出来,身后也有个垫背的。走出玉茭地,阳光照得脸上泛金,是吓出的后怕。

马宝贵说:"要是他真想要你小命,你怕是早见阎王了。他不让咱近他,明白吗?他也怕!"

王广茂说:"玉茭秆子整棵儿落在我脸上,没有想到是放枪弹。"

马宝贵白了他一眼说:"闭了嘴!有话就不能想着说,别抢话!"

马宝贵知道,这年月各种形状的人多,八路军、日本人、国民党、游击队,咱什么也不是,美国人弄不清咱是普通百姓,所以才怕。怕咱有枪,枪子不长眼,咱偏偏就没枪!他不知道,怎告诉他咱没有枪呢?

王广茂说:"告诉他,还能不懂话!"

马宝贵说:"美国和咱不说一样话,喊过了,可咱说是地方话,怕难听懂。"

王广茂说:"多喊几遍,一字一字喊,再聋也听得懂。"

马宝贵说:"嘿嘿,半个字半个字喊,也不见得听懂!"

王广茂有些委屈,突然想哭,鼻头酸了一下,他自己也奇怪,一个大男人哭啥子呢,命还在。

马宝贵说:"这事情还得快办,不能等据点里的小日本来,他们正在山后看撞碎的飞机吧,要是找过来,咱和他的命都得丢!"

王广茂说:"维持,这事儿作难了,真正作难了。"

马宝贵说:"作难也得想！你想想？"

王广茂急忙插话说:"嘴啃不出响来,他长了两只手。"

马宝贵不看他:"谁个不知道,要你来说。"

王广茂抢着说:"举了手进去,他看见了,知道没有枪！"

马宝贵说:"玉茭秆挡着看不见,玉茭秆比人高,你举手,他以为玉茭秀了天花。"

两个人沉默了。

对面河沟里的水流得哗哗响,几只蛤蟆叫着,太阳斑斑驳驳泻了一河,风很细,粗糙的云在远山那边盘旋。王广茂看到一只蛤蟆浑身发绿,腮帮子鼓着一个泡,叫声呱呱呱,一河蛤蟆跟着开始呱呱呱叫。

王广茂突然想到了一个办法,哑然笑了。

马宝贵说:"笑甚呢？节骨眼上,要不回村吧,你在这里败事有余。"

王广茂吐了一口唾沫:"下看人！你说美国人肯定不是聋子,咱就空着手,拍着响往里走,一个巴掌拍不响,两个巴掌呱呱响,听了他能不知道啥意思？"

马宝贵咧开嘴笑了,给王广茂一拳头:"怪不得能种下一对龙凤胎,你日能呢。"

两人就拍了手,往玉茭地深处走。

巴掌拍响时,河沟里的蛤蟆就不叫了,四下里的拍巴掌声合围着,走到了玉茭地的深处。

站在美国大兵面前,王广茂发现他的个子要高自己一头,浑身是很厚的衣裳,同自己的土布衣裳不一样,阳光照出这衣裳像出油一样光滑。王广茂稀罕着,光顾了张嘴咽唾沫。马宝贵也张着嘴,自己平常见日本人,都说几句"吆西",哈腰弓着脊梁,现在见美国兵,连"吆西"都不敢说,哈着嘴,没话。

王广茂知道马宝贵是被西洋景吓怔忪了,他伸开十指,迎着美国兵的脸,弓着腰:"吆西,吆西!"

美国兵同样紧张。在这块土地上,他见过原住民,模样和他们相同,但不会说"吆西",这是日文。他用枪筒指着对方,汗毛竖起来,根根儿泛黄,湖蓝色的眼睛四下里打量。

马宝贵说:"不对路,不对路子,中国百姓,你瞎尿'吆西'个啥嘛!"

马宝贵拍拍手,拍拍袖,把腰带解了下来,翻起布衫,露出赤精干瘦的肚皮,差一点把裤往下撸。马宝贵要王广茂照着他的样子做,翻出肚皮的王广茂,看着美国兵,发现他笑了一下,手柔和起来,把枪抱在胸前。

马宝贵长出一口气,让王广茂放下布衫,系好腰带。美国兵从背包掏出一个小本子,翻出一页要马宝贵看,王广茂也凑过去,本子上有几行字,美国兵用手指着本子上的字。

马宝贵知道那上面印着好几国文字,他指着中国字点几下,美国兵点头表示知道,翻了一页指给马宝贵看,那上面写着:

我是美国飞行员道格拉斯中尉。

你是政府军吗?

你是什么长官？

你是什么军衔？

马宝贵知道这几句与自己都不相干,但知道对方叫道格拉斯。这名不好叫,他告诉王广茂:"他叫'道格同志'。"正在犹豫,美国兵翻了一页,上面写着:

你是游击队吗？

你是游击队的长官？

马宝贵指出"游击队"这一行,拍拍胸脯,指出"长官"这一行。

王广茂伸长脖子看了,知道马宝贵是显摆,没听说他是游击队的人,天天在家不出门,去哪游击？吓唬不说人话的美国人。

王广茂想嘲笑马宝贵,发现马宝贵正盯着他,就向美国兵认真地点头。

道格拉斯明白了,收起本子和枪,他知道遇上了当地的游击队,出发前受训,长官说了,游击队是地方武装,针对入侵者。在这一片并不平静的粮食地里,飞机被击落的噪声还在他的胸腔里弥漫着,他必须先找到一个落脚点,然后联络自己的部队。他仔细收好降落伞,在地里藏起来,表示同意跟他们走。

在这个时候,马宝贵发现美国人走路不利索,左腿受了伤,血在裤脚上洇湿了一片,地上也有血,山桃花一样暗红。马宝贵和王广茂的个头都在美国兵肩下,怕是连人家的飞行服都扛不动。马宝贵让王广茂回去,找一头牲口来,没有马骡,牛也行,回村后千万不声张,这事和生下双生娃不一样,不敢有半点张扬,还要快。王广茂扭捏着不走,眼睛盯着地当央,不说话。

马宝贵说:"你实聋了?"

王广茂说:"弄牲口好说,你和他讲,我想要他降落伞,要它铺炕。"

马宝贵白了他一眼:"那东西不透气,两个娃的尿,沤衣裳,要它?!"

王广茂说:"不怕,黑里我光了睡,沤了皮还能长。"

马宝贵龇牙:"日你娘,穷死你!"

王广茂扛起镢头,出了玉茭地往村子里跑,动作出奇麻利。

三

王广茂回到村里,想不起来谁家有马和骡子,马、骡子从战争开始到现在1944年秋,有的被日本人抢走,有的支援了八路军、国民党,老西儿阎锡山的部队也趁这场战争的热闹,过来弄腾牲口,战争把牲口们这么三下五除二全折腾完蛋了。王广茂皱起固定在额头上的几道皱纹,思忖马村谁家还留有牲口,他想起马宝贵家的驴驹子,这会儿它应该在村尾巴涝池边吃草。他在村上没有发现四周什么人,村尾巴有几头牛犊在吃草,王广茂眼前幻化出牛犊脊梁上驮着的美国兵,想得有意思,笑了起来,离牛犊不远处,那头驴驹子朝天打着响鼻,错着嘴,嚼动地上卷起的草,看到王广茂过去时,驴驹子仰了脖子叫唤。

王广茂开始欢喜了,知道这头畜生是在叫唤他呢。

驴驹子叫唤够了,尥蹶子朝前方涝池里跑。涝池里的水是雨水积下的,有了天日,水面浮起暗绿色和灰褐色的脏物,驴驹子用嘴拨开,拨到两边,伸到水里去咂,驴咂得很长很长,咂得王广茂的耳朵都竖起来了。驴驹子咕儿咕儿的咽水声,比癞蛤蟆叫还响,这么咂了一会儿,提起水淋淋的嘴,换一口气,换气当间看了王广茂一眼。

"这操蛋的东西,活该你是马宝贵的驴驹子!"

王广茂牵了驴驹子往后河湾走,人走得急,驴驹子也急,等来到马宝贵跟前,打量马宝贵身边的美国兵道格拉斯,知道美国人要是横下来,身体比驴驹子还要长。

马宝贵看着驴驹子,心疼地说:"也不看看驮啥东西,弄我的驴驹子来,不出一年的牲口,怎让它一下就驮一个二百五!"

王广茂嬉笑了一下,吊着膀子:"我的黑驴要是在,哪用得上这驴驹子!"

马宝贵顾不上和王广茂辩论,心疼地扶着道格拉斯往驴身上骑。美国兵开得了飞机,骑不了毛驴,人上去了,怎么看着不是一个劲道,驴驹的腰脊往下塌,吃不住重量,尾巴不来回甩了,紧夹在腿中央,脑袋前倾想走,却迈不开蹄子。道格拉斯的表情也不自然,坚持要下来。王广茂说:"干脆让他趴着,快走,出了事,谁也顾不了谁。"

他们让道格拉斯趴在驴脊上,一人扶着他肩膀,一人扶着他两条长腿,这样子走一阵,骑一阵。磨蹭着走回村,一路上,马宝贵想着村里的那几头牛犊,他打算回村后把牛犊赶来,在美国人落下的玉茭地周围踏几圈,造个假象,这样一队牛蹄都是往东边的神头岭走了。马宝贵这样,是为给隔山草坊日本人据点一个交代,这样可以明确告诉日本人,八路军二十团的骑兵队来过马村,不知来做甚,不久就离开了。

二十团骑兵连是尖兵连,经常在这一带活动,日本人一听骑兵连来,都不轻易出动。马宝贵从一开始搭救美国兵,就在细想怎么对付日本人,不然全马村人都要遭殃,他是维持会长,双料人物,他得维持马村百姓不受日本人骚扰。

他们跟着驴,反反复复到了天黑,才回到马村。马宝贵想把美国兵送到邻村一个药铺里住,可道格拉斯非常疲惫,比画着说不想走。

马宝贵急着处理后事,想早点赶去草坊日本人据点汇报二十团骑兵连的情报,把美国兵安排到哪算安全呢?

他想到王广茂的婆娘、双生娃,婆娘正好坐月子。

村里人都知道他婆娘缺奶水,孩子哭喊叫吃,刚生下大家都去看,进窑看炕上一对小人人,稀罕,王广茂倒碗水请人家喝,人家不喝,王广茂就说,你不喝,我没话说;这日子我倒不开,借我一升半升米,缓过劲来就还。他这样张嘴借,没多有少,但时间长了大伙都知道,王广茂这是好借不还,战争年代,哪家都贫,一来二去,从此没有人上王家门,怕王广茂借米借面,只能躲。

马宝贵决定让美国人住王广茂家,把他家小西窑收拾出来,从外面看这口窑破烂,谁也不注意,双生娃老是哭,是最好的掩护。谁也不上门,附近也稀稀拉拉没几个人走动。

他看着王广茂说:

"让道格同志住你家?"

王广茂呆愣地说:"我家?! 稀空空的,要啥没啥。"

马宝贵说:"把小西窑收拾出来,就住几天。"

王广茂说:"一天都难对凑。"

马宝贵说:"就这样,缺啥给你拿。"

王广茂说:"主要缺粮,看他那个头!"

马宝贵说:"这些天里,你家里粮食我都管。"

王广茂想了想觉得合算,不管别的,婆娘是有奶下了,要是能多住几天就更好。眼看着驴走到了自家门前,他一下子想起来,河沟边上的这三亩玉茭地,玉茭地当中还藏着那猪尿脖样的降落伞,他摸过,就算铺炕不透气沤衣裳,他也想要! 他一下张不开口,可想到被糟蹋了的三亩玉茭:"可怜我那河沟地,一家大小的口粮,不能喝西北风吧。"

马宝贵说:"寒碜啥? 叫人家道格同志笑话! 有苗不愁长,你立了大功,有人还要奖励呢。"

王广茂记住这些话,也觉得马宝贵是日哄鬼,这年月没头没尾的谁来奖励自己? 听得黑黑的窑洞里倪月月哄孩子的声音,两个孩子"哇哇"黑哭,她不点灯,是怕浪费灯油呢。

马宝贵让王广茂先把屋子收拾出来,自己有事离开一会。

道格拉斯坐到小西窑的炕上,用自己的急救包把腿上的伤口包扎一遍,他坐着不动,好奇地看周围,窑洞里塞满令人窒息的杂物,他的心不能完全静下来。地上有驴拉的屎,四周墙上到处是玉米芯堵上的洞,隐约听到老鼠打闹的声响,紧张的神经,伤口的疼痛,一切的一切,上午还在浩荡层叠的云海中翱翔,现在随着一头扎地的飞机,眨眼间牛顿的苹果树还在眼前,却看不到苹果了。他听到胃肠叽里咕噜直叫,他是饿了,给主人打手势问有什么可以吃的。折腾这么一趟,都饿了,王广茂打手势,看着他:"别着急,都等着'维持'回来安排。他答应了安排你,就要管你吃。"

看王广茂嚅动的嘴,道格拉斯不明白对方的意思。

王广茂说:"我忘了,你是个比聋子还聋的人。"

倪月月在堂窑里听到隔壁的动静,王广茂不仅没弄回粮食,还弄个人住下了,气憋在胸口上,想冲什么地方发作,她就等王广茂露脸。隔着房骂,怕外人听了笑话,她摸黑在火上熬米汤水,那汤水稀得能照见月亮。两个娃没吃饱,睡觉不踏实,稍有动静就醒了,一个醒了,连带一双,不好和孩子发作,还是得哄着,眼里含泪,一手搂一个,瞅着屋外的月光。

"我孩睡觉觉,娘给唱歌听。"

娃娃哪能听懂歌,倪月月是给自己唱,憋着气,把唱当粮食度饥荒。

> 米儿啊米儿,
> 谷壳破了皮儿,
> 破成半半。

做成饭饭。

公一碗,婆一碗,

小姑、小叔两半碗,

媳妇刮了锅,

还嫌媳妇吃得多,

背上锅啊上南坡。

牛屎驴粪滑倒我。

放羊孩你拉拉我,

我给你唱个好秧歌。

　　唱的是穷人歌,上地、做活唱,生了娃,炕上坐了唱,唱给娃娃听。月月不认识字,她有一肚歌,她要娃们安静下来,等她喝了米汤水,生奶喂养。

　　月月的唱,没让俩孩子安静,却让西屋的人安静下来了。因为怕有闪失,西屋也黑着灯,窗外的月光照着炕上躺着的道格拉斯,歌声钻进他的耳朵,让他有回到以前,回到一种幻景中的感觉,无声的水流过田地,禾苗在长,鲜花悄悄盛开,是母亲还是他心爱的姑娘?在阳光照亮一片天地之时,歌声是灿烂的鲜花和风的味道,他在饥饿和疼痛中,眼里闪出泪光来,歌声让他一度忘记目前岌岌可危的处境,怀想一些无序的片段,一种无名的温暖正尖锐地顶撞他,他确实有想哭的意思。

　　此时,隔山草坊的日本人接到了马宝贵的情报,决定不轻举妄动,发现击落下美国飞机,就算找不见飞行员也是值得庆祝的事,日本人满意地拍拍马宝贵,他可以走了。

马宝贵一溜小跑回到马村,进了家门,让婆娘做一顿好饭,要招待贵客。农村人想不来做什么饭最好,马宝贵婆娘打算做过年吃的"三和面"。用瓢量了白面、豆面、粉面,三样面和好,擀开,叠好,用刀切了,她在案板前对马宝贵说:

"大溜儿长,好面呀!招待什么客啊?"

马宝贵说:"不知道的就别问了,是上客。"

马宝贵经常这样招待"上客",做饭做得顿数多了,来家里吃,婆娘知道;不来家的由马宝贵端了锅送,一般她不打问。只是眼下秋粮还没下来,俗话说,吃不穷穿不穷,计划不到辈辈穷。婆娘忍不住数落了:"家里的藏粮都拿出了,啥稀客要吃这么上好的东西,都招待客人,咱吃啥?给咱闺女也吃一碗,孩子哈喇水挂前襟了。"

马宝贵抬头看,自家的闺女小青一根手指头伸在嘴里来回地吸。

婆娘不说了,开始炒菜。等面煮好了,闺女想吃,马宝贵知道道格拉斯的大个头,觉得这一锅面够不够吃还是个问题,闺女端着碗在锅台边等,他不好说什么,筷子夹了一根,面还挺长,就着锅沿儿夹断了,给闺女弄在碗里,舀了半碗汤,让她走开。闺女"哇"的一声,把面倒进了锅里,碗撂在火台上,冲着墙哭上了。

马宝贵数落闺女:"嘴扯得那样,小心没婆家要你!有好日子给你面吃。"

马宝贵不管闺女,连面带菜端着到王广茂的小西屋,先盛一海碗端给道格拉斯,闻到串过来的豆面味儿,道格拉斯皱起眉头,不知碗里是什么,不接碗,找背包里的小本子,就着月光看,马宝贵放下碗,把油灯点亮,道格拉斯指着本子上的字让马宝贵看,那本子上写着:

我要牛奶,我要面包!
我要火腿,我要冰水!

这时候马宝贵不知该说什么了,他要说什么,嘴里唧哝,他看着道格拉斯:"你他妈太操蛋!你写的这东西我没见过,就这锅三和面,也是我家的藏粮,做这饭还搭上婆娘的骂,我闺女想吃都不给!怕你肚大,怕你吃塌锅,你倒好,给我说看这些字!要不是你炸了日本人的碉堡,我给你喝驴尿!"

王广茂在一旁听马宝贵说,笑了起来。

"他要是不吃,我给月月端一碗过去,吃了好下奶。听我心尖尖肉儿哭,我难受呢。这美国人不吃三和面要吃啥?饿他!就不相信饿到明天他不吃,不怕他这羊不吃麦子。"

马宝贵听他这么说,很不高兴了,你王广茂凭什么说人家,人家来这里打日本容易吗?命都搭上了,就是吃天上星星,咱也得弄个星星差不多的给他,人是铁饭是钢,一顿不吃想爹娘!

马宝贵瞪了王广茂一眼:"行了,你端去给月月吧。她吃了,做一锅高粱鱼鱼来;不吃,我换换面;再不吃,再想办法。人家是客,是打日本的,也是命大,他去阎王殿,指不定中国阎王殿还不收他呢,可怜的,做鬼没人要。"

王广茂下咽了一口唾沫,端了三和面往月月窑里走,在院子里他馋得就着月光埋头吃一口菜,还想吃第二口,身后的马宝贵轻声吼:"你个操蛋货!对着人家道格同志,你下作人呢!"

王广茂到底不敢再下口了,端进屋里,帮月月点灯。

闻着豆面味儿,月月眼睁得老大,稀罕得她肚子咕噜咕噜欢欢儿叫起来,原想冲王广茂出气的事儿也忘了。

四

听王广茂讲下午发生的事情,月月知道西屋住下了外国人,她从没见过外国人啥样样,自己坐着月子,不好出门去瞧,她让王广茂说得仔细点。王广茂大展口才,把一些细节弄得入神;听说人家不吃饭,要吃洋面包、火腿、牛奶、冰水,月月笑得眼泪往出掉了,加紧往嘴里送几口,放下碗,坐锅,怕火上做饭慢,让王广茂在外抱柴烧地锅,一会儿锅烧开了。月月搅拌了高粱面,往锅里溜鱼鱼,鱼鱼跑得欢,点了三次凉水,月月说:"灭火吧。"

高粱鱼鱼在锅里上下翻滚,月月已把小葱、辣子和芫荽拌好。王广茂垫了抹布,就着月光端了高粱鱼鱼进西窑,拌好的菜、碗也端过来。马宝贵用端锅的抹布抹了一下碗,漏勺捞了鱼鱼,拌了菜,他感觉闻着那香就想下饭,谁也没有想到,道格拉斯又把眉头皱上了。

马宝贵把碗端到道格拉斯面前,道格拉斯摇头,嘴里喊:"弄!"

马宝贵想:"弄"是啥子意思?

想想,觉得道格同志一定不知该怎么吃,他自己也就捞了一碗,拌了辣子、葱、芫荽,往嘴里送,鱼鱼往嘴里放时,来不及嚼,冲着喉咙眼溜下肚了,吃一口,马宝贵比画一下:"日他娘,月月做的鱼鱼,就是好吃!"

道格拉斯看着抹碗布,闻着豆面味、地上的驴粪味,嘴里不住地喊:"弄,弄。"

马宝贵要王广茂也捞了吃,不为什么,就为了给道格同志吃出一种气氛来,一下子,香得满屋子都是热气,都是葱味儿、辣子味儿、芫荽味儿,热气和香气冲着美国大兵道格拉斯扑过去,道格拉斯嘴里喊着:"弄,弄,弄!"

这下子完了,人家不吃,摇着头一直喊:"弄!"

没法子,觉得客人不吃,自己也不好意思再下锅捞。王广茂趁着空当,回窑向倪月月汇报情况,要月月帮着想个办法。月月吃了三和面,奶水冲得往外直冒,俩娃儿都吃饱了,满足地睡在炕上,奶水挂在嘴角,月月抹了一下,孩子笑得"咯儿"一响。

倪月月说:"不吃咱的饭,又不是铁疙瘩,肯定人家不吃这东西。我娘家村暴店的毕老财,每天都喝人奶,要村上生养的婆娘给他挤奶,他拿粮食贴补。见过毕老财没有?吃得红光满面,细皮白肉,比实际岁数要小好多,奶水是养人。牛奶咱弄不来,要不,试着烙几张葱花饼子?等奶水胀了,挤一碗奶给他,看行不?"

王广茂看窗外,月影儿偏西走了几丈,银色的碎屑般的光点子洒在一对儿睡熟的娃娃身上,他动了动舌头想说什么,嘴里淡兮兮的,什么也没有说出来,走到门口,门扇的黑影下人看上去精瘦,两条腿把一条黑布夹裤撑成罗圈样,歪着头,吊着一边的肩胛骨冲门外说:"烙饼子是个正理:喝你的奶,我难受!"

月月白了他一眼,不说话了。她和了面,坐了鏊子,没有白面,用玉茭面烙。烙好饼子,奶头也开始发胀,拿过一只精细花瓷碗,下了劲往出挤,一会儿一碗奶盈盈满上来,她让王广茂端了过去,看道格同志吃不。

王广茂说:"真叫个难受人!"

月月白了他一眼说:"不懂事理!"

王广茂把碗在鼻子下闻闻,觉得香,拿过一根儿筷子在精花细瓷碗里搅了搅,把筷头上沾的奶水漏到嘴里,舌头贴着嘴片儿咂巴几下,想努力品尝奶水的味道,他眉头上皱出一个疙瘩,什么也没有品出。

月月问:"甚味道?"

王广茂说:"丸。"

"丸"是没味道,是那种没味道里还夹了点腥的味道。

马宝贵正发愁,看到王广茂端来的奶,他不抱任何希望,觉得几张玉茭饼子算啥嘛!三和面都不吃,那么好的饭,他指着碗里的汤水问王广茂:"啥子?"

王广茂没好气地说:"月月的奶。大个子经不起饿,月月说让试试。"

马宝贵挤了一下眉,笑了:"你帮着月月挤的?"

王广茂不好意思地说:"维持,看叫人家道格同志听了笑话。"

马宝贵暧昧地说:"他听不见咱的话,他是聋子。月月的奶是甚味道?"

王广茂翻了一下眼皮子,小声凑近马宝贵的耳朵:"丸!"

马宝贵笑着端过碗去,放到道格拉斯面前,拿起扣在炕上的本本,指着"牛奶"要对方明白。两个人憨狗等羊蛋般看着道格拉斯,他也看这两个男人,看炕上放着的碗,闻了闻,一股奶香钻进了他的鼻子。他伸进手指蘸了一下碗里的奶,放入口中,湖蓝色的眼睛翻了翻,咬着指头笑了,端起来喝了一口,接着一口气喝了,拿起饼子啃了一口,一切顺其自然。

道格拉斯伸给马宝贵碗,还要。

马宝贵刚松一口气,见人家还要,心里那个为难实在藏不住,麻油灯也跳了一下,这美国人嘴大肚大,一碗奶下肚,等于麻池里倒一桶水,谷地里掉一粒沙石,喝多少下肚才叫够?扭转头看王广茂,王广茂的脸像灯头儿的烟熏了一样,眼睛绿豆般贼贼地看马宝贵。马宝贵说:"还要!"

王广茂说:"月月的胸脯又不是泉眼,想成啥了!"

马宝贵哀求说:"去,想法哄月月再挤一碗,这么大一个当兵的,一小碗奶哪够!"

王广茂很不高兴:"啥不能吃,好没有个足,吃了还要吃!"

马宝贵拽了他走到暗处,悄声说:"给你一丈高的台子,你敢不敢跳?"

王广茂直了脖子瞪了眼说:"维持,凭啥让我跳?"

马宝贵说:"就凭日本人占了咱的地盘!"

王广茂僵直的身体松了下来:"咱不是不知道,要不怎给他喝奶。我是说月月奶水不足。"

马宝贵说:"知道就好。那半锅鱼鱼也端了给月月,就说我说的,我以后加倍还她。"

王广茂端起锅往堂窑走,激动得腿肚子抽筋,像是做了件什么大事一样,脸上笑得没有响儿。他进窑告诉倪月月,道格同志喝了,也吃了,麻烦也有了!

月月捞了鱼鱼吃,一边吃一边揉着挤得疼痛的妈妈穗:"专让我生娃,一肚生下两个,看你养活。"

王广茂嬉笑着:"看你咋说话呢?女人嫁汉,生娃娃是在理呵,甚是个甚,瞧你,他马宝贵还眼黑咱呢。"

屋外,远处的涝水池里蛙声起伏,蟋蟀弹唱,明亮、磨盘大的月亮越升越高,月影儿移过窗户,扑洒在院里,像撒了硝,马村,牛犊一样睡了。

有一个人蹑手蹑脚走近窗户,朝着屋里小声喊:

"胀了没有?胀了就往出快挤,妈穗儿一胀,泉眼儿往出喷。人等着呢,三两天就走了,委屈一下,救人呢!"

月月吹灭了灯。

月月的脸被窗户映来的光照得浅黄,慢慢儿就微红。

王广茂端着一碗奶,梗着脖子,踮脚尖出门。

五

美军飞机被日本小钢炮击落在当地,飞行员迫降,到底是被八路军抢走还是隐藏在当地,日本人还是产生了怀疑。

这夜,有线人从草坊据点传话,说日本人有可能第二天来搜村,所有出去的路口都加岗哨。

听到这消息,马宝贵吓了一跳,如果搜村,一个大活人能藏到人口袋里?马宝贵越想这事越邪乎,想到细微处,不禁打了个寒战。

安顿下道格同志,出了窑,马宝贵的心被突然而至的变化憋得头涨脸红,像热锅上的蚂蚁,事不由人,天亮前该把这个美国兵送走。往哪里送?实在想不出一个去处。他有心想和王广茂商量,窑里,一对双生娃哭得此起彼伏,也许是道格拉斯多喝了奶水,使这两个孩子肚饿,便不忍心叫王广茂,想着对策,他往自家屋子里走。

夜,一团一团的黑,月亮背过西山去了,他走着,想到下午送去和八路军联系的人还没回话,觉得他现在经手的这事很盲目,而明天将要发生的情况,他一个人也扛不动。他如果躺在自家炕上,千般翻转不踏实,怕惊动了婆娘,于是他蹑了手脚离开了家,找一个清净的地方再想结果。

外头的人,只知马宝贵是日本兵的红人,他婆娘也知道,自从当上维持会长,马宝贵就不是马宝贵了,以前还注意形象,当了会长,绸绸缎缎挂身,走路小八字步也摆开了,见了要求帮忙的人,胸脯拍得山响,张口闭口皇军,也许夜路走多了,自己吓着自己,知道总有一天要出个啥事情,见了村上别人的婆娘,总喜欢撩猫逗狗几句。对自己的婆娘,是一张嘴描在脸上,软柿子般瘫着不动,婆娘心里龌龊,总想抓他小辫儿。他这一个白天跑进跑出的表现,婆娘肚子里的酸醋儿就翻缸了。晚饭后她不睡,也睡不着,就等自己的汉们回来,仔细问个究竟。听他夜深了回来,到门前不进,绕道儿走了,婆娘像是腔子里长了石头、长了铁般地难受,就悄声儿跟着汉们出门。

马宝贵走了一阵子,感觉头上有一团雾气,手摸了一把,才知道是毛毛雨,雨不胜其纷纷,迷蒙了马村,前半夜天还放晴,后半夜倒了阴,真不是好兆头,要是雨再大些就好了,地上积厚了水,脚印子落不下来;但这牛毛雨,人往哪里走都要留下脚印子。看着铅色云团的边沿透出的光影儿,马宝贵想,明天日本人如果搜村,就算屋窑能藏人,怕是人嘴藏不住。现在唯一的希望,是等着把美国人接走,接不走,也得有计策。

他担心王广茂,那是张闲不住的快嘴,明天的事,怕要坏在他的嘴上,这美国兵落地儿,落到谁家,都比落王广茂家要好啊。

天亮前,弄不走道格拉斯,必须封了王广茂的嘴!

这么想着,走着,眼看到了王广茂的窑前,感觉身后有东西,小声小胆儿,提着蹄脚跟着,像一只动物,又不像,在完全被黑暗孤零下来时,马宝贵猛然回转了一下头,什么也没有看见。他捡起脚下一根柴,想要看看是什么东西,马上感觉不对劲,往前猛跑几步,蹿进了地垄中蹲下身子不动。这就把他的婆娘闪下了,闪得寻不见人影,夜静得没有一丝半点气息,婆娘憨着个胆儿,往前走,在马宝贵突然消失的地方左右张望,跟着的人突兀不见了,心里开始张皇,小声嘟囔:"一霎时啊,蹿得就没了踪影?"

听是自己的婆娘,马宝贵觉得她真是鼠肚儿,鸡肠儿,比王广茂的嘴还贱,他想发作,但这节骨眼上,婆娘半夜三更闹起来,头发长见识短,决定不和她纠缠,他轻身轻脚,绕了个大弯,走到王广茂的窑窗下。他调整了一下心情,抬了门搭子敲门,压了气息,贴着门缝:"有事商量,你出来一下,广茂。"

王广茂开门,惺忪着眼说:"呀,月明儿啥时候不见了,啥事?不让睡打鸣觉,有甚不明儿说?"

马宝贵要他穿衣裳跟自己走,有事儿。

一对双生娃,王广茂和月月一人搂一个睡,席片上的孩子睡得正热乎,王广茂告诉月月,马宝贵叫他,去去就来。月月抬起半个身子,摸索着把胀着的奶妈穗伸进一个孩子的嘴里,腾出胳臂拍着另一个孩子,嘴里轻声唠叨:

"噢,噢,噢,钉盆钉碗钉大缸,钉得我儿肚不痒,噢,噢!"

马宝贵拽了王广茂出院子,走到一眼废弃的窑洞内,对面坐下。黑暗裹了他俩,窑外袭来一股冷气,王广茂甩开马宝贵的手说:"弄甚呢,神道呢,弄人一宿合不上眼。"

马宝贵手说:"想不想要那个降落伞?"

王广茂眨巴了一眼:"想,油布做的,想啊。"

马宝贵说:"想就好。小日本明天要搜村,明天无论发生什么事,你都不要多话!等明天过去,送走客人,你就把降落伞拿回来铺炕。"

听说日本人要搜村,王广茂一下灵醒了,埋在胸口的脑袋提起来,黑暗中,两眼牛卵一样亮了一下:"维持,不是吓唬人吧?那赶快把那美国兵想法子弄走！你弄他走,我就不多话。要是不弄走,日本人弄我,我就交代他藏在我小西窑。不交代,我就没命了,日本人不是吃素的,我管不了你那样多;我要是交代了,维持,明人不说暗话,别埋怨我。"

马宝贵想了想说:"人我肯定要弄走,不会连累你,你只要保证,不多说,装了啥事情都说不知道,也没见他掉进你的玉茭地,我就感谢不尽了。你真要说,我挡不住。但你真要说,我也让你说不成!"

王广茂的心情一下坏了,头脑也清醒了许多,自家的玉茭地一大片倒伏,玉茭嫩得像水泡儿呢,就被这美国兵糟蹋了,说没看见就没看见了! 你马宝贵还敢吓唬我,屎,怕你!

王广茂说:"好不该他落到了我的玉茭地,我不是瞎子,好不该让我看见了。"

马宝贵说:"我没说你是瞎子,你肯定是看见了,不然怎和你说! 看见了,你不说,日本人不知道;你要说了,日本人的性子,你还能不知道?!"

日本人占领的几年,王广茂年年找丈母娘家的老母鸡孵蛋,但是年年自家的半大鸡都被日本人抢走,自己被日本人抓劳工,抓进草坊村修碉堡,被日本兵踢过一脚,那也叫脚,是大头皮鞋子踢在屁股上,不够二两肉的屁股蛋子青了半个月。被日本人推过一枪托,差点卸了自己一条膀子。日本人血洗过几个村,像也是藏了什么抗日的人。村上人不交代,先拿了几个人试枪眼,看到地上的死人,全村人一下乱了,结果日本人架机枪扫射,整村子人,妈妈呀,太阳都不忍心出来看地下。哎,管他狼死还是羊死,只要自家太平,不出大事,不惹那事!现倒好,有事找来了。

王广茂思想乱了阵脚,有些可怜自己,把美国人弄回马村,不吃这,不吃那,抢了娃的奶,还不如看见装了看不见,当时让日本人弄走他,现在来事儿了,让日本人知道,就得挨枪弹。王广茂觉得有点尿紧,站起来就地撒了一泡:"那么,想把那美国人弄哪里去?"

马宝贵说:"还没想出来,不行,就弄我屋里?就怕明天,我屋里都是小日本,美国兵不懂咱的话,乱糟糟的,两下里交了火,麻烦就大了。"

王广茂说:"还怕麻烦大?你说说,你琢磨谁是美国人的靠山?"

马宝贵思想了一会说:"国民党?"

王广茂说:"国民党是咱中国人。日本人,是不是你靠山?"

马宝贵说:"想哪里去了?咱中国人!"

王广茂不依不饶:"可你是日本人的维持会长,马村人谁不知道,你动不动皇军、皇军的,你和日本人伙穿一条连裆裤。"

马宝贵说:"说你也不懂,要你当,你也得当。"

王广茂一语双关:"人家能看得起咱?"

马宝贵加重了语气说:"笑谈人呢,让我静一会,天亮还早,想出法子我就把美国人弄走。"

王广茂性子好动,见不得对面人站着晃,有人晃,就想开腔,他要不说话,除非是有病了。他刚才的话,是想撩马宝贵的话头,想挖苦马宝贵几句,挖苦他被日本人耍了。现在,话头切断了,他张

了几下嘴,马宝贵不让他说,自己又憋不住,忍不住叫了一句:

"憋死人了,眼看就被你维持给憋死了!"

四下是悄无声息,远处偶然有一两声蛙鸣,因为打仗,马村的狗早都被打死,开始是八路要打狗,后来是日本人要打狗,都怕夜静进村引起狗声。这个黑夜,静得如棉花套子闷着似的,不如自己回家睡觉,王广茂抬拳头在胸口捣了一下:"你想好没?你这是要让我遭大罪。"

马宝贵耐心地说:"得有良心,得仗义。日本人逮着他,还不剥他两层皮!"

王广茂说:"总比剥我的皮少疼!"

马宝贵不说话了,他知道王广茂不是个牢靠人,说话不思想,没有头脑。想着明天,这事情就怕坏在他身上,不如要他离开马村,才不坏事,明天的事自己挑起来大包大揽,才能免去道格拉斯受难。把王广茂弄到哪里去?他想不出一个合适的去处,这张嘴走到哪是说到哪。突然想到,这人容易坏事,不如灭了他!他弯腰摸了摸腿脚上插着的刀子,身上热了,有汗冒出来,他索性一屁股坐到地上,琢磨着怎么下手,还得没有声响。

王广茂"哎呀哎呀"着,就算是不说话,这样哼着,心里畅快。

马宝贵觉得真要下了手,一双娃娃、月月,咋交代?身上越发燥热,他站起来,又没法下话,摸了地上一个圆蛋蛋放进嘴里,下意识嚼了一下,是一粒羊屎蛋,于是冲着黑暗吐出去,唾沫星子打在了王广茂脸上,王广茂抹了一下说:"埋汰人呢,有事商量着办,指不定我的脑袋比你活泛。"

马宝贵回转头,看着眼前来回走动的黑影:"你恨不恨日本人?"

王广茂想,这话还用问!不是打仗,美国兵能毁自己的玉茭?不打仗,他鸡呀猪呀的都喂上了,双生娃还能吃不上奶!晚夕在涝池前他看到马宝贵的驴驹子,就想自己的黑驴。月月的陪嫁有一头驴驹子,黑毛,四条蹄是白色,走起来一蹦一蹦,是个没有心肝的家伙。养大了,眼看它成了自家劳力,被日本人抢走了,用它去驮战场上的死人,一驴驮两个死鬼子。他在草坊镇看见过自己家的黑驴,打他眼前走过,他招呼着黑驴,它不跟他走,四条白蹄儿错落有致,"嗒嗒嗒"敲过他身前,日本人的马夫牵了它往张庄走,头也不回,看见他,只是打了个响鼻,甩几甩尾巴,他看见自家的黑驴掉了两颗泪水,对着远去的驴屁股,他手里拿着刚买的两个热包子,喊着:

"驴,我日你娘,驴,我日你娘!"

他一边恶气地揪了包子往嘴里送,包子吃得不知是啥滋味,哽了满喉咙咽不下,游荡着回到马村,想起来包子是给月月买的,她害喜呢,想吃包子解馋,自己反倒一路不知道啥滋味,嚼生猪油般吃了包子。能不恨日本人?是恨死这小鬼子了!

马宝贵说:"他们占了咱的地盘张扬,像自己地盘一样,给你个胆,能不能明天不说话?"

王广茂说:"怕屎他,为啥不说话!我骂他,我骂他,祖宗八辈子,辈辈生了娃没屁眼!"

马宝贵泄气地看着对面的黑,看得没意思,走出窑,环顾周围;

他害怕自己的婆娘找来。雨不下了,一股朦胧的潮气袭过来,沁着他的脸颊,沁着他的心田。他想起当初有个人,也在这般天气,在这废窑里说:"……到了这样一个关头,每个人都有责任,担当这责任,把日本人赶走,赶回他老家!"

他准确认识到,自己不能给日本人卖命,不能叫"皇军"。

马宝贵说:"美国人从很远的地方驾飞机和日本人干,人家是人,咱不能做不是人的事,落在咱地盘上了,咱就是舍了命,也得救人家。我和你说多少遍,要你明天在日本人面前少张口,你就是不能,怎么说你才能明白这个道理呢?你不说话,不少啥,不缺啥,话多了,就有事找你!"

马宝贵说:"明天我要是救不下人家,我还活什么人!你只要吊着脸,谁都不搭腔,就好办,一句话出闪失,麻烦大了,就算我求你,要不是你生了双生娃,都想灭了你,要你以后说不成话!"

王广茂有些灵醒了,觉得马宝贵真要是下手,自己死都不知道咋死的,自己想就着夜色跑,也跑不出马村,毕竟人家是日本人的红人,地头蛇,他日后使坏,有的是手段。他看着对面的黑说:"不说还不行?我嘴从现在起就缝上,用豆面糊了,拿狗皮膏药贴了,我的脑袋,明天就是石头,是铁!"接下来小声嘀咕,"仗日本人是你干大呢,就敢干了我?!"

窑洞里,是掺了水抹出的锅底黑,伸手不见五指,这大静之夜,天鸣地籁,马宝贵看到对面的黑,感觉到周围一切都不可知,也许面前是个人,一堵墙,也许是遥远的空旷,他在想象明天的事情时,感到眼前这个人还是让他不放心。

"好马在腿上,好汉在嘴上。做个人情,你以后见了人,脸上都好看。"

王广茂说:"我知道了,我不说话,大不了日本人踢我两脚,我皮实,养两天准好!"

马宝贵拉了王广茂的手往窑外走,王广茂不说话,不说话又觉得不对劲,还是说了:"别是现在就想解决我?"

地上的土圪垯、石头块绊了几绊子,王广茂也不觉得脚高脚低,心里收得紧。

马宝贵说:"我要你回窑等着,我支走婆娘,就把道格拉斯弄到我屋里来,你怕啥?要弄你早弄了!"

六

马宝贵摸黑往自己屋里走,一路上想着王广茂,到门口,没防备婆娘在门墩上伸出一条腿,一个绊子把马宝贵绊了个狗啃屎。马宝贵爬起来抓了婆娘的手想要掴她耳光,突然,心跳得快了起来,把抬起来的手放下了,想到明天的事情,明天他生死未卜,这光景,以后就留下婆娘和闺女两人过了,由不得他肤颤筋酥,生出了不可言语的内疚和心酸,他松开了手,站起来看了看地上缩成一团的婆娘,干咳了一声,卸下打人的架势。他从火台上摸起一根麻秆点了,看到婆娘脊梁上布了一层土,他扭转身抬起手打了两下,土是湿土,打不下来,却看见婆娘紧闭眼睛一副挨打的样子。马宝贵突然觉得,他这几年里,确实把婆娘吓怕了,他捏了嗓音说:"不打你,猫不和狗缠,男不和女斗,看把你吓得什么似的。"

婆娘跟在他的屁股后,脸上挂着泪,出气急促,油灯下一副饱经沧桑、疲惫不堪的神情,马宝贵走着挪着,心软了:"娃他娘,是不是你心里也苦,是不是?"

婆娘的声音哽咽了:"嗯!"

马宝贵说:"知道你心里苦。"

婆娘说:"苦,喝了黄连汤一样!"

马宝贵想了想,想不出说啥安慰话,不说又尴尬着,嘻地笑笑,他算是了结了。

婆娘说:"你还笑!跟着你,我跟着你就没影了,你老是欺哄我。以前你还是人,咋当了维持,就变呢?你是丧了良心,仗着日本人做下作事。"

马宝贵觉得自己确实是多余人,也觉得,婆娘是多余人,摇头苦笑,直戳戳地盯了婆娘看,麻秆的亮,灭了,他感到自己的婆娘和她身后的夜色,是那么破旧破败,了无生机。婆娘的脸是黑的,身后的泥墙是黑的,拉长了距离,院子里的洋槐是黑的,长满青草的山崾是黑的,马村是黑的,眼前的一切、所有,黑得彻底,黑得焦枯,黑得他沉溺其中,不能自拔,黑得像黄连汤那样苦!他想不清楚战争为什么落脚在这里,皇天后土,战争的黄尘遮没了一切!马宝贵看着自己的婆娘,自从娶了她,他从没敢想过别人家的婆娘,只是当了双料人物,他不得已才做了个假象出来,不然他没有多少行动自由。他不想让她整天跟了自己担惊受怕。前些日子,因为出门办事儿,发现婆娘跟着,他只能绕道儿拐进了村上一户人家,看那户人家的婆娘正在院子里搬晒南瓜,他走过去,在婆娘的屁股上顺手摸了一把,那婆娘闪了一下腰,大声喊了一下:"你手烂了?"马宝贵说:"不是手烂了,是中间痒了。"一边说一边往人家屋里走,他知道,此时自己的婆娘一定小跑着往娘家哥哥那里求救,趁这空当,他才脱了身走开了。马村的男人都知道马宝贵变了,换了一个人似的,只有婆娘们在一起说闲话,说到他时,都说他是"嘴疯腰不疯"。他不让婆娘知道自己在干别的事情,因为婆娘是马村的闺女,当地的大户,上有哥下有弟,不像他自己单枪匹马,要是自己出事儿了,她娘家人担当不起。他爽利弄得她干脆啥事也不清楚,哪怕她能恨上自己,也算是万一他哪天走了,婆娘思想起他来有个缓解的由头。

马宝贵走近婆娘,一把拽她过来,被雨濡湿的衣裳,裹着婆娘的身体瑟瑟发抖。马宝贵搬着她的脸,有些朦胧地对她说:"离天亮还有些时辰,让我挨挨你吧,好些日子没有挨挨了。"

婆娘看着炕上的闺女,不知所措,她的汉子以往不这样,一旦搅了他的好事,给他使个脸儿,他总是抬手一个巴掌先捆过来。婆娘被他弄得脸红了,扭头看着别处说:"闺女大了,懂事儿了。"

马宝贵松了手。他是真想挨挨她,就因为闺女大了,他有好久没有挨过这个女人了。他停顿了一会儿,说:"你不要嫉恨我,我忙着,是因为明天日本人要进村,你什么也不知道,是不是?你一个人做不了什么事情,现在,你就叫醒闺女都往你哥哥家去。唉,你跟了我,我是你男人,你该信得过我,自从马村开始打仗到现如今,光听说日本鬼子要扰乱,到底还没有来过,你去告诉你哥,要他通知马村的婆娘和闺女们,都躲一躲,小心没大错。"

马宝贵的话弄得婆娘更是一头雾水,想不出日本人来搜村为了啥。男人的话是话,她得听。马宝贵坐到炕沿上拉了婆娘的手:"你把咱家的存粮小米都取出来,不要心眼小得和麦芒一样,我给倪月月送小米,人家添了两张口,我这个维持会长,要维持马村平安,你不帮衬她,她那汉们王广茂饿急了,就偷马村人地里的粮食,这年成、年景,人哪,防得了人,防不得心,他要暗地里下手,马村就乱了。村帮村,邻帮邻,王广茂是啥人,还不清楚?狗急了都跳墙,他急了啥不偷!咱帮衬一把,落个人情,秋粮下来,他得还。"

婆娘不说话,男人是一家之主,心里虽有许多不快,只要是马宝贵说下的话,怨归怨,恨归恨,一千一万个不痛快,自己男人的话是圣旨。她摸黑上楼,翻倒存着的小米,扛下来递给马宝贵,婆娘说:"别叫马村人笑话,你做的事,拴住牲口嘴,拴不住人嘴,你言是言非,叫人家笑话了,过日月,没脸。"

马宝贵提起粮食口袋,让婆娘快叫醒闺女出门。婆娘突然觉得,自家的汉们好久没要自己的身子了,既然他说想挨挨,黑了灯就让他挨挨自己吧,扭捏着,伸过手拉他裤腰带,马宝贵没明白似的,弯下腰,甩起小米布袋要走,婆娘在身后急喊一句:"下着雨,就那样当紧,五更等不得天明了?"

马宝贵说:"等不得天明,等天明,小鬼子就进村了。"

婆娘在他身后,小心小胆跺一下脚,马宝贵没扭头,婆娘紧着提一口气,想再喊一声,见炕上的闺女翻了身,想着天亮的事,她不敢消停,把那口气咽下来,压在了肚里。她叫醒了闺女小青,拾掇好屋子,一路摸黑走过村街,马村静悄悄的,走着,心里有几分不平,过了村街,想着自己的汉们是真变心变性了,当着闺女的面不好发作,仔细辨认着脚下的路,雨水把路上的浮土湿透了,三寸金莲不把滑,紧拉着闺女的手说了一句:"你爹的良心烂得和稀泥一般呢,大下雨天都不知道把你抱了送到舅舅家,做了维持,就馋人了,不害人家笑话!"

马宝贵背了粮食往王广茂家窑洞走,他想趁黎明时分,赶快把道格拉斯弄到他家楼上,外国人听不懂话,要耽搁些时辰。他轻了手脚走近小西窑的窗户下,里面有呼噜声细微传出,马宝贵觉得,外国人和中国人打呼噜一样。他转身到王广茂窑窗下,弹了弹窗框,让王广茂开门。王广茂支开门缝,见马宝贵肩上的口袋,反身点了灯,用力拉大了门让他进来。月月还在炕上躺着,虽在捂月子,两个娃要吃奶,身上扣门敞开着,破被搭在肩上,睡眼惺忪抬起半个身,看来人,不觉自己光着的胸脯,两个奶穗穗像出壳的鸡娃子一样露了出来,灯苗的黄光儿射着两个奶穗穗,温暖又逼人。马宝贵想:这奶穗儿憋得像两只母鹅屁股一样,道格拉斯早饭有喝的了。炕背墙上的油灯把一窑洞黑推开了,马宝贵贴着窑背墙站下,喘着气说:"要快,现在就把小西窑的人弄走。"

没等王广茂抬脚走,月月说话了。"就住我的窑,上门是客,不能遇了事就把人家往外赶。怕小鬼子盘查,我把他藏在窑掌处的偏洞里,原先那里放粮食,现在空着,有几口空缸闲置在里面。他藏进去,等鬼子走了,再出来,一般人看不出那里有洞,内里有俩仨人空当,我把立柜搬过去挡住洞口就行,要是你俩有事情不在,我也能照顾他。救人救到底,落人情不落话把把,不能说半路,就要人家走了人。"

马宝贵看王广茂,王广茂胡乱摇了一下头,装没有听懂,摆出一副看天空的德行。马宝贵要王广茂表态。王广茂嘴像被糊上了,不说什么话。马宝贵说:"为啥好好就不说话了?"

王广茂说:"洞里有耗子窝,人家会寒碜咱,雨怕是要下大了,马维持的楼棚棚干燥。"

月月放下娃娃,从墙上取了油灯,让马宝贵跟了她往窑掌走。王广茂见自己扯风扯雨,说话不顶屁用,甩几下胳臂跟着,憋不住说:"费神费力,折腾一黑,临了住我这里,啥实惠也没有落下。"

月月弯腰钻进偏窑,举着灯四下里看:"外头人不摸底,还以为你本事有多大,看你待客那做派,枉长了脸上二两肉。"

王广茂话在腔子里长出来,人家的都是话,自己的话走人家耳朵前就结了老茧:"我是土圪垯插屁股往里迷,我的话算个屁行不行!"

他们叫醒道格拉斯,收拾他的东西,让他往窑洞走,道格拉斯不明白是什么意思,是接他的人来了,还是别的什么原因,他怀里抱着枪,一脸的疑问。马宝贵没办法解释,只是不停比画着要他走,要他跟了王广茂走。

出了门看看天,天色压抑,如他在异国的心情。

道格拉斯弯身走进窑洞,看到月月,觉得这女人像山林中的一个蘑菇。她的三寸小脚上是夸张的裹腿宽裤,脑袋像一只母鹅,脖上的立领,把整个脑袋托起来,一双眼睛不大,却很亮,道格拉斯想起她唱的歌,冲着她笑了一下。月月不觉得那是笑,那张脸出现在门口时,她都没敢抬眼看,只是觉得有一堵墙闪进一垛黑,她眼睛黑了半天。雨,挤来一股潮气,裹挟着的冷风从月月的脚、腿、屁股、腰缓缓升起,渐至于全身,炕背墙上的油灯晃动了一下,月月感到一对妈穗儿都受了惊吓,像蚂蚁咬着,有奶水要往外流,她到炉台前取过一只碗来,暗中揣进大夹袄,背转了身子挤奶。

王广茂说:"现就让他藏着?"

月月说:"委屈人家的个子了,有了动静了再藏不晚,让人家先看看。"

马宝贵举了灯,让道格拉斯跟着往窑掌走。看到那个偏洞,道格拉斯突然一丝惊慌,不是惦念生,畏惧死,是觉得就这么样听这两个人摆布,听不懂话,又不清楚是什么意思,他夜里虽是和衣躺着,但外面的动静,透过窗户看得明白,枪握在手,时刻都没有离开,他想尽快与政府军联系,不想在这样阴潮的地方躲下去。他不喜欢眼前的人,不喜欢这个窑洞,四周看起来很脏,闻着发霉的食物,吃不下东西,他只是在执行任务炸日本人的据点,对据点周围的人他没多大兴趣。他不往窑掌走了,对这种捉迷藏的游戏他一点也不感兴趣,他想用强硬的态度抵制眼前发生的事情。

道格拉斯转身坐到炕沿上,身后有东西动了一下,仔细看,是炕上睡着的一对娃娃,他伸手抚摸他们的被子,看着倪月月的背影:"baby!(宝宝)"

月月觉得这话好听,世上还有这般说话的人,这话比日本人的话要顺耳,日本话像小石头蛋蛋往地上锉一般怕人,她回转头笑了,王广茂和马宝贵笑,倪月月怀里的一对膨胀的妈穗儿,像玉葡萄似的闪露出来,灯光射过来照在上面,跳跃着朦胧的光斑,道格拉斯感觉整个窑洞里的黑四下里推开了,饱含着温暖而呛人的笑声,这让他疼痛的身体安宁下来。那一胸脯粉红微黄的温热的空间在晃动,雨水打着窗棂,打着窑顶,莫名其妙的氛围,揪住了他的思想。他一早从中国云南起飞,几天前,他和几位战友曾一起来过这地方,那次轰炸中,其中一些战友已经牺牲在了太行山,他没想到这一次厄运落到了自己头上,庆幸的是,他看到了这样一个小山村,有幸生存,目前他还能够活着,这小村应是他的挪亚方舟啊,活下来,面对这一切那么抽象,又那么具体,具体到光溜溜的炕席、油光光的墙,被烟火熏黑的窑洞中,敞胸站立的男人和女人,他不愿再往下想,来到的这个国家,看到了人情和贫穷,他现在明白,自己不喜欢这贫穷,甚至仍然轻视它。

道格拉斯站着,王广茂接过月月挤了奶的碗,让他趁热乎喝下去。四周没发现牛和别的牲口,道格拉斯惊讶之余,看到中国女人一颗一颗扣着扣子,突然明白了什么,嘴里喊:"弄,弄,弄!"

王广茂说:"都什么时候了,还弄,你到底想弄啥?"

马宝贵冲王广茂压低了声音:"他弄,总是有原因。"

道格拉斯瘸着腿在窑洞里来回走着,两只手摊开来,他想要表述什么,又表达不出来,嘴里喃喃着:"china(中国),china,china!"

马宝贵不知他说的啥意思,明明喝过的,咋就不喝了?

道格拉斯看到水缸上放着破烂的葫芦瓢,他拿起瓢来舀了水喝,怕站着的人不明白,他开门,把瓢伸到窑檐下,接了半瓢黄水汤,看着他们,灌进了嘴里,喉咙下咽的声音好响。但是一窑洞的人还是不明白,道格拉斯觉得实在没办法能让对方明白,未免伤感,满肚委屈,伤心地在炕沿上"呜呜呜"地哭。

王广茂说:"弄不好就是真想家了,想家了。"

月月说:"你才不知道呢,他不是!"

火台上烤煳了一个黑地瓜,道格拉斯又想表明什么,抓了就吃,嘴上涂了黑黑的地瓜皮,吃给窑里的人看,满脸喜悦,大嚼着往下咽。

王广茂说:"看看,饿疯了吧,饿得急了,抓什么都吃!"

马宝贵傻傻地看,想不出头绪来。

炕上的双生娃,有一个哭起来,倪月月欠了屁股,利落地坐到炕上抱起娃,怜惜地看着道格拉斯说:"这个洋同志哪,他说不出咱的话来,他就是想告诉咱,啥东西都吃,啥东西能喝,再也不喝我娃的奶水了。"

七

雨下大了,雨把满世界下成了水,日本兵是顶着雨蹚着水来马村的,马上坐着龟田小队长,穿着雨衣,地上跑步的日本兵淋着大雨,雨落在脸上,一个个看上去像哭成的泪人。马村户户遭殃,什么也没有搜出来,日本人把马村的大小老少集中在了村尾上的涝池边。马村人原想,雨下得这般大,从战争开始到现在,日本人没整队来过马村,最多是几个兵来逮鸡,赶牲口,这天气,日本人不来了吧;地皮被雨泡得烂透了,婆娘们是小脚,踩在烂泥地上拔不起来,还都来不及跑,就被日本兵从各个屋里生生集中在马村的涝池边。

涝池边,牛屎和驴粪蛋被雨水泡开了花,满涝池雨,把天地连在了一起,人脸都藏在了雨中,唯独涝池岸上,铺着块大雨布一样的东西,让马村人好奇,都不清楚那是个啥东西。有人互相小心打问,没人清楚,只听雨敲在上面,混在四周嗡嗡的日本话中。

雨把马宝贵和王广茂濡得黑瘦了些许,一夜没有闭眼,王广茂人看上去更加干黄,下陷的眼窝,模糊着皱了眉头,透过雨帘他看着马上的龟田,龟田身后是山,雨把山朦胧了,王广茂知道,翻过梁就看见草坊了,日本人打那边过来,涝池周围已经被他们蹚成了黄泥汤,那块像雨布样的东西是降落伞,他打算用来铺炕的东西,现在被日本人找到了,铺在岸上。王广茂后悔自己没有先把它弄到窑里藏起来,他恶瞅了一眼马宝贵。马宝贵没感觉,他看到自己的婆娘、闺女、大舅子小舅子,还有马村的汉们婆娘们,连坐月子的倪月月也被鬼子逼来了,怀里抱着两个遮了雨布的双生娃。王广茂看到周围的粮食地被雨下得青翠,他忍着不说话,盯着地里的玉茭消磨时光,附近的玉茭旮旯里,有动静抖了一下,他用劲挤出眼中两泡雨水,一团白雾浮着,发现是一只草兔,支棱着耳朵,身上的毛重叠成水滴,淋淋漓漓。看到附近涝池边的人群时,草兔深为惊恐,兔眼闪了一下,回转头想逃,哪知王广茂一个蹦子早蹿了过去,

周遭的粮食被王广茂的身体搅乱了,马宝贵悸栗着,看到王广茂手里提着两条兔子后腿走了出来,无视旁人地龇着牙说:

"抓着了,守了几天不见它,总算抓着了。"

马宝贵泄气地看着王广茂,他暗暗祈愿,希望这事情别坏在他身上!

王广茂突然意识到自己的境地,赶紧闭了嘴,抬起胳臂,两手交叉着,把想要说的话用在兔子身上,兔子的脑袋歪了下来。王广茂把半死的兔子放在一丛灌木下,像又不放心,起了一块石板压上去,两手的湿泥在屁股上抹几抹。

马宝贵叹息了一声,喉头里一股凉气顶着,想说什么,什么也没有说,看到马上的龟田在笑,那笑在雨中听起来像拧住了的绳子,王广茂也笑了,王广茂的笑把龟田的笑松开了,龟田指了指马宝贵,要马宝贵过去。

在一系列的动作下,马村百姓出奇地平静,雨阵里光气昏沉,被水雾涨满,战争爆发烽火连天,广大沟壑里的青壮年,都被扩军招走,留下些老弱病残,突然被日本人赶到这里,心里虽然不清楚出了什么事,大雨天,想着日本人犯下的种种坏事,都静悄悄不敢出声。马宝贵看了王广茂一眼,他不敢多看,看多了,容易被日本人怀疑上王广茂,但这一看,是下了狠劲的。马宝贵走近龟田时,心里头有些着急,他低下头,挤眉弄眼和王广茂暗示着什么。这时候雨由大而小了,龟田要翻译说给马宝贵听,昨天发生的事,问他知道不知道。东西是在马村的地里搜出来的,那地是谁家的地。

马宝贵扭了头和马村人说:"马村人听了,谁看到了一个高鼻子的美国人?"

马村人不语。

马宝贵说:"是一个外国人,长得就像城里教堂里的神父。"

马村人眼睛看着马宝贵依旧不语。

突然,倪月月怀中的两个娃开始哭上了。俩娃的哭声切断了雨滴,王广茂走过去要替月月抱娃,看到马宝贵指着他,说是他的地。

龟田看住王广茂,王广茂下意识地低下了头。

马宝贵有些着急,他跟翻译说,是否可以让倪月月抱了娃回去,一个坐月子的女人,大门不出二门不迈,她站着是让两个娃受罪,是否可以让他男人帮着抱回家再来。翻译和龟田嘀咕了一阵子,龟田夹一下马肚走过来,走近倪月月,笑了笑,斜眼看了看王广茂,俯下身体,倪月月怀中的一个娃被龟田举了起来,王广茂仰了脖子,闭了气看,雨把王广茂的眼睛打得有些痒,马宝贵急了,急得撂开嗓子喊:

"王广茂,你是想让日本人砍了你的卵,才高兴不是?我压你祖宗八辈没有好,还不快要下你的娃!送回家去!"

马宝贵的话触动了王广茂,他涨红了脸,紧跑几步赶到龟田马下,张开手臂,想接住被举起来的娃,却见龟田划了一个弧度,将手里的娃像煮饺子似的,丢进了马村的涝池。王广茂惊跳了起来,一个蹦子扑进涝池,池底的淤泥吸住了他的脚,看着娃在水面游荡着,哭声游丝一般断下来。

王广茂站起来,拍着黄水骂上了:"马宝贵!我不叫你维持,叫你马宝贵！你仗着是日本人的红人，我不尿你，你和日本人伙穿一条裤，就算是美国兵毁了我的玉茭地，就算是日本人害死了我的娃，我也懂得啥叫个里外！小日本！马宝贵！你给炮打的，枪杀的，刀砍的，你和你的日本干大，伙穿一条裤。我不害怕你，小日本，你脚大脸丑什么心事都有，你占了中国人的地盘，我日你娘啊，美国人炸得好，炸得狗日的脑袋开了花，炸得马桶散了架！马村人都竖起耳朵来听听啊，那美国人妖怪一样，高鼻子，满身子黄毛，从天上掉下来，手里拽了猪尿脬，毁了我两亩地，你们，知道吗，他是来炸日本人的，他是来帮咱的！人家舍了飞机，不能让人家舍了命！马宝贵，你个牛粪糊脸没屁眼的东西！小日本，我抬出你祖宗八辈子来骂，你老老爷爷没好，你爷爷没好，你爹没好，你没好，我要你小日本死到中国回不去，死到五黄六月狗不吃！"

眼看事情忽然被王广茂弄炸了，马宝贵急了，他没想到龟田还没等他回话，就害了人了，心里一下没了谱，经王广茂这么一骂，尤其是在日本人眼皮底下骂，这道格拉斯是跑不掉了！马宝贵急着冲涝池喊："王广茂，你那淹死的娃不是你的种，你知不知道？他是我马宝贵的种！马村人都知道我和你婆娘月月好，你鸡巴哪有那能耐！你上来！你还有日子和月月生，不值得为那娃不管不顾啊！那事情你哪里知道啊，你上来，闭了嘴，你什么都不清楚是不是？！"

此时王广茂脖上的脑袋，像橡皮筋弹着那样一挺儿、一挺儿的，有一阵儿他开始疑惑，于是挣扎着，抱了娃往岸上走，脚上的鞋已被淤泥吸了去，一条青布肥裤裹身，全被涝池濡湿了，人看上去像一个薄片儿；倪月月急着把怀中的娃递给村里一个婆娘，疯跑过去接了王广茂怀中的娃,俯身贴脸上去,紧接着尖叫了一声:"娃!我的娃!"人就厥倒在了稀泥里!

马宝贵上前,猛力撕扯住王广茂的领口,两个人身体上挂满了湿地上的烂泥,他们同时低了头,不忘各自拣了碗口大的石头,看样儿是要相互对拍,有劝事儿的小声说了一句:"啥时候了,快走开,你俩还弄个啥?"眼前像是酝酿了一晚的愤怒,王广茂一骂,把什么都忘了,连旁边劝事儿的也一起骂上了:

"你这枪杀的!管天管地,管不得我骂人!我骂了!哪个瞎管事儿,我骂哪个!回家管住你婆娘裤裆,别叫马宝贵走了夜路!马宝贵!咱这就见你干大,你认贼作父,就不怕将来两块石头夹块肉挤对了你!"

马宝贵觉得王广茂骂自己,或许骂到正题上了,哪怕把自己卖了,留下他也好,他就应了一声:"你有种就接着骂!不把我骂出个名堂来,你就是龟孙子!"

在骂声昂扬中,三个鬼子突然走过来,一个手里拿着王八盒,一个端左轮,一个挎洋刀,看着走过来的日本人,王广茂不骂了,不是吓得不骂了,是看到鬼子的瞬间,王广茂想到坐月子的月月,一对双生娃的一个,已经没了!马宝贵说是他的种,放屁!自己啥时候下的种,心里再清楚不过。窑里藏着的美国人道格拉斯,既然马宝贵不是日本人的探子,是八路军的探子,人家面子大,送人也能送到正经地方,自己磕头怕也找不到庙门。不像自己,长了一个干柴身体,没一点本事,长了好嘴,有钢使不到刀刃上,活人活得没一点筋骨!王广茂一声长叹,风是雨头儿,一刻意间,撕着马宝贵的领口松了下来,手中的石头撂在了脚前。马宝贵从一时的表情里,发现王广茂是害怕了,雨雾逼人,那三个走过来的日本鬼子平添出的逼仄感,肯定把王广茂吓住了。他后悔昨晚没有行动,这下,一切都已经来不及了。

  王广茂撇下马宝贵紧走了几步,不看马宝贵,走到日本人面前,也不看日本人的脸,他觉得日本人的脸和中国人一样,肉却是横长的,他盯着他们手上的家伙,大喊:"日本鬼子!我告诉你,那美国兵叫道格拉斯,从天上落到我的玉茭地,他受了伤,有人来找他,是八路军的探子,我把他送给了他们,他们用牛拖着,拖到了五里庄一个八路军的窝点,后来二十骑兵团来过,他们啥也没有找着。我知道那个窝点,就在山那边。天下大雨,那个美国人他在那里养腿伤,一时半会走不掉,我领你们去找!我的玉茭还是水泡儿呢,三亩地的玉茭,他毁了我两亩三分,你们管着这地盘,你们要替我做主!就算不是我的娃,是马宝贵的娃,他死了,活该他死了,日你娘!死了好!早打发了少个端碗的!婆娘还是我婆娘啊,我婆娘还要下奶呢,我抓的草兔还在石头下压着,我只有一个想头,想把那块地上的降落伞给了我婆娘,我想要那块东西铺炕!我走了,我婆娘还在,冷炕冷灶的,就算我是一根柴火不挡风寒,总要给我婆娘当一根顶门棍啊,她总还是我的婆娘啊!是穿了红裤红袄和我拜过堂的!我不能亏了我婆娘月月啊!"

  雨水和泪水汇合着流进了王广茂的脖子,那水像刀刃儿一般,划得他生疼!

  翻译要那三个日本兵站下,立刻把王广茂的话翻译给了马上的龟田。

马宝贵知道,往五里庄走,晴天里也要走到明天晌午!马宝贵张了嘴想说什么,被王广茂扭转头一把抓着了领口,王广茂照着他的嘴捆了一耳光。

"日你娘,马宝贵,你闭上嘴不要说!日你娘,马宝贵,你闭上你的狗嘴,你记着,把家里的事弄熨帖了。你要给自己长脸,你敢把我婆娘月月怎么了,我做鬼也回马村捏了你!日你娘!你要记着地上的草兔啊,你把它煮了,记着啊,有人吃肉,有人喝汤!"

马宝贵看到龟田和翻译说些什么,龟田挥了挥手,日本兵走近王广茂提了他的脖子,王广茂强硬地扭了扭身子,像一根烂布条一样被日本人带走了。马宝贵心里有一种焦苦,说不出话来,看到雨把小鬼子和王广茂缭绕得虚幻,他把手指头伸进嘴里,咬豆腐似的咬了下去,指头上流出的血胶住了他的喉管,胶得他有些窒息,他说不出话来,他看着两边厢站着的黑乎乎的马村人,看着月月怀中的娃,他听见有人说,娃还有口气。马宝贵冲着前头喊:"你的命根根还有口气!"

王广茂激动了,回了一下头看,他想最后再看一眼月月,看一眼娃,想着月月油菜花般的黄花闺女被他耍得生了娃,能耐得不是一个是一双。这一回头,他一下看到了马村人的身后,道格拉斯拐着腿朝这边跑,王广茂扭过头来心头直跳,他定了一下神,突然撕破了嗓子,喘着气把最后的骂声传过来:

"马宝贵!日落西风定,你赶快扭回头看一眼,在家等死吧,你身后有怪抓你呢,日你娘!"

马宝贵这时候依稀听得身后有人在喊:"弄,弄,弄!"

马宝贵急忙捡起地上的降落伞,顺风顺雨,一下裹住了跑来的道格拉斯。

骑在马上的龟田小队长在行进中夹住了马步,往后遥看一眼马村的景物,他不费一点工夫就查到了美国大兵的下落。远处,聚集在一起的马村人像一堆烂泥,压住地上的降落伞,正在相互争抢不休;他狞笑了一声,他觉得大东亚共荣圈的这个国家就要没落了,这个民族是多么不堪一击啊!

雨中的风把马宝贵噙着泪的喊送过来:"日你娘!王广茂,你瘦得只剩下筋骨了,你怎么就立着还是个人呢!——"

嗥　月

一

公狼在秋天的山谷深处行走,它的眼珠小而黑绿,充满神采。

它居住在这个叫紫团山的峡谷间,原本是一个族群,七匹狼,猎人常出没于此处,母狼在觅食途中遭到伏击,死亡撕咬着活着的公狼。生存环境不断恶化,人类砍伐的欲望唆使黄沙袭击着稀疏的林木,过早到来的一切让狼群看到了生存窘境。

它们已经从干燥的地方退居到了潮湿的洼地,或者人迹罕至的山顶高处。人的脚踪探不到的洼地和高处,就算是夜幕降临,狼也已经不敢轻易进入村庄,因为半山腰上的村庄有猎人居住。

村庄叫哈喽村,村子里的猎人叫王泉,猎人的猎枪从不走火,在狼一跃而起时,铁砂在狼的腹部开出紫色的花。强硬的对抗让它们失去了好多兄弟,狼群开始向恶化的环境投降。复仇,这个念头的不妥协性,就像胃只有消化了食物后才肯停止蠕动一样,不可遏止。

这是一匹不知道厄运已经降临到头上的公狼,它在寻找猎物,还不时抬头向高远的蓝天望去。停下爪子,伸出舌头舔着尥起来的前爪,它从带起的泥土中闻到了母狼的气味,它的目标来了。

一时间忘记了恐惧。恐惧与否对狼是没有意义的,因为它感受到了情欲,来自体内的迫切,它把目光送到最高处的山那边。山那边是另一群狼的领地,那头母狼的味道让它忘记了人世间的"井水不犯河水"。

公狼被情欲粗暴地推了一下,这的确是一件让它很难过的事情,还没有什么东西这么重地推过它。它很不情愿地趴在草地上,它的姿态奇特,默默无语的孤独感、焦虑感,一阵紧一阵地袭来,所有都出自本能,它开始站起来继续走。

天气凉爽,一切都是冰冷的。林木落尽了叶子,山顶在不费多少眼神时就望见了,什么都没有,怪石高出去,有几片云缭绕着。那些突出来的石头,似乎表达着一种极大的自由,它弹跳着攀爬上去。

山腰处挂着冬天的雪,白雪皑皑铺陈在一条进山的路上,积雪上结了冰,冰上有车印子,有马蹄或者牛蹄深陷在雪地里,公狼走在上面,打滑,它站下来望着远处。远山苍茫,近树凄凉。一股风刮过来,冷烈烈的风把那些树梢上的浮雪抬高,狼看到了豁口处挑过来的一角寺庙。它惊吓了一下,腾起跳入黄草丛中。

这时候一个低矮精瘦的老汉拉着一根棍走来,身后牵着一头驴,驴脊上驮着两捆柴火,人和驴走得缓。老汉用粗粝的嗓门吼着歌:"我嗓子天天干得冒烟儿,老天你也该下雨了——"他那嘶哑而悲怆的嗓音令公狼周身战栗,仿佛觉得,虽然这老汉的一大半生命早已被渴念煨煳了,但只要血管里黏稠的血还未凝固,他仍要用一小半去同活着抗争。

公狼想起了猎人王泉,打了个冷战,难以言状的惊惧,它望着远处,走了一下神,随即伸出舌头舔着自己身上缺乏光泽的绒毛。盘旋曲折的山路凸凹不平,人和驴的脚步显得格外颠簸。狼在草丛中蜷伏着,等人和驴走过后,它再一次望着远处,灼灼青山,山岚缥缈,一切人世间原来都是梦幻般的颜色。

天光亮着,晚夕的西天有一抹红霞,风刮走了天上的云彩,透过薄薄的几缕云纱,可看见蓝天上的天脉;晚霞浓的时候像血。

公狼抖动了一下身上的皮毛,它没有恐惧,只有激情。

紫团山的背面是黑虎背,山脊裸露着肋骨,巨石耸立。恐怕没有一种动物像狼一样拥有如此聪慧的面孔。

母狼在一棵白桦树下走动,它的表情是丰富的,眼眶里泛出了一丝温婉,还有羞涩,母狼的嗅觉和听觉变得异常灵敏,尽管林木和山石遮挡了它的视觉,它仍然能轻易捕捉到公狼远足而来的气息。

母狼正处于发情期,在几千米之外,它就已经知道了公狼所走的路线。它行走,在距离寺庙不远的山腰上,它停下了脚步,更远处有一座村庄,那里住着它们共同的敌人。

距离母狼几十米远的地方,一只兔子发出了声响,母狼马上就听到了,可是它并没有行动,它看着更远处的地方,那地方有狼在觅食,有黑虎背狼群的公狼。母狼表现得温顺而沉着,像是什么都没有发现,比如那只兔子。

公狼跑了过去,兔子把那头公狼引往远方。

母狼的心充满了喜悦,它要在晚夕矇眬的黄昏下隐遁自己的行踪。

母狼迅速带着情欲沉入了白桦林。

赴约,对一头母狼来说是一种什么状态?如果危险来临,赴约的母狼该如何抵御突如其来的危险?它的赴约充满了风险,不是面对猎人的。

白桦林的地面上落了一层厚厚的叶子,母狼走过去,它的爪印是隐蔽的,碎屑般的叶片上,它提着心慌,压低心跳去和公狼幽会。

明媚的落日在西天,它抬头望了望,停下不走了,任由风吹着它的皮毛,幸福就要看得见了。感情的反刍让它想起了从前,两匹公狼为争夺母狼发生的战斗。它是一匹战败而逃的公狼。强制遗忘的往事浅浅的,薄薄的,被现实压成了灰,为什么不能口是心非?总有一瞬间,无可预料的风吹来,它会闻见公狼的气息,曾经的就会全部浮现。

继续走,母狼的心跳频率开始紧凑,间接着伴有难过,它努力躲避着什么,它希望天光暗下来,再暗一些,它无法躲避的是,在森林的山岚中,它嗅到一头曾是战败者的公狼散发出来的荷尔蒙气息,这头战败者公狼将成为它的交配者和约会者,如人类的为爱而偷情。

偷情意味着必须走出自己的领地——它是一匹拥有伴侣的母狼,只有走出自己族群的领地,它才能和那匹如约而来的公狼交配,那个领地既不能在那匹公狼的辖区,也不能在自己狼群的界内。

母狼的灵魂和思念全都融入了那匹公狼的荷尔蒙气息中,是的,它的嗅觉是那样灵敏,在寒冷的夕照下,在腐殖的土壤上,母狼的气息和那头公狼就要接近了。干裂的树枝挂走了它的狼毛,母狼再一次闻到了求偶气息,它在接近目标,它不能发出任何声响,即使交配时达到了性爱高潮。

二

山与山的分水岭上有一座庙。庙叫显通寺。寺庙对人类自身精神家园的探求,是自有人类以来与对物质世界的探求并行不悖的,人在物质世界中遇到了麻烦、难题和有所不解的困惑,都要往寺庙里去寻找。

离显通寺最近的村庄是哈喽村,猎人王泉因妻子生了儿子来寺庙里求平安。三岁儿子的手脚没有长指甲,肉嘟嘟的样子让他感觉到了恐慌。他在寺庙大雄宝殿下的蒲团上跪着,一个叫法显的老和尚坐在菩萨前敲着磬,跪在蒲团上的猎人王泉心里不是太平静,只要走入山林,他就能听到猎物活动的声音。

他的心开始不够本分,开始歪了一下头,梗着的脖子越发硬了。

法显和尚唱经,点燃的香缭绕着寒冷的大殿,泥塑的菩萨高高在上。猎人王泉的心思开始随着缭绕的烟气走往幽寂的山谷,他听见一头公狼在奔走,伴随着急促的呼吸。他手里没有拿猎枪,出门时本来要背着猎枪,想着捎带打一只猎物回家,他的母亲翠喜阻挡了他的念想,在大门口夺下枪放回了屋子。翠喜说:"求平安就是求心诚,哪有求神拜佛的人手里拿着猎枪?"

每一次获得猎物时,只要路过显通寺,猎人王泉都会走进去给佛烧炷香,没有忏悔,只是一个形式。这也是他母亲翠喜的意思。

猎人王泉的走神被法显看了出来,法显想用经文的诵唱拽回他的心思。法显的声音里出现了颤音,呵出来的经文很长,尽量把诵经声放慢速度,尽量压住猎人王泉的心念。

信仰和理想有时也需要寻根,需要附丽,要有一些具体化的寄托。法显看出了猎人王泉的心神不定,他尽量想把经文念出一种情景,念出泉水流经石壁雄峻的山谷,那是在一个视野开阔间的叮咚作响,法显想让猎人王泉感觉到自己的渺小。

慈祥的佛菩萨给人一种深邃而又奇特的感觉,猎人王泉从来就没有仔细看过,他现在也不想看,他见过没有被塑好前的佛菩萨的样子,就是一坨烂泥。

猎人王泉的心突然战栗了,心差不多蹦到了嗓子眼上。他感觉一只狼在走近另一只狼,猎人发现了猎物,他的神经怎能经受住这样的打击?大好的时光徒然浪费了,手里没有猎枪,失望和绝望压倒了他,他想站起来往出走,哪怕只是去看看。

法显的诵经声更大了,由慢而更慢,进入了他的从前。

法显是黎明前走入显通寺的,他靠着顽强的毅力走来,日出时他看见了寺庙的琉璃瓦,他看见了松林,洋溢着绿色生命的松林,不但到处是绿色、野花和动物的足迹,而且还有马粪和人的踪迹。他在树林里躺了一整天,他把讨饭的钵挂在树枝上,临时做个标记,就拄着棍拖着腿独自进入了破败的寺庙。寺庙里没有塑像,满目蛛网,他的脉搏跳得开始有力,他循着道路走来时,他的念想里只有一个"路遇",一条道通往寺庙道路,如果路遇他便停下来。

寺庙里到处是狼的粪便,他对狼没有多少好感,偷食家禽,非常讨人嫌。但它们上蹿下跳,机灵敏捷,一味吸纳天地灵气的样子还是很有趣的。法显的到来逼退了寺庙里寄宿的动物,动物们在此之前因为狼群的骚扰就已经陆陆续续离开了。

对狼来说,人是这个世界上最可怕的动物,永远地执迷不悟。法显的潜意识中总以为这世界上无论何物何事总有个对错,而知道这对错是非的,则永远是我佛。于是,永远有些惶恐,生怕什么时间会犯下错误,就连蚂蚁也不舍得去踩。

野生动物走远或者退居,一段时间里很是令他内疚。

荒芜的寺庙非常清净,古旧的砖木结构,散发着离万丈红尘十分遥远的距离。法显坐在庙院的柏树下,已是夕阳西下的时光,蛋黄般的日头,稠稠地透过柏树的叶子,流泻在条石地面上,慢慢地向屋的深处、暗处延伸着,好像在延伸着快流逝尽的金色的光影,延伸着最后的非常华丽、非常奢侈的暖意。

法显双手合在胸前,深吸着袅袅冉冉、沁面而来的若有若无的缕缕花香。那时,他决定化缘造像,在他身后的大雄宝殿内,不能没有内容。

猎人王泉是看见过匠人和泥造像的,他提着被他灭了命的猎物,看见那些人用铁丝绑着佛的骨架,院子里和着麦壳的泥就那样随便摊着。他不相信就这么个肚子里面无货的泥胎像就能唬住人,他甚至脱了鞋踩进泥里去和泥,泥和得越稠越筋道,这意味着佛身上有他搅拌的力气在里面。

佛在台基上一点一点生成,匠人摸着佛的身体、脸颊、下巴,嘴里含着两粒儿黑琉璃,那是佛的眼珠子。那琉璃珠子在匠人的牙齿间,轻轻地被啃啮着。匠人和猎人王泉的对话使整个大殿里充满了光柱的叠合。

猎人王泉说:泥胎里没有骨头也能叫佛?

匠人说:佛不用看相,佛相无骨。

佛坐着,匠人站着。

佛坐在橘红色的光影里,那种倏忽被映亮的光芒,有一些叫法显沉醉,他依恋佛,他不能离开了。只要离开,他就只能成为外面世界成规与定律的一分子,他注定要被吞噬掉虔敬,注定要被污染,如眼前看佛造像的猎人。

匠人把嘴里的琉璃塞进了佛的眼眶,佛有了目光,目光中便有了投射的力度和纯度。法显开始沐手焚香顶礼膜拜,法显的目光和佛的目光相接,汇聚起来后形成了福泽。

匠人和猎人王泉龇着嘴笑,他们无法想象佛的无所不能。佛在遥不可及处引诱他们,佛的目光在悄然中增值。

法显站在他们面前合掌深深一鞠躬。匠人掏出纸烟点燃,一根烟的工夫,匠人突然觉得整个空间生出了一种情绪,怎么也排解不开,他提着地上的蒲团走出庙门站到了阳光下。

法显的诵经声长长的,把经诵成一种闲情。猎人王泉在后悔中跪着,他不知道来寺庙里做什么,他后悔的是没有带上猎枪。

三

在这条曲折的乡路上,公狼看见过无数的人虔诚地前来求佛。巨大的山影和四下丛生的林木隐藏了它的身体,它不可能由寺庙通往村庄的路上去偷食村庄里的鸡了。

公狼继续攀爬,它心里此时正复苏着对一朵花的激情,有点佛的意思了。

公狼的笑绽开来,在心里,它的脸上表情永远都不丰富。

它突然发现了目标,它要偷情的对象就在它目所能及处站立着,它疯狂地奔过去,命中目标,母狼发出尖叫,母狼忘记了危险。

公狼在母狼的身体里挽了一个疙瘩,这是一场高贵的野合,没有多余的调情,比号啕大哭来得震撼,一切都预示着临近高潮的门槛,在旷野,在黄昏的庇护下,公狼的器官加倍发达。

如同世间万物不可替代一样,身上没有任何器官可以代替当下的勃起。扑腾撞跌中,只有喘息的份儿了,如此专注,不浪费多余的力气。母狼神经的触须伸得长长的,它灵活地碰触着那个敏感点,它的快乐隐匿于体内,它需要被感知,美妙的状态,重度冲击的兴奋感逐渐让它丧失了防备。

更远处,一头公狼飞奔而来。它被母狼的呻吟瞬间击中,它无法遏制它的情绪,它不讲教养,神赐的功能不容侵犯,没有任何良方,它需要撕咬,需要闻见血腥味。它非常暴怒,它甚至鄙夷那头被它低估了智商的公狼,它的奔跑没有停歇。

目标越来越近了,连风都做小伏低起来,谨慎而行,生怕被粗粗的喘息声一口吃掉。

狼的偷情,绝不是草狗撩骚,既热情奔放,又不失天地孕生之韵,被温情的潮水、被月光引着,它们翻滚着,呻吟着,它们认为所有犯下的错误都是因为月光的介入,都可以被赦免和原谅。

这也是人类被视为富庶的快乐,可以忘记山林间败落的朴实,被抚慰的饥渴的目光构成了幻想和虚相,弥漫在想象的空间里。

动物的血性没有对峙,那头奔跑而来的公狼一跃而上。交媾的狼开始逃生,野合的快感让它们无法分开。三匹狼开始翻涌升腾,撕咬着,追逐着,寒光泄出,几个腾跳撕咬,野合在一起的狼终于分开。

翻越山谷而来的公狼开始逃生,它似乎已经体验了它的幸福,它慌乱的逃生没有力气,它在母狼身体上用尽了它的激情。

后来的公狼猛烈的攻势让它伤痕累累。

战败的公狼在夜色中逃出对方的领地,它看见了寺庙,风铃在风中悦耳,它想停留在寺庙的墙角下稍息片刻。被咬断的后腿流着血,它觉得它要跌入冥府了,软弱无力,它舔着自己的血,想用血来增强身体的体力。

它突然听到了人的脚步声,一连串的脚步声让它毛骨悚然,别无选择,它必须站起来逃命。

在冬夜的寒风中,狼走得很慢,尽量让自己悄无声息。然而,让它吃惊不小的事情是他遇见了人,不是法显和尚,是猎人王泉。

它听见猎人嘿嘿一笑。

夜色中,笑声比哭声可怖,这嘿嘿一连串,公狼想伸长脖子呼唤同伴,它还没有发出叫声时,棍棒劈头而下。

猎人王泉第一次感受到了不用猎枪的快感。

寺庙挑角上的风铃忘情地响着,风不断头地刮过,风铃中没有悲伤。

猎人王泉掮起那头公狼,他觉得今夜在佛前跪拜后有了现世报。

他的目光变得快乐而高挑,他突然明白了人们为什么要在佛前默念自己的所求,他想着一头猎物时,佛很轻易就叫他遇见了。

这是生活决定的,在过去,生活就如此神秘地向他述说着,能不能听懂完全是靠自己的造化,现在和将来,生活是继续的,佛在人走过的身后适时提醒了。

猎人王泉在空阔的寺庙外俯身跪下,点了三支纸烟插在用手隆起的土堆上,然后搓了把脸重重磕了仨头。

四

哈喽村是一个影子的世界,因为天上的月明。

猎人王泉掮着狼,山风呼呼吹着,是一个月圆之夜,他母亲伫立在大门洞处等他回家。

寒冷的门洞,他母亲翠喜和屋子里的儿媳改珍搭话。

改珍说:"是不是狼吃了他了,现在还不回来。"

翠喜说:"这是月圆夜啊,你少胡说。"

改珍说:"就怕他心走野了,法显师父箍不住他的心,他不是安心烧香磕头的人。"

翠喜说:"该快了。你搂着娃快睡。娃睡得香?"

改珍说:"睡得香。"

月明穿过云层像开刃的镰刀缓缓露出来,一开始在山顶背面,吐出山顶时将大地的黑幕一下就划开了。

翠喜走出院子往山脊上瞭望,看见云彩吐出了月明,她嘟囔了一句:月升了。

猎人王泉走进村子,路遇一群夜间捉迷藏的娃娃,他们看见了猎人王泉背上拖下来的长尾巴。很快,他家的破院里就布满了人,那匹狼就被扔在院中央。一些娃娃拽着大人的手小心走近想摸一下那匹狼,有大人就唬一下他们,吓得娃娃们一蹦三尺远跳开。猎人王泉端着海碗,碗里放着咸菜,筷子上穿着三个杂面蒸馍。他不急于下口,所有人都想打听他徒手打狼的故事。他笑着,对于猎人,打死一头狼,那是稀松平常的事情呢。

猎人王泉一直觉得村子里的人天赋有限。

他坐在东墙根下,月明逼视着他,他像说书人一样在寂静中酝酿着神秘。猎人王泉想在哈喽村的人心里施点妖术,他不想口出狂言,如果莽撞地说出狼的故事,就没有嘴上的"拍案惊奇"了。他将嘴里的烟蒂吐出老远,目的是瞄准那头公狼,他是骨骼坚硬的固执己见者,他开始编排他的故事,他列举狼的动作和凶残,他叙述的样子十分动人,没有人和他抵抗争辩。狼是村庄里的天敌,狼死在了王泉肩上,那是猎人的荣耀。

村子里的打小一起耍大的人秃蛋儿很奇怪,没有猎枪赤手打狼,王泉居然没有一丝划伤。猎人王泉也不抵抗争辩,只说是入了寺庙烧了香。人在情景之中犹如入了戏剧,有那么一瞬,谎言在他的眼窝里闪现了一下,他用笑掩饰住了。放大了月明下人们的想象,一种挑战的神态,那匹狼,他的对手,你们看看它已经被冻僵了。

一些人用轻松的语气调侃他,逗引这夜色开始激动。无法说清楚的真相挑逗着所有人的情绪,还有显通寺,映着月明的想象,显得特别高大。村子里的人看见了狼,并记住了月明下关于求佛所得的故事。

显通寺再一次添加了真实性威望。

夜深时,村民开始离开,猎人王泉始终坐在东墙根下,最后一颗烟头吐到狼身体上时,他觉得该起身了。月明映照着他,他的身影射在墙上时显得特别高大,走空人的院子里,他突然觉得像经历了一个季节,很累。

翠喜隔着窗户说:"睡吧,你下了死工夫了,一匹狼,那该有多大能耐,想想都后怕。"

猎人王泉不想离开这个院子,当下的情景中他是越想越入戏,他忘记了傍晚的真实,他将另外一个自己回到屋里,那个看不起他的婆娘,他要告诉她,徒手打狼的人就是你的汉子,历史上除了武松之外。

改珍装睡,新生儿在她的肘窝下出气均匀,一股奶香味儿,猎人王泉俯身看着他们,很多情景都是充满诱惑的。

他娶这个女人是不容易的一件事情。猎人的头衔对所有女人来说是一个噩梦,他出了比别人多出一倍的彩礼娶她回来,他身上缺少现实的智慧和幽默,岁月中物质的贫乏让整个生活充满了凄凉的气味。他结婚五年后才有了这个儿子,村庄里的人说不是他的儿子,这些都无关紧要,只要姓王,落生在王家,他就应该有很深的责任感。一个满脸平静的儿子,身体松懒而且泛着奶香味儿的女人,火台上干着尿布,占满了炕的娘俩,居然没有他伸脚的位置。

改珍闻见了血腥味儿,无端打了个喷嚏,身体抽搐了一下,翻转了一下身子。猎人王泉想趁着动静抬脚上炕,他在掀开被角的刹那,女人睁开眼说:"去对面炕上去。"

猎人王泉说:"一张狼皮是一年的收成,都是给你赚的哩,你总得让我沾沾你的身子吧?"

改珍说:"等你卖了狼皮。"

徒手打狼,一下子就又憔悴又疲惫了。

五

母狼闻到了寺庙外飘散过来的血腥味儿,它和痛苦劈面相逢,分明听见了绝望,落叶般,一坡高过一坡。

母狼的心里留下了伤口。一匹狼的命就该如此挥霍吗?公狼不可能轻易死去,它的死亡一定与那个猎人有关。母狼身上的抓痕已经结痂,它在寒风中舔着伤口,整个身子横在一根枯木上,它甚至感觉到一种不予言说的孕育。月明下,被什么力量拽住了,奋力挣扎,在按捺不住的激奋中站起身驻足远方。满月的光辉无比接近动物性,那哀乐参半的远方啊,它的牵挂被拉长拉细,终于扯断在月明下的落叶上,母狼流下了两滴清泪。

呼啸声瞬间倾倒于地,与视觉上凛冽的光亮相融,母狼箭一样射出了自己。天上群星明亮,有一些走夜路的小生灵倏忽间逃往暗处。母狼的一双明眸发出绿光,它看到群山巍峨河流蜿蜒,活在往生路上的母狼伫立山头,它看见了寺庙,看见了村庄。

树枝被扯断的干脆声一再落下,穿行在通往村庄的路上,村庄的邈远之气,迅速迎来,久违了。

母狼嗅着血腥味儿,聚集于记忆鼻腔的还有公狼的腥膻味儿,稍微的一念,便是难以割舍的惊骇之情。

村庄里有狗叫了一声,接着像捻子被点燃似的,几条狗同时叫了起来。

村庄里的人已经不相信狗叫了。猎人捐回公狼时,村庄里的狗叫就已经是此起彼伏。

母狼无视狗叫,它厌恶那种过分夸张的叫声,近乎病态的讨好的叫声对它来说是没有利害冲突的。它走近一所门壁斑驳、破旧的屋门前停下来,血腥味到此加重了。

母狼的爪子迟疑不前,就在短暂即逝的踌躇不前里,一种特有的奶香的味道扑面而来。它的心柔软了一下,几欲沉坠的月明下,偏执的情绪开始缓慢溶解。

那匹公狼的尸体就在当院扔着,没有了欢快,没有了弹跳。千万喜悦汇集而来时,它突然黯然神伤。暗处有狗,不想停留,转身,母狼离开。走过狭窄的巷子时,它闻到了猪的气味,很难过,没有停留。走过羊圈时,它闻到了羊的味道,总有一种味道压在它们上面。母狼面壁礼让着走过去,头顶是苍天,分明有孕育的快感,那股子奶香再一次袭来。

顽劣的对抗性、弊端性,逼真得如同夜风袭来,风在村庄上空,鸟在树上,猪在圈里,鸡在鸡窝,不去骚扰,它弹跳了一下前爪高跳着埋入了夜色中。

狼来过了。

村庄里的人猜测狼来过了。

睡在暖炕上的人们听见了狼的嗥叫,一种不祥的嗥叫,让村庄里的人每一寸皮肤、每一个毛孔,都隐蔽地、蓓蕾般地生出了恐惧。

猎人王泉一早上推开门时,他想到了昨夜来的一定是那匹母狼。紧着很自然地看了一眼墙上挂着的猎枪,他喜欢和猎物搏击的氛围,或者说,他是一个不想下土地劳作的人。

母狼走进村庄,不安宁就来了,不知道谁家丢失了家禽。

猎人王泉背着猎枪在哈喽村前后走了一圈,他发现没有丢失任何家禽。这是一件奇怪的事情,在愤怒的情绪中母狼报复成性的灾难为什么停止了?他表情干燥地回到院子里,他要剥下狼皮,完整的狼皮卖钱,狼肉用来补贴婆娘的身子。西医说,儿子不长指甲是母亲吃肉少缺钙。

院子里再一次塞满了人,日头当空照着,稀奇和期待的眼神都摊晾在那里,空气里散发着一团浊气,狗叫声被压得很低、沉闷,寒冷的风中,有小孩子的鼻尖上居然有细密的汗珠渗出。狼皮被剥下来时,所有人闻到了一股涩酸的味道,无法驱逐的稀罕将猎人王泉围住,他要人把院子里的灶火加柴点燃,铁锅里加进了水和调料,大块的狼肉煮进锅中。猛火烧开,火焰顶着的一锅带骨狼肉蹿出来一股香气。紧接着慢火开始炖,炖到下午,哈喽村子里的队长贾政气挤了进来。

这年月,谁都不舍得吃自己的家禽,一年不见肉味的贫苦日子,有肉吃相当于过年了。何况狼肉是大补。

贾政气掀开锅,拿一根筷子在厚实的肉块上戳一下,一下子戳下了一块带皮肉,拿一把铁勺子舀半勺子油放碗里,端起来香一香鼻子烧一烧嘴,靠在门口,呼出一团白气又狠命吸进去,一大块肉一会就不见了。他手抓起骨头,再啃,嘴咧着,牙龇着,有本事的能人攒下来的张扬劲儿惹得院子里的人口水往下掉。等汤稠了,贾政气也不管旁的人,叫人端来锅舀了就走。烧火的秃蛋儿看锅里落下的不多几块肉,有些凄惶地看向王泉。

走到门口时,贾政气立下看着狼皮说:"这张狼皮熟好了留给我,有一位老领导腿不好,我看它正好做一对护膝。"

猎人王泉说:"一张狼皮差不多是我半年的收成呢。做一对护膝用了整张狼皮,有些可惜了。"

贾政气说:"我是护着你呢,上边早就让收走猎枪,你都徒手打狼了,要猎枪还有什么用处?你还想对抗我,猎枪一律归公,一个平头百姓拿着猎枪你想做啥?"

接着就进来几个基干民兵,二话不说收走了枪。

猎人王泉不能对答。

改珍站在门前,怀里的孩子已经开始学着说话了,没有指甲的手含在嘴里。大人孩子都过来逗一下,拿起肉蛋子小手看一下,然后和旁边的人交换一下眼神。改珍对这个动作充满了仇恨。大夫说让她多吃肉,吃肉补钙,娃吃了有肉的奶就会长指甲。一锅狼肉都要喂了昧良心的哈喽村人了,这些心怀嘲笑的人。她的泪开始由内心走往鼻腔,调转了一下身子,改珍回了屋。翠喜跟了进去。

抱过孩子的翠喜任由孩子的小手抚弄她微合的眼睛、嘴唇和轻扇的鼻翼、安静的耳垂。她享受小手的玩闹,温软酥麻的感觉,这是她王家的后人,心里涨得满满的爱,唯有骂娘才可以化解。

"小祖宗啊,小狗蛋呀,小不待见的东西呀,心头肉哦,叫那些笑话咱的人死在五黄六月,狼吃了他,血泊泊也舔干净了。"

怀里的娃不懂装懂笑了起来。

有村干部在,翠喜压住了自己的情绪,人虽然是刚烈的,也被那些烂舌根的人触到了痛楚,明知道家有缺陷的娃娃总归是人前的一个短处,她还是假装心里无事抱着娃再一次走出家门。儿子徒手打狼似乎也没有改变当下的命运,一直就这样叫人家吃,指望着给啥好处呢,哪知,给一碗是恩,给一斗是仇人。老祖宗早就总结下了,跟了一句正常话,猎枪也叫收走了。

六

堆积的雪彻底地解除了对大地的封锁,树林变绿了,草钻出了土层,在沉寂的森林里,山涧有了流水的声响。没有了猎人,山林里的小动物开始活跃,新长出的野草给它们带来了生机。

狼群在森林中开始追逐一只野猪,它们的族群需要快速繁衍,怀孕的母狼成了狼群最有威力的头领和被保护对象。公狼在疆域边界做下标志,它告诉附近的狼群,在标志的这边有一头已经怀孕的母狼。母狼不再出去觅食,它懒洋洋卧在泛青的草地上,有时候会望着林木缝隙处发呆,它不再对公狼的荷尔蒙气息感兴趣,它的身体里孕育着新的生命,对死去的公狼,似乎思念已经成为过去。

四个月后母狼生下了一窝四只狼崽。母狼需要补充大量的食物,燥热的天气、潮湿的雨水,在曲折的路途的尽头,那个村庄不再成为诱惑。狼群把最好的美味带给母狼,狼崽发出如同骨头碎裂般清脆却并不明亮的叫声。一些飞虫陪伴着它们,飞翔的声音累积成一片嗡嗡声,像一个怪兽正在低低地呼吸。母狼舒展成一个最放肆的姿势,脑袋顺势滑向一个更为舒适的方向,它让它的奶穗儿完整地暴露在空气中,小狼崽闻着奶香探过脑袋,它们的喉管里传出吞咽声。

吃饱肚子后,小狼崽在草地上打斗,母狼盯着它们,一旦走出它的视野范围之内,母狼就会起身叼回它们来。总会有其他声音,在远离山洼的地方,或者高处出现,那声音隐隐约约,一再重复,是和尚法显的诵经声。

五月初五,显通寺庙会,通往寺庙的道路上人流如潮。成群的人站着说话,声情并茂的人们,表情都很积极,往日少见面或者见面顾不上拉话的人似乎有说不完的话。抢着烧早晨第一炷香的人,走出寺庙后比后来者脸上多出了几分满足的笑容。人人都迎着朝霞龇着嘴说话,脸上挂着红晕,幸福的事情似乎就在脸前头等着呢。进入显通寺的所有人都是怀揣目的而来,然后带着幸福而去。

烧香磕头打卦问平安的人挤挤攘攘。

猎人王泉挤在人群中,眼角的余光划过那些熟悉和不熟悉的人脸,他的耳朵里总能灌进一些高谈阔论。他顾不上停留,已经来晚了,没有赶上第一炷香,第一炷香性对于他的儿子和他的母亲翠喜、妻子改珍都是很重要的。拥挤着终于跪在了佛像前,屁股撅得高高的,俯下身子,心不宁眼睛也乱晃,有什么东西在簌簌作响,眼睛寻着,看到了佛座下有一只母鸡卧着,佛像下的孔隙处做了鸡的窝,他还看见了一颗蛋。

法显和尚面无表情敲着磬,一声又一声,五颜六色的瓜果,五颜六色的花朵。

磕罢头,猎人王泉站起时走近法显附耳轻声说:"师父哎,菩萨像佛座下有一个鸡窝,母鸡还在里面下了一颗蛋。"

法显重重地念了一句:"阿弥陀佛!"

猎人王泉走出寺庙,他现在不是一个淡定自信的人了,以往听人说,显通寺最神奇的事是县上领导下来拜佛,法显和尚就会从菩萨像下取出一颗鸡蛋送对方,并告诉对方这是菩萨的赐予。仿佛变戏法似的,佛座下好像有取不完的鸡蛋,县上还为显通寺拨好多款。现在他明白了,佛座下是母鸡下蛋的鸡窝,不是菩萨能下蛋,看来世上传播广的迷信事背后都要靠人动手动脚呢。

真是叫他兴奋,一个秘密叫猎人王泉发现了。他走到院子里往极远处瞭望,似在看着别处,一些和他打招呼的人他并没有看清楚是谁,自顾笑着。他突然觉得他的眼神退化了,那些在他心里永久扎根的东西开始松动,他努力寻找他内心里的破绽和答案,虽一时没有找到,但是,也让他明白了许多,生活永远都是在制造神话。

他走到寺庙的墙根下驻足往远处看,风掠过,然后有云,这个季节的美丽有如过眼云烟,滚涌而来,又悄然消失,他心中生动而绚烂的春夏之交,与流动的季节并无多大关系,与寺庙流动的人群也没有多大关联。

那个真正的骚动在他内心积蓄着,挠痒着,他看到寺庙前的青山时,他的目光磕磕碰碰滑过人群,开始显得惶恐不安。

穿过混合着人体汗味的院子,他就那么很容易地攀爬上了山顶。

黑虎背,山势连绵群峰插天,快乐的鸟鸣跌落起伏在深谷,弥漫一色的峰顶,只露出几处青白的石头。猎人王泉的耳朵突然开始变得灵敏,大树浓荫的覆盖下,有窸窸窣窣的声音传过来,他迅速跑过去。热闹的事情总爱扎堆而来,四只狼崽子,那贼绿的眼睛刺激得他想哭。凝视的时间不到两分钟,猎人王泉迅速脱下上衣包裹起四只狼崽子,它们的牙齿还不够尖锐,但是,藏在背后的敌视已经开始逼人了。

王泉似乎又找回了猎人的感觉。他生来就应该是一个猎人,不喜欢农事,他一直觉得他的敌人不是人,是兽。快活来得真实也很直接,灼灼的眼神许久没有看见了,生活使他从现实的舞台上消退,但难让他在日常的底色中完全隐去。他很依恋那种在山巅上飞奔而去的感觉,他的追逐是有力量了。

哈喽村的街道上几只瘦狗在地上寻寻觅觅,四面透风的村庄,那些狗像闻到了什么,狂躁地冲着进村的路口叫。光棍秃蛋儿端着比头还大的碗,碗上横担着一条酱萝卜,呼噜呼噜喝着面糊糊。他稀罕,狗为什么会冲着王泉叫?先是一只,后是一群。东西南北各有一个大巷子的哈喽村,因为通透所以非常不聚声,这下子满村人都听见了狗叫。

猎人王泉看着街道上的人说:"我逮着了狼崽子。谁要?当狗娃养。"然后响亮地咳嗽了一声。

狗后面跟了一群小孩子。

人们不相信那是狼。

进了院子大门,挡住狗让小孩子进来,关上门时,狼出溜儿滑在了地上。狗在大门外叫得越发响亮了。

翠喜站在屋门口说:"哪里逮下的狗娃?"

猎人王泉说:"你看看像狗娃?"

翠喜说:"不是狗娃能是狐狸?"

猎人王泉说:"你就不想想是不是狼?"

改珍抱着娃走到当院说:"这东西有兽性。你弄它是惹祸呢,快送走。"

猎人王泉说:"养着,炖肉给娃补身子。"

改珍说:"瞅你那本事,拿啥养?"

只要是给娃做的事情都是应该做的事情,当下里都不再说话。

王泉用绳子拴住四只狼,它们在院子里奔跑时有些跌跌撞撞。狗在大门外叫着,一直叫着。

翠喜搬一把凳子坐在房檐下,眼瞪瞪地望着激情四溢老大不小的儿子,她想知道王泉赶着早烧了第一炷香没有。

翠喜问:"可赶上上头香?"

王泉答:"不就是去上头香的啊?"

翠喜说:"上了头香还顾得上绕远进山,在哪里遇见的?"

王泉说:"紫团山脊上黑虎背。欢蹦乱跳的,母狼找食去了。小时候我跟着你去采过蘑菇。"

翠喜喊:"改珍,你快看,和狗娃一样样的,只是比狗娃脸长。"

改珍怀窝里的娃挣扎着要下去,娃落在地上时腰际搭了长围巾,改珍拽着,娃跟跄着走向狼崽。狼崽龇开嘴吓唬娃,改珍拾起一根柴给娃,娃站着横着一根柴吓唬狼崽,狼崽不躲避,任由娃吓唬。拥进院子里的人看着,笑说和狗不一样,天性是山牲口。

王泉冲着娃说:"打它,看它还龇人。"

娃跟跄着,嘴里喊着:"打,打,打它。"

狼崽被麻绳撕扯在一起原地打转转。四周看稀罕的村民没心没肺地笑。

七

母狼觅食回到山脊上时发现丢失了狼崽。它不知道往哪里去寻找,只觉得胸口有一团慌堵满了,其难受是可以想见的。它在山脊上来回走动,想把内心的慌松动出一个空隙,忽隐忽现的疼,当它的头冲向山下的寺庙时,远处路上站着的,坐着的,蹲着的,看似无序的人群缓慢地从寺庙方向拥出,仿佛得到了一次神秘的承诺。

母狼开始往寺庙方向走,佛经由高音喇叭处传出,或高或低,母狼突然产生了一种厌倦情绪,忽而又生出了一份焦渴般的向往,它觉得那些人群中一定有人带走了它的狼崽。

走近显通寺的树林中,喧嚣是那样清晰了,它停下脚步,突然觉得狼崽不是穿越寺庙的,嗅觉告诉它,带走它们的人已经不在寺庙前了。母狼感到了失望甚至说是畏惧。母狼迅疾调转身跑向了山头,它的视觉越过了显通寺庙停在了一片树丛中,那里有炊烟升起。日头将初夏的山林涂抹得五彩斑斓,纵横的河汊沟渠闪耀着暖昧的暖色,红兮兮的光照在母狼脸上,母狼开始绕着山脊前往村庄。

母狼蜷伏在一块坡地上,它的视线内有低矮的瓦屋顶,有狗叫声,村庄里的气息飘过来,有人的味道混合在里面。母狼开始等待黄昏。

有一盏电灯亮了,母狼凄楚地望了一眼,然后合上眼,它需要休息一下。不知道谁家大人在呼唤自己家的孩子,声音惊醒了母狼,它站起来,发现已经看不见自己的影子了,所有能够看见的都开始朦胧,母狼大着胆子走往村庄。

母狼此时是一条土狗。

它在黄昏降临的暗中穿街而过,遇见一条真正的狗,那条狗突然绝尘而去。一些人蹲在街道上,暗影中人脸糊成一团白,端着海碗吸溜晚食的吸食声划过母狼的耳鼓。有一条狗大着胆子追过来,似乎带着一种凶恶和聊尽职责的感情在狂吠,母狼丝毫没有慌张,走得缓慢踏实,它嗅着空气中畜生的味道,尽量让自己的眼睛蒙眬着。

母狼看到一个女人提着一桶猪食走往猪圈,猪圈里的猪钻在窝里不出来。女人觉得奇怪了,猪在该吃食时不出窝?女人跳进圈里赶猪,边赶边喊叫:"辣辣辣,吃啦!辣辣辣,吃啦!"

"日怪了,日怪了,放着食不吃,怕啥呢瑟缩着,毛直了二寸长,狼又没有来。出,出,吃去吃去。"

一个老人怔怔地坐在街旁的条石上,望着东山头上一点即将升起来的月明,他木木的身影,木木地沉浸于那越来越亮的红光里。细微的风吹过,因为坐得太久,他就勾了一下头,轻轻地摇晃着,他突然看见了像扫把一样的尾巴从他脸前刷过。喧腾的风停留在街道两旁,倏忽之间,那刷过的一团灰白惊吓得他走了一下神,来不及多想,就看到东山上眉似的一弯月出来了。这时的天空,被无边的森冷的青灰笼罩着,天地之间是忧愁的村庄,山头上有淡淡的白气,他听见狗叫声和以往不一样,尾韵很长。

母狼停留在了猎人王泉的大门外,院子里的狼崽开始兴奋地狂吠,开始往大门口的方向跌跌撞撞奔跑,猎人王泉取过一根粗壮的木棍挑起被拴在一起的狼扔在了堂房的廊檐下,被摔疼了的狼崽尖叫着挤成一团,瞬间又开始往大门口跌跌撞撞走。猎人王泉突然意识到了什么,抄起一柄锄头打开了大门,有一股青白之气闪电般滑过,锄头照着那团气扔过去,只有锄头跌落的声音,什么响声都没有。

翠喜走出屋门看着王泉的样子惊讶地问:"你这是照着什么扔呢,好好的锄头。"

王泉捡起锄头说:"吓唬畜生。"

翠喜说:"黑灯瞎火吓唬憨子呢。吃饭。你弄的这些个东西,填了几张嘴,人吃都不够,这东西是和人争口粮来了哇。"

王泉说:"都是钱,比养猪来钱。"

改珍站在廊檐下。凌乱的廊檐下放着一些废弃的农具,还有一些去冬的黄豆荚、高粱秆子,一些玉米扎成把,一揪一揪密密麻麻地挂在墙上。月明儿沿着墙根照出一圈白,狼崽子缩成一团,娃手里拿着一块馒头伸缩间扔给狼,改珍迅速打了娃的手一下。

娃咧开嘴大哭。

改珍说:"大人都舍不得吃,你手快扔给狼。王泉,你今夜就把它们弄走,你不弄走,我就走。"

翠喜扭了一下身子进了屋。

王泉说:"我能叫狼它娘喂它们。信不?我这就弄走。"

改珍咧了一下嘴说:"你是狼转世,你有那本事?呸!"

一口唾沫迎风扬成碎末四散飞起。

母狼闪电而去时,奔往一个梁垭子上,这里一溜塌落的老坟,已经成为鼠穴狐窟,一群老鼠在孤坟上对着一棵老槐树仰着脖子望,槐树上扯下来许多丝,每一条丝上都挂着一只虫子,青绿色的虫子,月光照着丝线发出银光。一只乌鸦苍凉地叫了一声,在一阵扑沓声中归于沉静。老鼠迅疾闪进了鼠洞,一阵轻风,母狼长嗥一声。

暗中藏着的动静突然骚动了,东奔西窜,那些小动物的脆弱神经像被无形魔咒套牢住了,骚动后瞬间各自把身体蜷缩起来。这些看不见自己的茫然生命,怀着逃离的窃喜。一列绵延的山峦,围绕着月明四周玻璃色的天空,和那些隐隐埋埋的云朵。母狼就伫立在这样的背景下。它望着哈喽村,那些闪烁的灯影,它的影子清晰地拖拽在身后。

孤独的影子,承接不到一丝抚慰。长出一口气,气息里含着腥咸的血腥味,它的声音里添加了一些旷远的回响,黏稠的怨恨像徘徊的风一样反复,眼睛里有两行泪掉下来,被脸颊的毛胶住了,无法流动,湿成两道痕。

八

猎人王泉用五条铁链子牵着狼崽子走在村街上,街道上空无一人。

一些年轻人在某一处屋子里玩扑克,吵闹声不时传出来,多半是打对家的人指责对方出牌出错了,说出的话结着拳头大的愤怒,几团子愤怒合在一起挤出夜色,直击王泉耳鼓。突然他就不想走太远了,得承认他的心情是亢奋的,希望村庄里的人都看到他的举措。精神文化极度贫乏的村庄,扼制所有年轻人的喘息,尤其可以吞掉整个世界的黑暗,他希望不断生出是非,是非就是人世间最美妙的高兴呢。

王泉的脑子被一些生出的奇思妙想活泛,念头蹿出太多有些乏累了,停下脚步,猛丁意识到他身后长着一棵槐树,槐叶在黑暗中像处子的头发,月明儿凛冽的清光在这空旷的村野中显得格外明亮,四周明晃晃的,如蒙了一层霜。小狼崽开始兴奋了,欢实得东跑西颠,但是始终在猎人王泉控制范围中,跑远时被铁链牵回来。有一些零星的狗吠,显得软弱无力,像是被什么东西捂着了嘴。王泉觉得有影子在远处注视着自己,他想和暗处的影子说,来吧,来扯开怀奶你的狼崽子来呀,我要牵住你,要你养大它们,而它们一来二来地长大将成就哈喽村一个神话人物——猎人王泉。

猎人王泉为自己的想象兴奋,甚至觉得自己在哈喽村不再是一个无枝可栖的小鸟。他把铁链一一用铁丝拧在槐树下的旁枝上,对等的距离中——用脚步丈量它们之间的距离,想象那匹蜷伏在黑暗中的母狼,那是直接的,也极容易被点燃的仇恨,他喜欢和仇恨较量,就像一场玩上瘾的游戏。

暗处的等待,可看清楚了,你那陡峭的面颊,诡异的神态永远算计不过猎人。猎人王泉挥动了一下粗壮的胳膊,犹如一根粗硕的血管,由他勃勃跳动的心脏而发力,憋足气直着脖子发出:啊哦——

几只小狼崽惊得伸长了脑袋。和那些吓得缩回脖子的动物比较,王泉喜欢这些伸长脖子迎接恐惧的狼崽。

村路虚白,像一道筋脉蜿蜒在村庄暗影下,猎人王泉踩在上面,整个人轻飘而欢喜。没有比他更懂得母狼了,那双贼绿的眼睛此时盯着他,盯着渐渐没入黑暗中的背影。

母狼的智商仿佛一个孩子,并非从知识的角度,而是从感性上对这个世界有了最初的认识:黑一定是消失在黑夜中。

然后,没有犹豫,母狼箭一样从坡地上射下来,按捺不住自己的激情,走近狼崽子时它迫不及待地躺下,母狼的奶穗子被狼崽扯疼了,它用舌头舔着它们,它们莽撞而又急迫地揪扯着,对于一天近乎没有进食的狼崽,母狼的奶穗子是饱满的欲望。

不远处从黑中折返的猎人王泉看到了这一幕,可惜他手里没有猎枪。和他预期的一样,母狼喂饱狼崽时起身叨着它们要走,当叨不走狼崽时,母狼离开在远处看着,它想不明白,突然掉头长嗥一声,这是猎人王泉平生听到过狼嚎中最绝望的一声。声音拖着母狼走往山上。

王泉在街道暗处的墙根下撒了一泡尿,不知道为什么突然就尿紧了,他很诧异,一脸狡黠的笑,多么希望哈喽村的人都看到这一幕。睡如小死,入睡的村庄也死了。

天亮前的哈喽村没有风,万物都是一个剪影,小鸟飞在枝头上,小鸟让树枝开始活动。天是蔚蓝蔚蓝的,日头出来时,树把影子轻轻覆在泥地上。

第一个走在泥地上的是哈喽村的宝福老汉,他牵着猪去往山下的公社卖猪。走到老槐树下他看到了铁链拴着的四只狼崽,猪站着死活不动,打急了干脆用屁股朝向狼崽。宝福用劲牵着,打着,猪就是不走。这么小的东西就吓唬住了猪的脚步。宝福笑着举着棍子敲狼崽的头,敲疼了它们居然不躲避,表情狰狞着发出一

种"呸呸"的声音,猪一听这声音就开始嚎,想挣脱绳子跑,宝福咧着嘴和猪说:

"怕啥,扭头看看,世界上一切反动派都是纸老虎!"

宝福一下来了兴致,他的观众是猪,他要猪明白,牛逼不是拿性格耍哩,是手中的武器。哪里示威敲哪里。宝福总也敲不住狼的嘴,因为猪的挣扎。宝福越发来劲了,我打我打我打,打着打着就不是打狼了,是打王泉,所有的怨气最终不能撒在畜生身上,撒在人身上才是正理。

遥远处有人看见了这一幕,笑着喊:"宝福,你哪头儿值当,大清早耍神经。"

一句话喊醒了宝福,用了力气反过来打猪。

猪哼哼着绕了一大圈快速走过去。宝福第一次见猪也会小跑步,踮起脚尖,和小脚老太似的跑起来跌跌撞撞。一根绳子拽着宝福,他也快速小跑步,能用着身子往后扯着猪。卖猪最怕的就是猪跑,跑急了容易拉稀,杀斤秤。

宝福喊着:"祖宗哎,不急忙,不急忙。"

一群麻雀飞落在狼崽子周围,觅食时一跳一跳,像是女娃们踢毽子。宝福后仰着身子看,猪突然地返转了回来,绳子一松,宝福不防备闪在了地上。宝福一边骂一边带起一屁股尘土,骂骂咧咧前倾着身子继续拽了猪走。

宝福走过去后,来了一条土狗。

狗扯着身子叫了一声。四只狼崽排排坐着看狗,丝毫没有畏惧。狗退了一下,又伸长脖子叫了一声,狗反复进退着叫,叫得没有劲道了就四下抬高了脑袋坏坏地叫,似乎是寻找伙伴,又似乎就是没有劲道地叫。村街上走来了狗,三三两两盯着前方走,边走边冲着什么叫一声,狗们集体走到老槐树下时,反倒不叫了。狗们围成半圈看,看着看着就有一条狗起身走近了试图伸出蹄子逗闹一下那些个狼崽。

起先看着的狗们先是迷茫了一阵子,然后有狗就冷不丁叫一下。狼崽一脸无奈,好像面对街道上吹来的是一股风沙。狼崽开始放松自己玩耍,狗们遛弯似的走左边叫一下,走右边又叫一下,不知道接下来该做啥。

出工的男女村民们扛着锄头,看着狼和狗的状态也都停下了脚步看稀罕。有人把嘴里吃着的一块窝窝头扔过去,狼崽也不抢,也不闻,倒是狗们跃跃欲试,却也不敢走近。

村民们觉得猎人王泉一定喂狼吃啥了,不然一天不见它们饿。

王泉也装样子扛着锄头走过来。日头出来了,村庄亮丽了许多,大片的绿树打破了村庄里的单调。猎人王泉就着日头的光开始讲昨晚的故事,或者说是讲他排练的一台戏,讲到高潮处,他的兴趣突然就唤醒了村庄人的兴趣,村庄里的人一旦被猎人王泉的描绘吸引,一下子就变得热情和迫切了。

女人们首先开始清醒地发现日头照暖了脸颊,地是一家人最大的财富,闲置了地也不能闲置了男人,地里的庄稼等着下种呢,汉子们可好,闲听王泉说瞎话。女人开始吆喝着汉们走,叽叽喳喳大喊大叫声,在磨钝了的男人们身上找不到一丁点儿效果。

新一拨客人又来了,是一群闲磨牙的老年人。老年人一进入这个群体时,下地干活的人就觉得没有意思停留了。

下地去,走走,下地去,日头短得弯不下几次腰就晌午了。

猎人王泉和新一拨客人开始拉话,不断重复的话题中总要加进去一些突发而出的灵感。

昨晚在村街上坐着发呆的老人突然说:"我恍惚看到狼拖着尾巴从村街上闪过。"

"狼难道不怕人了?二十年可是没有见过的事情哇。"

"你说是狼来了?"

"狼来了。"

老年人齐刷刷的眼光盯着王泉看。

"狼不怕人时,狼就要准备吃人了。"

王泉热情洋溢的脸突然冻住了。

那些老年人的眼神并不比狼的眼神善良。

王泉迅速扫视了一圈,他用猎人的敏锐看着人们,此时多么不喜欢这些人用这样的眼神盯着他看,他装出满心欢喜的样子来,脸上抽搐着出现一个笑容,那笑容无端在腮帮上结成了两个疙瘩。

王泉说:"红日头当头照,我要下地呀。"

"你哪是种地的材料,你就是一个操蛋货。"

这句话如从天而下的一盆冷水:村子里的人从来就没有看起他。

老人们把目光聚在槐树下的狼崽身上,他们想打死它们,举着拐棍的人打下去,狼崽子突然龇开了嘴,老年人往后退了一下差点儿跌落在地上。怎么这么一个小东西就这么知道吓唬人呢?

有人说:"叫狼来了吃了王泉吧。"

"走走,指不定母狼就在远处看着呢。"

老人们一下子坠入了梦境,慌不择路走开,走路姿势都发生了改变,气也喘得急。心里都憋着一股气,神色慌慌,开始想小时候荒年里吃人的狼。狼假扮小孩哭,大人一分神,狼就闪电一样叼着人走了。这一说,各自心头就揪起了一个大疙瘩,堵在心口处,对狼崽子骤然淡漠了热情,各自裹着日头的光照往街道深处的巷子走,分手时居然互相不打一声招呼。

九

连续几日,母狼在夜晚都飞奔下山喂养狼崽,离开时和狼崽拉开距离,看着月影下的点点光斑,那光斑经由老槐树的枝干过滤,折射在狼崽身上,让场景变得婉约、迷离。

母狼不舍得离去,再一次走近狼崽,它似乎明白了它已经不可能叼走它们,看着它们脖子上的铁链子,母狼思忖半天,在明灭之间,铁链子似乎又消失了,母狼用影子挡住铁链子,当它躲开时,铁链子又出现了。母狼反复跳跃着,躲避着,有有无无,似乎这样可以打开泥土上的门扉。

月明的天空倏忽就阴沉下来,一团黑云先是凝聚在山头上,黑墨如手掌大的一团,越凝越大,渐渐铺漫过来。很快,头顶上的天空就被一件被面大的灰衣覆盖了。乌云初起的地方,已感觉到了雨丝落下来,一根挨一根,狼崽们开始挤闹着想走近母狼,看不见铁链子的母狼叼着一只狼崽想走,铁链子拽得狼崽嗥叫了一声。

老槐树上夜宿的鸟被惊得扑棱着翅膀飞起落下来,惊惧而强烈的恐惧再一次悚住了偷看的人群。谁家的狗叫了一声,捻子似的点燃了村庄里所有的狗。

一路学着狗叫的娃娃们奔拥而来,人学狗的叫声和狗的叫声此起彼伏,母狼悄无声息地没入了雨中。

大人们急急从村口上招呼孩子们回家,要孩子们不要走近王泉,不要走近狼崽,他们是哈喽村的毒药。

看着一群人走远,王泉从黑暗中走出,走近狼崽跟前,解开一条铁链子,被母狼拽死的狼崽软塌在地上。王泉有点可怜它,毕竟是被母狼拽死了,他疑惑地提起狼崽,感觉是僵硬的,知道已经死了。他提着狼崽回到院子里,趁着热乎劲儿剥下了狼皮。屁股大一块狼皮正好暖腰,他提着狼肉,太嫩的肉村里人是不吃的。

把狼肉扔往小队猪圈。他这念头是一时间冒出,世界上允许狼吃家畜,也该允许家畜吃狼。

闻着血腥味道的狗跟着王泉走,许久没有见到王泉手提猎物了。雨停,街道上起了风,风离人很近,就在街道那个磨坊的山墙处,风从那里生出。

黑漆漆的夜,王泉的手电筒射出去老远,他冲着天空射,光柱在天空很快就化了,光柱在地上起作用,能照到跟着他的狗们。一只狗冲着起风处叫了两声,风沿着街道拐弯抹角处溜来,在低洼的地方发出声音,在王泉走到小队猪圈跟前时,风已经成了势力。和风配合紧密的是王泉的衣裤,鼓胀着,他像个陀螺似的,一层细麻麻的黄土打在他的脸上。

　　风让王泉感觉到了不安,可也说不清楚是为什么,头发干蓬着,里面似藏着一大团蚂蚁。他突然不想把狼肉扔进猪圈了,顺手扔给了狗。狗们在王泉转身离开时呼一下围在了一起开始抢食。狗们的撕裂声传来,村庄里的狗好久都没有吃过生肉了,假如是白天,王泉就想知道猪吃不吃狼肉,他一直认为猪是吃素的。

　　王泉照着手电筒回到院子里,他想把狼皮架起来拉平整,遍寻院子,什么都没有,他是清楚记得狼皮就扔在堂屋前的廊基上的。

　　在他离开的时间中母狼来过院子,叼走了狼皮。

　　王泉很恼火,点了一根纸烟坐在廊基上吸。和猎物斗,他看见它们出现时就喜欢,它们身体上有一种东西在吸引他,没有对话的吸引、冒险和暴力,却有令人摸不着头脑的迷惑,被狼迷惑。

　　接下来王泉想做一件事,什么事还没想好,结果是肯定的,他要生擒母狼。

　　想出结果后,王泉就无法瞌睡了,在这种外部氛围的刺激中,他轻轻推开大门走出去。黑,真是一种美妙的时光,让一个人脑洞大开。他走往一大片低矮的松树林,松树只有一人多高,长着好多枝杈,而枝杈平平地弯着长,似乎被什么力量压着。他折断那些弯着的松树枝,一弯套一弯拖拽着往村口的老槐树下走,松树枝刷着路面嚓嚓响。

　　天空突然又晴朗了,雨来得急走得也急,王泉是从狼崽子的眼睛中发现天空晴朗了,它们的眼睛发着绿光,只有月亮的光照才可以让它们的眼睛发出绿光。

王泉望了一眼天空,天空中出来了月明。

槐树仿佛一只大鸟,从头顶那一整块铁黑中剥落下来,迷迷蒙蒙的,并不断有雨滴从树叶上被摇下来,纷纷扬扬地细碎,感觉黑暗中所有的东西都有声音。王泉的心理发生了微妙的变化,他觉得自己是哈喽村最聪明的人,那些闷头闷脑的人,只知道在土里刨食,日子过得不声不响,年成好也不见丰收。人怎么能把日子过得没有任何声音呢?王泉把松树枝盖在铁链上,似乎还有些不够,他踮起脚尖拽着老槐的低枝,折断放在铁链上,这样看上去,地上什么都没有。来吧,母狼,我要把你折腾得筋疲力尽,在你没有一丝力气时生擒你,我猎人王泉天生就是一个猎人,猎人一辈子都应该和猎物斗争。

王泉布置好一切后开始自觉退后,他本来想着就这样守候着,想到明天一早地里的生活,他很不情愿走往回家的路上。

十

夜静的时候湿气很重,一股潮湿被带进屋子里。改珍靠炕墙睡着的身子很快四仰八叉铺满了炕,这是一个很性感的信号,很诱惑。王泉想和改珍亲热,他咧开嘴靠着炕很下流地看着改珍,忍不住伸进被窝用手乱抓摸,先是大腿,大腿抖擞了一下,甩脱了他的手。他不甘心,手开始乱动,像伸进了河水里,河道是明亮流动的,他摸到了一丛水草,在狂喜和渴望的双重折磨下,他眩晕的情感犹如鸟群,在黑暗的河道里拍打着翅膀翻飞。

改珍翻了一下身子裹紧被子,王泉的手被折疼了,缩回来居然无处放,吊在炕前。他想说话,却是有欲望说不出口。许久了,炕上日子叫他冷灰灰的,改珍不说话,用肢体语言拒绝了他。王泉依旧任性地站在炕前,他此时就想进入改珍的身体,就想。他看不见改珍睁眼,在她的脸上,在她的目光里他好像从来就没有读出过愿意。

猎人王泉后退了几步,仔细揣摩接下来的办法。为什么就制服不了这个女人呢?她那连眼皮都不抬一下的趾高气扬的神态是给我看的。你命好就不嫁到这样的村庄,嫁到这样的村庄和我这样出色的猎人,就得认命。

哈喽村有限的耕地都在云雾笼罩着的山腰,山高石多,耕种和收获都十分困难,好女不往山上嫁,坚硬的土地刨食困难,强壮的躯体劳动一天,能够让它缓解的就只有女人的身体。猎人王泉无法缓解。他眼眶里充盈着泪水,凝视着黑暗,他可以读懂狼的心思,却读不懂女人的心思。他突然想起来收音机里唱的一首歌:一生只有两天,一天用来出生,一天用来死亡。出生的那一天便是离开人世的那一天,还有什么可等待的?王泉走近炕毫不犹疑拽开被子,一团白晃了他一下,他闷头不吭爬上炕,他要骑在这一团白上脱掉他身上的披挂,在女人面前展示自己的力气是活着非常重要的一件事情。

来不及展示,那一团白忽地一下坐起来,迅疾把他推到了炕下。

猎人王泉像一个孤独的艺术家,完成了一件他自己才懂的作品。他被愤怒击中,此时他需要愤怒得更猛烈些。

"骂啊,骂啊骂啊!"

改珍翻一眼王泉说:"你妈可是还活着呢。"

"人家有本事的一马双跨,我半条腿都摸不着你。和我妈没有半毛钱关系。"

改珍说:"哪有一个正经人天天和畜生打交道?琢磨狼去!"

"你就是现成的狼。"

"走!"

"不走。"

"你走不走?"

"我就是不走。这是我的家。你是我的媳妇。"

"走。"

"不走就是不走。我和你筷子一垛一般齐,晚上睡觉就该肚脐对肚脐。"

王泉梗着脖子,改珍想要泼骂人。

眼看硝烟要起了,门外翠喜说话了。

"做啥呢?半夜三更想做啥呢?"

改珍说:"窗外的是说谁呢?"

翠喜说:"能说谁。王泉你就省省心行不,大半夜就不怕风把声音捎给别人。"

屋里屋外一时无语,夜收拢住了所有声音。王泉狗一样窝在炕边,斜着眼睛打量炕上的改珍,一团棉被捂着娘俩,都说是老婆娃儿热炕头,他的炕头凉瓦瓦的。人要是不改变自己的命运,就这样一日复一日过下去,要等到啥子时候。王泉有点儿坚持不住愤怒了,又不敢发作,这时候只能躲开。

推开门走到村庄街道上,王泉想不来去敲谁的门,靠着土墙想哭,一时想起了光棍秃蛋儿,一起玩大的两个穷苦人有话唠。

秃蛋儿是孤儿,住的是小队公家房,一间用来自己住,一间用来堆草料,还有两间是敞着的厦屋,养着队里的牛和马。队里还养了一头驴,槽前,队里的马咬驴,没有办法拴在一个槽上,驴就和秃蛋儿一起住。秃蛋儿喜欢牲口,觉得那是庄稼人的命,庄稼人的神。下地当劳力舍得出力,地里才长粮食;死了,又献出了身子,叫人宰割。忠啊,义啊,都比人强。它一生吃的是素食,干的是重活,效的是对人的忠义。

喂牲口,割草,孤独一人,过了婚姻的节节,秃蛋儿就当了光棍。

一起耍大的,真是妙趣无穷的童年哦,现在想起来都如挂在山坡上的流瀑。王泉走到秃蛋儿土屋门前敲门,哪里用敲,原本就没有上门门。推开门走进去,一头驴在地当央站着,秃蛋儿蹲在地上寻找什么。

王泉问:"秃蛋儿,你在寻什么?"

秃蛋儿不抬头一个人独耍。

王泉蹲下去看,看见地上是一个放屁虫。秃蛋儿不停按压它的脊梁,让它表演放屁的本领,直到它屁尽声止。

臭烘烘的秃蛋儿抬头笑,扯着脸上的老皮儿,灯影下笑容还是童年的样子。

从前村庄里的人最恨的就是老鹰。鹰飞得高还眼睛贼,白天总是在村庄上空盘旋,一圈又一圈。一天傍晚他和秃蛋儿在河岸上耍水,听见哈喽村翠喜喊:

"王泉哎,王泉哎,老鹰来呃。"

他们跑回村庄,看见翠喜在院子里护着一群鸡。翠喜叫王泉去找回带着小鸡仔觅食的老母鸡。只见母鸡带着小鸡跌跌撞撞走回来。老鹰在上空很冷静地盘旋着,此时,听见全村人一齐出动,有在自家院子里,有在街道上,他们一起拍掌跺脚,高声大喊。老鹰在高空,喊叫和脆厉的响声吊在村庄的半空,声音阻挡了它,它居然有办法让自己停在空中。

只见它温顺地俯瞰人们,好像在表达着某种心情,冷不防又开始盘旋,它不想离开,离开意味着妥协。老鹰从来都不妥协。

王泉觉得手掌拍麻了,想进屋里取锅盖儿敲,翠喜一下发现了他的小心思,追着进屋,害怕他失手把锅盖敲烂了。就这一个极小的空当,那只老鹰当着那么多人的面,一个猛子直扑下来,巨大的翅膀扇得地上飞沙走石,地上走动的鸡们支开翅膀停滞不动,母鸡在它的利爪下发出揪心的惊叫。

翠喜急忙拽着王泉走出屋,站在屋门前的王泉亲眼见着母鸡的鸡毛从空中悠悠落了下来。他的母亲翠喜瘫坐在门槛上,鸡屁眼是居家过日子的银行。银行被打劫了,翠喜破着嗓子叫了几声,两只手忽而照着王泉打上来。

她认为都是王泉的过,王泉的脸立时就像被风雨蚀掉了原色,铁锈着,难言的苦楚,他暗暗下了决心。

王泉开始梦想长大后做一个猎人。

十一

秃蛋儿觉得只有光棍的日子与众不同,它是自由的。他嘲笑王泉的日子是戴着紧箍。王泉认为秃蛋儿只是一张黑白照片的底板。两人互相嘲弄,睡意就跑得没有了踪影。两人决定去往村口上看狼有没有行动。

黑色的夜幕下,王泉看秃蛋儿,头发侧分,五官棱角分明,浓眉小眼,一副叫人产生亲切好感的模样,这样一个人却没有女人嫁他。山高处那抹山峦的印迹忽而就模糊掉了秃蛋儿,一种难过一下就抵达了王泉的神经中枢,这一刻,他明白了人长大真是不好,不知道什么命运要强加给自己,胆战心惊的,不能够抡开臂膀活人。

王泉说:"秃蛋儿,我们离开哈喽村吧,住在这里,一辈子活着没有劲道。"

秃蛋儿说:"你本事大得能叫母狼奶狼崽,才说好啦,来看西洋景不是吗?你绕弯子绕到离开村子,我是不离开村子,出了山没有人叫我喂牲口。"

路过当街一处院子,是寡妇红艳的屋。两人蹑手蹑脚走近了院边上,突然听见屋子里有动静,听了半天是队长贾政气睡在她炕上。院墙是树木扎的横栅栏,两人比画着小声点,想拆开栅栏走近窗户听听动静。栅栏绑得结实,两扇栅栏门上还上了锁,力气用大了就会弄出响儿。黑暗中急迫的心有些让两人忘形,想着被贾政气收走的猎枪,心口一团火腾腾地往出蹿。正犹豫要不要加点胆子,听见一声细长的叫炕声撕破窗户扯了出来。

一丝一缕的叫声把两个人的毛孔都吹开了,扑过来的声音一下抵达了秃蛋儿天灵盖,他以为自己死了,他确实感觉到自己头顶有一丝灵光掠过,照亮了很多他没有感觉过的东西,包括记忆,包括骨头,骨头也被那一丝一缕穿过。

秃蛋儿一下就站定不动了。

这声音活泼如画,秃蛋儿没有兜住自己,比屋子里的人抢了先。

王泉看见秃蛋儿眼神翻着白,想哭,却是一脸喜相。他是理解秃蛋儿的,只是没有看见秃蛋儿此时满眼都是热泪。真是不能细计较这事,人家就可以随便串门,他和秃蛋儿想这事儿,想也不管用,村子里来来往往的人,没一个人是跟他和秃蛋儿有瓜葛的。活人总要摆点故事,讲点道理吧?为啥总是那些人在摆故事,讲道理呢!

"咔嚓"一声,秃蛋儿一脚把那院子的木栅栏踩断了。迅疾,两个人幽灵般地出现在了红艳的窗户下。

屋子里人喊:"什么人闹事?"是贾政气的声音。

人家居然没有羞耻,敢发声儿。

秃蛋儿胆子放了一点,没有顾忌自己的声音跟着说:

"撵狼呢。"

屋里听出是秃蛋儿的声音。"秃蛋儿,滚你妈远去,你还会撵狼!"

两个人拖着套鞋悻悻地离开了红艳的院子。

走到没人的地方旧话重提。王泉说:"我们一起离开哈喽村,不能一辈子就知道和疙瘩打交道。"

"能的你。我算过卦,一辈子就土里刨食的命。"秃蛋儿说。

"进城去当小工,肯定比种地强,你说种地有啥好处?去年秋天,都说是年成好,一年风调雨顺,庄稼长势弄出丰收的样子来,哪知道,收罢秋,连阴雨下了一个月,眼睁睁,秋粮食烂在屋子里。"

"不想这事。我难过的不是秋粮食烂在屋里,就怕我有一天自己烂在了屋里,跟前没有一个人在。"秃蛋儿说。

"在哈喽村贾政气的手心我们翻不了身。在他眼里我们就是没用人,专供他使用。"

"都说显通寺灵验,我没有去打过卦问过事情。熬一黑,不睡了,等天亮入寺问卦去。"

王泉发现槐树下的松枝不见了。

王泉知道母狼叼走了那些松枝,为什么叼走那些松枝他想不出来。但是可以肯定,母狼一定知道了他的心思。看到三只狼崽子盯着他们,似乎还有点想和他们亲近的意思。

秃蛋儿说:"你看,就是狗娃子嘛。"

王泉说:"只有我知道它们身上没有狗性。"

王泉丢下秃蛋儿,借着月明往山包上走,不一会儿从山坡上拖下松枝。他把松枝再一次覆盖在狼崽子的四周,这是一件没有多大意义的活计。

秃蛋儿说:"你弄这做啥?"

王泉说:"用尽母狼的体力。"

秃蛋儿觉得王泉蛮有意思的。

松枝围着狼崽子散放着,他们像两个无所事事的小孩,没有想象力,似乎有关生活本质的内容,就应该是这样子的,就需要无目的地浪费体力。

之后,两个人躲在暗夜中,等着要发生的事情出现。很凉,山风吹走了他们的无尽遐想,一开始的兴奋渐渐消耗掉了,眼皮子打架,秃蛋儿决定回去睡觉。两个人踢踢踏踏笼着袖往回走。

秃蛋儿觉得有个东西扫了他的裤脚一下:"谁家的狗扫着我裤腿走过了?"

王泉拽住秃蛋儿,照过去手电筒,黑蒙蒙的远处什么都没有。但是,他知道狼又进村了。一定不能让人知道狼又进村了。

王泉拍了一下秃蛋儿的屁股说:"起风了。风把你的眼睛闪了一下,啥都没有,你照见屁了。"

秃蛋儿笑:"难道我放了屁砸了脚后跟?"说完,自顾又笑了两声,夹着裤裆直溜溜往前走了。

夜让两个汉子没有多少趣味,似乎又熬不到天亮,只能回炕上眯个小觉。

王泉睡不着。等着秃蛋儿的呼噜声打得山响时,他借着天光走出屋门。一路小跑到村口的槐树下,一排绿眼睛冒着光直盯过来。风声下的喘气声,狼崽咬着那铁链子,发出牙痒的尖厉声,它们想断开铁链子,它们的行动似乎是母狼教会的,尖厉的牙咬声已经成了习惯。王泉知道祸根起了,他开始不安。

母狼发现了走来的猎人王泉,人的味道,有些咸涩。双方对峙,王泉紧张得皮肤开始麻悚悚。王泉手里无任何武器,五米之外的地方,没有躲避。

村庄里的狗不叫,屏住呼吸也抵挡不住内心的恐惧。母狼的对峙是坚定的,此时,不能躲避,在猎物面前躲避就是接近死亡。猎人王泉下蹲做出马步状,张开嘴用大出平常几倍的声音干吼:"啊噢——啊噢——"

母狼没有回应。

风把他的声音带出去时撕扯得如风口上的干菜丝,干瘪而没有水分。彼此内心都很不宁,却没有解脱不宁的良方。他要生擒母狼的时候来得太早了,准备不足,身上没有任何家什。母狼竖起了身上的毛,摆出腾跃的姿势,准备随时扑来,用那锋利的牙齿一口咬断猎人王泉的喉咙。狼崽不再啃咬铁链子,做出与它们母亲相同的姿势,毫无疑问,它们是要把猎人王泉当作训练捕食的目标。一切仿佛都在这个时候静止下来,连空气也凝固了,让人窒息得难受。猎人王泉感觉到手心开始出汗,甚至能够清晰地听见在他胸口里不断擂动着的狂烈而急速的"鼓点"声。

母狼迅速地朝后面退了几步,前腿趴下,身体弯成一个弓状。这是母狼在进攻前的最后一个姿势。

母狼长嚎一声,突地腾空而起,向猎人王泉直扑过来。猎人王泉本能地往后退了一下,抡圆臂膀,他想一拳砸下去,铜头铁背麻秆腰,一拳砸在腰上狼就起不来了。没想到狡猾的母狼却是虚晃一招,它安全地落在离猎人王泉两米远的地方,在落地的一瞬间它快速地朝后退了几米,又做出再次进攻的姿势。就在猎人王泉收回拳头准备再一次迎接的间隙,母狼突然飞腾而出,扑向猎人王泉。猎人王泉一个趔趄跌坐在地。母狼撕下了猎人王泉半条袖子。母狼嘴里喷出的热热的腥味已经钻进了猎人王泉的颈窝。

狼崽们模仿母狼开始弹跳,铁链子勒痛了它们的脖子,撕裂的嚎叫声一下子惊醒了母狼。

起风了,凛冽的寒风将四周的树木吹得沙沙直响,月亮也躲进云层里,空气凝聚得使人害怕!母狼扭过头看了猎人王泉一眼,然后轻轻地离开他,先前还高耸着的狼毛也慢慢地软了下去,那闪着绿光的眼眸居然闪过一丝只有从寺庙里出来的人眼光中才有的祥和。母狼扑向狼崽,对着它们又闻又舔。母狼没有再次进攻,它和狼崽站在原地久久地看着猎人王泉,它转身,很快就消失在幽暗的山林中。

十二

猎人王泉光着一边膀子站在秃蛋儿门前时,耳朵什么都听不见了,只听见屋子里的驴扑嗒嗒往出排泄驴粪蛋子。他明白了失去对手时的寂寞,对于一个优秀的猎物来说,他不够称职。

它还会来,这是一场战争,斗智斗勇,比他想象的要残暴。他要给哈喽村制造出混乱来,只有人世间的混乱与嘈杂才能唤醒四平八稳的人心。

秃蛋儿抬头看着他,不知道发生了什么事情,半条光着的臂膀上有抓痕,有血印子,袖子不见了。猎人王泉呵呵笑了两声,那笑里透出无限蛮力。

"改珍又撕扯你了是不?"

"找件烂衣裳来,起了,入庙问卦去。"

秃蛋儿扔给他一件烂衣裳,衣裳真烂。两个人一起往寺庙走,路过槐树下,松枝裹着那几只狼崽睡得香。村子里的狗们闻见人声时三三两两小碎步跑来:"狗娘养的。"秃蛋儿听得茫然,闲时两个人用这样的语气骂人,骂村子里的各色人等。狗们不管,自顾骚情。

山路上一只公狗无端交媾一只母狗,狗很随便就能捡了便宜。一天到晚见不到腥味儿的秃蛋儿,动不动自个儿跟自个儿较劲,发脾气,心弱命不强,常对着小队的牲口一顿好骂,面对泼天而下的骂,牲口很是无辜。

秃蛋儿捡起路边一根柴,不说二话,上前照着公狗打下去。

猎人王泉始终没有关心这件事情。和心情配合紧密的是发灰的天空,东边日头出处,好像肿胀的青脓包,日头就藏在里边。当他意识到秃蛋儿在做什么时,他突然觉得这不是一个好兆头。一切又似乎都很正常,他要秃蛋儿停下手中的行为,所有的一切对接下来的问佛打卦都不是好的开端。

显通寺大佛殿极朴实地横卧在前方,天色填满了瓦楞瓦沟,模糊了屋脊上的飞禽走兽。偶尔有风铃声从檐角跌落下来,便很快就在晨光中挥发干净了,显通寺更加空阔悠远。走上殿门口的七级台阶,两个活物的心情就开始紧张了,不能自控地紧张。空着的院落,空着的大雄宝殿,里面是极其灰暗的光线,眼睛好一阵子才能适应。泥胎的佛座在高处,安详而不易察觉的微笑投向人间。红蜡烛亮着,有一些塑料花和塑料水果,看上去和真的一样。秃蛋儿平生第一次走进佛殿,他走近,又退远,向左,向右,佛的笑始终如一。佛为什么笑呢?

猎人王泉跪下去寻找菩萨座下的鸡窝,什么都没有,干干净净了。奇怪奇怪真奇怪。

秃蛋儿和菩萨说:"你笑我什么呢?"

秃蛋儿看见菩萨的一根脚指头已出现了空洞,露出草茎,但是目光一与他微启的双眼相遇,心头还是为之一震。

秃蛋儿和菩萨说:"你吓唬我,绵里藏针吓唬我。"

猎人王泉笑他们。

秃蛋儿和菩萨说:"一副脸,你为什么要给受苦受难的穷苦人一副脸?"

猎人王泉想,凡是一副脸示人的都很怕,也许都值得敬。于是,他双手合十在菩萨前说:"尽管知道你是泥塑木胎,我还是想着你或许能够知觉我心中想要的东西。"

他想要改珍对他的好。

秃蛋儿想要的东西只有性别,没有名字。

这些,菩萨都给不了。

他们俩其实都明白。

一条光柱透过窗棂移到了菩萨的额头上,慢慢溢开,从眉棱而眼睑，一时万千金星攒射。光柱晃到猎人王泉的头发上，他本能地躲闪，他看到无边无涯的鲜红，为金光照彻的鲜红，通明的，眩惑的，不能挡开的，有一股森冷的潜流震颤而来，穿心而过。他没有俘获到敌手，却被敌手俘获了，自以为聪明的他，突然产生了一种不祥的预感。

王泉吓了一跳，他把手脚规矩放在一起，也让秃蛋儿把手脚规矩放在一起。他不知道菩萨叫什么名字，菩萨就是菩萨的职务。上了香，搓去手心的汗泥，手掌举过头，头顶上有天灵盖，翠喜常说，灵魂从那里出去梦游。匍匐下去，腰伸得长长的，他突然从胳膊肘下闻到了母狼的气味，他觉得这一定是菩萨的暗示。

秃蛋儿歪过脸笑他。这个不舍得下力气的穷苦人居然也笑他。他是一个猎人，高于普通人，可是普通人看不起他，秃蛋儿的笑里也不完全是嘲笑，还掺杂了对他的稀罕。猎人王泉要秃蛋儿默念他想求的事情。秃蛋儿觉得声音小了菩萨不一定能够听见，声音往上扬才能入了菩萨的耳朵。于是，就大声说："你显个灵让我看见你，我就信你。我命苦，你就告诉我，我凭啥就是一个命苦人？"

一只麻雀，短促地翻飞，落在寺庙的窗棂上，歪着脑袋，也静静地不动，黑豆的眼仁分明在动。阳光把麻雀的影子射在菩萨的手指上，麻雀动了，手指也动了。秃蛋儿吓得立马匍匐下去，嘴里念念有词。最后，额头触地重重磕了仨头，也算是把心表了。菩萨并没有告诉秃蛋儿为啥是一个命苦人，但是，秃蛋儿认为菩萨是显灵了。

走出佛殿,由殿堂的前后连通处的门洞穿过,他们看到法显和尚在种一小片菜地。更远处坐着三五个女人,随意说着家常,看她们熟悉的神态和语气,她们一定连带着亲戚。猎人王泉就想和秃蛋儿打赌,赌亲戚关系,输了给秃蛋儿一张狼崽皮,赢了秃蛋儿的牲口给王泉种地当一年劳力。

谁去问话呢?

王泉要秃蛋儿前去问话,解解他日思夜想女人的心焦。

秃蛋儿一边清嗓子一边走近对方:"你们这一家人大清早就进庙烧香啊?"

那边有人回答:"嗯哪,问佛求平安呢。"

王泉说:"我赢了。"

秃蛋儿觉得猎人赢得太容易了,不公平,想再赌。

王泉不理他,走近法显和尚,要过他手里的镢头,几下子就把地刨好了。

王泉问法显和尚:"菩萨座下的鸡窝咋不见了呢?"

法显说:"阿弥陀佛,狼超度它们去往了极乐世界。"

王泉说:"我还有事问师父。"

法显弯腰捡拾地里的小石头:"护住心口上的一盏灯,让巴掌大的光,尽量亮得长些,灯头儿是你的命。"

又有几个女人走进来,她们神色暗淡,对佛的求助总和难以排解的苦痛有关。秃蛋儿还想打赌。

王泉说:"咱是来显通寺问卦,打赌定卦,再赌就不灵验了。"

秃蛋儿一脸不解。并没有问佛打卦呢。王泉告诉秃蛋儿,在寺庙里赌输赢就是问佛打卦,赢了就是上上签。

秃蛋儿一点都不快乐,这么神圣的事,难道输了就是下下签?

显通寺对面山上被绿铺满了,高处的那个坪上,母狼的洞就在那里。猎人王泉瞭望了很久,却不由自主地向山上走去,秃蛋儿跟了他走,以为走完一程望不见的路就不走了,但是王泉好像停不下来。继续向前走,听到了风声,听到了风吹得路两边的树叶哗啦哗啦响,有一只鸟在树叶里叫,王泉回了一下头,那只鸟飞走了。王泉坐在了山腰子上,秃蛋儿也坐下,山下的哈喽村和显通寺庙都看得清楚。

秃蛋儿说:"你走过时生灵都害怕你。"

王泉说:"有猎枪时少有生灵能够活着逃生。"

秃蛋儿说:"真好,活人的好就是能看见世上的花花世界。"

似乎刚才的不快已经忘记了。

王泉说:"生来是人,总得活人啊。"

秃蛋儿还有点不好意思地说:"就是,谁叫咱活成了人。"

王泉见对方不好意思,就跟了话说:"你欠下我一年的代耕,打赌输了就得兑现。不过,年底我给你买一件夹克。"

两个人互相看着,都蓬头垢面的,要在这世上长年累月厮磨一生呢,都不敢往下想,就一起傻笑。

王泉说:"等种罢地我们就一起离开,这样活着没啥意思。假如有朝一日老死了,恐怕我们生病躺倒的主要原因不是得了重病,而是怕那些掩鼻而过的熟人。钱是喜上眉梢的大事,钱能叫鬼推磨。"

秃蛋儿问:"你下这功夫,一张狼皮卖多少钱?"

猎人王泉说:"涨价了,一张狼皮90块。"

秃蛋儿很兴奋:"半年的粮食地,行啊,怪不得你一夜一夜不睡消耗狼的体力。"

王泉突然很难过:"我老婆改珍不让我上炕睡。我的好体力都被狼消耗了。"

秃蛋儿拍拍王泉的肩膀说:"想不到,世上还有比我还难活的人。"

钱自古就坏人良心,世上活人都是要钱来了,没钱要,人就和你生分。放眼望山下,山峦起伏,如波浪翻滚。王泉直着嗓子唱:走一山又一山山山不断,过一水又一水水水相连。

凉腔走调的声音漫过去,曲折着山梁上的灌木,鸟扑棱棱飞走了,两个破衣烂衫的人一卧一卧迈着腿走下了山。

十三

睡饱了觉,就等着夜幕降临。

王泉从秃蛋儿的屋子里走出来时已经是黄昏,天空不再蓝,村子四下里像被一件黑灰色的罩衣罩着,抖也抖不开,人眼睛此时乱了,看见谁都惶惑着。

猎人王泉回家准备夜里的工具,翠喜看见了问他吃饭没有。他说在秃蛋儿屋里吃过了。改珍在屋子里声都没出。翠喜问地里的庄稼该锄苗了,王泉告诉她就几天光景。

他想进门去看一眼娃,走到堂屋门前停下了,正思忖着,翠喜说:"自家的茅厕里的粪都叫你野了。"

这句话让王泉很难过,决定不进家了。翠喜赶忙就着黑拖他的后衣襟,迟了一步没有拽着,人就没入了夜中。

村子里的人忙碌着,总是忙碌着什么。从村街走过,有下地晚回的提着猪食喂猪,女人吆喝着:"嗷辣辣——""哴哴哴",木勺子敲着桶沿儿。

王泉和所有人打招呼,可谁都没有觉得那是王泉。

你是谁呀?

王泉说:"猎人王泉。"

他喜欢在王泉前面加猎人。

有人赶着小队一群羊走过,挤在村街上的羊群收缩般往一起集中。行走的羊大多数勾着头,嘴唇前一下,后一下,舌头和牙齿配合着,咀嚼的动作却没有停止。吃草的声音汇聚在一起,唑唑啦啦,像是下雨。刺激人们耳膜的,似乎只有羊吃草的声音。但是,猎人王泉听到了异样的声音从远处走来。像猫爪深入泥土,几乎发不出声音,它的情绪是柔软的,走到老槐树下停止了。

鸟叫声在将晚的天空里释放狂欢,只几分钟,鸟鸣就静止了。淡薄的云层中有月明穿行,树身树叶黑褐,并不茂盛地向空中伸展。

来了。比往日来得太早了。猎人王泉的心开始不停地被一种情绪抓挠,紧接着身体也无法松弛下来,他必须阻止它进村,它的杀心已经起了。

"狗娘养的。"

"我不是狗,当然不是狗娘养的。"秃蛋儿牵着牲口路过猎人王泉身边,正好听见了此话。秃蛋儿很应景地说了一句。王泉拽着秃蛋儿快速牵着牲口走回,把牲口牵进屋子里。王泉要秃蛋儿跟他走。

村口上已经少有进出的人群,他拉着秃蛋儿在很远处停下来。明月惶惑在云朵里,地上有些阴黑,他们躲在暗中,闭住气息。他们听到了母狼在喂它的狼崽,有轻微的吸吮声。很快喂饱肚子的狼崽开始想撒欢,铁链子拖拽着它们,尖利的牙齿开始行动。母狼把那些松枝叼走,敞亮的泥地上,三条铁链子,蛇一样扭曲着。

母狼开始在地上用爪子刨土,刨开一条深沟,叼起铁链子放在深沟里,然后用爪子扒土覆盖严实。母狼用嘴叼了狼崽撒开蹄跑,腾起来的铁链子从土里崩起来,砰地一下,狼崽嗷的一声被弹落在地上。砰地一下,狼崽嗷的一声,接着再重复,砰地一下。母狼重复不断地把铁链子埋在土里,叼起狼崽跑,狼崽不断地被弹落在地上。母狼一定是想让铁链子消失,唯一的办法就是把它埋进土里。如几日前在暗影中的舞蹈。母狼疯了一样快速地做同样的动作,月光下偶尔的回头能看到眼睛闪过来的绿光。

秃蛋子身体上的汗毛竖起来,土尘一漾一漾飞起落下。

母狼突然停顿下来,用长长的舌头舔着狼崽身上的毛,很无奈地看着地上的铁链,突然腾起身伏下去避开狼崽直接啃咬拴在树根上的铁丝,动作有些急迫,牙齿似乎是被咬嚼铁链的力度勒疼了,嘴大张着,舌头黑血一样伸出来。

母狼的离开是一道闪电,甚至来不及出手,一切似乎就安静了。

空气被抽得没有一丝水分,两个人抿紧着一点水分也没有的嘴唇看着暗夜的天空。秃蛋儿把高高吊起来的心放回原处,随即听见周身血液不再凝固后的欢畅奔涌。他坚决要回去,只有看到他的牲口他才会感到安全。他要猎人王泉放走狼崽,这种游戏玩起来提心吊胆,四脚不着地,随时有失命的危险。

猎人王泉笑话秃蛋儿是个脓包。

秃蛋儿走在村街上时看见远处十字路口有一团火,是一个家族为亡灵送魂。秃蛋儿突然觉得四下里到处是亡灵,动物的植物的石头的,这个人世间只有亡灵永远活着,无所不在的,知道和不知道的都充满了这个世界。他很害怕,用打火机点燃了地上一把秃扫帚,一边捡拾着遗落在地上的柴火一边举着火往家走。总觉得身后有亡灵跟着,后脊梁冷飕飕,他不敢回头,甚至想起了白天的"下下签"。回到院子举着火把看牲口,都在。他还是没有消除了怕,干脆在院子里燃了一堆火,火点亮了夜色,消除了他的紧张。

猎人王泉期待着母狼再来。他在暗中窥视着四周,嘴里嚼着一根干草,不时咽下唾沫来缓解口干舌燥。

母狼在山坡上伫立,正如猎人王泉所想,它在决定行动。它低头撕扯着就近的荒草,那些草被折断,连根拔掉,它想让牙齿更锋利一些。它似乎明白了,无论怎样的选择,结局是一样的,痛苦、绝望,不管选择有无意义,都无法注定未来的命运。

母狼站起来,若飓风突起,龙卷骤降。它冲着山下长嚎一声,长长的铺垫,是长长的导火索,毫无畏惧,穿越灌木而下时它是冷静的。

来吧。风送来那声长嚎时猎人王泉就站了起来,迅速咽下碎末样的草屑。他用笑来缓解接踵而来的搏斗,唇齿间满是针刺样的草屑,握牢镰刀,紧盯下山路。

母狼走到槐树下,没有任何停顿和流连,它长长的扫把样的尾巴从狼崽身边扫过,没有任何声音,狼崽就被它咬死了。

猎人王泉突然害怕了。

他听到整个胸膛有几乎破石而下的洪峰声,猩红没过头顶,窒息他的喘息,他看见空中游来一条长蛇,周遭是云雾缠绕,尖利的牙齿,他甚至来不及举起镰刀,他的脖子处就出现了一个豁口。他的灵魂从那里走出去,他开始心安,甚至看见了狼崽的灵魂,众生的灵魂,漫空是新鲜的气味,是生灵的气味。

他看见一群狼在一堆火的外围蜷伏着,秃蛋儿往火堆里加柴火,火光逼退了狼群。他想和秃蛋儿说话,不幸的是心口处的灯瞬间熄灭,他看见了黑,举目四极空阔,甚至连四极也没有,只是黑,如巨石压顶。

十四

有时候时间是一场风。生成败灭,风起云涌,在四季里不断发生。有时候时间也仅是一场清明雨。故去了一个人,成长了一位雌黄少年。有时候呢,时间就是田埂上的毛豆由青转黄,脚不小心碰了,豆荚儿碰裂了,黄黄的豆儿,倏忽落下了一地。山远处一片绿意,山近处一片青黄。山坡上的谷子差不多该开始开镰了,田垄下的南瓜掉着花脸儿,一触及地,下地的人将它们放倒在平地上。

果真就开镰了。

秃蛋儿挥舞着镰刀,将一捆一捆的谷子系起来,挑到自家院子。改珍坐在地上拿了剪刀剪谷穗,猎人王泉的后代举着胳膊粗的木棒上下起伏敲打着干透的黄豆荚。

秋天的阳光照在旧屋的青砖上,一只鸟鸣,是喜鹊,饥渴似的干叫着。代耕一年成了他永远的承诺,实际上,他很是心甘情愿。

翠喜抱了南瓜穿着套鞋沿着水洼走,脚底板下的泥巴粘得越来越多,鞋子的重量不断加重着。泥巴上有草根、叶屑,它们吃着泥土拽着鞋越来越走不动了。她不小心摔倒了,衣裳的肘部、双膝、胸部,甚至整件衣裳上都沾了泥巴。翠喜一边捡地上的南瓜一边把手掌上的泥巴往衣裳上擦。秃蛋儿挑着谷穗走过,急忙扶起她。

翠喜说:"你是我儿猎人王泉?"

秃蛋儿点头认下这个名字。

哈喽村自古有招婿一说,招婿的原因不外有二:一是子女众多,家穷无法养活,有少子人家需要招婿上门;二是父子八字相克、阴阳失和,一辈子家中不安,需要送给他人入赘。

秃蛋儿入赘王姓家族,孤儿,无理由,只是对一个死亡人的承诺。

两情相悦,改珍一生都睡在了他身边。

望 穿 秋 水

一

　　1961年夏,李坊村的闫二变十六岁了,要在旧社会她都该嫁人了。眼下的闫二变还没有婆家,娘极力主张找,再不找晚了。闫二变靠在门框上舒展了一下眉,这个月光浸透小院的夜晚,爹在院中央收拾农具,闫二变展眉之下把娘的话当了耳边风。

　　娘在院子的屋檐暗处叫二变离开屋门,门脑上长了一个马蜂窝,很小,像一只耳朵,倒悬的蜂窝上三五只马蜂拱出了几个葱管一样的蜂房,娘怕马蜂叮了二变。

　　爹抬了一下头,嘴里叼着旱烟,黑黝黝中明灭了一下,他看到二变嗔了娘一下,抿着嘴笑。爹的手像树皮一样粗糙,微弱的光亮推动了二变的心思,有爹闫五则在,明天一定是几丈阳光的好天气。

　　二变爹闫五则主意很正,就这么一个妮子,闫家人丁不旺,日子使不上劲,李坊村人背后指指点点笑话闫家哩。眼下妇女是半边天了,世道要变了,有一股强大的底层妇女主事的气流在游动,对于自己的妮子,他看到了未来。闫五则想,要想在世上扳回闫家的脸面,就得从妇女能顶半边天上起事,泥窝窝里也能混出金凤凰。农村人往哪儿混?单听村名就知道,那是李姓人横行的地方。事实上也就是李姓人横行的村庄。村干部都是李姓人,闫姓人的祖先是逃荒过来的,几代过后在李坊村也才混了个"知道有这么一户",闫二变想混出头脸怕是难了。尤其一个女娃家。

秋天说话间就到了,天高气爽,队里忙着收粮食赚工分,一个"忙"字把闲余的时间都打发没了。收完秋,地上是一片衰败,风在裸露的土地上横割竖割,妇女们在地头捡拾秸秆中遗落的秋粮,有人就想给二变找婆家。

一听找婆家,闫二变突然觉得衣裳变得又轻又薄,风像水一样轻易就浸过来直抵了她的五脏六腑,闫二变对"找婆家"开始陡生畏惧。

风带给二变最初的激灵过去后,她看到丰收顽固持久地挂在李坊村人的脸上,那是李姓人家才有的自信。妇女不甘心,说要找的婆家是李坊村会计家的晚生儿李要发。这无疑是烂泥里插了一个炮仗,一声响后,烂泥就开了一朵坑花。闫二变不由得急慌了一下,心里揣着个兔子似的,有一股野性的力量在蹿,风突然改变了方向,放眼望去的田野上不再是灰秃秃,是暖和的风,脚下的步子也迈得格外轻巧。

泥土的香味催开了少女的思想,闫二变从心里确实看中了会计家的晚生儿子李要发。念想来时,一天不见到李要发二变心就痒,有事没事游荡在李会计家门前。人家晚生儿对她没多大意思,这件事闫二变没看出来,也没想到是村里李姓人家小瞧他闫姓,闲余拿二变开玩笑。但是,二变爹琢磨出来了。

爹看见丢魂落魄回家的闫二变说:"你是不是耐不住娘家的日子了?"一时话里的意思没明说,二变抬了头看爹,爹也看闫二变:一双剑眉,两只眼睛又大又亮,圆圆的鼻准,厚厚的嘴唇,鼻两夹有十来粒雀斑,就是皮肤黑了点,一个健康的好闺女。闫二变明白什么似的念叨了一句:"爹泼烦人呢。"讲这句话时闫二变显得明眸皓齿的。爹笑了,一个自尊自强的闫姓人家的好闺女。爹在闫二变身后喊道:"李姓娃见了姓闫的五则同志连个叔都不喊。"听话听声,锣鼓听音,二变听出爹的话里有内容。

相思的秋天就这样过去了。

二

这一年的年关,二变想把自己家的两间土房用书纸贴一下,土墙年久失修,墙皮往炕上脱落,反正二变不读书了,要书没用。二变妈糊了糨糊,二变一张一张拆开书往墙上贴。书不够贴墙,二变就去找会计儿子李要发要旧账本,会计家的旧账本多得都用来擦屁股。这是有一天二变等李要发时眼看要撞见他妈了,躲进茅厕闪惊慌时发现的。

第一次进会计家,闫二变发现人家的墙上贴的都是奖状,都是报纸。由于报纸都比较大,内心还真觉得会计家比自己要高出一等半等似的。闫二变的心惶惶的。李要发问二变要旧账本做啥用,二变说贴墙,书纸不够。

李要发惊讶地说,你把书都贴了墙?

闫二变说,反正不计划念书了。

李要发说,你不念书,心里就装不下一本变天账。

二变说,啥叫变天账?

李要发说,在你假积极爹的肚子里装着。

二变很没趣很想再听李要发说点啥,哪知人家闪下她抬脚走了。满屋报纸如梦如烟,闫二变很好奇,想看看那报纸上都写了啥,只见李要发妈脱下自己的鞋扔向门外的鸡:

"谁家的鸡,隔过院墙就敢来偷食,穷命鬼!"

闫二变走在李坊村街道上,冬日暖阳照着阴坡的黄草,穷人家的后代在茅封草长的山道上能走多远?闫二变想哭,看到自己家颓墙败壁的窑洞,爹站在门口,她觉得李坊村的街道真短。

闫五则说:"他走他的阳关道,咱走咱的独木桥。"

二变闭上了双眼,让黑色幕布覆盖了自己的世界。

进入年关,闫五则从生产队领回来一项任务:快过春节了,过春节人们自然要改善生活,吃得好,产生的粪蛋子自然就质量高,在这个时候去积肥不啻一个大丰收。会上队长问哪个愿意大过年出门进城为生产队积肥,凡是舍下年外出积肥的都给高工分,往返的路费和吃住都给报销。闫五则毫不犹疑领了这项任务。

开完会回到家里,闫二变问:开的什么会呀,爹?

闫五则说:积肥会。

女儿:啊?积肥还要开会?

闫五则说:不开会不能统一思想。

二变说:啥叫统一思想?

闫五则说:就是把思想顺成一个方向。

闫五则进一步补充说:一颗粪蛋一颗粮,没有粪蛋粮不长。城市里人吃得好,产粪多,爹明天就趁这个正月天去城里给生产队农田积肥。

没有等爹说完闫二变就抢了说:爹,你要领我一块儿去,去看一看大地方是不是?

闫五则想了想,大过年的,走外的人都是寒酸人,叫妮子去不去呢?她如不想在家过年,一定是把简单的道理弄明白了,知道人家李姓会计的晚生儿不想跟她谈恋爱。

闫五则说:出了门啊,可是要受罪啊,寒冬腊月受罪不暖和不说,还要受城里人白眼。

闫二变猛地坐起来说:白眼见多了长志气呢!

这句话闷雷似的击中了闫五则,他其实就是想带着妮子出门,凡事都有起步,没有苦中苦哪有人上人?窗户外的雪开始下了,应了老话,干冬湿年。雪中隐藏着说不出的悒惶,那种悒惶好像在世间某个角落一直潜伏着。闫五则望着无边无际的雪花,恨不得整个村庄都白了。雪都是从天空下来的,可是为什么一样爹娘生养的人,命不一样呢?

三

腊月二十六,闫二变和闫五则冒着风雪拉了粪桶进了太原城。

父女俩先是找了城郊一个农村住下,讲明白自己是乡下人,来给队上积肥,积下粪满院子有臭味,可这都是为了集体。腊月天积肥舍下年不过,叫城里人高看一眼。房东是一位老太太,听父女俩大腊月天来给生产队积肥,受了感动似的叫他们父女俩住下了。

过年了,二变没有新衣裳。

闫五则怕妮子难过,开玩笑说,搁不到年这头,能来城市过个年依赖好社会,李坊村李家人就算是穿了新衣裳脚踩着的也是乡下土地,咱是为了集体,天大地大集体大,妮子,心里可明白这个道理?闫二变知道爹是怕自己心里不好受,安慰爹说,李家人没有闫家人境界高,闫家妇女自小就有志在四方的志气。

正月天淘粪,一些城市人就张了血口骂:种地人进城淘粪,也不看个时尚,搞得一正月天都是屎巴巴,死气。

闫二变不仅没有看到大城市的好处还受了一肚子委屈,白眼经不住天天儿受,夜里躺在被窝里偷着哭。闫五则知道女儿哭了,就把手放在女儿的被子上说:妮妮家有啥可哭?又不是不知道出门是来受气的,受气也是给公家受气呢,咱身后有生产队这个大靠山,你怕他们啥了?!

闫二变说:城里人吃粮食,就不知道粮食是粪养的!

闫五则说:闺女可算是说好了,城里人不懂事理,我妮懂!你可是小学毕业的青年啊!不闻大粪臭,哪得粮食香?

闫二变把头伸出被窝,表示了要听爹的话,知道了香从臭中来的道理,心里想那些城里人都是一些香臭不分的家伙,不值得为他们生气。

寒风刺骨的季节,天不明闫二变就起床做饭了,吃完饭拉上粪桶去淘茅粪,闫五则淘男茅房,她淘女茅房,淘完后一车一车运到住地,搅匀摊好,晒干后再垛起来。

时间长了,城市里方圆的人都知道附近有父女俩来城市积肥,上学的大孩子里有人觉得闫二变是有伟大理想的人,有的就把家里的小人书送给闫二变看,有《小英雄雨来》《鸡毛信》《海鸥崖》等。尤其是后来一个戴眼镜的瘦高个子男同学送给她一本《山乡巨变》,让闫二变大开眼见,更坚定了自己为李坊村生产队积肥的信心。闫二变朝瞅暮瞧,总怕自己一身的粪气污染了小人书,要洗几遍手才要翻着看,并不时回忆给她书时的当下情景:闫二变说,我怕看坏了你的书。男学生说,看坏了我买新书送你。闫二变就哭了。男学生很慎重地把小人书放到闫二变手上。

男孩子说:"别哭,世界上的事,劳动最光荣!"

从那以后,闫二变就不去焦苦焦苦想李要发了,只拿李要发和城里的人比较。生活的不尽如人意都要坦然面对,生活是无尽的劳动,因为劳动被城里的男孩表扬。劳动光荣,想起李要发家墙上贴下的奖状,那上面就写着"劳动光荣"。闫二变一定要得一张奖状也贴到自家的土墙上,为了将来的那一天,酸甜苦辣算什么!

夜里父女俩看着渐渐堆积起来的肥,心里有说不出的高兴。一些流浪在城市里的人也凑到院子里来和他们父女聊天。有三五成伴,有萍水相逢,但同是天涯谋生人,有着类似的不同甘苦,因而就有无限的共同话语,话语中少有酸楚和哀伤,多有黄连树下唱戏——苦中有乐。人一旦亲近了劳动,臭也闻见是香,瞅着瞅着,恍惚看见了金灿灿的粮食排山倒海而来。

四

冬季刚刚过去了,春天还没有来临。人们都还穿着防寒的肥厚的衣裳,树的枝条开始返青,冬天蕴含在土壤中的养分,通过躯干射向枝条,向天空输送了精神。

去冬的不快因为发青的树的躯干让闫二变心情好了许多。那是一个向晚的黄昏,瘦高个男生骑了一辆自行车来到闫二变租住的院子里,他围了一条围巾,那围巾是一前一后耷拉着,像电影里的五四青年似的,让闫二变看到了激动的画面,不由得和村庄里的会计儿李要发又悄悄比较起来。人和人是不能比的,其实还没有来得及比,她就发现了自行车后座上还驮着一位女学生,女学生脖子上围了红围脖,两条油黑的大辫子在胸前挂着,一双眼睛不大却水汪汪的,闫二变在她面前显得很不自在。

闫二变进屋子里洗了手换了衣裳出来时,看到那女学生两只手不时地在鼻子前扇。瘦高个的男同学显然是想和对方沟通,想让她知道社会上还有闫二变这样的妮子,不能仰仗了自己的小姐脾气不懂得尊重人。看看有理想的人是什么样子吧!男学生指着闫二变。女学生瞪了眼睛看闫二变,一步一步地往后退。瘦高个男学生突然拽了女学生的手要她走近闫二变,女学生撅着屁股不走,男学生到底还是把她拽到了闫二变身边。女学生干脆用另一只手捂严实了嘴和鼻子,闫二变不知道自己怎么啦,好久都没有照过镜子了,想说话说不出来,底气不壮的样子。自己身后可站着李坊村的全体农民呢,怎么就底气不壮了呢?木木地站着有一会儿,女学生憋不住了松开手"哇"的一声开始呕吐,瘦高个男学生丢开她的手时,女学生跑了。

瘦高个并没有去追对方,拉住闫二变的手说:"你才是我们祖国未来的希望。"讲完后从书包里掏出一本小人书《山乡巨变》放到闫二变手里扭身走了。

闫二变的手第一次叫男人拉,拉得紧,心无端泛出了春潮。地上的粪也没顾得上搅拌,站着,一直到爹淘粪回来。闫二变破天荒没有做晚饭,捧着小人书在灯下看。爹说,你迷瞪啥呢?她说,看小人书呢。闫五则看到小人书是看过的,就说,老看有啥意思?闫二变得很严肃地告诉爹:未来的李坊村像图画一样美!

她想大声笑,心里默默地笑不出来,她想大声喊叫,可声音却像从嗓子眼挤出似的,她的脑海里一片光亮,她似乎看见了满窑洞的土墙上都是奖状。思维断断续续,一夜里《山乡巨变》和李坊村搅在一起,分不清画中的是人间还是人间在画中。

爹早上起来喊她才打断了她的梦境,睁开眼时,天早已大亮,外面的粪臭飘进来,淡淡的,很香,像春天的青翘花(连翘)一样香。

瘦高个男学生再没有来找过闫二变,她很想见到他把书还回去。可是对闫二变来讲,这是一件难事,一不知道人家在哪里住,二不知道人家叫什么。心里搁了事儿淘粪时就多长了心眼,不敢明目张胆问,就绕了弯儿打听扎了长辫的女学生。她不说对方的好,只说对方长得不好看,好像思想不对头都要影响了对方的外貌。打听来打听去却是一直没有结果。

有一天,闫五则说,不淘粪了。歇两天,单等清明前后拉了干粪返乡。

歇下来时闫二变心里一下就空了。

在城里走走看看,闫二变发现城市真好。春天的风飘逸中带着一股芳香,城里的男人和女人破天荒长得都好看,走在大街上都显得富有朝气。时代在城市里变了,在乡下没有变。城市让二变开了眼界。

她瞅着一个好天气,鬼使神差走到城市一座高楼上。正是夕阳西下时分,那天的落日格外红,照得闫二变风吹日晒的脸红扑扑的,照得窗户上的玻璃也都是红扑扑的。二变站在楼顶上喊:"你在哪里啊?你知道我的脸为什么红吗?你说劳动最光荣,可我找不到你呀,我的脸再红你也要看不见了!"

落日似乎听到了二变的询问,那奇异的景观,云彩如嶙峋陡峭的岩石。闫二变想爬上去,爬到最高处,让她的喊再大声一些。攀爬的过程差不多就是临危的绝境状态了。脚踩岩块,手扒岩面,在将要失去重心的一刹那必须抓住削如刀面的岩石,那鲜艳夺目的高处就在眼前了,身后一个人用他粗壮的手臂抱住了她。二变回过头时看到了闫五则,她的脚下就是楼下的街道了。闫五则神色惊恐地看着自己的妮子,风吹日晒的脸如墨如黛,闫五则说:"清明,咱李坊生产队要摇耧下种了!"闫二变惊慌地看着脚下:"爹,我幻了一下。"闫五则突然想起来妮子为了积肥过年都没有吃上肉。

五

返乡的日子说到就到了,队里来了十辆马车,前前后后装得和小山一样肥,拉了一星期,最后一趟闫五则和闫二变收拾停当家什也随了车队离开。

黎明时分,最后一队马车浩浩荡荡穿太原城而过。闫二变坐在马车的前帮上,两只脚时不时地扫一下马路,数着路两边的电线杆上的电灯。胶皮轮胎走在柏油路上的声音怪怪的,像狗馋食时的怪叫声,一声声近来一声声远。小书包里的小人书很不安分地跳动着,马车的起伏让坐在车帮上的闫二变心里有说不出的不舍和难过,却也起伏出了几分骄傲。这是一群从城市抵达乡下的人,马车和人的脚步声凌乱地叩击着太原迎泽大街的早晨。路灯黯然了,就快要大亮的天色,忽然又黑了一阵子,在黎明前的黑暗下,有赶车的车夫问车帮上坐着的闫二变。车夫说,二变,在城市里积肥,城市里的人不嫌你臭吗?闫二变昂着头说:谁嫌粪臭,那是他没理想,思想不对头。

早晨通体透明,一路上的粪香味儿弥漫在太原城的上空,有早起的人闻了半天,感觉像南方的茉莉花茶的味儿。

1962年闫二变和她爹为李坊生产队积肥二十五万斤。李坊村干部决定表彰闫五则,闫五则据理力争要大队表彰闫二变。闫二变年底时被公社披了红花。闫五则觉得闺女给闫家挽回面子了,赚足了面子不是主要的,主要的是闺女该找婆家了。

闫二变是披了红花的人,一般家庭不敢来问,闫五则就又想到了会计家的晚生儿李要发。闫二变披了红花,人家娃见了面也开始叫叔了,说明人家娃有回转的意思。闫五则斗胆叫支书做媒说合,支书欣然应允了此事。

闫二变知道后反倒不同意了。

村庄像煳黑的锅底一样,支书和闫五则、闫二变站在院子里,明天清早闫二变要去县里受表彰,支书想叫会计儿李要发跟了到县里。闫二变说:不需要。出去积肥的时间里,有些东西扯断了闫二变对李要发的好。眼界开阔是一方面,另一方面是在艰苦的环境中成长锻炼了二变,二变要在更艰苦的环境中创造出一个更美好的明天来,就像《山乡巨变》里的那样,不能简单地把自己交给一个男人,否则,一定是一辈子跟在牲口屁股后转了磨台转锅台呢。李要发已经成为闫二变恍若隔世的人,与闫二变当下眼界中的生活格格不入。正是磨炼意志的时候,社会给了这么大的荣誉,一下就谈婚论嫁,说不清将来要替谁难过,与其如此还不如缓缓,叫他李姓人低头来找而不是闫五则抬头求人。他李姓人家怎么就不能先张口?我闫二变可不是从前的闫二变了,现在的闫二变人穷志不短!

闫二变说:"话分两头讲,叔,以前我高攀不上他,现在,怕他也高攀不上我呀。"闫二变再一次拒绝了支书的好意。支书没说二话撂了一句:"二变啊,世上谁的眼光宽?毛主席的眼光最宽,他青年时期就知道闹革命,可闹革命也没有忘记了成家立业,毛主席不能肉眼看到明天,可毛主席知道成大事先成家是天下最主要的事。"

二变说:"毛主席是毛主席,闫二变是闫二变,毛主席也没有找同一个村里的人结婚。"

闫二变认为自己是有理想的人,虽然说自己不是祖国的未来,可自己是李坊村的未来,她把李坊村设计得辉煌灿烂,仿佛灿烂的朝霞就要从她家的黑窑炕上升起。

果然,二变因为受苦被提拔成了李坊村生产小队的队长。她要求家家都要知道劳动的重要,日出日落,庄稼人自有庄稼人的活法,二变要求李坊村男女老少农忙时上地,农闲时积肥。村庄火热的日子是在地间打肥,把粪堆儿倒上倒下,还要插上高粱秆透气,让生肥发酵,最好是腐败透顶。李坊村的庄稼年年丰收,二变慢慢就成了公社里的人物,乡里的人物。劳动让她不舍得停下脚步,劳动反复呈现着闫二变的价值,闫二变就成了县里的人物,就变得金贵、扎眼。

时间的记忆就像一条溪流,有欢畅也有跌宕旋涡。闫二变上报纸了,得下的奖状贴满了自己家的墙,县长见了二变都要专程快走几步路来握手,那照片上了报纸后同时也上了闫五则的土墙。可一墙的闫二变照片怎么都叫闫五则高兴不起来,叫他心急的是二变还没有成家。二变也老辣得很,见了成家立业的李要发很大方地赶上前握手,甚至问候说:"有苦难找组织。"谁是组织?闫二变是组织。李要发居然低头哈腰地说:"怎么好意思给组织添麻烦?不敢不敢!"说完急匆匆走开。

闫二变自言自语说:"人活着,死是不存在的,一个人要是被一个人忘了,那才算是真死了。"

闫二变在心里一直想着那个借给她《山乡巨变》的男学生,时间总也化不开。每次到省城开会,最叫她激动的事就是回忆从前,一辈子经见了一件事,就叫人家牵着走了,一辈子真是不长,当年的影子仿佛还在眼前。

说这话时闫二变七十岁了。

花 开 富 贵

一

　　黄风刮过良马河,一阵子把日头刮出来了。有人看见良马镇的河套里走着一群活物:梁永胜和四头纯种大白母猪。

　　梁永胜挥舞着一根杨木棍儿,前头儿奔跑的猪拽着他手里一根长长的中间分出四股头的麻绳,猪们在四股头麻绳前头欢腾得要命。渐次扬起的尘土中,有人看见梁永胜的脸冻得胭脂一样红。

　　雪后的天光把梁永胜胭脂样的五官照得都往上翘,人跟着猪飞跑起来的时候像台子上吊起的一只木偶,抖得欢。

　　良马镇新盖起来的镇政府在一片民居中央被视觉揪出老高,和低矮的民房相比,主要是它很显身份。两边的店铺有些热闹,要过年了,热闹是必然的。第一个和梁永胜搭话的人是马月山:"人家过年是买呢,你是卖呢。"

　　这里的这个"卖"字含有色情的意味。

　　说的是离良马镇三十里地河西村的吴二虎家妮子小花。梁永胜年轻的时候见过,跟着瓦窑堡一班中学生来东河村过星期日,几个女娃在村上游门,一群妮子跟了大儿子忠伟来家里耍过,吴二虎的妮子是一群女娃中最好看的一个。听说初中就跟男娃搞对象,约会的条子上写着"老时间老地点"。那时实行夏令时,地点是良马河后沟。小花没念完中学就跟着镇里的人外出去打工了,闲言碎语传回来,反正吴二虎家是发了,土坯房换了二层小洋楼。政府不能脱贫的事,人家妮子腰揣利剑给脱了。

计划内生育让人丢失了许多宝贵的机会,比如还能生三胎的话,要是能生一个妮子呢,还用得着养猪?光彩礼就能给一个儿说下媳妇。梁永胜的心态也是他人的心态,见不得人家好过,眼热,心里不爽常常带着酝酿很足的羡慕嫉妒恨。

浩大的冬阳里梁永胜张着嘴巴夸张地笑,对面的听不见他的声音,能看见他的笑,将他当下的笑和以往正常的笑分离开来,一眼就知道他的笑怀了鬼胎。梁永胜用劲儿拽着猪说了一句跟命运较劲的话:"跑得猴快是急着找死呢。"

这时候从一家店铺里闪出一个痴肥的女人,她手里端着一脸盆脏水要泼下去,看见猪在她的门口拉了一泡粪便,大声喊起来:"永胜,十几块钱一斤的肉丢了,你哪头儿值得?"

梁永胜扭过脸来看,看到地上的猪粪,脸快速黑下来:"不说了,不说了,政府有人等着呢。"走过街道直奔镇政府而去。

镇政府的院子里十几个站着或蹲着的,脸色粗糙的农民在抽烟聊天。梁永胜看到自己屋后的光棍苟小仓,见他光着头趿拉着套鞋旁若无人地在政府大楼前竖下的石狮子旁解手,有人过去撵他走,他冲人家瞪眼睛。看到梁永胜赶着猪进来了,他提上裤子粗声大气地问:"哎,政府重地,你这是找谁?"

梁永胜说:"瞅你那下流相,进了政府你就尿高了。——我找吕镇长。"

苟小仓系着裤带笑了,一脸狡黠:"是永胜啊,送猪来了?"

梁永胜递过去一根烟:"送猪来了。畜生东西没登过大码头,进镇里急了一泡,少下斤秤了。"

苟小仓仰起脸看了看猪,知道梁永胜是计较那一泡屎:"驴镇长不在。"

周围的人笑苟小仓叫"驴镇长"。

吕镇长是今年才调来的,原来的王镇长被交流回县里了,梁永胜还不认得。原来的王镇长号召全镇养猪,现在镇里的吕镇长号召全镇养驴,一个领导一个主意。听说吕镇长要在良马镇大做驴品牌生意,要大做,做大。吕镇长认为养驴是农民一个光明产业,驴是好东西啊,天上龙肉,地下驴肉。不过喊"驴镇长"不仅是因为养驴,还因为吕镇长是计划生育的模范户。

苟小仓敢喊"驴镇长"说明吕镇长不在镇里,意味着猪不能送下。梁永胜决定和猪一起到朝阳的墙根下等。四周晒暖阳的人们调集了全部兴致看梁永胜和他的四头猪。猪们被梁永胜打卧在墙根下,又因了什么其中一头挣扎着支起后腿,见那猪很急似的撒了一泡尿。所有人的目光投到了梁永胜脸上,知道出门时猪被喂急了。破旧苍黄的土墙根下梁永胜脸上蒙了一层霉气,当初进镇的欢实荡然无存。就良马镇的农民来说,也许都还希望梁永胜出丑呢。太冷清了,日复一日地看鸡栖于埘,牛羊走过,时光一天天淡去,若是能有个热闹点亮一下眼前,是否,这样的一生,也就不会漫长得那么枯燥?而且,从根本上说,他们自己,须发无伤。无趣得紧,但就是这无趣,也常常不会突兀于波澜不惊的日常生活,所以,大家内心有隐隐的期待。

吕镇长是秋口上来到良马镇的,梁永胜来找过几次,几次都没有见过面。腊月天到了,人没有见,养肥的猪得送来。

苟小仓挽着裤带走过来,想和梁永胜讨根烟抽,梁永胜不舍得掏,因为墙根下嘴里想冒烟的人太多。梁永胜打了苟小仓的手一下,苟小仓觉得丢面子了,反身踢了卧着的猪屁股一下,猪被踢得急了立起来"哧啦"一下泄出一摊。梁永胜的脸黄蜡蜡的,吊着眉看苟小仓,苟小仓皮笑肉不笑地看着梁永胜,周围的人开始不发声笑,等有个啥结果好把拽着那后半段笑喷出来。猪泄完腾空了卧在墙根下哼哼着,很舒坦的样子。

晒暖阳中一个人说话了:"人养一个定乾坤,猪养一窝守墙根。"

苟小仓歪着脑袋斜瞟了那人一眼。

梁永胜没说啥,苟小仓说话了:

"出门死喂,吃多屙多。"

梁永胜一脚就踢上去了。这是苟小仓没有防备到的,没有系紧的裤带在他倒退期间绷开了,裤子一下脱落了下来,皱巴巴的羽绒服下裸出两条细腿来。周围的笑声憋不住出来了。

"哈哈哈哈,快看苟小仓那两条麻雀腿细得。"

苟小仓弯腰急忙提起裤挽好走到梁永胜跟前,所有的人都认为好戏要开场了。却见苟小仓快步跑到墙根前照着四头猪一脚一个要命似的踢上去。猪"吱哇"叫了一声,翻滚起身牵扯着梁永胜骨碌一下全挨着跑了。

墙根下的人站起来看梁永胜拔脚飞跑的样子。

猪跑出镇政府,跑进河套里,猪跑得飞快,梁永胜的喘气声生丝一样拉出很长。

二

午时,吕镇长领着县水利局的领导调研回到镇上,没进政府直接进了镇上"驴肉香"酒馆。这个良马镇纯种贫农后代,如今是一马双跨春风得意,良马镇人对他颇有微词。当初那个吕宽富见人低下三分,如今那是见人高出一等啊。酒馆是公社时期的供销社改造下的,原来叫"红梅饭店",吕镇长来后改了叫"驴肉香"。店老板叫红梅,吕镇长中学时的恋爱对象。正门一副对联:闻见驴肉香,神仙也心慌。横批:香飘天下。

店里三张桌子,桌面上铺着向日葵塑料台布,很整洁,也很温暖。坐下后能看见良马河的河套和远山。黑漆漆的炉台上坐着一口砂锅,驴肉的香气冒出来弥漫了一店。店主红梅等客人落座后开始下菜。吕富宽走到炉台前拿勺子舀起一块驴肉端到水利局长脸前。吕宽富说:"安局长,砂锅、老汤、驴肉的味道才纯正。"叫安局长的也走到炉台前,砂锅里的汤汁"咕咚咕咚"鼓着泡子,那香气立时扑鼻而来,似在操纵着安局长的神经调动着安局长的食欲。安局长难以按捺地喊了一声:

"香得还吓人哩!"

店家红梅笑眯眯地把驴肉放到案板上,切成精薄的细片,撒上葱花、香菜。驴肠子也切成薄片,薄片的驴肠子在盘子里被摆放成菊花形状。安局长说:"驴也有花花肠子?我还以为只有你吕宽富有。"吕宽富仰着脸笑了,低头时瞟了一眼红梅。红梅正往碗里舀老汤,小白瓷碗里盛了浅浅几口汤,上面漂着一层细细的黄色油花,捏几片葱花几片香菜进去,端到桌子前。安局长先喝了一口,没有等品出滋味,再一口就全部顺下喉咙了。

"再来一碗!"

吕宽富说:"安局长,这一口香是叫你润胃呢,喝多了吃肉就吃不出味道了。"

安局长说:"店小还怪出毛病。把那电视打开。"

吕宽富说:"我就知道安局长离不开电视。"

红梅一边切驴腱子肉一边说:"安局长,等一下你尝尝我的驴腱子,驴身子上就数腱子肉好吃,不是入口化,有嚼头,嚼得的是滋味。"

安局长这才正眼看红梅,女人侧着个身子,红毛衣裹着身子紧紧的,两个奶子随着刀起刀落晃得有形,有些岁月的脸上长着一双会说话的眼睛。安局长看吕宽富:"好好。"

吕宽富说:"啥子好?"

安局长笑着说:"腱子肉好嘛。"

红梅端过腱子肉,又端过一盘架着篱笆墙像晒布一样的东西。

吕宽富说:"安局长,你猜猜这是啥肉?你们也都猜猜。"

安局长说:"我不猜,叫店家说是啥肉。"

红梅朝着桌子上的人:"这东西不能煮得太塌,太塌了就没有嚼劲,没有嚼劲就吃不出香气,一口肉两种味,安局长可吃得出来?"

桌子上的人都是水利局跟着局长一起下乡来的人,局长不说是啥肉,就算猜着了也不能说,更不能动筷子吃。

吕宽富从架子上拿下来一瓶酒,很熟练地打开倒进了玻璃杯子里。

安局长说:"这小媳妇有内容,你不说这是驴鞭,要说是一口能吃出两种味,吕镇长说说,能吃出两种啥味?"

吕宽富端起酒杯递给安局长:"来来来,啥味不是入口时香下咽时一口泥?"

安局长说:"你小子针针不离穴。你干了。良马河多年都不发洪水了,你借着防洪要钱,要钱防啥哩?"

吕宽富说:"我干三下,咱要钱要的是百年不遇,真要遇个年成不好,大水能冲了龙王庙。"

吕宽富四根指头夹三杯酒,仰脖子伸长下嘴片,三杯酒上中下摆起来瀑布一样倒进了嘴里。

红梅在炉台前看到窗外有一个人垂头丧气从远处走来,他的身后跟着四头猪,是梁永胜。梁永胜把猪拴在镇政府门前石头狮子上,什么事让他突然来了精神,他弯腰捡起一块红砖进了政府院子。隔着玻璃听不清梁永胜喊啥,看见有人陆陆续续走出来。梁永胜先天长就的性格如他那张脸上的五官一样,尺寸不大。红梅笑了笑。午后的风沙歇了脚,天地睁开眼了。红梅是见过大世面的人,看良马镇那些灰头土脸的人觉得一点也代表不了时代气息,和以前比都觉得良马镇的日子没有挪动反倒是后退了。她扭身给桌子上的领导们添水,看到桌子上醋碟子里都是酒,吕宽富红着脸喊叫着"喝个月亮",一碟子酒下去了。红梅给他们的空杯子里倒酒,酒倒得边边沿沿的,安局长还嫌不够,喊着:"喝酒要喝车大灯!"红梅倒得酒鼓了起来。

红梅走到炉台前开始和面,主食是驴肠炒揪片。再看窗外,梁永胜似乎什么人也没有找见,走到拴猪的树下吼着骂了几声就着手里的砖坐下了。红梅想:这就是梁永胜的出息。红梅看到又来了两个人,一个人怒气冲冲走在前头,后头的人似乎反绑着手,两个人一前一后走到镇政府门前,前头的人把后面跟着的结实地捆在了梁永胜拴猪的石头狮子上。来人是瓦窑沟村村主任李保国,拴在石头狮子上的是他儿李进生。李保国冲着儿子骂什么,四下里的人伸着脖子笼着袖看,李保国骂得起劲。红梅想不通,啥事李保国要对儿子这么狠?红梅给吕宽富使了个眼色。

酒桌上吃酒人吃到了高潮。

吕宽富脸红脖子粗地端起分酒器扭过身子喊:"红梅,你不来敬安局长一杯?来给安局长讲讲驴肉养生的好处。"

红梅莞尔一笑,拧开水龙头洗干净面手走过来。

"我是乡下人,哪能上得台面?安局长不嫌我一身腥膻味,我就敬安局长个满杯。"

红梅端过吕宽富手里的分酒器给安局长倒酒。

安局长口齿不利索地看着红梅,伸手捉了红梅的手晃悠悠地填满酒杯说:"我跟你喝三个车大灯。"

吕宽富站起来叫红梅坐下。吕宽富说:"红梅先喝一个太阳。没有阳光照耀,车大灯哪能照得路明晃晃?"

说完话吕宽富出去了。

红梅抽出手拿起酒瓶倒满分酒器,端起来笑盈盈看着安局长:"安局长,店小人手少,比不得县城里的大饭店,就怕慢待了贵客,安局长你要体谅小店的不周全处啊,我敬你,先喝为敬。"

红梅仰起脖子喝酒像喝水一样灌了下去。安局长捏住红梅的手,把桌子上三杯酒倒进分酒器,一手端着分酒器把酒倒进了嘴里。

安局长看着在座的人说:"男人没有不爱女人的道理,在女人面前,男人是没有免疫力的,女人就是男人的荷尔蒙。"

一班人看着红梅笑了。

吕宽富从饭店的后门出去,后院子里一圈栅栏围着,拴着一条土狗,狗像见到熟人似的站起来摇着尾巴,几只鸡在铁笼子里卧着不动。一根木头接一根木头的栅栏,颇具流线美。栅栏外有一条路,顺着路走拐个弯有个小巷,小巷尽头正对的是镇政府大院。吕宽富看过去,顿时明白了李保国对儿子的狠是为了什么。只见保国指着儿子在骂,骂他管不住女人,女人跑了儿子顶!保国是瓦窑沟村刚选的村主任,当初选时就有人告他,吕宽富没有想到李保国来这一手。吕宽富一边往回走一边给镇派出所打电话,叫所长派俩人到镇政府门前把石头狮子上拴着的弄走。吕宽富走进栅栏冲着狗撒了一泡尿,尿冲起一个很深的窝窝。狗被铁链子拴着,几次举起前爪想扑过来,拉紧的铁链子拽得它呻吟了几下。吕宽富收拾罢了走近狗拍拍狗的脑袋,狗骚情地哼哼着摇头摆尾伸出舌头舔吕宽富的手。吕宽富自言自语地说:"你真是懂得人的心思,你这下作样和人有相通的性子,有些时候你就跟我一样!"他发泄似的踢了狗一脚,狗可怜兮兮地看着吕宽富,吕宽富顿时觉得狗有一些语言,正在喉咙里唧哝。

饭桌上有人制止红梅再和安局长喝酒,要她快去做饭。吕宽富进门说:"把煮好的驴肉打包六份,小米、大豆、花椒、松蘑各样都装到纸箱里,给安局长多带两份。"

红梅在案板上边擀面边说:"早叫司机师傅放车上了。"

吕宽富能不知道吗?他就喜欢这个女人的利索劲,只是故意说给在座的听,东西不多咋呼劲大。一是过年了,他们之所以腊月天下乡,不就是来要个土特产吗?告诉他们都拿了啥。二呢,安局长多出来的两份就是身份的象征。

安局长站起来要去撒尿,吕宽富扶着安局长摇摇晃晃往外走,走到后院,狗闻见有生人来了扑叫起来,吕宽富很像主人似的踢了狗一脚。从厕所出来,他从口袋里取出一个红包塞进安局长口袋。

安局长:"你这是做啥哩?"

吕宽富:"这不是要过年吗?知道你当爷爷了,又不是给你,是给咱孙子,你说我这当小爷爷的还不该给孩子一个压岁钱?"

安局长:"这还没有过年呢!"

吕宽富:"眨眼就到了。不该几天,年后我就不去了,也算提前拜个早年。"

安局长对吕宽富的解释比较满意,钱也就不往外掏了。

吕宽富搂着安局长的肩膀:"安局长,你说,过罢年良马镇的良马河治理,咱先不说防洪,先说良马河是一条温顺的河,大多数时间都忠诚地为人提供服务,但良马河也有暴怒的时候吧,历史上可不止一次对老百姓实施过粗暴的掠夺。真要明年来一次大雨,几年没水的河沟里农户可是建了村庄哩。"

安局长:"知道你良马镇穷山恶水,也就指望一条河要个零花,我过罢年给你二十万。"

吕宽富紧着从上衣口袋里掏出要钱报告:"安局长,我没敢多打报告,二十五万,你签个字,二十万归良马镇,五万到账后我给你回扣。"

安局长接过吕宽富拧开的钢笔看着报告,酒精刺激得他看那"250000"像二百五十万。安局长把手里的笔一下扔到了地上:"你和那个红梅把我灌醉,耍什么花枪哩?把我当二百五!"

吕宽富捡起要钱报告:"安局长,你当我是孙悟空,敢在你面前耍花枪?你再看看,黑字白纸我敢闹着玩我不是人,是地上的狗!"

安局长又看了看,果然是二十五万。"都是你妈的让那叫红梅的女人灌得我脑子成糨糊了。这钱也是看你岳父的面子才给你,一个女婿半个儿,你也算个好人。"

吕宽富掏出一个塑料本子垫在报告下捧到安局长面前,安局长在报告上写了"同意",连带一竖到报告抬头标题里的二十五万上画一个圈,再挑高写下了"安在"俩字。

一刹那间吕宽富像卸掉了一个包袱,他都想给安在磕头,要了一年才要了这点。同时心里又泛起一股难言的滋味,他赶紧搀着安局长往回走。安局长走了两步回过头,河道里无水,对面山上一派萧索。安局长突然对吕宽富说:"我跟你说个酒话,我是越来越怕死了,活到这个年龄,就怕死了再不能看电视了。"

吕宽富说:"我这样的小人物,不怕安局长笑话,我就怕死了再见不着女人了。"

两个人哈哈笑着进了门。

三

派出所和镇政府就隔着一个弯道,一个弯儿拐过来两个穿制服的民警,也不全是制服,下身穿牛仔裤皮鞋,手里提溜着手铐,他们一边走一边指手画脚说话。

一班看客知道警察来抓人了。苟小仓从远处溜达过来,一看警察掉头就走了。梁永胜看见了,捡起砖头就往苟小仓离去的方向跑。

"苟小仓,你往哪野死哩!"

梁永胜这一跑,派出所的民警也跟着跑。看客出了个黑点子,追啥呢?牵了他的猪走,他自动就会回来。民警们站下了,对出点子的人报以微笑。

不知道谁喊了一声:"你的猪叫老公家牵走了!"

梁永胜回头看民警牵着猪走了,照着苟小仓远去的背影扔过去砖头,转身往镇政府门前跑。"做啥哩?我的猪犯下啥王法了?"

一个民警拦住说:"你们这是弄啥了?一个狮子上拴一个人,一个狮子上拴四头猪。"

梁永胜说:"我的猪是来找吕镇长。"

保国说:"我也找吕镇长!"

民警说:"这俩狮子可叫你们拴得劲了,这是看门狮子,是叫你们拴人?"

梁永胜说:"我拴的可是畜生!"

保国说:"我拴的也是畜生!"

李保国起劲地开始骂:"活一个男人活得真叫个窝囊,看不住老婆,你老婆不回来引产,我在镇政府门口拴你半个月!叫大伙说说,他媳妇怀娃我咋能知道?要不是肚子大了,闹得都看出来,我还蒙在鼓里呢!谁借你这么大的胆敢叫媳妇违反计划生三胎!"

民警二话不说取手铐铐住了李进生和梁永胜。人一戴手铐就傻了,连自己怎么说话都忘了,猪和人披一身金的霞光,乖乖走往山湾后说理的地方去。

这事对良马镇的人来说一点也不新鲜,知道是县里又有干部来下乡。没啥新鲜事,人们望着拐过弯的背影,很无趣地各自散了。

派出所院子里站下三个大活人,四头大活畜生,人能带回办公室,畜生哪能也带进办公室?一时想不出好办法,叫梁永胜进办公室,猪在外头。哪知梁永胜清醒了,人一清醒话就来了。梁永胜不干,死要猪守,活要守猪。

派出所所长说:"猪是在猪圈里,你在外,大腊月天冻出毛病来我咋交代你两个儿子?"

梁永胜说:"我是戴着手铐进你派出所的,冻出毛病来你派出所就得管,手铐也不是随便戴的,当是小儿玩过家家?"

派出所所长想了想,和下边的人说:"给他开了手铐,把他带到审讯室,那地方虽然没有生火,也比外面强。"

梁永胜不去:"凭啥去审讯室?犯啥法了?凭啥保国就不戴手铐?他也是牵着畜生呀!"

派出所所长解释说:"不就是因为你不离开猪吗?保国那畜生会说人话,你那畜生会说人话?你去那里暖和一些,等吕镇长送走县领导来了我喊你。"梁永胜觉得也是个交代话,毕竟要卖猪给镇上,撂下一句话:"你不要跟我扯淡,我也是王镇长的座上客哩!"

李进生一进办公室就被铐在了暖气包上,这一铐他有点吃不准深浅,一时吓得没兜住,一股尿热了裤裆。

派出所所长叫人把李保国带到自己的办公室,问他为何要把自己的儿绑了。保国说:"他违反计划生育。我不知情下他把媳妇弄跑了,秋口上搞选举有人就告我状,我还以为农民们没有啥素质瞎告状哩,我不怕。现在好了,肚子大得藏不住了,我才真知道我低估了农民们的素质,我儿真的违反了计划生育,别说人家告我状,我自己都没脸面当这个村主任了。"

派出所所长说:"儿媳妇去哪,你不可能不知道吧?"

保国说:"我指天发誓,我要知道我是个这!"

保国跷起自己的小拇指。

派出所所长笑了一下说:"我也是闲问你。你当了好几回那东西了。"

正说着话呢,吕宽富醉着酒进来了。

所长忙站起来叫吕镇长坐。

吕宽富一把抓住保国的领口:"腊月天,你妈✕嫌不乱是不是?你想唱戏你妈✕到台子上去唱,拿你儿子搞什么苦肉计?旁的人看不清楚,我看不清楚你想做啥?你把儿媳妇支应走了,拉儿子出来垫背,想叫别人服气,你这障眼法也太下作了。"

保国吓得腿软:"吕镇长啊,你说,儿媳妇都七个月了,肚外的是人,肚里的就不是人了?七个月,那是杀人啊!那可是个男娃呀,跟你我一样,你看看这派出所里,见有一个女娃没有?你看看镇政府里,有几个女娃?你再看看咱良马镇的村民选举,哪个女的能当了村主任?地方不说,你看看中央。这社会活该是男人的天地啊!"

"你妈✕赖啥哩?赖谁哩?叫县里领导看看瓦窑沟选举的村干部都是无赖!你还有没有党性原则?你以为你的水泥标号高,能生出大学生来,能生出大干部来是不是?"

保国哀求地说:"我哪会儿敢说我的水泥标号高了?我这不是替我娃求情吗?"

吕宽富说:"年前你要不把儿媳妇的三胎引产了,你这个主任我叫全县通报你,当反面典型,一辈子白纸黑字苍蝇一样趴在报纸上!"

吕宽富说罢挣脱保国往外走,派出所所长丢下保国也往外走。

派出所所长在院子里悄声和吕宽富说:"吕镇长,还有一个人和四头猪在审讯室。"

吕宽富疑惑了一下:"什么人和猪?"

"河东村的梁永胜。说那四头猪是送给镇政府的,原来王镇长和他有交易。"

吕宽富说:"现在良马镇还有王镇长?"

派出所所长也不敢说话了。

没等吕宽富回话,李保国从屋子里出来走到吕宽富跟前,一副认真的样子说:"吕镇长,我感到了你给我的潜在压力。"

吕宽富一挥手:"是基本国策给了你潜在压力!"

李保国哈着腰说:"是是是,我一时糊涂,想到以后势单力薄的日子,我就想一定要生娃,革命意识就差了错。"

吕宽富:"你哪里还有革命意识?回去好好想想,都像你这样三三两两地生,为了你个人满足给社会造成负担,你当村主任能为瓦窑沟村民谋幸福吗?你不为了你私欲谋幸福才叫日怪!叫你儿媳妇苗条着回村过个春节,天下的好事不能你妈×叫你一个人得!"

李保国站起来很谦卑也很可怜地跑到路前头说:"吕镇长,这事我要办不成我就不当这村主任了!"

保国牵着儿子李进生的手很不情愿地走了。一路上李保国和自己的儿说:"胳膊扭不过大腿,要不是选举欠下亲戚们的钱,我要孙子不要妈×这尿村主任。"

进生说："爸,那咱回家咋办哩?"

李保国说："回家叫你媳妇引产。"

进生说："就怕我媳妇不同意。怀和生都是爸你导演的。"

李保国说："半路上戏演不下去了,你爸再有力气也干不过老公家。"

梁永胜在审讯室等候的过程中看他的猪,猪是土地之外的重要经济命脉,猪眼下已经累得睡在了砖地上,那肚子明显地塌了下去,塌下去的猪腰子显得苗条。梁永胜盘算着少说一头猪五斤肉丢了,不由得心疼起来,先是恨猪有多么不争气,护不住自己的欲望,随随便便大小手,这世上的事情哪能随便做?万行万业都该有个规矩。梁永胜又开始想王镇长,当初王镇长到他村下乡见他猪圈里的猪肥壮,笑着问他猪一年的收入是多少,他告诉王镇长一年的收入几乎不赚钱。"为啥不赚钱?""要是赚钱现在农村人你见谁养猪?人都去了城市,猪都没圈了。""为啥"?"猪不赚钱,猪要吃粮食,猪一年吃进去的粮食够买一头猪,不合成本。""那你为啥还养猪?""腊月天杀了猪村上人过个年见个现钱。"王镇长就和周围的人讲了个小故事。

王镇长说,他从县里下来之前在县宾馆当所长。每天宾馆吃喝剩下的残汤剩饭一桶一桶被倒掉,他看着白花花的饭菜倒掉了,就觉得有点丧良心,决定在宾馆的后院养十几头猪。当时还不是王镇长的王所长叫人去乡下买回猪娃子,宾馆的猪圈也和乡下的猪圈不一样,猪圈的地上砌了青砖,猪打小就享受着脱离乡村后的福分。十几只小猪托付给两个女服务员养。宾馆的饭食和乡下是有天壤之别。乡下的石槽里一桶食倒进来没啥捞头,显得清汤寡水,"吱哇"叫唤也没用,顶多给槽里抓把糠皮,诱你再捞食几嘴,稀汤灌大肚,上顿接不住下顿。宾馆好哇,五寸厚的油花儿漂着,以往吃的是谷糠麦麸,现在吃的是拉面、大米、牛羊肉,毛吃得滑溜溜的,肚吃得滚圆圆的,猪圈里每天都洒来苏水消毒,定时定点清理卫生。王所长酒桌上常和领导们吹嘘自己人工养殖的猪有多么可爱,完全脱离了动物的低级趣味,和宠物猪一样,你看它,它看你,摇头摆尾,你跟它逗着玩儿,它就像小孩子撒娇一样"哼哼唧唧"蹭着你叫。小时候家里养猪,猪吃猪食,人哪里能走近?那猪头是高频率地在甩,食屑四溅,给猪喂一顿食,就要闹脏一身衣裳。饭桌上领导们一般不议论当前社会,说到猪,大家兴致都来了,就要王所长过年时把那猪杀了大家分享一下。春天的小猪进宾馆时一尺长,到了冬天猪长了半尺,到了腊月天领导们被王所长吹嘘得都想吃自家剩饭剩菜养的猪肉,尺半长的猪咋吃肉?王所长和厨师说,这时候是亮你厨师水平的时候了。厨师说,不用亮,这猪肉保管不能用。王所长说,我们可以当乳猪嘛,一个桌子上一头乳猪吃尿了它算了。厨师说,该出圈的猪当乳猪?就怕肉咬不动。既然猪没有长成,显然是还不应该宰杀,那么我就叫它继续长,看这畜生在违反自然生长规律的情况下能长多久才成大猪。

  那一年县上的干部们年终会餐吃的是市场猪肉,王所长告诉他们是宾馆养的猪肉。书记是个喜欢激动的人,还在聚餐会上大讲特讲,要全县干部都向宾馆学习,不铺张浪费,学会生产自救:"你们今天入口时吃出猪肉的香了没有?啊,这不是市场猪肉,不是饲料猪肉,是什么猪肉?是你们吃剩下的饭菜喂养成的猪肉,所以它香!从现在到明年开始,我们每年的聚餐就吃宾馆自己养的猪肉,我们的干部都是好干部,我们不铺张浪费,我们以前的领导人就说过,农民脚上沾着猪粪,就比不动手假讲究的人干净,多好的话啊!"

王镇长在梁永胜猪圈前学着书记讲话,开过"三干会"见过书记的村干部就笑了,说王镇长学书记的话和书记一样样的。王镇长说,我后来才知道猪不能精养,老百姓最懂这个道理。梁永胜说,猪吧,天生该用糠皮麦麸喂养。王镇长说,梁永胜说得对,养猪付出的辛劳太多,更主要的是乡镇企业和农民进城这两件事改变了历史。以前一年一圈猪,现在一年两圈,说人民生活水平高了,可就是没有人说现在的猪都违反自然规律了。现在河东村,就你儿忠伟来说,没有上过大学,长在农村的人农民是他命定的职业,可他偏偏就打破了这个命定,离土又离乡,像他们村口的这条河一样,做了民工潮,有去不返。为啥?消费水平高了,种地养活不了自己。据我所知,河东村有劳动力近一百个,也曾是一个以农业为主的村,梁永胜你说,你家原先有几个劳动力?梁永胜说,我和俩儿还有我老婆,算三个半劳力。王镇长又问:种几亩地?都种了啥?梁永胜说,一口人二亩,原先种的花样多,光豆子就种下了红豆、黄豆、小豆、扁豆。四口人均口粮地八亩,现在都种了玉茭,懒省事,啥都是玉茭换。王镇长说:"你们都是村干部,都该了解自己村的劳力,你们搞村选时都拉过选票,知道在外有多少人,家里留守的都是些啥人对吧?我就梁永胜的地给你们算一次账。四口人,八亩地。一亩地打玉茭一千斤,我不按高产也不给你低产,一斤玉茭一块钱,一年八千斤,而投入的农药、肥料、种子、和人工投入,苦干一年,梁永胜,你落下了多少?"

梁永胜说:"不到三千,还不含误工费。"

王镇长说:"你们明白了吧?苦干一年,不敢说劳力使用,土地超载和农业效益低下是显而易见的。农民对农业效益低于工商业的认识并不是在改革开放以后才有。咱再来说现在,农村一斤玉茭一块,脱皮玉茭充其量加五毛手工费,你看城市里的超市,一斤脱皮玉茭六块。咱镇往山河县坐班车去一趟三十块,人家北京的地铁,两块钱在地下转半天。你们说城市好不好?"

周围听的人哑巴着嘴,似乎也明白这个道理,但又没有总结得这么好。"当然是城市好,城市人有工作不上班就能拿钱。农民进了城不劳动月头上只能拿个屁。城市人多少年来都低看咱农民,把农村不当住地。我和你们讲,农民一进城农民的厉害劲就使出来了。因为农民不给他们好好种地,不给他们好好养猪,进城后还冲击了他们的情感底线。城市一向以来是一个不舍得流动的社会,也是一个盘根错节的社会,当咱们农民潮水一样流进去的时候,打破了城市的规矩,打乱了他们往常的思维,劳力都进城了,国家再给农民土地补助,一亩地还不够人家超市两斤玉茭的钱多,你们说咱农民咋办哩?"

大家目瞪口呆地想不出咋办哩。

梁永胜说,凭王镇长给农民脱贫哩!

这句话说得真叫人刮目相看。"好!咱们镇是个穷镇,地下没资源,地上没木材,土地的养分也不够,我们就得学会去和有资源的镇要钱,有煤矿的镇要钱,我们要人家给吗?当然不会给。那我们要得上吗?当然要得上。为什么要得上?因为县里的财政要靠它们富镇拉动指标,那个指标升起来了,还得要把它花掉。会花钱是一个领导的本事,那么我们要学会的不是花钱,因为我们没有钱,我们学会的是要钱。现在的农民不是不养猪了嘛,猪肉价格不因为农民不养猪跌价,反而是一路飙升,这样对我们农民不是坏事是好事。为什么是好事?好就在于人们吃不上农民养的猪肉了,农民不养猪的最大坏处就是猪吃不上蔬菜,吃不上粮食了。猪吃啥?瘦肉精、饲料里的各种添加剂一抓一大把,不是猪肉长上了,是添加剂长上了。我们就要让领导知道,我们良马镇还有留守农民在养猪,我们良马镇的猪是吃粮食和蔬菜长大的,我们把这些生态猪送给分管我们的领导,财政的钱不就会有一小部分叫我们花吗?因为他比我们都清楚,有钱会花才是一县人民的好家长。梁永胜,今年你给我养四头猪,喂粮食,喂蔬菜。粮食是啥?玉荍皮皮、谷糠皮皮、黄豆皮皮;蔬菜是啥?萝卜缨缨、白菜帮帮,春天榆树上的榆钱钱、夏天洋槐树上槐花花。这猪肉你说挠不住领导的痒痒?"

王镇长真是一个很了不起的人物。梁永胜想吕镇长一定也是不一般的人物,毕竟是从良马镇出去的人,也知道拿驴肉挠领导的痒痒,对吕镇长就又抱了一线希望。寒冷袭身,双脚来回跺着,猪在地上又拉又尿,这些梁永胜都不心疼了。能叫屎尿淹了良马镇的派出所才叫好哩。推了推门,门没有上锁,梁永胜牵起猪一起往外走,开门的瞬间里一股冷风扑过来,扑得梁永胜咳嗽起来,咳——咳——猪觉得梁永胜的咳嗽声空洞乏力,像饿鬼缠身的样子,猪不管不顾往外挤。派出所的院子里铺了一层瓷砖,蹄子走上去有些滑,寒冷的冬天,虫草都死了,雾霭斑驳迷离,冷清把光和色都胶住了,使走过院子里的人和猪有点儿心慌。梁永胜想找找派出所的人,想问问吕镇长甚时候可以见着。发现所有的门都关得实实的,他问看门房的老头,老头歪着嘴笑了:"我不是镇长肚子里的蛔虫!"梁永胜说:"你说我等呢还是去找人家镇长?"老头:"噢,想起来了,镇长来过,叫保国牵着他儿走了,没见你?"

梁永胜说:"要见我了,我还在这里憋狗等羊蛋?"

老头一摸头说:"所长出门时告我叫你牵着猪走,我把这事给忘了。"

梁永胜瞪起眼说:"你这是割了羊蛋不管羊死!"

看门房的老头说:"你又不是个村干部,镇长见你做啥,够不着见你!"反身进屋关上了门。

够不着见我?好你良马镇的吕宽富!

猪在路上勾着头走,一边走一边似乎想觅到一口吃食,东拉西扯得梁永胜火气突突往出冒,一时心慌蹲在碎石的河滩边,抓起一把未及融化的雪,指骨隐隐发痛,俯下身把那雪塞进嘴里,冰凉冷冽刺痛了牙根,他想哭,可那额角的血管因为火气还在突突胀跳。稍息一会儿,他站起身沿着河滩任由猪牵着走。

四

快过年的良马镇没个热乎劲,冷清得要命。河道里空无一人,街道上空无一人,岸上的农田里堆着没有撒开的粪堆,几只野狗在粪堆上刨食,算是扰乱了一时的寂寞。旷野也并不辽阔,天空也并不宽广,以至于一座良马镇的政府楼就把所有的景象遮蔽了。

红梅立在饭店的后院看眼前的河道,记忆中河道里的水缓缓流过,打眼前就能听到水流声,水的气味扑鼻而来,水流的声音总是无法收拢,犹如远方有一个人拽着它的手。黄昏晚夕下的光线如同一个"势",孩子们欢闹得不舍得离开,在河道里贪玩到月亮升起,各自的爸妈在良马镇的街道上扯开嗓子喊他们回家,看那水迎着月光而飞,不知谁家的大人扬起手臂啪地那么一甩过去,河风顿住,往事响作一团。红梅想哭,想自己的日子总是留在童年,而这条河里的记忆何止是童年,还该有她的青春和爱情。从前的某个久远的情节像储存在录音机里,摁播放键的前一刻,需要备好一包纸巾。是的,阳光烤干了河道,过去的热闹都僵硬在了河道上空。

红梅走回饭店里间住人的屋子里,感觉黑一下蔓延进了屋子,隔窗再看,西山头上如墨的夜色就要扯过镇政府楼了。吕宽富在床上睡着,一屋子酒气,红梅拖过一只矮凳坐在床前,这张脸显得那般苍白,不再青春的脸上已经有了秋天的痕迹。时间收藏了许多季节,当年那个文绉绉的读书人,在她心目中很体面的男人如今是六亲不认,世无羁绊地霸道。红梅顺手从果盘里拿过一个苹果,一边削着果皮一边很耐心地听他此起彼伏的打鼾声。她小心挪动了一下他,那鼾声断了一下接着又起了。红梅看着这个曾经她爱得要命的男人,孤寂渐渐被什么充盈起来透明起来。她与这个男人之间的爱是一种毒药,卧伏在记忆深处的河是他们的红媒。还记得那些考上大学的同学走时的那一刻,离乡是风光的,良马镇领导为考上大学的学子送行,他们的父母脸上都洋溢着喜悦。命运携带着许多命定成分,命运的改变让她听到一个熟悉的声音:"莫要再去妄想。"什么能够穿透岁月的幕布抵达眼前?当他们俩搁浅在乡下时,唯一的出路一定是背井离乡吗?乡村的土地可以喂饱一个人的胃囊,却喂不饱乡下人的集体出走欲望。

红梅抚摸着吕宽富的头发,想告诉他自己已经离婚多年了,不是为了谁离婚,是为了自己的心,心里有一个总也追不上的踪影,可那影子就在自己的身边晃荡着,看对方鼻子不是鼻子眼睛不是眼睛时,就想那个影子,就想这样活到老是不是亏了自己?一辈子雾锁心头活着叫个啥日子?红梅想起早年爸爸在供销社当售货员时的情节,她和吕宽富在对面的南禅寺里读高中,星期天吕宽富不回家来找她要书看,就是在这间屋子里他们一起读《安娜·卡列尼娜》。爱情是男人与女人之间强烈的依恋、亲近、向往,甚至超越了父母的爱,是一切生命无可替代的交流。脚底上不是现在的地板砖,是夯得很实的泥地,地上盘着砖炉,炉口上烤着黄梨、红薯,透过窗望良马河,河水哗哗流着,吕宽富在她身后因为书中一个什么情节惊得她转回头看,那时候的人真是矜持,不懂得拉手,更不用说拥抱了,笑也是哧哧地细碎。吕宽富托人进县民政局当临时工收发报纸,自己留在乡下。爱情似乎是在远离时开始明确的。依旧是这间屋子,砖垒的炉台已经拆掉了换了铁炉,夏天冰凉的铁炉旁边两个人隔着烟筒说话,能听见锈烂的铁皮从烟筒里往下落。吕宽富说:"生活再艰难和辛苦,我们都不要松劲,不轻易放弃我们的爱情。"红梅只是哭,那种很敏感细微的哭声,缘于内心的弱小,没有方向的弱小,她能感觉几次吕宽富想伸过手来抚摸她的脸,最后也只是递过来一个布手绢。他们的呼吸在空气里收放,可从来没有过身体内在的迫切需求。当吕宽富转身离开时,红梅觉得身体空空荡荡的,撵到门口看,怕人瞅见,爬到窗户上看,那个骑自行车的影子走出好远了,什么也看不见时,她坐在床上不想漏掉任何一个细节一分一秒地回忆。

吕宽富到底是留在县城了。

红梅还记得1989年的冬天,河道里结了冰,天空阴霾着,人憋得难过,她坐在河岸上,身边坐着吕宽富。他来良马镇就只是要告诉她,他要结婚了,结婚是为了摆脱一个男人农民式的命运。他娶的是民政局长家的千金,一个聋哑女子。两颗硕大的泪珠一起从红梅眼眶里掉在河岸上,没有一点声音。红梅说:"我的心悬着,我的心一直以来都是悬着。但是,我不恨你。"吕宽富说:"我爱你,我无法丢弃命运。"红梅说:"人间事就是这样,越怕什么越来,我的心里要是没有你就好了。"吕宽富说:"你要一辈子有我。"红梅看着河沿的冰碴子说:"你叫我一辈子怎么活?"吕宽富说:"我一辈子忘不掉你。忘不掉和结婚是两码事,我是男人,我得改变自己的命运。"红梅诧异地看着他说:"难道命运是靠婚姻可以改变的吗?"吕宽富说:"人世间的欲望只要存在,什么都可改变命运,包括丢掉脸面的尊严。"红梅不说话了,当人没有尊严的时候,理义之气,情爱之气,再说都是伤心。吕宽富伸手拿过红梅的手说:"我们还没有拉过手,我拉你手是要告诉你,有一天我会给你富贵。"红梅说:"那些有什么用?愁有千万,富贵何来?"吕宽富:"不要忘记我!我得走了,我坐了局里的车来,司机是局长的心腹,我不想弄出啥事来在他面前落下把柄。"吕宽富想抱住红梅,红梅挣扎着。吕宽富说:"你让我抱你一下,我从来不敢抱你,我一直想等洞房花烛。等不得了,红梅,我对不起你,你让我抱你一下,你知道我心里装着的是你,你的心不该是灰。我迟早给你一个洞房花烛。"红梅甩开他的手说:"是灰就该比土热啊!"红梅跑开,往哪跑?寒风中她喊道:"我再爱你除非河水断流!"

良马河十年后断流。

梁永胜看着河道里的猪,胯塌腰松的样子,上午来时生龙活虎,大白屁股蛤蟆肚,村街上走过,人们都站在街道上看,扳着指头给梁永胜算账。出门时梁永胜招呼村上的后生拿秤吊过,一头猪三百斤左右,估摸着四头猪可拿回一万多块。眼下猪饿得皮松骨缩的,就算收购了猪,丢了的斤秤谁来补?养了一年猪,这叫个啥结果?耍猴还要锣吃喝,就这么叫人家日弄得自己在良马镇黑唱了一台戏。又想到苟小仓那王八蛋,躲了初一他躲不过十五。

腊月天梁永胜用了吃奶的力气喝了一声:"停下!"猪们吓得一时陌生了,怀着对这个人的知恩感情一起直直立着回头看。"返回!"这不是返回吗?猪们踮起蹄脚要走,哪知梁永胜先转了身,相互这么一拽扯,梁永胜跌了个仰面朝天。知道牵猪的绳子还在胳膊上缠着,猪们还在他的掌控之内,他心酸得笑了一下。胳膊肘的麻骨被河卵石猛烈地磕碰了一下,好不容易站起来,依然麻酥酥好半天缓不过劲儿来。梁永胜咬着后牙槽骂了一句:"日你娘良马镇的祖宗!"猪们吓了一跳围过来唏嘘不已,梁永胜明白,他今天来良马镇的目的已经从拉锯战变成了白刃战,他和良马镇的吕镇长已经势不两立了。

夜幕下这条被乡人踩熟了的路显得细长而白净。一群活物在河道里走着,走得恼羞成怒。他开始来精神了,猛劲儿走,不走河道走堤坝上的大路,正面过来一个人被吓了一跳,正面的人明显的躲了一下想绕过去,一句话结结实实砸在了那人身上。

"日你妈苟小仓,站下!"

苟小仓激灵了一下,明白眼前的形势对自己很有利。

"站下就站下。咋的不敢站下?"

梁永胜说:"有种的你跟前来!"

苟小仓说:"梁永胜,你这是在河道里领着猪锻炼身体吧?"

梁永胜说:"苟小仓,你活不过今年!"

苟小仓嬉皮笑脸地说:"我活不过今年,你活明年。"

梁永胜说:"死了狼拖狗拽了你!"

苟小仓说:"喂了你的猪,给你添个斤秤。"

梁永胜说:"再转世转成一头畜生!"

苟小仓说:"转成一头猪,要你祖祖孙孙喂养我。"

梁永胜弯腰捡起一块石头,当下里他就想打死苟小仓,可又觉得明摆着打不死他。

"你过来!"

乡下的梁永胜攀上了良马镇一镇长,村长见了都要矮三分哩。可光棍苟小仓自始至终就没有怕过他,啥都没有的人啥都不怕,便挺直了腰杆要走过去。

梁永胜反倒怕他真过来,真过来,手里的石头拍不拍?拍不死他拍了自己咋办?自己死不怕,猪是见证者,可猪是猪脑啊?

梁永胜大喊一声:"你还不停下步,你敢过来!"

苟小仓说:"我娘养我两条腿就是叫迈步哩,在路上我停下步不走,你说两条腿在路上难道是路的摆设!"可人也到底没有动,也害怕梁永胜来真的。两个人是麻秆打狼——两头怕。

梁永胜说:"你敢过来!"

苟小仓说:"我巴不得叫你拍我一下,我住进医院要你几个医疗费。"

两个人的喊叫声在堤坝上扬起又跌落到河道里。

梁永胜说:"日你妈,我陪你一头猪!"一块石头扔了过去。

苟小仓蹦了一下,看着那石头滚下堤坝,惊得树丛里三两只麻雀飞起。苟小仓突然很蹩脚地吹了一声口哨。

梁永胜气得满地找石头,可不停乱窜的猪扯拽着他停顿不下来。

苟小仓说:"我告诉你在哪能找见驴镇长。在驴肉香饭店红梅的屋子里。你只管拍门,红梅不叫你见到驴镇长,你只管在她的饭店里吃饭,最后你把猪押她饭店走人。"

梁永胜陡然清醒了。

苟小仓说:"我要不是怕你俩儿回来找我算账,我才不怕你,你没有叫我怕的地方,你省省劲儿,不要捡了芝麻丢了西瓜。"

空气里充满了骚动,又流动着更大的安静。好像被谁攫走了那一把烈火,顿时没有了躁动,可梁永胜支棱着打人的架势还在。

"你说话跟放屁一样!"

"放屁也有响儿,我要做成了你给我一百块,叫我买条烟。"

"做不成你给我买啥?"

苟小仓在堤坝上闲溜达了一圈,不接对方的话茬。既然给梁永胜找了一个正当、恰切又充分的理由开脱了他,他还不走,自己再接他的话就没意思了。光棍是啥?是不舍得下地干活,东家进西家出闲溜达的人物,光棍还喜欢热闹,喜欢在人家的热闹里流连,喜欢把自己当了生活热闹的主题,自己就是人家锅里碗里的那一口下肚后嘴边的话把儿,啥事都喜欢做个参与者、听众和看客。

苟小仓说:"要是驴镇长想从红梅的后窗跑,要不要我给你堵死他?"

梁永胜想,没这个人事情还真乱不起来。苟小仓是个不要脸的人,事情闹大了,也好顶一杠子。

"梁永胜你说一句话,就咱俩,你不丢人。"

"你是哄着你爹缸沿上跑马哩!"

"我是三张纸糊了个驴脑袋就图你给我那一百块钱哩!"

两个人都不说话了,梁永胜在前,苟小仓在后,中间是猪,两人心照不宣借着月光往良马镇走。

夜,彻底来了,来得急迫,酝酿并策划好的行动必须预热,以保证有充足的胆量去敲红梅的饭店。梁永胜想,我不能后悔,事关钱的问题,事大了身后有个苟小仓,是他让我犯了冲气。

五

一只蜘蛛从梁棚上吊下来,拉长了室内的灯光,是一只红肚子喜蛛。红梅抿起嘴唇看那一线光亮下的明明灭灭,看得痴了。突然,她站起来拿了一根长棍轻轻地拉断了蜘蛛的丝,蜘蛛悠悠坠落,发现危险后又匆匆提升,宛如光线渐渐地缩小,在朦胧中她把那个蜘蛛送到了墙角。火炉上水壶里的水开了,红梅提下壶倒入脸盆并添加了冷水,试了一下手温然后开始给吕宽富洗脸洗脚。事隔多年,她还记得当年他和男生赤条条地钻在河里洗澡,女生在岸上的草丛里躺着,矢车菊开得灿烂。那时候的良马河有那么多的传说,传说他们洗澡的那个瓮池里,早年有一个小伙计背着东家的秤去外村收租,走到瓮池跟前绊了一脚,秤掉进了水里,因秤杆是老红木,很快就沉入瓮底。秤砣子滴溜溜在水面上打转,小伙计伸手够秤砣时被瓮池里一个十八岁的女水鬼拽走了命。良马河是一条有着生命跳动的河,平淡无奇的日子因为良马河的传说变得有趣。女生在草丛里议论那个铁铸的秤砣怎么会在水面上打转悠呢,那些洗澡的男生谁会被女水鬼带走。红梅害怕女水鬼把吕宽富带走。太阳高高地挂在天上,红梅迷恋那个瓮池里洗澡的人,她不要他有任何闪失。这个不愿守着贫穷的男人,不是因贫穷太愚昧了,是因贫穷太孤单,他需要一张气势很足的脸面来撑起他的腰杆。红梅倒脏水的时候,看到镇政府的楼前洒满了霜似的月光,有什么声音脱离了良马镇渐行渐远,渐渐不能辨析了,她抬头看满天星星,想起来是下午的风收走了最后的尾巴。

供销社彻底消失的时候,红梅爸爸买下了这一排旧屋,盘点了剩余的旧货由红梅来当店员,也就是说供销社成了私营,改叫:良马乡供销社。红梅始终觉得良马乡是她的一个痛点。爸爸叫她站柜台,她坚决不同意,一定要离开良马外出打工。爸爸说:"鸭子过河鹅过河,孙子过河爷过河,世上沟沟坎坎的路太多,出门千般难,哪有在家好!不和那外出的人置气,你留下来陪爸妈。"红梅还是决定走。出门几年先给人家当服务员,后来自己开小饭店,小本生意做得也算红火。可闺女大了总得嫁人,妈力主不叫红梅找外头的人,经由媒人撮合红梅嫁给镇上邮局的一个邮递员。红梅不爱这个男人,对这个男人始终没有爱的敏感和冲动。结婚那天,月光那么好,男人却一脸的沮丧徘徊在自家的院子里。男人把烟揉碎回到屋子里下了狠手,发现红梅系着五条死扣裤带。像做一件惊天动地的事一样,他们俩肩膀上从此撂了一副担子。人在社会中扮演一个角色真难,尤其是一个妻子,戏演久了身心自然都累。妈说:"你不理不睬人家娃,你知不知道人家娃是来咱家挑担子,天下没有开花不结果的树,你忍心爸妈老了续不上自己的香火?"放下自己累的那一刹那她怀孕了。做了母亲,犹如水被收服在容器里,很难恣意妄为、枝蔓横生地思谋红杏出墙、桃李争春的事。她又想起了曾经阅读过的小说。如果你怕死,你是得不到真爱的。就像弗洛伊德认为的,人类一切精神上的疾病都是从性的创伤开始,这种创伤对于人的精神来说不可逆转。从这个实质来讲,爱情又变得像霍乱一样真实。性和爱哪个更重要?没有爱怎么能有性?父母年迈,她得撑起这个家。她盘点饭店回乡把供销社改成了红梅饭店。再见吕宽富已经是2009年的夏天,他已经是民政局的一个副科长了,下乡来店里吃饭,在转头看见他的刹那她明白了,无法抑制自己活下去的渴望又如春天来临。那一年他在镇上住了一夜,他们和镇领导们打麻将,打到半夜,他知道红梅的丈夫去县城送邮包了,出门解手的时间里走进饭店,就在这张床上,没有过程,没有准备,没有情绪酝酿,很自然地拉过红梅的手,很自然地抱着红梅躺在了床上,红梅惊讶得张大了嘴巴。吕宽富说:"吓着你了?"红梅说:"你还是当年的吕宽富吗?""操!我要还是当年的那个吕宽富,百病都会乘虚而入。""既然不是当年的吕宽富,当年的那个红梅死了。""我不信你此时心里没有堆放一堆干柴,我烧不热你!"什么东西生丝一样勒痛了她。"吕宽富,你对我从来没有负罪感吗?"这是一句叫人难以回答的话,尤其是此时的吕宽富。结果是他无语匆匆而去。沉闷燥热、心烦意乱,整个人深深沦陷下去不能自拔。曾经拉手都很难的决绝,怎么会如此没有过程就撕破了那一层圣洁?顿觉自己在吕宽富眼里成了一个混沌粗鄙的女人,这世道里的自己真的是多了隐晦污浊的下流,少了一帘花雨的清气吗?世上没有比找不到回头的路更绝望。她决然离婚了。人事景物腻烦之极,花开两朵,各表一枝,她这一辈子都不会再有新鲜生动娇憨可人的那一天那一刻了吗？她渴望那一天那一刻,渴望那个负心汉给她承诺的洞房花烛。爱一定要有一个端肃正经的过程,之后才能渴望犹疑躲闪和招惹挑逗。

刚来时吕宽富正赶上村民选举,村里讥吵事多也麻缠。穷村穷争富村富抢,都是为了争当村主任好利用资源去县里跑项目。吕宽富一来就叫红梅的店里上驴肉,叫她的饭店改名驴肉香,他说:"你还记得我说过的那句话吗？我一定要给你富贵。"红梅才知道他的父母在县城郊外和人合作养驴。干部到任后要落实遗留问题、续接问题,一系列问题需要他决定,接着是十月初一烧纸钱,有人上坟不小心点了山,他带领干部翻山越岭去扑火,等工作理顺的时候就进入深冬了。离年关近时,县里下乡的人也多,有时候一天就能拿走一头驴。红梅想,这驴肉可是比猪肉值钱啊,这样一头一头拿,年腊月要拿走多少头驴？钱从哪里来？红梅算了算卖出去的驴肉,一个腊月天将近有二十万出去了。这么大个数目？吓了红梅一跳,她就想知道他这一生奔着的是个啥目标,想着的那个幸福是个啥标准。

"哪哪哪",敲门声响起。

红梅今晚不再招待客人了,就想等床上的人醒酒。

门外的人喊了:"红梅你开开门,我要在你店里吃口饭。"

不等话音落下后院的狗叫上了。红梅听见是梁永胜。红梅说:"梁叔没饭了,去别家饭店吃吧。"

梁永胜喊:"我就想吃一口你家的驴肉。"

红梅觉得蹊跷了,梁永胜的猪撒泡尿他都心疼,他还想吃驴肉?这么晚了,他喊吃饭的话好生硬。可也不好说啥难听话。"驴肉卖完了,想吃明天中午等班车捎来了来买。"

屋外的苟小仓拿着一根棍戳着猪吱哇乱叫。

梁永胜小声黑着脸说:"王八蛋苟小仓,你是想叫我要你命哩!"

苟小仓小声应对:"猪不叫动静不大,人家咋知道你的猪是要卖给镇政府的。"

梁永胜心疼猪,啥也顾不上了大喊着:"红梅呀,你开了门,我找镇里的一把手哩,我知道一把手在你屋子里,你开了门。"

红梅知道闹事的来了。门开也不是不开也不是,是谁看见吕宽富在这里?傍黑时他是从后门进来的,河道里没人看见就不会有人知道他在这里呀。

红梅说:"梁叔你稀罕了,吕镇长咋的会在我这里。"

梁永胜知道红梅上了自己的当了,自己不说吕镇长,只说一把手,她自己说了吕镇长,好嘛。

苟小仓坏笑着小声说:"你就说在河道里看见吕镇长进了你的饭店到现在没见出来。"

梁永胜说:"你咋知道现在还没出门?"

苟小仓说:"我是光棍我天生就操这心。"

梁永胜说:"我傍晚时见吕镇长进了你的饭店到现在没见出来。我找他有急事呀,我可是等了他一天了。"

红梅说:"叔你说笑话。我睡下了。"

梁永胜哀求地说:"叔是马踩着车哩,火烧眉毛的事,我是一天水米没进了,吕镇长下令把我关在派出所,我梁永胜做下啥犯法的事情了?往年的今天是我来镇里送猪的日子,你吕镇长咋就架子大得不能见我梁永胜一次?我找过你吕镇长啊,你脚上踩着风火轮,我哪能找得见你?红梅啊,就算吕镇长不在你饭店,你开了门能给叔一口水喝吧?"

良马镇的人陆续走过来,都知道梁永胜把"驴镇长"堵在驴肉香饭店了。镇长的秘书小张也来了,他也不知道镇长在红梅的饭店里,打电话镇长不接,小张干着急冲着梁永胜喊:"你嚷啥哩,一朝皇帝一朝臣,吕镇长咋知道你给镇里送猪,你猪去送给王镇长呀,你嚷嚷着把良马镇的和谐都嚷没了。快牵了你的猪离开!"

梁永胜说:"你娃说话不脸红,你也是伺候过王镇长的人,换了领导咋的把心肠也变了,你可是党员干部的后备,你不怕王镇长得势了少了你这个提拔指标!"

皎洁的月光下来看的人都龇着嘴笑。黑咕隆咚的饭店突然灯全部亮了。门哗啦地打开了,红梅一身红衣戴着围裙站在门口。亮瓦瓦的饭店里桌子板凳干干净净放着,碗儿碟儿在桌子上安安静静等着。

红梅说:"梁叔是要吃毽子肉呢还是吃驴下水?"

梁永胜傻了,一时不知道说啥,看苟小仓,苟小仓一缩两缩地退出了他的视野。

红梅说:"梁叔,你说呀吃啥哩?"

梁永胜说:"你给叔把那驴下水弄一盘,我尝尝是个啥滋味。"

六

吕宽富在床上睡得正好呢,刚才发生了什么事他完全还迷糊着,听到外面的吵闹声,第一时间是拿起手机拨通了派出所所长的电话,小声叫他派人来看看驴肉香饭店是出了啥事情了,把带头闹事的铐走。

派出所所长亲自带人十分钟不到席卷而来。梁永胜这下不怕那手铐了,主动走到派出所所长脸前伸出手说:"来,铐!我给良马镇送猪,你们铐我;我来吃碗驴下水,你们也铐我。你敢再铐我,我明天就上访,一级一级上访。红梅啊,一碗驴下水吃出祸害了,怨不得你叔,镇长要不在你屋子里,能知道驴肉香出事了,能叫派出所来抓我!叔来生变个驴,记得,把叔那一口肉给了吕镇长吃。"

良马镇的人们喧嚣了,这事儿闹出花样来了。红梅大声喊道:"还嫌不闹?派出所的人都走啊,共产党的名声就叫你们这些个官儿给咋呼坏了!"

吕宽富任由外面的事态发展,他不信老百姓不怕派出所。

红梅说:"他是我叔,他来饭店吃一碗饭,用得着拿手铐来铐他!"

梁永胜说:"她是我的活祖奶奶,我没钱拿猪换她一碗饭,赔干贴尽我愿意,我不犯法!"

周围的人都笑了。这是把梁永胜逼急了。狗逼急了要跳墙,人逼急了鬼都怕。

派出所所长知道梁永胜的肝火捣腾出来了,腊月天是该教他怎么消消火。两个民警上去咔嚓一声一甩手铐铐住了梁永胜的双手。

梁永胜泼皮一样三步两步跑进了驴肉香的店铺大声喊叫:"良马镇的镇长吕宽富你出来,天下要大乱了,你不出来我就碰死在你这驴肉香。"

民警往前冲,突然地红梅泼妇一样冲上去:"把我也一起铐走,你们握着这点权力想铐谁就铐谁,把我铐走!你们谁去喊四平叔来?"红梅看到四平叔就在人群中。

梁永胜躺在地上喊:"我冤枉啊,快给我捎话回河东村,叫我老婆来给我收尸,就说我临死老公家都不叫我吃个饱肚!"话说完一挺装死过去。

苟小仓喊:"不得了啦,死人啦,快往红梅的床上抬,救人要紧啊!"

看热闹的人也开始嚷嚷:"吕镇长这时候还不出来,说不过道理,真要出人命啦!"

"看他派出所咋处理,红梅这下败兴了,谁不知他们一来就明铺夜盖在一起。"

乱了阵脚的人有几个小混混抬了梁永胜就要进红梅的里屋。红梅清醒地拦在了门口。"你梁叔是来镇上卖猪来了,吕镇长收不收猪,这猪我收下了,四平叔拿秤吊了,我现在就付梁叔钱,梁叔你醒来吧,你那猪跑得没影了,你总得把猪找回来吧。"

梁永胜哼哼几声睁开眼四下里找他的猪,看见猪还在,一时又来劲了:"以往吃猪,现在吃驴,下一步就要吃人哩!四平你过来刮了我熬了骨头汤!"

这么一闹派出所也不敢下手了,憨站着看事态发展。

红梅说:"人都得讲道理,理不顺事不通。梁叔你是成心要看我的笑话,可这笑话也不是说看就看上了。你听信小人,说吕镇长在我这小饭店里,你要是找不见他,你敢把你这四头猪赌给我?你敢赌我就敢叫你进我的屋子里,良马镇的人可都看着呢,老少爷们的眼睛可盯死了,别说我红梅说话不算话。你要是一个明理人,这四头猪立马过秤,我收猪你拿钱,别叫话传出去县里人笑话派出所动不动就铐人。"

良马镇看笑话的人里有人叫梁永胜赌猪,有人叫他赶紧把猪卖给饭店,也有人说后朝不理前朝事,你这是无理取闹。

红梅说:"把手铐打开,不打开我陪他走,乡里乡亲的,真要把名声丢尽丢够才要收手吗?"

这一句话似乎是再一次说给屋子里的人听。

派出所所长说:"打开手铐看他做啥哩,留着看他能做了啥。"

梁永胜的手铐被打开了。

苟小仓在黑暗中喊:"梁永胜,你赌猪啊,赌猪啊!"

梁永胜循着声音翻了一眼黑暗中的苟小苍,心想着,才不赌猪呢,就算吕镇长在红梅的屋子里又能咋样,还不是最后卖了个猪价钱,抬头不见低头见,说不定啥时候就用得着镇政府了。出门时老婆安顿自己说,人家吕镇长是民政局下来的干部,说不好也能求人家弄个低保,一年拿几千块钱不也等于养了一头猪。

梁永胜说:"店家红梅,我的猪一天没吃喝哩,掉了斤秤,不是掉了一俩钱。"

红梅说:"张秘书,叫人拿秤来给猪下重量。"

张秘书犹疑了一下,害怕在红梅的饭店里要出啥事,急忙应着去找人拿秤来。

红梅说:"叔,你平常有多重?"

梁永胜说:"一百零五斤。"

红梅说:"叔你来我的秤上站一下。"

梁永胜挣脱挽他的手,疑惑地站到地上的秤上,那红针指在50上。腊月的夜里是最冷的,刺骨的山风把人脸都吹得木木的,看的人忽前忽后挤着。张秘书拿着秤来了,吆喝人给猪吊重量,猪们哑着嗓子吱哇乱叫着,吊下来的猪们一共是一千零五十斤。红梅说:"按梁叔你说下的重量来算,比你平常的重量少了五斤,我一头猪加五斤少下的水分,总共一千零七十斤,再搭上叔你差的重量,因为你也一天没有吃饭,就算是补偿你饭钱,总共一千零七十五斤,按一斤十三块算,我该给你一万三千九百七十五,抹了零头,我给你一万三千九百块,你等着我这就拿给你。"

梁永胜一听立马就能拿钱,有些感动地说:"不急嘛,杀了猪再拿,我没把钱看得那当紧。"

红梅进去里屋取钱时看到吕宽富藏在门后一动不动,她没吭气拿了钱出来关上门,钱递给梁永胜,叫他数数,数钱的过程中,红梅叫四平叔连夜把猪杀了。看着有往回走的人,红梅站在酒店门前喊了,凡是良马镇的人一户二斤肉,算是祖辈住在良马镇,这么多年来大家照顾自己生意,红梅聊表的一点心意。杀猪,分肉,就算是分到明天早上,也要连夜做了这事。

屋子里的吕宽富听着外面的吵闹声慢慢明白了一切。听说红梅要分猪肉给良马镇的老少,心里想着这女人到底要做什么。对梁永胜这样的刁民就该叫派出所管,掺和什么结果。他恍惚站起来努力保持自己的警惕性,记住自己的当下就是不忘记自己的身份。自己的身份接下来要做什么?吕宽富很小心地到卫生间洗了脸,把刚才的酒劲扫去,整理了一下衣着,想到,当下的身份是离开这里不在现场。决定离开时,吕宽富看了一眼刚才躺过的床铺,淡粉的雏菊被子被月光照出一种说不清楚的余韵,床头柜上放着一瓶干红,高脚杯里的干红隐约晃着外面的月光。他走过去用指甲盖轻轻地敲了一下,似乎响声很脆,心跳不由得加剧地跳了一下,与外面的吵闹声相比又似乎是微弱轻尘。吕宽富准备开门时发现走是不可能了,因为门外就是饭店。

他开始怀疑这出戏是红梅一手导演,是存心在报复自己当初对她的抛弃。不然为啥她一而再,再而三地拒绝自己?

吕宽富尽量让自己冷静下来,黑暗中努力回想傍晚来酒店时的过程。当时外面刮着二三级小风,红梅看到他走进来时欣喜难抑,那一份久盼的牵肠挂肚都晒在了脸上。红梅说今夜你给我你许诺过的这个节日,这个节日和渴盼、梦想、怀念靠在一起,这个节日埋伏在平常的日子里,竟然要我用半生来寻候这个日子。他当时好像是急促地抱住了红梅,依稀记得红梅的两只眼睛被泪水糊了,呼吸急促地说:"你知道我心里难过,我对谁也不能讲我的难过,我的难过很复杂,全部归缩在拳头大的心里,日日夜夜,我想一个人,我从没有轻易得到这个人,可这个人轻易就夺走了我的一生,你说人的一生活着到底是为了什么?诚实的生活方式是不是要按照自己身体的意愿行事,想你的时候想你,爱的时候不必撒谎,睡觉的时候也不用为了逃避可耻的爱情程式而装睡?你说,你这一辈子活着到底是为了什么?"吕宽富想不出人一辈子到底是为什么活着。欲望的实现,对!随时随地的欲望实现。欲望便是行动的出击。"你知道我等不及了。""早晚之间,你可还记得你说过的话?""说过的什么话?""我们初恋的结束,在屋外的河滩上,我守着这条河,就因为我的初恋遗失在了这里。""都多少年前的事情了,没有当初的决定哪有我的现在,你该为我想想。不说那些陈年往事了。""怎么能说是陈年往事呢?我是每日都在想,想那时的爱情突然遇着你的欲望了,我的爱情就没了。""你看我憋足了劲在等你。从它的态度上你该知道我有多想你!"吕宽富脱掉衣裳赤裸着仰躺在床上。

现在想来是红梅在报复他,让他脱光了报复他!吕宽富一下就烦躁了,开始寻找什么,果然电视旁边放着一个相机。他小心取出相机卡握在手里,他不敢往下想,越想越怕,没有什么好方法抵住不怕,气从心口生,他煎熬得难活。存活于世的人,因为与命运的博弈太过惨烈和真切都变得多疑。吕宽富想和红梅说,我喜欢你在饭桌上和领导周旋的样子,和我一心一肺的,我就知道你内心积聚了风骚。可你现在这样对我?吕宽富想哭,如果时间倒回二十年,我和你成为一家子,在良马镇做个小生意,过不愠不火的日子,生活到现在又能怎样?谁能在我身后弯着腰说话?我由一个农民走到现在容易吗?农村是一个极其封闭的小社会,农民除了碌碌无为过日子,剩下的就是鸡飞狗跳瞎讥吵。我不可能变成他们,所以我瞧不起他们,他们给不了光明的前途,只给了我耻辱的背景,我只有手执权柄,我才能改变一切,我只有改变一切才活得是个男人,你知不知道!

"驴肉香"里生旺炉火煮水要杀猪了。良马镇少有的热闹,店老板红梅似乎对自己这一行为痴迷得很,一身红底绿花的睡衣妖娆地穿梭在人群中。梁永胜看着他的猪被人用绳子吊起来,猪叫得人兴奋,梁永胜也兴奋,怀揣着钱,钱能把受过的罪抵消掉,钱比什么都好。一个大字不识的庄稼人,能看多远?梁永胜思想观念也在转变,以往庄稼长得好,日子不求人,才好挺起腰板活的日子没了,不知道钱好的人就等于是瞎子走黑路。梁永胜捏着口袋里的钱,不敢轻易往人群里挤,腊月天闹下这事情,也不敢一个人往回走,命不值钱,钱值钱啊。

夜幕下的良马镇,似乎在经意与不经意间发生着细微的变化,比如苟小仓蹭过来,蹭到梁永胜身边,他很兴奋,比红梅还兴奋。这个人长得就像一丛灌木,无人修剪,长得没遮没拦,无规无矩。苟小仓走近梁永胜故意磕碰了一下装钱的口袋,梁永胜的眼睛死鱼似的盯着苟小仓。"瞧你那怕样,你吓唬谁?不是我你去哪里得钱。我这是来关心你,你说我这一天都在陪伴着你,帮你做成买卖,得了钱,你那猪好过了良马镇的人,我不是镇里的人,想吃猪肉没有良马镇的户籍。我起哄架秧跟着你的屁股后,不说别的,返程你不得个护卫,说到桌面上,你总该给我个零花吧?""再嚷嚷我叫派出所抓了你。"苟小仓弯腰踢了踢地上一个烟盒子,他以为是谁不注意掉下了,可踢上去轻飘飘的。"你是个老鬼。"梁永胜觉得这句话很难听,可也无法反击,便佯装了听不见。苟小仓感觉到了沮丧和悲哀,这事不能算个结果,他还得撺掇梁永胜拿几个零花出来,不能就这么拉倒。"梁永胜,你一会儿不回河东村了,月黑风高你就不怕遇见响马?""你就不能紧睁眼,慢张嘴,我要遇着响马了排除不了的就是你。""你也太看小人了,明人不做暗事。你只要给我个零花儿,我一路给你当个保镖。""要是把你这样的人饿死就好了。"苟小仓觉得这话说的,算了,就当自己踩了死人骨头了。

案板上的猪开了肚,汤汤水水的淋漓在地上一个大铝盆里。这边厢每一户出一个人来领猪肉,红梅在案板旁边指挥着,一户二斤肥瘦搭配。有的拿了肉还想换一块别地方的,割肉师傅白他们一眼说:"这是白拿,你家过年肉不够,还可出钱割几斤。"大伙儿觉得讨了人家红梅的便宜,也该替红梅销销肉了。有人就要五斤,刨出送的肉,等于是割五斤肉出三斤的钱。有三斤有五斤,也有割十斤肉,这时候割肉的四平叔又换算了一种割法,要十斤的给你十二斤,算送二斤,肉就长出许多。四头猪转眼间就剩下了四个猪头。寒冷的冬夜谁也看不出来这个女人的变化,她想和时间算账,可时间一出溜就远走了,日子就像绳子一样绾了个死扣,现在突然就打开了,人反倒舒畅了许多。

七

梁永胜在河道里走着,冷风飕飕在刮,今日的事情邪乎得就跟是做梦一样。干硬的冻土绊了他一下,他觉得自己像纸片一样被风掀着在走,口袋里的钱踏踏实实很清醒地握在手里。走之前他和红梅借了个手电筒,照路。现在无端地开始心慌起来,河道旁秋天盛长的花草干透了,风吹出嚓嚓声,一开始还能听,敢看,越来越小心走路了,生怕脚被什么绊一下,心里一直犯嘀咕,要是有人敢来,来的人一定是苟小仓,暗自想着,忧心着,如果是苟小仓,他明天就不要想活个全人。

河岸上有什么声音嚓嚓传来。

梁永胜不害怕,怕什么?有什么怕?往河东村的河道很宽,东山和西山相距四五华里,河两岸是平整的农田,两边还能隐约看见村庄里的灯火,只是拐过弯往北山的沟里才显得山大沟深,河东村就贴在北山根上,不等走进沟底就回村了,不怕,他家的屋子坐在床上就能看见进山的路,大白天眼睛好的能看见树梢上起起落落的麻雀。那嚓嚓声还在,梁永胜突然回了一下头,什么也没有。他纳闷是自己饿昏头了,饿得耳鸣了。继续走,黑墨的山黑墨的地,那嚓嚓声依旧跟得紧。梁永胜想点根烟抽,可手始终不敢从装钱的口袋里拔出来。想到"烧山坐牢"标语也就罢了,便忙不迭地开始快走,极快,那跟着的声音也快起来,像扫把掠地而过。

梁永胜站下来。

"日你妈！日你妈！日你妈！"

朝着三个方向骂了三下。日怪,世上还有比骂人更能壮胆的事吗？寂静的河道里梁永胜的骂声响起来。

"庄稼人和土疙瘩打交道,过日子不欠人,不怕你个龟孙子！你敢来！

"我最恨好吃懒做的人,自己不下力,不务正业,光你妈想讨便宜的事,就不怕骨头明天就散了架！

"龟孙子,不义之财得来,吃饭都叫你不香,你敢过来动手！

"我死是这里的鬼,生是这里的人,这里的沟沟坎坎摸黑走都知道哪里撂着一块石头,你敢过来,我生吞活剥了你个龟孙子！"

一路骂过来,梁永胜手里握着的钱都潮了,骂得口干舌燥,喉咙里干烈烈地冒火,始终也不敢卸下架势,瞪着眼骂人,一路快走。

突然远处传来一片吆喝声,不像是响马喊叫,仔细听是自己村里的人。知道是自己家的人得了信赶来接应自己。走在前边的是自己打工回村过年的小儿子,他掏出钱跟跟跄跄地奔过去把钱送到小儿子手里,手电照着,看着儿子把钱卷了一圈插进了屁股后的口袋,他担心那地方最不叫人注意,最容易丢掉,又把骂人的那架势拉起来:"啥东西到你手里非弄丢不行！"他和儿子要出来,依旧自己装好,一路小心握着回了家。

回到屋子里梁永胜不急不慌地脱鞋上床,虽然眼也看不见,腿也发硬发困,可硬撑着给河西村来看他的人讲良马镇一天里发生的故事。他说,我今天是把一生的风光都占尽了,人哪,只有坐过牢的人才知道什么叫自由！我今天良马镇坐了回牢,戴了两回手铐,手不能动,越动越紧,像狼牙一样咬着你的手腕。河东村的人唏嘘着,这也算坐牢?都没有在牢房里过夜,只不过是拘留一下,还因祸得福了呢。梁永胜半躺在温热的炕上,展开腰身,弛然而卧,要老婆子拿过烟来,他直起身一一扔过去。"吸根烟,给,吸根烟。"他有点像战场上立功的将军一样,说派出所算是见识过了,派出所都见识过的人还有什么可怕的。临了他问:"是谁告诉你们我在路上,要你们来接我?"

二儿子说:"是苟小仓叫我们去接你,他怕你路上有个啥不测。"

梁永胜:"独杆子苟小仓,他总算做了一件人事。"

二儿子说:"我给了他一百块钱,他说跑腿也不能白捎话,何况还配合你把钱要下了。"

梁永胜怒喝一声:"你给我把他个龟孙子喊来!"

一口气没吊上来,人就说不出话了,顽痰在喉咙里堵着,咳咳咳咳半天,脸在灯光下憋得跟猪肝似的。老婆子急忙走近他拍他的背,朝儿子喊,活祖宗,快倒碗水来,忘了你爸一天没有进水米了呀。

红梅收拾干净外面,打发走所有的人,走回里屋,看到一屋子烟气,吕宽富在烟雾中恍惚着。两个人对视,当初的这个人,那一份对生活的美好向往在她的心跳处伴随着她呼吸着,给她希望和孤独。吕宽富伸出手掌,红梅心动了一下,爱,再一次的爱,却见吕宽富缓缓掰碎了手中的什么。那是什么?难道爱情和霍乱一样没有体面而言,难道染上了爱情,唯一的结果就是加速死亡和痛苦?

屋外的狗被什么声音引逗着叫了几声。与以前相比是一种灰冷,她不要这样的富贵,遥远的记忆深处,必定蕴藏着炉火吧?温暖的炉火旁边的读书声,一个眼神,一段沉默,对未来的渴望和梦想是多么干净啊,连着未来的根基又是多么脆弱,曾经的温暖而又微弱的存在,有所依偎,却无所着落。当这个人从她身边离开时,她原谅了他,如果爱能因为放弃给对方一个美好的未来,她愿意。她守着那份爱,那份理想,守着河流,守着良马镇,当她看到自己的同学小花外出打工给自己的父母赚回来一栋小洋楼时,她不屑小花,世界上所有的事物都能被轻易使用时,爱情不能,性不能。活着穷尽毕生努力,绝不能给自己的名声留下罪恶。传统吗?不,她心里有爱,爱在心里溶解为水,滋养心田,滋养长久艰辛的生活和精神。雪在地上,月亮在天上,天地清澈,想干好事想干坏事,在这个了无边界的夜里,她什么都不想干了。她走近吕宽富,从来就没有说服过他,她想说,做好事做坏事都为着所有眼睛盯着你的人和事想想,好吗?

吕宽富能听明白吗?

红梅打开后门说:"吕镇长,夜安静下来了。"

吕宽富扬起那些碎片,用一种怪异的神态看着红梅,然后释然而去。

敞着的门挤进来一股风,旋着屋子里的烟雾,红梅爽利地打开了门窗,看那股旋风旋过角角落落,卷着一屋烟雾,在门边上盘旋着,被路过的风迅速携带着走远了。一天凉月,四壁黝黑,宁静堆满了良马镇,仿佛河道里被水搁浅出的石头。月光泻下来,只有月光可以抚平人的疲惫吗?她有些想睡了,眼睛酸酸的。她站着,让那股冷风尽量吹得自己清醒点。过了这个年,土地全都要露出来了,那些冬眠的虫子也要被翻出来,四季重新开始,春天的心情就像擦洗过的玻璃,该是格外明亮。红梅关闭好门窗睡下了,睡得很踏实。夜里梦见一个浪漫的场景,梁永胜和她说,你养猪吧,我给猪们喂玉芨皮皮、谷糠皮皮、黄豆皮皮、萝卜缨缨、白菜帮帮,这猪肉你说它挠不住钱的痒痒?

早起,有人看到红梅的"驴肉香"的牌子不见了,挂了"红梅饭店";那副联子也不见了,换了旧联子:一沟风月留酣饮,二里山河尽春歌。横批:花开富贵。

德 吉 梅 朵

德吉梅朵十四岁时阿爸死了。

是一个大雪纷飞的冬天,在琼结县措杰村临马路的一座石头房子里,阿爸仁青措躺在临火炉的睡床上,弟弟次仁罗布往火塘里添加一些杨木树枝和牛粪,青烟缭绕着,如同煨桑。阿妈达瓦卓玛站着,手足无措,一只手轻抚着衣袍,一只手拭着脸颊上的泪水,没有声音,似乎此时的任何声音都可能带走自己的丈夫。

这个要丢下全家远走的人,在最后的关口没有多余的话。

德吉梅朵是一个瘦小的女人,像一只出生不久的羔羊,还没有长成。曾经每天早上和黄昏,她在房前蹦蹦跳跳。阿爸仁青措穿着一身灰色的藏袍看着放学回来的德吉梅朵笑,一口白牙,阿爸说:"噢吔,我们家的女学生回来了。"

三年前,仁青措得了胃病,走在治病的路上,家里就没有笑声了。流泪成为家常,全家人都希望仁青措好起来,有十五亩地等着种青稞,家里的日常开销需要有人外出打工,两个孩子需要读书,六头牛,五只羊,仁青措不能不劳动。

胃病一天比一天重,见不得一点风寒,吃不进饭,一米八几瘦个子瘦成八十来斤,夏天天气炎热时裸出瘦骨嶙峋的身子,像一匹抽干力气的老马。弟弟次仁罗布把青稞一粒粒摆放在阿爸的肋骨间,阿妈达瓦卓玛一双眼睛盯着次仁罗布,走过来狠狠打了一下儿子,仁青措把儿子搂在怀里,用手捂着儿子的眼睛,仁青措看着达瓦卓玛掉下了两行眼泪。

过了秋天,进入冬季,仁青措躺在睡床上就没有起来,他一生的力气都耗尽了,肠胃里装不进青稞,人开始高烧不退,一支小小的温度计,家里人实在是不知道它的用途,只是常常由母亲达瓦卓玛放入仁青措的嘴里,然后很仔细地透着光看。德吉梅朵觉得母亲像是发现它有什么奥秘似的,当然,不会有什么奥秘藏在其中。

阿爸不认识字,阿妈不认识字,温度计是医生让带回家说是量高烧体温的,但是,阿爸和阿妈很快就忘记了医生的叮嘱和使用忠告。

德吉梅朵在阿妈不注意时拿着温度计透着光照,明亮的玻璃细管里红色的水银汞柱似乎凝然不动,她试着在火塘前烤了一下,它的汞柱突然就升起来,然后她学着阿妈达瓦卓玛的样子用劲甩了几下,里面的汞柱有些降落。弟弟看见了想抢过来看,被德吉梅朵拒绝了。

阿妈达瓦卓玛每天都往丈夫仁青措的嘴里塞温度计,似乎塞进去丈夫的病就减轻了,似乎一支温度计可以让身体羸弱的丈夫强壮起来。每天都在昏睡的仁青措任由达瓦卓玛重复这一动作,然后透着光看,然后用劲甩几下,然后放在仁青措的枕头旁边。

这一动作的结束是因为温度计碎了。

次仁罗布有一天偷拿了温度计,学着姐姐德吉梅朵的样子伸进火塘里烧,一声"砰",温度计碎了,汞柱很快消失并落入火塘燃起一股火苗。次仁罗布吓了一下,他下意识地看了一下四周,没有看见德吉梅朵,也没有看见阿妈达瓦卓玛,他飞快捡起玻璃碎碴跑往马路对面,扔到了碎石中。那一瞬间,次仁罗布被吓坏了,他认为自己的行为可能让阿爸的病情加重。

达瓦卓玛发现温度计不见时,温度计就再也找不见了。

仁青措在冬天最冷的季节走了。他一生吃进肚子里的青稞在最后那一刻化成了两行泪水,含着泪水的眼睛看着女儿德吉梅朵,他知道自己的离开是给家里欠下了债务,女儿就不能上学了,这么小的人要背一家人的债务活着,他还有什么颜面说话?这是一个十分喜欢识字的女儿,她才十四岁。

仁青措闭上了眼睛,达瓦卓玛试图伸手去擦干净仁青措的眼角,却发现,那地方一点都不潮湿。假如不是温度计丢失,仁青措也许还会活着,高烧把仁青措的眼泪烧干了。达瓦卓玛盯着德吉梅朵大声喊:"是你弄丢了它?"

德吉梅朵没有还话,假如不丢阿爸就不死吗?阿爸死了,阿爸死在最冷的天气里。

这一年藏历年是从十二月二十九日开始的。仁青措的离开让一家人怀疑,日子是否真要这样在没有仁青措出现的一天天中走下去?

临近藏历新年时,家家户户都忙于准备年货,类似于准备汉族的春节。为了欢度藏历新年,一般从藏历十二月初就开始准备"切玛",炸"卡赛",添置新衣,购买糖果、点心了,一年中,或许这一段时日是最忙碌的。因为仁青措的离去,达瓦卓玛过藏历年的心情全无,有时候望着空空的火塘旁边的睡床长叹一声,德吉梅朵走过去拉着阿妈的手,阿妈又长叹一声,坐在火塘前,总得要过藏历年吧。

达瓦卓玛在藏历年的那天,还不到下午五点,就在厨房里忙开了。家里的老人都走了,以前总是母亲和阿爸忙着一些传统的事,丈夫仁青措悠闲地喝着甜茶,现在,不该走的都走了。

达瓦卓玛看着女儿德吉梅朵说:"今天晚上,各家各户都要吃'古突',虽然你们的阿爸仁青措走了,但是吃古突不能少,这是一件十分重要的事情。"

做"古突"开始了,达瓦卓玛端来一盘盛着牛肉、水果糖、麻辣羊肉干和红糖之类的东西,然后扯一块面来回捏。达瓦卓玛看着女儿说:"记住了,做古突要故意包一些东西,以测试家人在新的一年里的运气。过去做古突啊,往里包瓷片、辣椒、牛粪等。现在生活好了,其他的都改了,瓷片换成水果糖,辣椒改为麻辣羊肉干,牛粪换为红糖。"

达瓦卓玛为了让孩子们开心,还是故意在面团里分别包上石子、辣椒、羊毛、木炭、硬币。这些东西代表"心肠硬""刀子嘴""心肠软""黑心肠""发大财"。

德吉梅朵配合阿妈达瓦卓玛麻利地做好了三十个古突,做好后和年夜饭一起端到桌上。一家三口开始吃古突,达瓦卓玛看着姐弟俩说:"吃到什么要吐出来,吃到水果糖说明好吃懒做,吃到麻辣羊肉干说明嘴如刀子,吃到肉说明想着祖先,吃到红糖表示经常会有好运气。"

"吃到羊毛和木炭呢?"次仁罗布问。

阿妈达瓦卓玛说:"那就是'心肠软''黑心肠'。吃着了要及时吐出来。"次仁罗布把嘴里咬了一半包着羊肉干的古突扔进姐姐碗里,德吉梅朵夹起来往嘴里送时发现是包着羊肉干的古突。

弟弟次仁罗布说:"德吉梅朵吃着了羊肉干,她是刀子嘴。"

德吉梅朵迅速吐出来,达瓦卓玛说:"吐出来就好了,吐出来就不是刀子嘴了。"

德吉梅朵说:"一个古突真能决定一个人的命运吗?"

达瓦卓玛说:"能。"

德吉梅朵望着正堂藏柜上"竹素琪玛"的木斗,那里装着酥油拌成的糌粑、炒麦粒、人参果等食品,上面插着青稞穗和酥油花彩板。然后是琪玛、卡赛、青稞酒、羊头、水果、茶叶、酥油、盐巴等。

达瓦卓玛说:"德吉梅朵,你走神了。"

德吉梅朵说:"阿妈,我不能上学了吗?"

达瓦卓玛说:"你阿爸仁青措走了。"

德吉梅朵说:"阿爸走了就不能上学了吗?"

达瓦卓玛说:"你阿爸仁青措不回来了,你上学有什么用处!"

德吉梅朵说:"阿妈,我想识字。"

达瓦卓玛生气了,说:"你刚才吃了包了羊肉干的古突。"

德吉梅朵不说话了,笑起来,一家三口人在欢声笑语中吃完九道古突,达瓦卓玛举着火把,放起鞭炮,呼喊着"孩子们都出来",母子仨走到十字路口,望着远处的雪山祈望来年好运。

一

德吉梅朵果然不上学了。

过了藏历年,有人来介绍德吉梅朵去琼结县当保姆,说是照顾一个1岁的孩子,一个月五百元。

达瓦卓玛收拾好德吉梅朵的日常用品,没有多余的话,叫人领了德吉梅朵走了。

走到马路上的时候,碰到寒流袭来,让人从脚直冷上来,她打了一个哆嗦。她想起了阿爸仁青措,想起了阿爸的大手抚摸她的头发,便有一股温暖流贯全身,便会联想起阿爸活着时的劳作,联想起阿爸的许多教诲、许多慈爱,从肠子头上涌起一阵热潮,一直涌到双眼!她突然觉得眼前的世界变得模糊,随即又变得格外清晰。一种生死两茫茫的无情隔离随即想通了。纷繁的思绪沉静下来,漂游的思念得以依托,她回过头看着阿妈达瓦卓玛说:"我要让阿妈和弟弟过上神仙一样的好日子。"

那个领她走的人用摩托车带着她往琼结县走,她还没有去过琼结县,她想着高中要到琼结县读,没有想到命运让她过早到了琼结县。

德吉梅朵当保姆的家庭是汉族三代,男主人叫张红生,女主人叫熊小英。这样的家庭对于德吉梅朵来说是陌生的,她还没有住过楼房,而且是有厕所的楼房。

德吉梅朵看着女主人怀里的孩子,那么小的孩子看着她笑,她也笑,笑得眼泪都快要出来了。德吉梅朵感觉回到了从前,和弟弟次仁罗布的从前,一只奔跑的羚羊和一只成长的小鹿又见面了。

女主人熊小英第一件事是要德吉梅朵洗澡,洗去她成长的泥尘。这也是德吉梅朵第一次面对一个陌生女人脱衣裳,她十分羞涩,太阳晒暖的水从水龙头里哗哗哗哗地流出来,落在自己肌肤上。她紧张得很,有神秘感,也有乌云一样的不情愿。换洗了干净衣裳,熊小英一一告诉了她儿子大宝的尿布、奶粉、玩具,大宝在德吉梅朵的怀里用红红的嘴巴吸吮她的手背,她的手背上有冻伤,有些痒,她又开始笑,大宝也笑。

熊小英惊讶地说:"不可以这样,不能让大宝舔你的手背,那上面布满了细菌。"

德吉梅朵的心里为难得忧伤了一下,还是愉快地答应了,轻轻把大宝放下,大宝开始哭,她又抱起,像从小抱着弟弟次仁罗布一样在客厅里抱着大宝走来走去。她看到男主人站在窗户前看什么,很专心的样子,她也走到窗户前,看见院子里有一个三岁小孩手里拿着包谷饼子吃,一只大红公鸡大摇大摆靠近他,用它硬硬的嘴啄他手里的饼子,从高处往下看,公鸡似乎比小孩长得还高,小孩子吓得哭了。突然出现了一个男人抱起孩子,冲着那只红公鸡跺了一下脚,那只公鸡吓得架起翅膀兔子一样跑。孩子和大人一起嘎嘎嘎嘎大笑,德吉梅朵的眼睛被云朵罩住,潮湿蒙眬了,看人家,有阿爸多好。

张红生看着公鸡跑起来,莫名地兴奋,回头冲着妻子神秘一笑,然后迅速走进了一间房子。

汉族人的家里,有一些不一样的东西,德吉梅朵不只稀罕人家的装饰,每一次上厕所都觉得屁股怎么可以坐这么白净的东西。尤其是冲水时,她甚至有想再撒尿的欲望。

十四岁的德吉梅朵觉得自己到了一个神仙居住的地方,整个心都变得莫名其妙地紧张,常常小心去偷看一些什么,疑惑一些东西到底是用来做什么。

突然有一天早上,她发现了床单上有一抹刺目的鲜红,准备尖叫时又吓得捂住了嘴。然后突然间悲伤地明白,那些无知傻笑的日子已经走了。等大宝阿爸阿妈上班走了,她小心去卫生间洗干净,一边洗一边哭,哭了很久却发现床单上还是留下了斑斑驳驳的印子。

熊小英下班回来后,德吉梅朵喊她到自己的房间,然后僵硬地站在那里用手指着床单,并告诉她:"我流血了,它没有和我请假就来了。"

熊小英笑着说:"这是少女的初潮,德吉梅朵,它不会和你请假,你要长成大姑娘了。"

德吉梅朵有明亮的眼睛,健康的笑容,成长就这样开始了。

一个月过去后,德吉梅朵拿到了五百元。她蘸着唾沫数钱,一遍又一遍,二十元一张,数起来也还是很吃力。钱真是一样好东西啊,阿爸看病欠下的债务可以还一部分,有两年时间就可以还清了。钱在她的手里响,鸟叫一样,钱是有声音的,她抬起手,无可辩驳地、准确地把钱放在耳朵边,"咔咔咔咔"整齐的节奏,心开始紧张痉挛,会想起童年掘草根的刺痛感,还有青稞穗。阳光发出淡淡的暖橘色,她闷闷地向大宝沉下头颅,贴着大宝的额头,像贴着羊羔子一样,觉得大宝是她的福气。

大宝笑,德吉梅朵也笑,笑凝住了眼中的泪水。

张红生在琼结县文化局上班,喜欢饭后闲余时间用毛笔画画儿。毛笔杆儿尾部是骨质的,有红丝绳,笔帽是黄铜的。打开,张红生告诉德吉梅朵这是羊毫笔。那笔尖上还残留着没有洗净的墨迹。张红生画公鸡,扯着嗓子打鸣的那种,踮着脚尖,使劲儿的。

等上班的人走了,德吉梅朵偷偷进去发现秘密。看着公鸡画,德吉梅朵总会想到第一天来时从窗户望见的那只大红公鸡。站在张红生画好并挂在墙上的公鸡画前看,这张画嵌入了她的记忆,立于画前,她觉得有一股尘土要吸附在她的头发上。她想起田里的青稞、油菜、豌豆、土豆花,阿爸无休止的劳动,劳动间歇,阿爸坐在日夜流动的雅江边,唱一首古老的歌谣。这首民歌是措杰村人在打青稞穗时所吟唱的。

"从小一起生活,长大爱如大蒜;倘若父母剥皮,我俩无法分手。"

德吉梅朵开始小声唱,一边唱一边翻书,她是一个十五岁的女孩,开始漂泊,为了阿妈、为了弟弟,为了家。她甚至在窗口看见了一只山鹰,一只盘旋的自由的山鹰,那山鹰是飞在风中的,风沿着山势而上,风把山鹰托得高高的,那是山鹰自由的高度。

她看见桌子上放着一摞书,是汉语书,简单的字能认出几个,具体意思她实在是不明白,长长的句子到底写了什么?她轻轻翻动它们。大宝睡着,此时一切都是永恒的静止,时间凝住她的眼睛,她迫切想认识它们,书本的声音和数钱的声音,那声音震动耳鼓,愈来愈快,她想认识世界上所有的一切。钱让她自由幻想,如山鹰一样,如公鸡一样,如窗外的风和云朵一样。

熊小英下班回家后听见动静,循着翻书声看见安静凝神的德吉梅朵,她知道这个藏族女孩想识字了。

德吉梅朵看见女主人时不由自主红了脸,她羞涩时很好看。尤其是笑时,白白的牙齿,眯着眼,像是做错了什么事情,两朵绯红挂在脸颊。

熊小英抚摸着她的头发看着窗外说:"想学汉语了是吧?"

德吉梅朵羞涩地点了点头。

熊小英说:"我用藏语给你讲一个藏族故事,然后翻译成汉语,用故事学汉语学起来更快。"

"从前有一个兔阿妈和它的儿子们相依为命地活着,它们经常受到老虎、豹子、熊的袭击,为了避免兔儿子们的生命受到威胁,它们从山上逃到平地,到处找安全的地方生活。在平地里它们看见了村庄,噢咑,走进村庄后首先看见了一口井,这是什么?它们走得太累了,就坐到井沿边歇息一下吧。这时从井旁边一棵高大的老树上掉下一片树叶,大大的叶子被风吹落在井中,发出'恰'的声音,恰巧被走神的兔子们捕捉到了,它们往井里一看,结果呢,从井里呈现出它们自己的影子,因为不知道是什么动物,它们吓得撅起屁股就往回跑。"

德吉梅朵急迫地问:"然后呢?"

熊小英故意说:"明天再然后吧。"

德吉梅朵很羞涩地说：“我不该问然后，可是我太想知道然后了呀。”

熊小英笑了：“说明你是听进去了，好吧好吧，我们就开始讲然后。老虎、豹子和熊又一次来侵犯兔子母子几个时，兔阿妈说：'你们就是敢欺负我们，我们现在可是不害怕你们了。'老虎大笑着：'哈哈哈，没有我爪子大的小东西居然敢对抗我。'豹子说：'我现在肚子饿得咕噜咕噜叫呢。'熊吭哧着说：'你们敢说这样的话吗？'兔阿妈说：'我们发现了一个比你们都厉害的动物，它说话轻声细语，和我们同一个长相呢，它太厉害，一般是不动手的。'老虎、豹子和熊不相信，要求兔子带它们去村庄看，结果呢？”熊小英故意不说了。

德吉梅朵说：“是啊，结果呢？难道是它们看见了自己？”

熊小英说：“聪明的德吉梅朵，它们果然看见了自己，它们冲着井里的'恰'发火，指手画脚，它们气得七窍出血，它们发誓要跳到井里去抓住'恰'，当一个一个被自己气着去拥抱自己的影子时，兔子阿妈看到'恰'吃了它们，从此兔子们的日子就太平了。”

没有等熊小英用藏语讲完这个故事，大宝睡醒了，咿咿呀呀地说话，似乎他也听明白她们在说什么。德吉梅朵跑到隔壁逗着大宝，不时用汉语讲兔阿妈的故事，断断续续，讲着讲着自己也笑了，似乎意思知道，话说不出来。德吉梅朵想，我要从一个藏族初中生回到汉族小学生，从头开始学起。汉语太丰富多彩了。

阿妈达瓦卓玛在发工资的第二天来取钱，带来了糌粑、酥油茶。达瓦卓玛第一次走进有工作人的家，憨笑着不敢进门，害怕自己藏袍上沾的牛粪、羊粪弄脏了干净的屋子。达瓦卓玛看见德吉梅朵穿着汉人的衣裤，那一身衣服太扎眼了。两条分叉的腿没有规矩地站着，达瓦卓玛不好多说什么，毕竟是在汉人家里干活，但她骨子里不喜欢德吉梅朵穿汉人的服装，汉人的服装只有汉人穿了才好看。

熊小英要达瓦卓玛进来，达瓦卓玛执意不进门，把拿来的东西放在门口，接过德吉梅朵递过来的钱，用橡皮筋圈紧，圈成筒的钱很暖手，握在手心，达瓦卓玛笑着告辞走往楼下。

消瘦的达瓦卓玛，身后拖着两条长长的辫子，辫子上结着红绿丝线，仔细看会发现头发上沾着灰蒙蒙的沙尘，酥油茶的味道，或者就是奶渣的味道，下楼的达瓦卓玛发出腾腾腾的脚步声。

熊小英和站着目送的德吉梅朵说："你阿妈的腰和腿都不好，走路脚重。"

德吉梅朵说："是，是，阿妈有大骨节病，不能种田，不种田没有青稞，阿妈喜欢喝酒，只有喝了青稞酒，阿妈才会高兴地笑。"

德吉梅朵羞涩地低下了头，泪水跌落在地板上。一个十五岁的孩子，也该是唱歌的年龄。熊小英想起了藏族的歌声，音域宽广，高可遏云，低胜燕鸣，在歌声中成长了的一代一代藏民。当女人仰起紫红色的脸颊，当小伙子甩开膀子，穿着藏靴、氆氇长袍、戴着单耳金丝灌边礼帽，舞蹈起来，所有的苦难都是快乐，都无所畏惧。

熊小英看着德吉梅朵轻声唱：

"富人骑着马匹，穷人骑着驴子；琼结吉如大叔，给狗套上鞍子。"

听到"给狗套上鞍子",德吉梅朵露出白白的牙齿笑出了声。

德吉梅朵的脸涨得通红,熊小英的歌声从墙壁和一些探不到的角落传出来,这一种家庭气息让德吉梅朵新奇,像瞥见了人世间珍贵的一角。

二

春末,灰黄的大地上流淌着斑斓的色彩,弥漫着牛粪、羊粪味儿的春寒中传播着夏的气息。高原上从春跨到夏,泥土便在火辣辣的阳光里一股一股地从地下冲向碧蓝的天空。

夏是繁茂的季节,农田里的青色植物为高原带来多彩的景致,夏也是漫长的季节,青色越多,景致越多,每一个景致都蒸腾着藏民咸咸的汗气。

德吉梅朵回了一趟措杰村,看到阿妈和弟弟,她把钱递给阿妈时,阿妈的笑让她开心。

仲夏的农活多,达瓦卓玛顾不上和德吉梅朵说话,知道德吉梅朵回来过星期,便要她在家里做午饭。

中午阿妈还没有从田里回来,她先是看到放学回来的弟弟次仁罗布,十岁的弟弟个子在往高长,黑黑的脸膛,一双眼睛黑白分明,看到姐姐在就想看姐姐买了什么回来。德吉梅朵一边指给次仁罗布看从熊小英家带来的糖果、图画书,一边用教育的口吻和次仁罗布说:

"你要好好读书,学会汉语和英语,如果不会这两种语言就没有知识。知识让人聪明,社会是聪明人的社会,就在刚才我回家的路上,在客车上我依稀看见有一家餐馆写着招牌说招收服务员,明码标价会汉语的工资要高过不会汉语的呢。"

次仁罗布拿着糖果跑到外面,他最反对认识字了,最大的乐趣是种田,到田里把力气撒野在田里多好,和阿爸一样。

德吉梅朵知道次仁罗布无法像阿爸那样,阿爸没有读过书,弟弟是马上要读初中的人了,德吉梅朵不安分地伸长了自己的目光,渴望走进年仅十岁的弟弟的心里,辨识一下他心里对未来日子的希望和好奇孰轻孰重。

德吉梅朵看见蹦蹦跳跳的次仁罗布走在阳光下,居然没有看她带回来的图画书,他是一个不喜欢读书的人。这个漠视过程进入了德吉梅朵的记忆,从弟弟的这个漠视开始,德吉梅朵想:就算没有机会上学了,自己也要好好和汉族人学汉语。

太阳当空,达瓦卓玛从地里回来,赶着四头牛,肩上的锄头高高翘起来,锄头挑着太阳,太阳将激情似火的热刺进地心。

德吉梅朵走过去接过阿妈的锄头,阿妈脸上流着汗水,湿湿的汗水挂在阿妈的头发梢。没有阿爸的日子里,阿妈是屋子里最主要的劳动力,可是阿妈有大骨节病,有头痛的病,靠喝青稞酒解烦闷的阿妈,心里一定有比病痛更难过的事。

德吉梅朵是黄昏时离开家去往县城,石头墙呈现着黄昏的色调,一抹夕阳照着路边的花草,风轻摇着德吉梅朵的裙子。黄昏似乎就该是怀旧的命定的色调,她再一次想起阿爸,阿爸喝酥油茶时,总是偷偷将一块酥油悄悄抹到她的嘴角,她用手抹下来,末了将手指一根根舔干净。她回头看了一下空空的屋子,阿爸已经隐入了岁月深处,不留踪迹。

返程时,坐在客车上的德吉梅朵想着阿爸:阿爸脸上浓浓大大的眉眼,没有被皱纹入驻;阿爸挑着担子奔跑在田间的道路上和坡堤上;阿爸咬着牙,汗水淋漓混沌地在阿爸脸上、身上奔流。不应该想阿爸病痛时的样子,要想阿爸甩开膀子劳动时的样子。

客车走过一家饭店门口时正好有人下,德吉梅朵也提前下车了,她想在大街上走走,时间还早。路过"阳光拉萨"饭店门口时,她突然又看到了招收懂汉语服务员的招牌。这下她彻底看清楚了,会汉语的一个月一千五百元。比当保姆多出了一千元。

德吉梅朵走进饭店找见店老板说:"我会汉语,能够和任何人把汉语说流利了。"

饭店老板才仁巴桑说:"好吧好吧,会说汉语的藏族姑娘,我欢迎你。"

德吉梅朵用奔跑的速度跑往熊小英家,飞奔上楼,敲开门,开门的是张红生。看着上气不接下气的德吉梅朵,他惊讶地说:"什么事情让你如此慌张?"

熊小英抱着大宝看着德吉梅朵说:"出什么事情了吗?"

德吉梅朵说:"出大事情了。"

张红生说:"出什么大事情了?"

德吉梅朵说:"我要离开你们家了,因为我看上了另外一份工作,那份工作我更喜欢。"

熊小英和张红生对视了一下,要德吉梅朵坐下来说。

张红生说:"你找到了比这里更好的工作对吗?"

德吉梅朵说:"我太兴奋了,我找到了比在这里赚更多钱的工作。"

熊小英的心踏实了一点,一个十七岁女孩要走向社会了,她一旦决定那一定是要开始行动了,你看她兴奋的脸上,像被一层从未有过的美丽笼罩着,带着生动的梦想,生活会对这个女孩展现什么不同寻常的事情呢?既然是更好的工作,那是一个什么样的工作呢?

张红生望着窗外,四周的山,全都一色的苍劲和雄健,近来他开始画山水了,暮色下静默的冈底斯山给人的感觉非常奇特,树以叶为形,风以动为行,天以云为形,生活本无常,到无中去生有,这就是生活。

熊小英有些不高兴,说走就走,不给人一点缓冲,她看着德吉梅朵不知道说什么好,就希望张红生说句话,或者挽留一下,让德吉梅朵等自己家找到带大宝的新保姆再走也算是一个交代。

冈底斯山的轮廓凝重了张红生的视野和思维,他的爷爷从河北来西藏,留在山南,是不是也被这大野无声震撼了?留下来,背井离乡,说走就走,没有流连,生命重塑了故乡这一概念,故乡有了新的内涵。张红生由山而想得更远,当年祖先来西藏是被什么诱惑了?是被远古的呼唤吗?祖先走来时,身后没有任何路标,脚窝踩出即被风沙淹没,再不能顾盼回望,走进高原就不想离开,为什么从来就没有想过画这高原上的山水呢?

听得身后重重传来一声喊:"张红生,明天你不用上班了,在家看大宝。"

张红生想转过身说话,似乎已经来不及了,他听见熊小英和德吉梅朵说:"这么小的年纪,心里就没有疼痛吗?"

德吉梅朵说:"姨姨在和我说话吗? 我去的地方比这里多一千元,等于我一个人做了三个保姆的活,你知道我家里多么需要钱吗? 阿爸看病借了许多钱,钱对我的家庭来说就是幸福。"

熊小英说:"你到底找到了一份什么样的工作? 什么样的工作让你如此心动?"

德吉梅朵说:"饭店服务员呀。"

熊小英惊讶得长嘘了一声。

张红生觉得说任何话都是多余,不能说自己家好,饭店不好;更不能说自己家里可以教育她学会知识,难道生活不是知识吗?

熊小英说:"难道你现在就要离开吗?"

德吉梅朵说:"就是啊,我现在回来是来告辞的。"

熊小英一时无语,德吉梅朵说是回去过星期天,结果回去重新找了工作。而且没有一点征兆,说走就走,什么工作也不能不过夜就走啊。

张红生穿好衣服站在房门前,然后打开门,这个在自己家生活了两年的藏族女孩,或许他根本就不了解她。她的性格中有急迫的东西,她说走,谁都没有权利拦。

德吉梅朵从熊小英怀里抱过大宝,三岁的孩子已经学会叫姐姐。

大宝不知姐姐已经抛弃他,流着哈喇子伸出手喊:"姐姐。"

德吉梅朵突然抽搐了一下,整个脸皱起来,丑丑的样子,也是她心酸的样子,泪水串珠一样掉下来,她抱起大宝贴在自己脸上然后迅速放下他,不再说什么,从敞开的门走出去。

坐上车,德吉梅朵依旧一脸兴奋,从打开的车窗看高远处的天空,一轮皓月,四野被映照得格外幽深,像被一层从未有过的美笼罩着。生活,不同寻常的生活,对一个刚涉世的女孩子来说只能往前走。张红生送她前往新的工作岗位,一路上张红生不知道该表述什么。车行一段路后他很认真地扭过头看着副驾驶座上的德吉梅朵说:

"你的选择没有错,只要是成长都没有错。要错就错在人的本性和成长的痛苦。我不会说你不懂事,只是遇到了你自己必须决定的事,你想冲出大人们包围的茧,这是迟早的事情,以后我们不会呵护你了,本来我有许多想在你身上实现的奇迹,没有想到仅仅学会了流利对话的汉语你就想飞了。但是你要记下我的手机号码,发生任何过不去的事情都可以打我的电话。高原上生活的你太纯真了,你不会受到别的伤害,但是你会受到男人的伤害。"

德吉梅朵惊讶地抬起头,她的脑子里一时还装不下这么多东西,她很兴奋自己找到了新的工作,赚钱,没有多余目的,想远了脑仁子疼,就是赚钱。

她笑着指着方向说:"我记着呢,等我赚钱了买下手机记手机里,现在我记在脑子里了。"

猛一抬头看见了"阳光拉萨",德吉梅朵说:"停车停车,哝,就这里。"

张红生靠边停下车,打开车门,目送德吉梅朵走进去。这女孩几乎是飞奔过去,甚至没有回头,她是兴奋的。

一个神奇的民族,一个神奇的地方。张红生开车往前走,天边还有一缕红云游丝一样,很美。他突然想走近雅拉香布,吐蕃在这里诞生。

张红生开车往城外驶去。一路上想着吐蕃王朝的辉煌真是无与伦比,它雄踞高原,八面来风,内联盛极一时的唐王朝,外联当时亦较为强大的尼泊尔,在中原政权衰微时,吐蕃则开疆拓土,与唐王朝在多处展开了长期势均力敌的争夺。不仅如此,它文化璀璨,兼收并蓄,奠定了今日高原的历史性和民族性。

作为文化工作者,这段历史长久以来为所有藏人追慕谈论,而它的滥觞之地——山南也因此有了独一无二的地位。

历史永远都与一条河和一座山交集,他所在的核心地域雅砻河流域长久以来成为山南的代称。爷爷当时为了生活从河北老家走来,祖先是做盐巴生意的,从小张红生就知道雅拉香布是雅砻河的发源地,这里也成为吐蕃王系的诞生地。传说中,雅拉香布接连天地,吐蕃赞普均为天神幻身,第一代至第七代赞普均顺一条光绳由此山下到凡间,完成使命之后再由此返回天界。直到第八代赞普,因光绳被斩,无奈居留人间,雅砻部落从此走向发展壮大。

有几年妻子熊小英常唠叨想回去,哪怕是回到成都,绝不留在高原,说孩子上学时一定要回内地,她受不了高原的风、高原的日照。这几年回内地看到冬天的雾霾,有时让人无法喘气,熊小英也不再坚持离开高原了。

张红生是不愿意离开,不离开的理由就是山南的文化,他出生并成长在这里,熟悉的东西很难拒绝,它是和一个人的精神气质连带着的。

车行路行,没有想到走到了一条岔路口,路标指向桑耶寺。吐蕃强盛时期,山南雅砻河流域及雅鲁藏布江沿岸,成为西藏的"粮仓"并延续至今,保障了一个王朝的仓廪,其重要性不亚于江南之于中原王朝。而佛教传入吐蕃后,佛苯相争,山南再担重任,成为佛法生根之地,赞普赤松德赞主持修建西藏第一座佛、法、僧三宝俱全的寺院——桑耶寺,首派七名藏人剃度为僧成为"七觉士",并从印度和汉地请来诸多高僧,在桑耶寺翻译佛经,弘扬佛法,最终开创了西藏佛教前弘期的盛况。琼结,藏语的意思是"屋角悬起多层"。

天色已经暗下来了,他看到山的轮廓,脑子里想着四围的山,每个人都是一个在世修行的人。美好的画面感,他想着回去一定要画出来。

手机的铃声打断了张红生的遐思,接起电话看是熊小英打来的。电话里熊小英一肚子气说:"我们应该押她一个月工资,那样也许不至于跑这么快。她让我们措手不及,明天怎么办?大宝是不是要送到幼儿园?你怎么会走这么长时间不回来?"

张红生说:"我这就回呀。"

放下电话,张红生掉头往回走,琼结已经看不到悬起多层屋角的宫殿了,但青瓦达孜宫的断墙残垣仍然高高矗立在城东的高山上。

路过阳光拉萨餐厅,张红生特意停下来,想走进看看,结果第一眼看到了面前的招牌,上面赫然写着:招收服务员,月薪一千,会说汉语的比不会说汉语的每月增薪五百元。

这对德吉梅朵来说是一种荣耀。

她是一个爱钱的女孩。难怪她如此急迫。进出吃饭的人形形色色,为了前途,每个人都四处奔走招租房子、糊口、脚底起泡、捉襟见肘,或许这里才是德吉梅朵的人生开始。

三

德吉梅朵成长中的第一次爱情来了。

天空的云朵白莲花似的,毒辣的阳光从来没能晒得败它,肆虐的风沙也掀不翻、扑不灭它。

白莲花似的云朵,蓬勃、兴盛,它是生命的颜色和光彩的梦想。

桑多带着几个兄弟走进阳光拉萨时是下午 1 点。他们的身影挡住了门前的阳光。桑多的兄弟高喊:"我们要吃饭,来一个包间。"

德吉梅朵迎上来说:"203 包间,来客人了。"

有服务员走过来带着他们往楼上走。不一会,服务员跑下来和德吉梅朵说:"他们是一群不讲道理的人,刁难我,我无法满足他们的要求。"

德吉梅朵没有多说话,直接往二楼 203 包间,看见进来的德吉梅朵,桑多说:"我还是那句话,县长吃啥我吃啥。"

桑多身边的女人花枝招展地笑。

德吉梅朵笑了,这是一个有钱不知道怎么花的西藏人,她毫不客气地指着菜谱点了一桌菜。

桑多说:"你点的菜都是县长吃过的吗?"

德吉梅朵说:"都是县长吃过的。"

桑多说:"那就好,我就想和县长一样,县长吃啥我吃啥。"

德吉梅朵想:自己哪里见过县长?县长吃什么自己也不知道啊?既然要和县长一个标准,那就点贵的菜呗。

一桌子人吃肉喝酒,个个儿红着眼睛大着舌头,桑多更是挥着手说:"谁也不许走,再吃一遍。"

桑多旁边坐着一个藏族女孩,她的氆氇服那么美,宽松的衣服包裹着她丰满的身躯,脸上红光照人,酒精的作用下,她像天上的太阳一样热力四射。她叫阿夏,桑多用迷离赞赏的目光看着她,阿夏受到鼓励,站起来,她的两颗乳房饱满张扬。

阿夏开始唱歌:

> 我们不是康巴,
> 但要欢唱康歌。
> 幸福就在羊卓,
> 羊卓草种齐全;
> 草种是否齐全,
> 请看嘎林草原。

如果不是地方小,他们就会一起表演"果谐",围成圆圈载歌载舞了。

德吉梅朵站在一边艳羡着,回过头看其他服务员,她们也傻傻站着,每个人都裹一团灰扑扑的颜色不起眼地扎在那里,望着歌声穿透墙壁的远方,在这一群富裕人明媚富丽的映衬下,她们显得寒酸。

突然的酒桌上有人指着服务员中一个说:"喊你倒酒呢,你傻站着不动,一看就是低保户。"

这句话一下刺进了德吉梅朵的心里。

在这种背景下,她看见、听见了羞辱,低保户和明丽的衣服像植在一个人身体上的皮,培养了德吉梅朵的性情,叛逆与容忍,幻想与自卑,奔放与拘谨,激情与忧郁,这些彼此悖逆的血液天然地混合在体内,开始涌动。

她拦下那个被喊"低保户"的女孩,走过去倒酒,然后站在一边用汉语唱:

富人骑着马匹,穷人骑着驴子;
琼结吉如大叔,给狗套上鞍子。

德吉梅朵眼睛里射出的不是目光,而是一种不屑。她说:"如果你们的肠胃还能装下一桌酒菜,那么我通知厨师不要下班,让你们都把唇吃成豁子。县长可不是你们这样,县长彬彬有礼,从不占用我们的休息时间。"

阿夏想发作,被桑多拦住了。

桑多对德吉梅朵说:"你生气时很美。"

这句话把德吉梅朵吓了一跳,此时她觉得美是一件"可耻"的事情,如果别人说她美就说明她不是一个好服务员,整天只知道和客人搔首弄姿,像桑多旁边不时拿出小镜子往脸上涂粉的女人一样。

德吉梅朵的这句话让一群人离开了,离开时阿夏用恶毒的眼神盯着德吉梅朵,走到门口时还扭回头又瞪了她一眼,阿夏骄傲的样子让德吉梅朵难过,她开始明白"美"是重要的,美丽的氆氇服装能让美变得重要起来,但是美丽的氆氇服装不能罩住一个灵魂上的丑陋。在他们的心里没有平等,没有呵护,他们的行为冻疮一样烂在了她心里。

桑多走后又来过几次,身边的女孩不断变换,有人说他把自己的路虎车改装成了霸道,他认为有钱人就一定要和县长看齐。

桑多是琼结县有钱人家的儿子,喜欢被众星捧月,有仗义的一面但也有虚荣的一面。他的朋友和他的女人一样在变换,桑多始终是这个群体中的太阳,不管换了多少人,来到这个群体,必得维护桑多,这是因为桑多代表着这个群体中的大是大非,稍有轻慢,别怪桑多对你不客气。桑多在阳光拉萨吃了一年多饭,德吉梅朵见识了他身边形形色色的人,能长久留下来的人不多。有些时候意见不和,吃饭中就分裂成了两个阵营,辩论辩论吵几句解决不了问题时,有人就拿出了藏刀,后来就干脆发展到了打架的地步。

有一天德吉梅朵看到横卧在大街上的桑多,烂醉如泥,通红的脸,脸上还有凝结了的血痕。德吉梅朵走过去叫醒他,跌跌撞撞搀扶着他走到饭店。德吉梅朵帮助他清洗了脸,倒了酥油甜茶,等他慢慢回过神来。这是一个太年轻、太没有阅历的青年,他根本不知道,征服一切要付出什么,而那种征服又是多么不可挽回啊。

桑多睁开眼就不停地要酒,他喊着:"我有钱,我要跟县长喝一样的酒。"

然后桑多又喊:"让我醒过来干什么呢?"

可桑多毕竟是醒过来了。

等桑多更清醒的时候,桑多看着德吉梅朵说:"做我的女人吧。离开这个酒店。"

德吉梅朵的脸白莲花似的,太阳没能晒得败她,肆虐的风沙也吹不裂她,她长成大姑娘了。对桑多的感情德吉梅朵一时想不明白,这是一种非常说不清楚的感情,并时时感到一种莫名其妙的惶恐,当她试图要问明白这是为什么时,自己又完全解释不清楚,也许是桑多长得高高大大的样子吸引了她。

爱情是什么?也许是两个偶然碰撞的心相遇,共同怀有一腔同情和惊喜,虽然有酸涩和磨难,但凡是种子总是要发芽。成熟像一把透了水变得柔软的蘑菇,每一个细胞都在张开。言行、表情、个性,爱情点燃了德吉梅朵的自信,她走在大街上,买了手机,第一个电话打给了桑多,可似乎她已经忘记了此前。忘记就忘记吧。

桑多最大的好处是有钱,钱是好东西,钱让桑多的友情一拨一拨换人,只有烂醉如泥时会想起德吉梅朵。

德吉梅朵请了一天假,她和桑多去雍布拉康玩,这座寺庙在距泽当镇11公里的扎西次日山上。"雍布"意为"母鹿",因扎西次日山形似母鹿而得名,"拉康"意为"神殿"。民间也叫母鹿后腿上的宫殿。

他们走上去时云朵遮挡了太阳,走上寺庙的台阶,攀爬上最高处时,强劲的风从高空袭下来,掀起他们的藏袍和长发,有风铃发出撞击声,瞬间,一场大雨顷刻袭来,云朵里有闪电,雨点从四面八方扑击他们,他们俩相拥着,风来吧,雨来吧。

德吉梅朵微微颤动,她躲在桑多怀中,脸埋在藏袍中,什么也看不见,唯余厚重的雨幕敲打着她的后背,两人同时生出了一种孤独无援的安静,没有人说话,风雨声那么急切,把开腔的念头压了下去。

也只有十几分钟时间,很快,这番风狂雨骤就过去了,天空明朗,他们看到更高处的风马旗,更远处的山脚下,山与山重叠着,山路崎岖、山气浓重,一些牵马的牧民,他们是专门送那些不想走路想骑马往雍布拉康旅行的人。这些马,风来雨往,平均寿命十九年,其实它们在第十五年时就登不动山了。它们这一生走了多少路?朝拜了多少次雍布拉康?它们的命运在来世会改观吗?

往山下走,看到马淋得通体精湿,它们打着响鼻,马头上挂着红花,黑黑的牵马人吆喝着马,有人上马、照相,牵马人牵着马往高处走。

杂草的种子趁机跟着饱满爆芽,在石块的缝隙里成长起来。德吉梅朵好像是跟不上趟的出操队员,走走停停。桑多走过来扛起她,咯咯咯咯的笑声扬起来,所有的人看他们。看吧,来看吧,他们是自然的一个景象,如同草叶上晶莹的露珠,你们就看一眼吧。

山间小道都是草木开就,不平中就有嶙峋石块浮出路面,行走时非得时时盯住路面,以免柔软的脚指头无辜踢到。当他们发现山间行走的人越来越稀少,环顾四周都是草木遮蔽山体的绿色,有身披五彩的山鸡张皇失措地往远方飞,顷刻又淹没在草丛中,有啁啾声,不是一只是一双。有潺湲的声响,有沙沙的声响,是鸟和水和草木的交错所致,汉语说万籁无声,稍一细听则无处不出声响。德吉梅朵感到自然空间是如此丰富充沛,它们在各自的空间内,按自己的方式存在着:草木往上长,雪水往下流,藤蔓横着攀爬。

走到车跟前,两个人坐进去时无来由地互相望着哈哈大笑,外面如此阔大的空间,为什么不尽量舒展自己的身体呢?山风、山雨、山气、山色则满目都是,他们有足够的自由,足以让他们伸长手臂,爱情的视野里没有疆界,除非不是发自内心。脱下被雨水淋湿的衣裳,迎面而来,彼此呼入对方的气息,在没有周转的空间内,泥土涩涩的味道、流水清冽的味道、酥油茶、奶香,草木将更加青翠发亮,流水要更加激越畅快,心爱的人啊,我们的血液里流着互相交融时对风雨的敏感。

四

桑多换女人了。

阳光拉萨的服务员小姐妹次珍告诉德吉梅朵时,她先是下意识地笑了一下,她的笑有点羞涩,更多的是掩饰不住的聪颖与灵智。

德吉梅朵已经怀孕两个月了,如果不是没来例假她都没有往那方面想。

AB血型的桑多,有着性格极端的两面,活跃时不拘小节,性格外向,口无遮拦,置身再大的场面不惊不悚,面对再大的人物无拘无束,有钱撑腰,不理解他的都可以成为朋友。但在另一面,他又有着异乎寻常的寂寞和孤独,伴随着驱之不去的孤独感,他对女人有一种不能抑制的追求与渴望。每当做爱时他近乎失去理智的疯狂,似乎是想把身体里的孤独甩出去。

肚子里的孩子怎么办?德吉梅朵决定去找桑多。

想找到桑多是很容易的事,他喜欢到人多的地方去,这个时节他会去哪里呢?他一定会去K歌的地方,是那种花钱多的地方。

德吉梅朵走在城市的道路上,她再一次和城市的人群亲密地打了回交道。这是一次非理性的行为,她要和这个人决裂。她走到"偶遇"酒吧门前时,发现了桑多的改装车霸道。她只身走进去。每一道门都是打开的路径,她突然觉得这种行为很荒唐,返身回到门前的台阶上,颓然地坐在路边,想理清楚眼前的事情。

这是无法理清楚的事情。

心情迷乱,德吉梅朵还是起身往里走,有服务员拦住她,她说找桑多。谁不认识桑多?大名鼎鼎的桑多。

德吉梅朵推开204号门,没有人会关注进来的是什么人,只有进来的人关注到里面的人群中有桑多。高大的身影拥着一个女人,这是一个姿态暴露而挑衅的女人,拿着话筒唱《青藏高原》,她的嗓门出奇地好,在最后的高音处,口哨和掌声一起响起。

酒精刺激的作用,桑多抱住女人亲了又亲。

狼毒花的根,桑多是一个有毒的男人。

德吉梅朵走上去,推开桑多怀中的女人。黑,真是最简单的颜色,似乎可以遮蔽一切,包括肮脏。快乐走得太快了,如云朵被风刮走,忽然而已。

女人说:"这个捻线陀螺一样的女人,她是谁?"

桑多不假思索说:"村子里的低保户。"

德吉梅朵眼睛瞪得大大地盯着桑多,这是一句惊天动地的话,她被这句话缠住了,就像布网的蜘蛛一样。

桑多居然没有羞耻,依旧拉着那个女人,女人招摇着一头秀发,嫣然百媚的风致,暗红的唇,笑起来如风吹金箔。

德吉梅朵第一次发现笑能把人的心灼伤。

德吉梅朵说:"桑多,你的脑子坏了,心也坏了吗?"

醉酒的桑多说:"你这个瘟疫一样的女人。"

德吉梅朵说:"桑多,因为和你的纠缠,我肚子里怀了你的孩子。"

桑多说:"把那个小东西处理掉吧,我不想当一个孩子的爹。"

四下里的人笑,笑桑多这句话有哲理,接着他们起哄说:"我们不想当孩子爹。"

德吉梅朵摔了门跑出来,她的胃极度不舒服,头也跟着涨痛。在藏族人的经卷里这是不能饶恕的罪过啊!阿妈说过,世上的人都是老天爷赐予的神物,罪过呀,天大的罪过呀。

外面到处是喧闹声,到处是人声、歌声,德吉梅朵的眼泪棉线一样落在地上,没有力量。

跌跌撞撞走回阳光拉萨,因为爱情,她已经不好好上班了,老板几次提醒她,因为有桑多,因为有爱,她并不在乎。现在她什么也没有了,多么没有道理。她脸色苍白地坐在饭店椅子上,像一个蜜蜡做的女人。

都是热热闹闹的声音,喝过酒吃过饭还没有过滤掉的热闹在行走中继续,只有德吉梅朵是安静的。

饭店老板要她回去休息,她也不多说什么,饭也不吃就离开了。

回到住地躺下,很痛苦也很疲惫,可就是睡不着,但愿电话不响,但愿没有人知道我生病。她现在抗拒一切,包括食物,就像抗拒那些无处不在的虚假的爱情。她不爱谁,也不相信谁,此时,她连自己也不爱。

桑多本来就是现在的样子,是自己不由自主爱上了一个混蛋。

德吉梅朵把外面的袍子脱下来,暗红色的内衣,一样不要,这些全部是桑多的钱买下的。她裸着自己,皮肤有一种针尖麦芒般的刺痛,找出自己的旧衣裳换上,有点眩晕,想抓住什么,可是能抓住她看到的影子吗?

拉窗帘时,兀然看到一弯明月,仿佛她痛苦无妄的爱情,在这个世界上,你和这个人好又不能完整说出理由,单纯是不成熟,可什么是成熟,谁能告诉她?

可是为什么心里还想着有电话打进来?又在期待什么?

德吉梅朵妊娠反应得厉害,已经到了无法上班的地步。阿妈达瓦卓玛来阳光拉萨看她,难过地说:"你遇见了魔鬼,回家吧女儿。"

魔鬼的孩子也是神赐予的神物,是天爷爷的宝贝,堕胎是天爷爷不可饶恕的,会让堕胎者几世受罪。德吉梅朵跟着阿妈回家。依旧穿着旧衣裳,那些或许有过爱情的衣裳已经没有意义了,她把它们毫不留情送了人。

穿过琼结县城的街道,阳光和人群,昼夜轮回,四季流转,从前是什么样子已经没有意义了。天上会下雨的云朵都是从她心里飞出去的,她无法想象藏族人的祖先是怎样培养出了这样的男人,魔鬼降临人间了。

弟弟次仁罗布长高了,不喜欢读书,整天逃课或者躲在同学家看电视。德吉梅朵的回家让阿妈更操劳,对日常投入的精力更多。她妊娠反应越来越重,有时候想到是一个梦,一米一米的阳光会化开这个梦,山上的风会吹散这个梦,睡一觉也许就回到了从前。桑多就像一个过去的坏习惯长在了她的脑子里,努力不去想,可是努力的事情又总是不能忘记。

有几次她想给桑多打电话,可准备打时又觉得自己没有出息。

阿妈达瓦卓玛已经为这个家损耗了太多精力,对弟弟的牵肠挂肚导致身体抵抗力下降,偶尔性的头疼变成经常性的头疼,疼起来需要扶着墙站下。

撑过六个月,德吉梅朵稳定了,似乎妊娠反应小了,也能正常吃饭,有些时候还可以下地劳作。

天气已经是冬天,在屋子里某个被阳光照射到的地方,德吉梅朵闻到了一股奶香,她默默坐着,感受肚子里的胎动,她试图找到那只小脚丫,和捉迷藏的小猫似的,很长时间又没有任何动静了。门前的阳光金子似的拉长了她的影子,那个影子无限扩大,她突然看见了阿爸,阿爸还是当年的那个样子,站在那里笑。那股奶香奇异而美好,难道是自己的身体散发出来的奶香吗?

阿爸仁青措笑着离开,她看到风吹过草原,摇动草地深处所有站立的茂茂草和滩上爬着的荒草。阳光把风揉成金黄色,把空气切成碎块,然后雪片似的从天上飘落。总觉得阿爸在慈祥地注视着她,给她从来没有过的力量。

阿妈从外面走回来,晚霞的光辉像巨大的梦境铺天盖地而来,阿妈笑着说:"领到低保的钱了,这样生娃就有保障了。"

一沓钱放在坐床上,很扎眼。

德吉梅朵说:"阿妈,你说什么?"

阿妈说:"低保啊,从你没有工作那天起到现在,你也可以拿国家的低保了。"

德吉梅朵说:"阿妈说我在拿国家的低保对吗?"

阿妈说:"对啊,你没有工作了,我们家没有人有能力为这个家进钱。"

德吉梅朵感到从未有过的落寞和孤单。她盼着孩子赶快出生,她想到桑多用鄙视的眼光盯着她说:"低保户。"那一句刺耳的话像一只失群的羊羔,灵魂在旷野里迎风呼叫,往日思念着桑多的念头突然就结住了。

那一夜德吉梅朵惊醒过来,她发现自己的手放在胸口上,她似乎完全清醒着,且似乎又无法动,静静地呼吸着这种能让她产生幻觉的气息。这种气息是那样坚挺有力,她挣扎着,睁开眼睛望着上空,眼睛在朝阳升起时深沉得像一潭湖水,波光粼粼,美丽得令人心碎。

阿妈达瓦卓玛用劲喊她,说她在做噩梦,阿妈像呵护一头牛犊一样看着她,用手轻轻抚摸着她的头发,阿妈的抚摸感动了她,她突然又想到,我要不要在孩子出生前找到孩子的阿爸呢?

矛盾的德吉梅朵,她在孕期受到了伤害,没有一点计策。

达瓦卓玛说:"只要你不怕他像魔鬼一样再伤害你。"

阿妈的回答就像昨天从屋顶上滚过的雷声一样让她身体颤抖起来。似乎又成为一种斗志,她要去找他,不能让孩子的出生没有阿爸,更不能让孩子出生就吃低保。

德吉梅朵带着她荒唐的想法坐车往琼结县城。

天气似乎比想象的要暖和,有些时间不知道桑多的动向了。她下车后先是站在街边看了一会儿人群,城市对她有一种诱惑,如果不是肚子里的孩子,她的月工资还会涨。身上裹着厚厚的棉衣,临出门时还被阿妈套上了一条围巾,一辆车走过带起的风扬起一股肃杀之气。拿出电话拨通桑多的手机,一直是忙音,再打,依旧是忙音,此时的桑多会在哪里?K歌厅或是酒吧?

电话突然响了,不是桑多,是拨错的电话,电话里的人认定这里应该有一个他要找的人,一遍一遍问,最后核对电话号码,结果错了一位数,然后那边又很突然地就挂了。

德吉梅朵往桑多常去的酒吧方向走,果然在酒吧门口看见了桑多的改装车。心跳加速,手脚都出汗了。她走上前抬起脚照着桑多车的轮胎踢了两脚,心里的气无法出,她的委屈不是一般的。

哪想桑多的车报警了,有保安走过来指着德吉梅朵说:"你赶快走开,这里不是你这样大着肚子的人来的地方。"

德吉梅朵说:"我找这辆车的主人,我肚子里的孩子也是他的孩子。"

保安进去找人时,德吉梅朵觉得就让你这辆车喊你吧。她不停地用力踹车轮子,好大的车轮子,她眼泪出来了,汗水出来了,车叫声引来几个围观人。

桑多出来了,他身边永远站着一个妖娆的女人。保安上去制止德吉梅朵,桑多很平静地笑着,这个没有穿高跟鞋、矮矮的女人,大肚子像圆鼓一样,整个人看上去像一只母鹅。

桑多发怒了:"你这个瘟疫一样的让我丢尽脸的女人,你这个疯女人!"

那张红脸在日照下,嘴唇显得很怪异,德吉梅朵还惊奇地发现,桑多整个脸的上半部布满了雀斑,密密麻麻,以至于从稍远处只看得见深红一片。他的眼睛只剩眼黑,眼白发红,几乎和脸是一个颜色。

桑多一发怒,他的狐朋狗友便知道下一步该怎么做,有几个人走过来,就要走近了,德吉梅朵突然心酸了起来,事实证明她来找桑多是错误的,这个聪明面孔笨肚肠的人,这个绣花枕头一包草的人。

德吉梅朵惊魂不定地望着桑多身边的女人,陌生的脸庞,无奈而且尴尬。德吉梅朵曾经站在她的位置上,那也是德吉梅朵的栖身之地,说不清怎么回事,自己便爱上这样一个人,像一条披着人皮的毒蛇奔窜在逐渐枯死的青草间。

德吉梅朵尖叫了一声,冲着那个女人喊:"你难道没有看见你的下场吗?桑多,我肚子里怀着一个'低保户',你这个魔鬼来吧!"

女人眉眼生动,突然纵情笑着搂着桑多撒了一下娇,桑多甩开她,这是一个不生气就难过的人,是被钱财捧红的野味,是热闹的充饥物,这是一个不能坐下来说话的人。

桑多说:"有钱的后人永远不是低保户,马蹄溅起的粘泥已经贴近我的嘴巴了,你不想我赶走你,你就不要在这里羞辱我的脸面。"

德吉梅朵说:"你配有脸面?脸面已经糊了你的脑袋,你自作聪明的下场便是暴死荒野。"

桑多大喝一声:"让这个不知天高地厚的歹毒的女人去死吧!"

德吉梅朵想:来吧,看看你桑多怎么对付一个女人,好和坏、对和错、有理和无理,所有的脏水和孩子,你连孩子一起干掉吧,你会有报应的。

明天就是放弃今天,结伴而来的痛和苦,来吧,德吉梅朵豁出去了。

刹那间一个人影横插在了一群人中间,她大喊一声,然后她拽起德吉梅朵的袖子就跑,在所有人不明白发生了什么事情时,她们已经走出很远。

是阿妈达瓦卓玛。阿妈怕德吉梅朵受罪,一直跟着走,她祈求死去的亲人来保护德吉梅朵,不要让人间盛开苦难和忧愁。

达瓦卓玛一边拽着德吉梅朵跑,一边气喘吁吁地说:"魔鬼在诱惑你,他用肚子里的孩子诱惑你,那个诱惑早已成为一个坏结果。为什么要用鸡蛋碰石头呢?你和他的纠缠已经结束,这是仁青措家的后代,不是魔鬼的后代。"

母女俩跑往人多地方,离开恶狼的办法就是快速逃离。

五

德吉梅朵和阿妈拉着手走,从琼结往措杰村走。

街道上很安静,就像在长长的一年平常的日子以后迎来即将到来的藏历年一样,突然松懈了,什么也不想了。

谁家的酥油茶和着最后的夕阳一起缭绕过来,街道边上有人推车子卖橘子,她突然想吃橘子。一个小女孩牵着阿妈的手等阿妈买橘子,女孩穿着粉红色牛仔裤和长筒皮靴,女孩的眼睛很大,像火一样燃烧。德吉梅朵下意识地摸了摸自己的肚子,等那母女俩走远了,女孩后脑勺上还烙着德吉梅朵的眼睛。

太阳刚刚落山,晚霞的余晖将冬日那一望无际、苍黄的群山涂抹得色彩斑斓,纵横的河汊沟渠闪耀着暧昧的暖色,红色的晚风轻拂在脸上。

两斤橘子走着吃着,很快就没有了。

她走着突然就觉得身体有点失重,有点气喘吁吁,有阿妈的汗味笼罩着她,显然德吉梅朵并没有意识到自己头重脚轻。

天慢慢暗下来,远处稀稀拉拉散开的村庄,有零星灯光闪耀。每路过一户藏民家,都是大同小异的气息,她肚子开始叫,偶尔碰见一两个藏民,一两群牛羊,全都是黑乎乎一片。

月亮升起来了,德吉梅朵抬头看了一眼月亮升起的地方,突然又觉得后腰处像坠了一块石头,重得屁股都无法抬起来。慢慢地那块石头又移到了她肚子上,像马蜂蜇了一下那般酸困。

德吉梅朵说:"阿妈,我饿得腿脚没有力气像踩在棉花上,膝盖快要跪下了。"

阿妈说:"坚持一下,月亮替我们照着路呢。"

不知道为什么,德吉梅朵的心情突然陷入了孤独中,疼痛越来越大,她实在是烦累了,停下脚步,看着走在前面的阿妈,她不知道马上要发生什么事情,月亮冷冽的清光湿漉漉地包围着她,有什么东西越来越沉重地压迫着她。

达瓦卓玛发现德吉梅朵没有跟上来时,回转身发现没有人。

达瓦卓玛大声喊:"德吉梅朵,女儿? 德吉梅朵,女儿?"

德吉梅朵倒在地上,她透不过气来,心头慌乱得差点儿想大喊救命。

德吉梅朵说:"阿妈,我的肚子要疼死了。"

达瓦卓玛循着声音走过来,看着倒在地上的德吉梅朵,经验告诉她,德吉梅朵要生产了。

荒郊野外,达瓦卓玛的诵经声响起,传递着令人压抑的气氛。偶有几声狗吠,听不见人声,月亮虽然不圆,冷冽的清光在这空旷的乡野里显得格外明亮,地上白花花的,真似蒙了霜,伸手摸摸身边的小草,感觉特别凉,达瓦卓玛哭了,身边没有强劲的身影,她感觉到了惧怕。

达瓦卓玛觉得自己必须去找人,可自己又不能丢下德吉梅朵。

两难中,达瓦卓玛说:"女儿,打桑多电话吧,阿妈求他,只有他可以来救你,此时,我们没有一点办法。"

德吉梅朵掏出手机打桑多电话,依旧是忙音,再打,电话有人接起,是桑多,电话里的桑多大声说:"你是一个不吉利的女人,你这个低保户。"

德吉梅朵说:"我要生了,我要生了,你来救救我。"

电话早已挂断。夜死了,没有一星半点气息。

达瓦卓玛手足无措,德吉梅朵哭着忍着疼,翻着手机电话,她脑海里突然掠过张红生的电话,这个电话原本是要记在手机里的,但因为什么事情一直没有记。她输入号码打通电话,期待着。接电话的是一个男人。

德吉梅朵说:"是张红生,大宝阿爸吗?"

电话里问:"请问你是哪位?"

德吉梅朵说:"我是德吉梅朵,我要生孩子了,在回措杰村的路上,您来救救我。"

张红生在电话那边迟疑了一下,他的迟疑是因为没有听明白对方在说什么。

德吉梅朵急切地说:"我要生孩子了,我的孩子没有阿爸,我被男人伤害了。"

张红生脑子嗡的一声,有几年没有联系这藏族姑娘了,快,德吉梅朵需要帮助。熊小英已经穿戴好衣裳,两个人迅速下楼开车往措杰村走。

在路边看到德吉梅朵母女俩时,德吉梅朵羊水已破裂,熊小英的心里一阵子疼痛,两位疲惫不堪的母亲。她闻到了空气中的血腥味道,迅速搀扶她们上车,疼痛让德吉梅朵不断呻吟,车上的每个人都对她肚子里未来的小生命充满了担忧。

德吉梅朵入院不久很快就生下了女儿,这个早产的女儿,两只黑黑的眼睛,降临到人间时,她没有哭,大拇指含在嘴里,看到母女平安,张红生夫妇松了一口气。

达瓦卓玛在孩子屁股上狠打了一下,"哇——"德吉梅朵的女儿哭声嘹亮,惊世骇俗,使得张红生和熊小英如同产床上的母亲,幸福得产房都微微战栗。这实在是破天荒的事情啊,这个藏族女孩到底经历了什么?

太阳升起时逼退了清晨的寒风,女儿来到她身边,一夜之间,德吉梅朵成熟了许多,她的悲哀已不放在脸上,微笑中有几分刚强。累了一夜的张红生和熊小英想着一个人在家的大宝不放心,急急告辞出来,临出门时说:"有事打电话。"

达瓦卓玛送他们出来,因为语言不通,无法和达瓦卓玛沟通。熊小英说:"回去吧达瓦卓玛,好好照顾你女儿。"

达瓦卓玛茫然无措地挥挥手。

在德吉梅朵的激动中,窗外飞过去一朵云,像白度母的化身。这样,孩子的名字就出现了——卓嘎。达瓦卓玛说:"我的卓嘎。"

这是一个多么非同一般的奇迹啊。卓嘎,粉嫩粉嫩的,躺在阿妈身边。藏族没有对非婚生子女的成见和重男轻女的陋习,卓嘎的到来成为达瓦卓玛家的佳音,也成为德吉梅朵嘴边开口时第一句话。

出院那天,熊小英带来奶粉、肉松和各种大宝小时候用的玩具,她有点喜欢这个女孩,因为身体原因她已经不能再生育了,如果大宝有个妹妹就好了。德吉梅朵希望熊小英给卓嘎起个汉族名字,熊小英脑子都没有动就说:"叫熊二丫。"熊二丫已经是熊小英的疼爱了,万千故事必然在后头紧跟着。

一百天的卓嘎已经脱掉了人之初最先的混沌,对周围的事物的感知有了某种自觉的意识,喜欢笑,对四周做出相应反应的是笑容。有时候德吉梅朵拍拍手,她就笑,舅舅次仁罗布拍拍手,她也笑,笑得十分自如、喜悦和甜蜜。

德吉梅朵的手机里全部是卓嘎的笑脸,她的鼻子,她的眉眼,简直就找不到缺陷。

卓嘎双手双脚并用,慢慢地能坐了,会爬了。德吉梅朵突然想到张红生讲过的故事,古埃及的神话中有一个长有翅膀的怪,通常为雄性,是"仁慈"和"高贵"的象征,当时的传说中有三种斯芬克斯——人面狮身的、羊头狮身的(阿曼的圣物)、鹰头狮身的。亚述人和波斯人则把斯芬克斯描述为一只长有翅膀的公牛,长着人面、络腮胡子,戴有皇冠。到了希腊神话里,斯芬克斯却变成了一个雌性的邪恶之物,代表着神的惩罚。因为希腊人把斯芬克斯想象成一个会扼人致死的怪物。传说天后赫拉派斯芬克斯坐在忒拜城附近的悬崖上,拦住过往的路人,用缪斯所传授的谜语问他们,猜不中者就会被它吃掉,这个谜语是:"什么动物早晨用四条腿走路,中午用两条腿走路,晚上用三条腿走路?腿最多的时候,也正是他走路最慢、体力最弱的时候。"

俄狄浦斯猜中了正确答案,谜底是"人"。

斯芬克斯羞愧万分,跳崖而死(一说为被俄狄浦斯所杀)。

她的女儿是一个人。

远处的雪山静伫着,抿口不语。夕阳涂抹在走过的牛群身上、脸上,德吉梅朵抱着卓嘎骑在牛背上,鲜花盛开的季节,卓嘎已经开始牙牙学语,德吉梅朵听不懂她的话,但母性使她本能地领悟到女儿的话是一种呼唤。

次仁罗布休学了,不喜欢读书。

德吉梅朵和他谈了一次话。不读书的人只能种地,地里长不出钱。钱不能生钱,只有读书可以改变命运。

次仁罗布说:"钱可以生出钱,不读书照样可以活着。"

德吉梅朵拿出二十元钱递给次仁罗布说:"我看你怎么生钱?"

次仁罗布拿着钱跑出家门,他要和同龄人去打麻将,要证明钱是可以生钱的。二十元很快就没有了,两手空空,空得如心。

过日子很为钱恼火,丢失的钱永远不会回来了。

德吉梅朵说:"钱走了就走了,不知去向,它虽然走了,但是绝不会消失。它在泥土里,在修建的楼房里,在牦牛的脊背上,在喜欢读书人的理想里。钱不会消失,因为它是钱,钱什么时候都不会死,我们不能把钱看轻了。"

卓嘎长到八个月时,措杰村开始建蔬菜大棚,需要工人。德吉梅朵报了名,这是男人干的活计,一个女人报名垒墙,虽然说起来稀罕,但也不足为怪。一个月干足二十五天可以赚六千元。

　　德吉梅朵选择坚持和勇气,她的心中有一份清醒和希望,只有劳动可以改变命运。

　　阿妈达瓦卓玛觉得德吉梅朵体质弱,一天干不下预期的活计,恐怕一个月拿不到那么多钱,不希望她把身体累坏了,毕竟来日方长。

　　德吉梅朵对劳动的执着九头牛也拉不回来。

六

　　蔬菜大棚建在措杰村东北角上,建棚的老板是汉族人,他娶了一个小女人做老婆,在山南建筑行业的山头中不算大老板。电话不离手的汉族何老板常常用它来听别人对他发号施令,那个别人不是别人,是他的妻子。

　　措杰村的蔬菜大棚有一定规模,干活人中间女孩子少,为了不显得扎眼,德吉梅朵穿着弟弟的衣裳,密密麻麻的人头中,如果不仔细分辨还发现不了德吉梅朵。工地上虽然也有女孩子来干活,可她们总是站得远远的,就像督工一样,每天上工时都不少她们,少了她们又太煞风景,女孩不能和男孩比,她们干活就那样停停歇歇。

　　很奇怪的事情是,没有人觉得德吉梅朵是女人,别人吃饭了,她还在干活,甚至想要干很多很多活,连吃饭的时间都不舍得停歇,就为了干完自己的活早一点回家看卓嘎。有时候饿得心跳加速,背转人吐一口酸水,说是去野地里上厕所,其实是跑回家看女儿找吃食。

措杰村建蔬菜大棚的不仅仅是措杰村人,还有其他县的工人。一个叫次仁德杰的小伙子看上了德吉梅朵。这一代藏族男女再不可能像他们的父辈那样保守,文明随着物质,必然在一代一代的进化中得以更高的提升。

恋爱毕竟应该是一件含蓄而秘密的事情。次仁德杰喜欢在夜幕的庇护下,因为,那样会使他感到温暖而安全。德吉梅朵则在夜幕时分需要回家带自己的孩子。次仁德杰目送德吉梅朵的背影,有时候在后边轻声喊一下:"嗨,你怎么这么早就走?"

德吉梅朵羞涩地笑一下,离开对次仁德杰显得残酷了点。

恋爱毕竟是一件含蓄而秘密的事,需要远离人群,远离住处找一个说话的地方,德吉梅朵匆匆忙忙的离开让他无从下手。

德吉梅朵说:"我有一个女儿,刚刚一岁,我的女儿卓嘎还离不开阿妈。"

次仁德杰跟在德吉梅朵身后说:"我能为你女儿做些什么事情?我给她买一个玩具吧?"

德吉梅朵说:"卓嘎还小,还不知道玩具好玩。"

次仁德杰说:"可是我最想做的事情是成为卓嘎的阿爸。"

德吉梅朵再一次羞涩地笑了:"你像狮子的嘴巴一样,太夸张了。"

次仁德杰说："我说的是我心里想的话。"

德吉梅朵说："我还不想恋爱,我对男人不信任。"

次仁德杰说："男人与男人是不一样的,有好男人,我就是。"

德吉梅朵说："我就要到家了,我要见我的卓嘎。"

两个人就这样你一句我一句、有意无意说着话,一个看似在述衷肠,爱意无限的样子,一个心里有心事,也没有很决绝地讨厌对方。

山南这个地方昼夜温差很大,寒凉对于此时情况下的男女根本没有意义。

夜凉了,次仁德杰想握住德吉梅朵的手,几次伸手让自己挨得近一些,越近就越能感觉到对方;越感觉到对方,就越有一种燃烧不能自抑。

听见卓嘎的哭声了,德吉梅朵快速跑了几步,一下子距离就拉开了,等次仁德杰也跑了几步时,德吉梅朵已经跑回了自家的院子,女儿牵着她的心呢。

黑暗中,次仁德杰徘徊在马路上,天空有星星有月亮,有夜鸟飞过,他想德吉梅朵劳动时的背影,这个女人朴素得让人欢喜。

德吉梅朵干活实在是累了,一回家搂着女儿一边让女儿吃奶一边端着碗吃饭,狼吞虎咽的样子让达瓦卓玛看着直发笑。饭毕,德吉梅朵搂着女儿卓嘎在尿味乳香中倒头就睡。

第二天一早依旧昏然入睡的她被电话吵醒了,是次仁德杰喊她上工地。

放下电话,德吉梅朵想:我又被一个魔鬼惦记上了。

蔬菜大棚有可能很快就完工了,那么接下来该做什么?去哪里找工作呢?此时她还想不到爱情,偶尔也多看次仁德杰几眼,和桑多比较,次仁德杰长得不够高大,人显得憨厚一些。现在德吉梅朵必须放弃已有的一些好坏参半的东西,比如说,伤害和痛苦和曾经厌倦了的思念,而去要一些新的东西,而那些新的东西同样也与好坏长短对错一起要结伴而来,当这些东西来到我身边时,很容易满足我此时的孤独,可是无可奈何的日子还很长啊,会不会再出现伤害呢?

张红生曾经说过的话再一次想起:你总会被男人伤害。

德吉梅朵想:我现在还不能要爱情,爱情还不符合我的想象,短暂的疼爱会过去,我不过是一个过平常卑微日子的人,任何人的温情脉脉都是假象,我的平凡的令人激动的好日子就是陪伴着阿妈、弟弟和卓嘎,卓嘎的出现已经不是原本的生活了。我要把此前的日子收拾起来装进一个纸盒子,再系上时间和忘记的绿色丝带,将它放置在心头,时时提醒自己,一切还不是时候,自己还有目标没有实现,不能被当下的没有结果的东西打乱了日常。

再见次仁德杰,德吉梅朵就不理他了。

次仁德杰觉得德吉梅朵是一个诱惑,她以微笑和美好引领他向那个方向望去,他无法控制自己要向那个方向走去,他觉得自己的未来是和她连接在一起的,世界一定会像自己想象的那样豁然开朗的。

措杰村街心里有两三个孩子追逐耍逗,他们的笑声与小鸟的婉转啼鸣一起在树丛中回旋,没有拖拉机的声音,也没有大人在一旁不断的监视和呵斥。阳光下有两只鸟在打闹,起起落落,上上下下,前前后后追逐。

次仁德杰站在旁边看他们,鸟叫声像是私语,能够想象那些小生命同自己一样开心得发疯,只是苦于听不懂它们的语言。此时他穿过街心就为了去见德吉梅朵,他要向她表白,不再躲躲闪闪,虽然她不理自己了,那也没有关系,爱情是追来的,功夫一定要舍得下。

措杰村的蔬菜大棚盖起来了,一点收尾工作,对于重劳力已经找不到下力气的地方了,就等结算工钱了。

德吉梅朵在青稞地里拔草,青稞地站起来看仿佛没有尽头一般,弟弟在远处,埋在青稞中,这个不读书的年轻人终于把自己安顿在了青稞地。读书才好改变自己的命运啊,她一定要卓嘎将来读书,读大学,做一个有本事的人。

汗水打湿了她的头发,她呼着粗重的气息,又开始想卓嘎的样子了,一岁多的孩子已经开始叫阿妈了。

青稞地里静悄悄的,冥无人声,像所有的中午时分,路上连自己的影子都没有。一行行的青稞,还有远处的油菜花,像诗歌一样。她不知道诗歌是什么样子,但是,此刻她便已经知道诗是什么样子了,心里敏锐地感到诗一样的东西,一下就感觉到了过日子的滋润和欣悦。

德吉梅朵唱着歌,起起伏伏,青稞地就活泼了。

次仁德杰站在远处听,慢慢走近想吓她一跳,对德吉梅朵不理他的事情已经忘到脑后了。

"嗨,德吉梅朵!"

德吉梅朵吓了一跳,她迅速站起身应答了一声,看到是次仁德杰,她一下就扭转了身。

次仁德杰说:"你知道我有多么喜欢你吗,德吉梅朵?"

德吉梅朵说:"你快走开,我讨厌你。"

次仁德杰说:"我说的是认真的,我就喜欢你,答应和我好吧。"

德吉梅朵突然想到最近刚学到的一个汉语词语"不尽如人意"。

"我的当下的生活不尽如人意,我的将来也不尽如人意,所以我不喜欢你。"

次仁德杰说:"我们的将来到来时一定不尽如人意,我们把将来变作现在,将来还是在远方,我会等待那个不尽如人意。牛奶会有的,面包也会有的,我们就一起不尽如人意吧。"

德吉梅朵瞪大了眼睛听着,然后喊了一声:"次仁罗布,次仁罗布,你赶快过来赶走这个坏蛋,你赶快来呀!"

听到呼喊的次仁罗布从青稞地跑过来站在次仁德杰身边,小伙子长得高出了次仁德杰半头,身子骨虽然看上去单薄,但是脸上显示出了愤怒。他准备打架了,只要对方敢动手。第一次打架,他把力气全部用在两只拳头上,他可不是一个孩子了,他要保护这个家里的所有女人。

次仁德杰后退了一步,他可不想和这个未来的小舅子打架。

"我自己会离开,总有一天我们会成为一家人,等着看吧。"

次仁罗布眼珠血红,他被姐姐喊过来是为了收拾这个男人并用力量来纠正他的过错,怎么能轻易就放走了他。他往前多走了几步拦住次仁德杰,太阳光涂抹在两个青年男人身上。

德吉梅朵窒息了,她被这种场面震慑了,吓得说不出话,眼前的景象凝固成一幅照片,一幅被阳光和风塑成的即将开战的照片进入了德吉梅朵的脑海里。

四周安静得近乎原始,无法感知的暴风骤雨就要来临了,没有说话声,只有粗糙的呼吸声,次仁德杰也捏起了拳头。

德吉梅朵一阵眩晕,脑子里突然幻想出一队羊羔的影子,这种白色而温暖的亮点,亮点穿过看不清楚的远方停滞下来。这种柔和的停滞给了她无限欢乐,她突然喊道:"停下来,任何一个人先出手都不应该,我们要像汉族人一样学会礼貌。"

出乎意料的是,两个人并没有放松自己的身体,包括脖子和眼睛。

德吉梅朵跑过去,这次的对峙由她而引起,她突然认识到自己做了一件坏事,把自己的好恶强加给了次仁罗布,不能再让事情发展下去了,发展下去没有任何意义,她冒出这个想法的时候她就想把事情说破,说明白了。

"次仁德杰,我不喜欢你,我有心上人,我不想把话说破,更不想我的生活多出一双盯着我的眼睛。你的眼睛爬在我的双肩,飘在我的头顶,或长在我的后背,这让我不快乐,你走吧。次仁罗布放他走,我们不是仇人。"

次仁罗布听完姐姐的话依旧没有让步,次仁德杰走了,太阳照着他的后背。德吉梅朵是属于我的,她总有一天要接受我,我有足够的耐心来追她。

七

午觉醒来,外面突然起风了,德吉梅朵抱着女儿坐在窗户前,窗玻璃被风吹得咔咔作响,因为看见了什么卓嘎笑起来,原来是一只猫在地上玩阿妈达瓦卓玛的线团子。

满身阳光的卓嘎,喊着:"阿妈,阿妈。"

卓嘎管所有看见的喜欢的人都喊阿妈。

措杰村的扎西顿措来德吉梅朵家,想问一下德吉梅朵愿意不愿意出去干活,比如去砖厂,但不在琼结,在另一个地方——扎囊县。按工计酬,干好了一个月可以拿到六千元,而且可以长久干下去。

德吉梅朵当然喜欢了,她觉得眼下最喜欢的就是钱,谁会对钱惧怕和讨厌呢?这几天她正为出门干活忧愁呢。现在听了扎西顿措的话她立马就答应了,说自己愿意去,阿妈在家照看卓嘎,弟弟也长成人了,可以和阿妈一起种地,外出做工赚钱的事就交给自己吧。

扎西顿措说:"那就好了,明天我们就出发吧,恰巧这个砖厂有和汉族老板打交道的事情,老板还想要一个懂汉语的人,我看你就正好。"

送走扎西顿措,德吉梅朵想,自己是生活在高原上的人,因为会汉语,赚钱还比别人多,心里一阵子窃喜。起身放下卓嘎,开始收拾明天要带走的东西。

扎囊离琼结不远,也是山岭重叠,山路崎岖,不过也有赖于这高原,世代生活于此的高原人家,生活秩序没有多大改变,生活语言仍然沉浸在泥水里。这种一脉相传的生活,温馨而又平静。

山野是相当广袤的,但是可作为耕种的田,却并不多,还要依山势划割,许多机械很难进入,所以,犁、镰刀、锄依旧是传统的工具。

阿妈达瓦卓玛放牛回来知道德吉梅朵要出去工作了,心里有说不出的喜悦和担心。阿妈安慰德吉梅朵说,放心走吧,卓嘎有我,地里的活计有次仁罗布,现在家家户户都有电视了,可以从天气预报中得知风雨信息。

德吉梅朵说:"可是天气预报有些时候还是关注不到我们村子一带。"

达瓦卓玛笑着说:"哪里可能那么细微到村,就靠自己的体验吧。你阿爸活着时把上辈人的经验化为实用,阿妈没有读过书,但是对你阿爸牵挂风雨的事情、对四季不同的风来雨往都记得很清楚,除了手中的活计,还要和邻居互换劳动,你就放心走吧,扎囊离家也没有多远。"

晚上的时候德吉梅朵和弟弟次仁罗布说话,主要是安顿她走了以后家中的事情,不希望弟弟每天看电视,要多替阿妈做一些事情。

德吉梅朵说:"我们种了十五亩地,这可不是一个小数目,弟弟虽然不读书了,但是身体还没有长成,才十六岁,你要帮助阿妈干活,但也不要累坏了自己。土地归属是自然,除了劳动能力付出之外,主要是要靠天吃饭。四季好时,不在于今年和去年下气力有多少差别。每一场雨有每一场雨的作用,每一阵风有每一阵风的意义,阿爸活着时知道凭风向可以决定收割南边或北边的青稞。收割青稞时雨水也是大麻烦,少了不足,多了为害。"

次仁罗布还没有想那么多,对季节变化心里不敏感,觉得姐姐有些唠叨就不想听,把电视的声音开得很响。

德吉梅朵喊道:"你难道不知道阿妈有头疼的毛病吗?你不可以这样。"

次仁罗布低沉着声音说:"我的血脉里流着阿爸对土地的敏感,现在我虽然什么也不知道,但不是姐姐的道理让我明白的,是一天一天往下走的日子告诉我的。我没有远大理想,农田里那点事儿,我可以从明天中学来,你就放心去打工赚钱吧。"

德吉梅朵突然觉得次仁罗布长大了。

夜暗下来时,卓嘎睡了,德吉梅朵想出去走走,沿着马路走,明月当空,地上一片银白。走在山间小道上,任何一条道都是草草开就,不平的路面就有碎石块突出路面,行走时非得时时盯住路面,以免柔软的鞋无辜被踢破。环顾四周都是草木掩映的绿色,人显得渺小起来。不知什么东西在草丛中划过,有唰啾声响起,停下来稍一细听则无处不出声响,让她感觉到大自然是如此丰富神秘。

德吉梅朵在月光下转了一个圈,她不想那么多了,每个人的视线都没有疆界,从明天开始她要慢慢抵达远方,如果老年时能去拉萨最好,赚钱,赚更多的钱,去拉萨,去北京,去世界上她想去的地

方,不让一些人小看她,那么就从明天做起吧。这样想着,德吉梅朵又笑了一下,觉得周围的动静有看出她心事的,就小声说:

你们不要笑我,我想一想还不行吗?你们不要挡了我的念想,你们是知道我秘密的人,但是,实现起来会难,难也不怕,风雨抽打过我的心,我经历过了,不怕难。

德吉梅朵不想去否认自己,日子是朝着快乐的方向发展的。

扎囊的砖厂在县城外四周无村,所有的工人就只能住在厂子里。老板叫索朗旺堆,个子不是很高,人看上去很厚道。第一天,他和新招工的工人们训话,讲了场子里的规章制度,讲话结束后又问,听说有人懂汉语,懂汉语的举手。

德吉梅朵举手,也有几个零零落落的人举手。

索朗旺堆举着一本书说:"哪位能朗读下这本书?"

因为距离的原因,德吉梅朵看不清楚那是一本什么样的书。

索朗旺堆说:"是《走过西藏》。"

这下没有人再举手了,只有德吉梅朵。她走过去接过书,认真翻阅了一下,然后选择一页打开朗读:

"对于未来者,西藏是个令人神往的佛界净土;对于此在者,西藏是一种生活方式;对于离去者,西藏,你这曾经的家园让多少人魂牵梦绕——西藏,就其实在的意义来说,更是一个让人怀想的地方。

"有些时候我希望自己能被西藏所怀念。在怀念的时候,被怀念者本来的价值也许就会一点一点地呈现出来。但西藏在想起我来的时候,我是一个怎样的形象呢?是一个逗留得太久,热情也持续得太久的行吟诗人吧,是一个喜欢张望人家的生活情景、喜欢打探人家的人生之秘的好奇的旅人吧,是一个执迷投入但始终不彻不悟不知圣者为何物的朝圣香客吧。西藏看我在这片高原大陆上走来走去,一定很纳闷——

"那么多年了,她在找什么呢?"

索朗旺堆很欣赏地看着德吉梅朵,他让德吉梅朵停下朗读。说:"你从现在开始跟着我搞销售。"

德吉梅朵说:"请问索朗旺堆老板,销售工资和工人的工资是怎么算?"

索朗旺堆说:"工人在一线,干的活多工资多,搞销售相对要轻松,当然没有工人的工资高。"

德吉梅朵说:"原谅我索朗旺堆老板,我喜欢到工地去,我现在需要赚钱。"

索朗旺堆挥手叫大家散去。德吉梅朵也散去,许多解释在这个姑娘身上似乎不起作用,她需要钱。

女人们一起住在砖厂宿舍,空心砖砌就的床铺,门是一扇红黄镶嵌的木板门,板门外面装着蓝色铁门环,一天都在工棚里做砖,只有夜里才回到宿舍。卓嘎不吃奶水了,德吉梅朵的胸前湿漉漉的,是奶水溢出。

几个月活计干下来,她突然觉得和这个世界有一种距离,连话都少了,埋头干活,抬头看天。来时还带着一本书看,其实干了一天活,夜晚倒头时连说话的力气都没有了,哪里能够睁开眼睛。

工棚和宿舍中间有一道栅栏门,天亮后吃饭,然后许多人向栅栏门走去。栅栏门前站着穿蓝制服的检察员,所有的腿在向前迈进,她突然很喜欢这个栅栏门,无论她的心境平静,抑或躁动,一旦走进这个栅栏门,她又觉得通过劳动得来的钱有多么幸福。

又几个月下来,德吉梅朵开始想卓嘎和阿妈还有弟弟。每天的生活就两个场景,此前的生活经历好长一段时间都是门里门外,门里的家,门外的世界,现在的门里门外是门里想怎么多赚钱,门外依旧是养足力气多赚钱。

半年回一次家,德吉梅朵不舍得多请假,回家一趟只停留三天。卓嘎已经不认识她是阿妈了,她哭着说:"卓嘎,我是阿妈。"

卓嘎躲开她,有几次试探着用小手去抚摸她的藏袍,很快就缩回来了,蹦蹦跳跳躲到一边去悄悄窥探。

看到地上有许多玩具,德吉梅朵以为是弟弟和阿妈买的。伸手捡起来递给卓嘎,让她近前来拿。卓嘎说:"叔叔买。"

德吉梅朵看着阿妈达瓦卓玛。

达瓦卓玛说:"是一个年轻人,他半个月来看一次卓嘎,每次来都买玩具,问他叫什么他也不说,每次送来东西问一下你的情况就走了。"

德吉梅朵想,一定是桑多醒悟了,他一定是碰了钉子,或者是让马蹄子踢了脑袋。

德吉梅朵把半年的工资交给阿妈,阿妈又递给德吉梅朵几个零花钱,德吉梅朵带了换洗的衣服很不舍地离开了措杰村。

到了县城,她要转乘往扎囊县的车,因为晚到了,车已经发动,她远远地招手追赶着车希望车停下来。如果今天赶不回去,明天就要误工,一天工资就没有了。

车在远处停下了,鸣着喇叭,但是,她追赶奔跑的途中摔倒了,一切发生得太凶猛。德吉梅朵迅速站起来时,觉得额头有点儿潮湿,她用手捂着追赶到车前扒着车门上去时,车上有人惊叫了一下"血"。此时她才发现有一股黏黏糊糊的东西顺着额头糊住了她的眼睛,她把手放下来看,全是血,用右手抹了抹脖子,手心立即殷红,她怕吓着他们,赶紧从包裹里拽出一件上衣擦干净,笑着解释说:"一点皮,被石头疼爱了一下,就擦破一点点皮。"

有人问她还有哪些地方疼。

她摇着脑袋表示再没有地方疼痛了。

但是,她感觉捂住伤口的地方有一股温热又冒出来,能够明显感觉手心又潮湿了,不能被她手掌覆盖的暖流顺着发根、额头,缓缓向后脑勺以及耳朵方向流下来,她明显感觉耳朵的耳郭部分已被血充满,一会儿,耳轮里的暖流便溢出去,向耳外后脑部流去,有头发遮挡着,就让它流吧。

德吉梅朵使劲回忆到底自己碰撞到了什么地方,是什么绊倒了自己。什么也想不起来了。慢慢地她觉得血不流了,也不觉得疼,迷迷糊糊又睡着了。

醒来时,发现车到了终点站扎囊县,下车后她还得走将近一个小时才能到砖厂。走吧,此时谁也帮助不了你,就是破了点皮,有什么怕的。

走到砖厂已经是夕阳西下。

夜里睡下去她才知道了疼痛,闭上眼睛,一切安静了。她突然想起了阿爸,没有衰老的阿爸有一天会回来吗?会拉着阿爸的胳膊,看他满不在乎的微笑吗?夜里居然梦见了阿爸,依旧是活着时的样子,他对德吉梅朵招招手,悄然微笑地飘过,慢慢地隐入了墨色的高空,她惊恐地喊:"阿爸,你不能就这样走了,我们都想念你。"阿爸摇摇头,不停往高处走,很快什么都看不见了,阿爸再也不回来了,和逝去的亲人比,自己这点疼算什么啊。醒来时,发现所有人都睡得呼呼的。

脑袋疼得钻心,她突然想到了死亡,如果再睡过去是不是就是死亡来临?她再一次看见阿爸,阿爸梦幻似的突然就消失了,她不想打扰工友,小心穿衣走出外面,脑子嗡嗡的,刀割似的疼,她担心自己会疼死。受不了了,她把整个脑袋放在外面的水龙头下,让冰冷的水冲走疼痛,不能死呀,一定不能死呀。

德吉梅朵醒来时,发现一切都是白的,阳光是白的,周围是白的,错综迷乱的记忆是白的,当发现自己躺在医院里时,白色像一个口袋把她的一切装进去,包括身体。

穿白色大褂的护士说:"你被送进医院时高烧40度,伤口感染加脑膜炎,你差点死去。"

德吉梅朵说:"是谁送我来了医院?"

护士说:"是你们的工人一早发现你倒在水龙头下,是你们的老板送你来的,你为了赚钱不要命了吗?高烧都不知道吗?"

德吉梅朵说:"脑子疼得让我忘记了高烧,快点让我好起来吧,那样我好去工地做工赚钱。"

护士摇摇头说:"钱把你的心买走了。"

索朗旺堆第五天来把德吉梅朵带走。一路上索朗旺堆都没有说话。

快到砖厂时德吉梅朵很忐忑地打破了沉默说:"索朗旺堆老板,住医院的钱你接下来扣我的工资吧。"

索朗旺堆看了她一眼,脸上的表情是难堪而痛苦的。

"你太不怕死了,减去不怕死再加上爱钱,就是德吉梅朵。"

德吉梅朵羞涩地笑了:"索朗旺堆老板,难道你开砖厂不是为了爱钱?"

索朗旺堆说:"爱钱也不能不要命啊。看你爱钱的样子,这几天的工资就不扣除了。"

德吉梅朵惊讶地瞪大眼睛:"难道你真相信钱长进了我的心眼里了?难道你真认为钱已经成为我的疾病?索朗旺堆老板,你该知道藏民家的青稞从来不出售,出售的永远都是自己的力气,力气可以赚钱,麻烦永远不能。"

索朗旺堆哈哈笑着,猛一踩油门,车飞奔起来,他知道,所有善良人的心灵都是相通的,就算是雪山高高在上,也没有融不掉的积怨,更没有接不住的绳索。

八

有一天砖厂来了一位小朋友,是个小女孩,大大的眼睛,卷卷的头发,怀里抱着一条白色的泰迪,毛茸茸的,通身纯白,雪团似的。她站在砖厂栅栏门门前,看着进进出出的工人,不畏惧,甚至放下狗,狗对进进出出的人狂吠,工人尤其是女人吓得尖叫着躲开。女孩咯咯咯咯笑着。女孩叫达娃,是砖厂老板索朗旺堆的女儿。

狗很尽职,知道它自己的使命,只要达娃挪一步,它保管不离左右,跟前跟后。这几天达娃成了砖厂工人心中定格的风景,那么风姿绰约,特别当夕阳西斜的时候,人和狗的影子都被夸张得拉长,这个小人小狗的欢叫和笑声便点缀得砖厂忙碌紧张的日子充满了生机。砖厂的人没有不认识达娃的,德吉梅朵尤其喜欢达娃,看见达娃就想起了卓嘎,常常走近达娃抱一抱她。

达娃说:"你好。"

德吉梅朵说:"你好。"

达娃会说汉语,从小就被普及了三种语言:藏语、汉语、英语。

德吉梅朵突然就哭了,也许是因为卓嘎,也许是因为别的什么,她抹着眼泪准备走时,院子外传来了马达的轰鸣声,接着,一阵扑通通的脚步声从砖厂院子外传进院子内。上货的来了。栅栏门大开,走进来的都是年轻人,他们穿着工装,工装上沾着灰土,脸晒得黑里透红,眼睛晶亮晶亮的,眼睛大都看着地上的达娃和她怀里的狗。

其中有一个人朝这边看了一眼,很熟悉的一个人,他拿着一个玩具走近达娃,好像达娃和他很熟悉,主动求抱。德吉梅朵想起了次仁德杰,这个人是次仁德杰。

她快速离开,午夜的明月从对面的山上浮起来,像奶锅那样大,比奶锅还要大,红通通的,有些像傍晚时那舔着了地平线的落日。

她急急地跑起来,急急地,好像月亮要轧着她的脚后跟似的。

她想,我躲过这个人了。

曾经无数个夜晚,放下手中的书关掉灯,把自己放置于黑暗中,对眼前发生的一切苦思冥想,未来会是什么样子呢?爱情会是什么样子呢?一切来不及想瞌睡就来了。赚钱吧,她很满足自己的生活,赚了钱以后再考虑自己的生活也不迟。因为工作,他们家的低保比例已经降低了,曾经可以不工作而享受社会福利,自己对社会的责任也需要赚点钱,赚了钱不当低保户。她想起桑多的眼神,桑多的眼神让她充满着难言的惆怅。怅然中面对无边无际的天空,天空可以任由小鸟展翅,可是天空也可以让小鸟迷失。没有谁告诉小鸟应该怎样筑巢,寻找水源,觅取食物,对于没有归宿的人和鸟来说,自由是一种奢侈的装饰,人和鸟一样都得背负责任。

德吉梅朵回到砖厂宿舍,拉砖车已经开走,空荡荡的院子,进入已经黑灯了的房间,和衣躺下,突然觉得自己躲避的东西很无聊。假如今天晚上次仁德杰认出了她,她想,我一定要和他喝青稞酒。

躺下去,片刻就昏然入睡了。

也许是第二天早上,索朗旺堆从工棚里喊出德吉梅朵,他希望德吉梅朵跟着他跑销售,现在汉族人在山南搞建筑的人太多了,有些话他一时不能够理解意思,要停顿很久才能慢慢明白。

德吉梅朵说:"那要给我一线工人一样的钱,否则我的汉语就太不值钱了。"

索朗旺堆说:"假如我给你更多的钱呢?"

德吉梅朵说:"索朗旺堆老板,虽然我喜欢钱,但是多余的东西拿着了总是要烫手。"

索朗旺堆等了她近一年时间的虚荣,那虚荣还是被她自己掐断了。

索朗旺堆说:"我喊你出来是因为我有个弟弟还没有女朋友,想介绍你们认识,我的弟弟和你一样也是一个固执的人,不过固执的人总是听不进别人的建议。也许你们很有缘分呢。"

德吉梅朵羞涩地说:"也许我们没有缘分呢。两座山头上的树,永远不能闻着风的味道寻找。"

索朗旺堆说:"牛羊走向羊圈就是缘分,你在山头上问候一声看一眼就是缘分,我们在天空和大地之间就是缘分,你还是砖厂的工人,难道我们没有缘分?"

德吉梅朵说:"索朗旺堆老板,那就见见看看我们的缘分吧。"

砖厂的工人在周末有了一次聚会,年轻人抬出仓库里的一只老木鼓,异常陈旧的鼓,木帮、鼓皮泛出黑色,击出的鼓点有点破声破气,但是,也有苍凉悲壮感。大家围着木鼓,跟着敲出的鼓点开始跳,大家唱着:

> 这里走向圣地拉萨的人们,要学会检验那黄金是什么;
> 如果不会检验黄金是什么,怕黄金与汉地黄铜分不清。
> 这里走向圣地拉萨的人们,要学会检验松耳石是什么;
> 如不会检验松耳石是什么,怕松耳石与聪石混淆不清。

这里走向圣地拉萨的人们,要学会检验那海螺是什么;

如要不会检验海螺是什么,怕海螺与象牙之间分不清。

  一个人牵着一个人的手跳舞,那个牵德吉梅朵手的人紧紧牵着她,手掌心都出汗了,德吉梅朵在回头的瞬间,发现那个人是次仁德杰。

  他冲着她笑,这是一个多情的人,高高低低的月光在他跳跃的头发间闪烁,把目光送到天空去,把思绪牵回到每一次踏步的脚下,他的眉目传情和爱的倾吐,曾经的拒绝都土崩瓦解了。即使刚才还有一些烦乱的心情也会如秋水般平静,披着月光跳舞的民族,披着月光摔跟头,月下有许许多多的故事都很美很美。

  次仁德杰牵着德吉梅朵的手离开那儿,走往远处的青稞地,月下风光的美妙和心境的愉悦,怎么看德吉梅朵都是一个羞涩的少女。

  月光照着扎囊,映着山势,绵延着的群山,蓝莹莹的湖水,有微风吹来,飘动着青草和野花交融的异香。月亮很大,也很低,透明得轮廓清晰而线条分明。

  次仁德杰突然跪下来说:"美丽的姑娘,嫁给我,做我的妻子吧。"

  德吉梅朵羞涩地笑,一丝微妙的暖流从胸口划过,她第一次有了初恋的羞涩和愿望,此前是欲,是虚荣,是被一个外貌迷惑的错误。

  月色辉映着对方的轮廓也迷蒙着对方的脸庞,这是多么美妙的情境啊。

我们恋爱吧!

次仁德杰告诉德吉梅朵,他是索朗旺堆的弟弟,但是,他不会因为索朗旺堆办了砖厂就做索朗旺堆砖厂的寄生虫。为了得到德吉梅朵的爱,他策划了招工砖厂的名额,知道德吉梅朵会说汉语,希望索朗旺堆不要让德吉梅朵太受苦,一直到现在。原来索朗旺堆要给她介绍的男朋友就是他。

砖厂的歌声还在唱:

从这里去东方背山上观看,遇见明媚月亮和温暖太阳;
这明月是照亮雪域的需要,这太阳是温暖四季的需要。
从这里去东方背山上观看,遇见白色公牛和黑色母牛;
那公牛是雪域耕地的需要,那母牛是雪域挤奶的需要。
从这里去东方背山上观看,遇见格萨尔王和森江珠牡;
这军王是雪域降敌的需要,这珠牡是雪域抚亲的需要。

听着歌声,踩着细碎的月光,次仁德杰和德吉梅朵走在布满碎石的小路上,他们轻言细语,怕惊扰了草丛中的虫子。此时砖厂里已经人少声寂,脚下的干草沙沙作响,月光、花木、雪水,似专门为他们走过而铺设。

德吉梅朵指指高处的月亮说:"汉族人说,那是月老。"

次仁德杰已经不会犯"不尽如人意"那样的错误了。他说:"这是一个尽如人意的夜晚。"

噢吔,太阳哺育了生命,月亮培育了爱情。

九

这是2016年的冬天,就要过藏历新年了。措杰村村民小组迎来了一对新人。他们走进村委办公室,第一句话说:

"我们是来退出低保的。"

一种被阳光猛烈照射之后眼前出现的短暂而温柔的黑色眩晕,让村委会接见他们的次仁索拉在潮湿的幻觉之后开始走神。他有点不明白他们俩在说什么,这是两张被黑红的太阳狠狠亲吻过的脸,他们应该明白,国家的钱是可以拿的。

他们俩互相对视了一下,德吉梅朵的笑就显得羞涩了,在热烈的阳光下眯起眼睛,她说:"这是我们家开会决定了的事情。"

次仁德杰伸出手臂,有力地和次仁索拉握了一下手。

这件事次仁索拉是无法做主的,他要去喊干部们来决定。

次仁索拉的离开让四周安静下来,风在门外跳舞,一只狗就地滚了一下,很舒服地滚进树荫下,又滚了一下,滚到了太阳底下。可能是困意和香气一起袭来了,它拖着长长的腰闭上了眼睛。

门口第一个人走进来,又有第二个、第三个、第四个人走进来。

他们觉得德吉梅朵的举动很不成熟。这个他们看着长大的女孩子,有明亮的眼睛、健康的笑容,这个疯玩疯跑疯笑的女孩,真是不知道她脑子在想什么?

德吉梅朵站在四人对面,是很严肃的事,她说:"我要退出低保。我阿妈和弟弟都已通过。"

"为什么？国家让你家每年有小一万元入账呢，你要好好想想。"

"你还没有长大呢。你阿妈知道，那等于是一头牛的价值。"

德吉梅朵说："我听见城市里有人喊：别理她，低保户。他们的表情不是装出来的，有嘲笑在里面，当然不是说我，恰巧我听见了。"

"听见了又能如何？你们家还有你女儿卓嘎呢。"

德吉梅朵指着次仁德杰说："我女儿有她的阿爸。"

次仁德杰抬起眼睛来，暖暖地笑。

德吉梅朵羞涩地笑了，长发披下来，就好像闪光的水流温柔地流淌。她没有办法解释她的行为，在她的心里，充满了未明的不安与懵懂的罪恶，但是，她无法停止。

"我们得去你家里调查，这不是你可以决定了的。"

德吉梅朵说："当然。我代替不了母亲和弟弟。"

"是因为宗教吗？"

德吉梅朵说："不是。"

"仅仅是因为'低保户'对你是一件丢人的事情？"

德吉梅朵说："有。也不完全对。"

"那是因为什么？"

德吉梅朵说："是电视。"

"噢吔？"

德吉梅朵说："电视里我看到了比我更苦难的人群，我省出来的总归可以给一个家庭资助。我们现在不需要太多的钱,钱已经够了。"

"钱还有够的时候?小姑娘,想吃低保的人像树叶一样伸着手等,你真是一个有高尚品德的人,要知道拿回家里的东西是没有送出去的理由。"

德吉梅朵说:"您这句话像'低保户'一样打击了我,胳膊伸长了总是要长皱纹,挖太多的草,草原的肌肤就要受损。是酥油就要化,我是一个有手脚的人,还有一颗活着的心。"

次仁德杰看着德吉梅朵,时光静止,只有空气在流动,一切美好而纯净。

德吉梅朵说:"射出的箭,说出的话,我们再没有话可以说了。"

屋子里的人知道,他们一旦发愿十八头牛也拉不回来。